Marcia Muller

Dunkle Schatten

Marcia Muller

Dunkle Schatten

Roman

Aus dem Amerikanischen von
Cornelia Holfelder-von der Tann

ARGON

Die amerikanische Originalausgabe erschien 2001
unter dem Titel »Point Deception«
im Verlag Mysterious Press/Warner Books, Inc., New York

Dieses Werk wurde vermittelt durch die
Literarische Agentur Thomas Schlück GmbH, 30827 Garbsen

Deutschsprachige Ausgabe:

Gesetzt aus der Minion
Satz: Pinkuin Satz und Datenverarbeitung, Berlin
Druck und Bindung: Clausen & Bosse, Leck
Printed in Germany
ISBN 3-87024-550-6

Für Bill Pronzini,

der mir die Kraft gibt,
Seite um Seite des Weges zurückzulegen.

Dank

Viele Menschen haben, wissentlich oder unwissentlich, in Form von Hilfe oder Inspiration zu diesem Buch beigetragen. Insbesondere danke ich:

Sharon DeLano dafür, dass sie mich davor bewahrte, das Opfer meiner eigenen Phantasie zu werden, als wir gemeinsam am kalifornischen Highway 1 gestrandet waren.

Bette und Jim Lamb und Peggy und Charlie Lucke dafür, dass sie bei unserem ersten Trip in den »Cascada Canyon« die schaurigen Assoziationen zum Gären brachten.

Robin Reese für Chrystal.

Detective Lieutenant Bruce Rochester vom Sheriff's Department von Sonoma County, Kalifornien, für die technische Hilfe,

auch diesmal Melissa Ward für ihre hervorragenden Recherchen.

Soledad County, Kalifornien, ist ein fiktives Fleckchen Erde, das ich zwischen Mendocino County und Humboldt County gezwängt habe. Ich bitte meine Nachbarn an der Küste um Entschuldigung, dass ich ihre Heimat so drastisch verändert habe. Manchmal erliegen wir Schriftsteller einfach der Versuchung, Gott zu spielen.

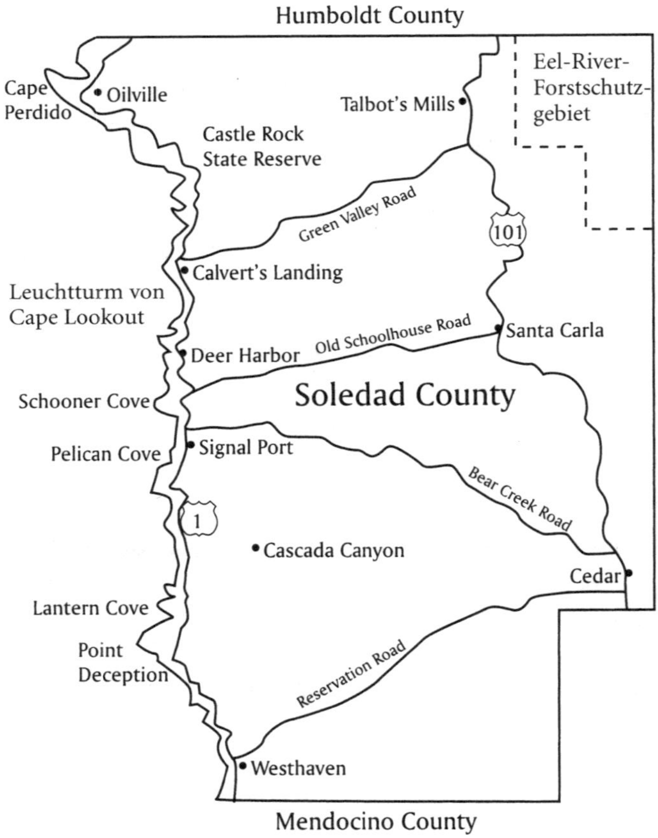

Chrystal

Freitag, 6. Oktober
16 Uhr

Sieht alles so anders aus, wenn man Angst hat. Und die hab ich jetzt. Klein-Chryssy hat eine Heidenangst, wie in ihrem ganzen Leben noch nicht. Jude hat gesagt, ich würd's nie schaffen, aber ich dachte, ich hätt's geschafft, und dann hat mich jemand gesehen, dort zwischen den Bäumen, und jetzt ist dieser verdammte Mercedes verreckt, hier auf dem Küstenhighway, wo mein Handy nicht funktioniert. Mann, ich sitze in der Scheiße. Womit Jude Recht behalten hätte. Wieder mal. Wie immer.

Sieht echt alles anders aus. Auf der Herfahrt von diesem letzten Motel bei San Francisco – in Meilen gerechnet, gar nicht so weit, aber auf dieser schlängeligen Straße doch über vier Stunden Fahrt – war das Meer toll, glitzrig, tiefblau. Hab mich richtig super gefühlt. Jetzt sieht es immer noch toll aus, aber ich will nicht mehr hingucken. Muss immer nur dran denken, dass da Leute drin ertrinken. Und diese Kiefern im Canyon – als ich da durchgegangen bin, hab ich mich gefühlt wie ein kleines Mädchen in der Kirche. Dann kamen die Erinnerungen wieder hoch, und ich hab mich immer noch wie ein kleines Mädchen gefühlt, o ja. Aber nicht wie in der Kirche. Ganz und gar nicht.

Mann, was für ein grässlicher Ort, um eine Panne zu haben. Ausweichstelle, okay, aber in einer unübersichtlichen Kurve, und ich hab den Wagen kaum noch von der Straße gekriegt, bevor er endgültig verreckt ist. Mitten im Nichts, nichts dort auf dem Felsufer außer Pampasgras und verbrannten Bäumen, weil's da wohl mal einen Waldbrand gegeben hat. Auf der anderen Seite vom Highway auch nichts außer Bäumen. Dort am Zaun ein Pick-up, der ziemlich schrottig aussieht.

Jede Menge Verkehr, aber niemand hält an, um mir zu helfen. Haube ist aufgestellt, alle können sehen, dass ich eine Panne hab, aber juckt das jemanden? Nein. Sie sausen einfach vorbei, in ihren Sportwagen und Campern und Geländewagen, machen sich einen netten Tag. Tun, als wär ich gar nicht da.

16 Uhr 35

Streifenwagen. Frau am Steuer. Die hält bestimmt.

Von wegen. Ist schon um die Kurve. Weg. Und das von unseren Steuergeldern, hätte Leo gesagt. Na ja, nicht von meinen. Klein-Chryssy zahlt in Kalifornien keine Steuern.

Also, was jetzt? Ich bin eine richtig schöne Zielscheibe, so wie ich hier am Highway hocke. Wer immer es war, der mich dort im Canyon gesehen hat, er oder sie weiß, wie ich aussehe, vielleicht auch, wie mein Wagen aussieht, aber ich hab nichts gesehen. Vielleicht waren es ja auch mehrere. Sie könnten angefahren kommen und halten, und ich wüsste gar nicht, wer das ist und wie mir geschieht. Ich könnte tot sein, bevor –

Scheißkarre! Verdammt!

Okay, jetzt mal ruhig, ganz ruhig, denk nach. Du musst das schlauer angehen.

Vielleicht haben sie mich ja gar nicht richtig gesehen. Oder nicht richtig gesehen, was ich gemacht hab. Und selbst wenn, hat's ihnen vielleicht gar nichts gesagt. Nur weil einen jemand anbrüllt ...

Zwei Möglichkeiten. Beim Wagen bleiben und das Risiko eingehen. Zu Fuß losmarschieren und vielleicht ein noch größeres Risiko eingehen. Zwei Möglichkeiten, aber zuerst muss in jedem Fall das Ding verschwinden. Gründlich verschwinden, so wie vorher.

16 Uhr 49

Also, mal sehen, was haben wir hier? Pampasgras, ein Riesennest. Macht sich echt breit, das Zeug, vor allem an diesem Stück Küste. Was hat Jude immer gesagt? Ging irgendwie drum, dass diese Pflanzen der Voraustrupp irgendwelcher Aliens sind, dass sie den Rand des Kontinents für die Landung des Mutterraumschiffs markieren. Gott, manchmal war sie echt ganz schön schräg drauf! Sie hat gesagt, sie tut es absichtlich, um uns auf die Palme zu bringen, aber ich glaube, es war vielleicht doch das Dope.

Na ja, mit dem, was ich jetzt hier verstecke, können Aliens nichts anfangen. Dieses Pampasgras ist genau das Richtige.

16 Uhr 55

Da kommt jemand! Schnell zudecken. Ja, so ist's gut, super.

Verdammt, wo sind sie denn? Oh, da drüben am Klippenrand. Asiatischer Typ und weißes Mädchen, kommen hier raufgestapft, mit einer großen Kühltasche. Sie streiten sich. Der Wind trägt jedes Wort her. Sie sagt, er ist paranoid, mit seinem Schiss vor dem Department für Angel- und Jagdsport. Er sagt, sie soll den Mund halten. Sie sagt, sie hat immer gedacht, es liegt an den kulturellen Unterschieden, dass sie nicht miteinander klarkommen, aber jetzt weiß sie, es liegt daran, dass er ein Arsch ist. Mann, das klingt wie Jude und Leo.

Ich könnte mich hier verstecken, bis sie weg sind, aber vielleicht rufen sie mir ja einen Abschleppwagen. Und sagen Jude Bescheid, dass ich heil rein- und wieder rausgekommen bin. Dann brauche ich mich nicht an den Highway zu stellen und zu trampen.

Wenn sie fragen, sag ich, ich war hier nur pinkeln.

17 Uhr 43

Wird kalt, selbst bei hoch gekurbelten Fenstern. Sollte wohl besser diesen Pullover aus dem Kofferraum holen. Mann, wenn doch nur endlich der Abschleppwagen käme.

Frommer Wunsch. Die hübsche Frau mit dem komischen asiatischen Typen hat gesagt, zwei Stunden könnte es dauern. Gibt's denn hier in der Pampa keine Triple-A-

Werkstätten? Geben die Autos hier nie ihren Geist auf? Der olle Pick-up von den beiden sah jedenfalls aus, als könnte er's jederzeit tun.

Der asiatische Typ hat sich echt seltsam benommen. Frage mich, ob er gesehen hat, was ich wirklich in dem Pampasgras gemacht hab. Nee, dafür waren sie zu weit weg, mit ihrer Riesenkühltasche. Ich wette, da war was Verbotenes drin. Drogen, von irgendeinem Boot aus Mexiko? Nee, so eine Übergabe macht keiner am hellichten Tag. Hat das Mädchen nicht was vom DFG gesagt, vom Department für Angel- und Jagdsport? Ich hab irgendwo gelesen, dass hier viele Leute illegal Abalonen sammeln. Bestimmt war's das. Mehr als die zugelassene Menge sammeln, die Dinger an ein Restaurant verkaufen, die große Kohle machen.

Na ja, von mir aus. Geht mich nichts an. Wichtig ist nur, dass sie gesagt haben, sie machen die Anrufe für mich. Und das Ding ist erst mal verschwunden, bis ich's wieder holen kann. Und Klein-Chryssy ist nur eine blöde Touristin mit einer Autopanne.

Kann man wohl laut sagen. Echt blöd.

17 Uhr 47

Ein Pick-up, und er bremst. Alter Mann am Steuer. Bremst weiter … yeah, um auf meinen Arsch zu starren, während ich hier überm Kofferraum hänge. Ist doch nicht zu fassen! Und? Macht's dich an, Kumpel? Jetzt gibt er wieder Gas. Der alte Trottel weiß nicht, dass er gern mal randürfte, wenn er mir helfen würde.

Blöd, dass ich keine wärmeren Sachen eingepackt hab, aber woher hätte ich wissen sollen, dass es an dieser Küste so scheißkalt ist? War ja sogar in San Francisco noch warm. Ein Glück, dass ich Leos alten Pullover mitgeschleppt hab.

So, ja, so ist's besser. Ich liebe diesen Pullover. Geht mir bis an die Knie. Ich werde wieder in den Wagen krabbeln, die Tür verriegeln und warten.

18 Uhr 29

Verrückt, wie der Nebel südwärts zieht, sich um die Landspitze schlängelt und dann wieder zurückkommt. Hässlicher, schmuddeliger Nebel. Da fühl ich mich richtig einsam.

Ach, ganz was Neues, Chryssy! Wann hast du dich mal nicht einsam gefühlt?

Wenigstens ist mir jetzt warm, wenn ich auch noch mehr Angst hab. Ist die reinbrechende Dunkelheit, die so unheimlich ist. Die Dunkelheit und der Nebel und die Scheinwerferpaare, die um die Kurve kommen. Das Radio hat keinen Empfang, Kassetten hab ich vergessen, und ich hab verdammt wenig Bock, an das zu denken, was mir da im Canyon wieder eingefallen ist.

Ein Leben, das man nicht unter die Lupe nimmt, ist die Mühe nicht wert, Chrystal.

Judes Stimme. Als ob sie in meinem Kopf mitgekommen wäre. Sie hat mich dauernd mit solchen Sprüchen gepiesackt, aber dass sie selbst mal gründlicher nachdenken würde, ist mir nie aufgefallen. Und was gäb's denn schon für

Stoff zum Nachdenken, außer dem Canyon? Leo, der schon lange tot ist und von dem mir nichts geblieben ist als dieser schäbige Pullover? Jude, die krank ist und mich braucht, wie ich sie nie gebraucht hab? Dave, der auf Fesselspiele steht, oder John, der davon redet, seine Eltern umzubringen, oder Timothy, der immer heult? Sean, der drauf abfährt, Frauen richtig wehzutun? Die anderen jämmerlichen Mitten-in-der-Nacht-Stimmen?

Nein, danke. Lieber zähle ich die Autos auf dem Highway.

Camper auf der Nordspur. Geländewagen, der an seiner Stoßstange klebt. Sportwagen, der südwärts um die Kurve fegt und im Nebel verschwindet. Großer, weißer Pick-up auf extrabreiten Reifen, mit so einer Lichtorgel oben auf der Kabine. Davon gibt's wohl jede Menge hier im Wilden Westen, hab schon mindestens zehn gesehen. Noch ein Camper. Und noch einer. Die gibt's hier auch massenhaft …

18 Uhr 59

Fünfzig Autos später, und ich kriege die Gedanken einfach nicht los. Die Gedanken an diese letzte Nacht im Canyon. Und an Jude und Leo. Ihn vermisse ich ja auf eine komische Art, aber sie – Gott, ist die eine Plage. Es gibt ja Leute, die mit Anstand sterben, aber nicht Jude, o nein. Muss zetern, winseln, die paar guten Erinnerungen, die ich an sie habe, auch noch auslöschen.

Und dieser Canyon … Was hat Jude noch mal gesagt? Ah ja: »Wir haben alle einen Ort, an den unsere Gedanken auch dann noch zurückkehren, wenn die Zeit dort alles verändert hat und die Bewohner nicht mehr sind. Für mich ist das der Canyon.«

Ich sollte es wohl auswendig können, schließlich hat sie's am Samstagabend drei Mal gesagt. War echt stolz drauf, dass ihr das eingefallen ist, obwohl sie so schlecht beisammen war. Behauptet immer noch, sie sei Dichterin. Dichterin, meine Fresse!

Jetzt sind es bald zwei Stunden und immer noch kein Abschleppwagen. Er muss einfach kommen. Ich halt's nicht mehr lange im Wagen aus. Ich hab solche Angst, dass ich ganz verkrampft bin und kaum atmen kann. Ich werde mich ein Weilchen draußen hinstellen, mich sofort ducken, wenn jemand anders als der Abschleppwagen hält.

Komisch, jetzt hab ich mehr Angst vor dem, was in mir ist, als vor dem, was da draußen im Dunkeln sein könnte.

19 Uhr 10

Pick-up, blinkt, bremst. Hilfe oder –

Von wegen Hilfe. Gar nichts. Er beschleunigt wieder und blinkt nicht mehr. Ein Mann und eine Frau, auf der Südspur. Sie haben mich gesehen, ich hab mich nicht rechtzeitig geduckt.

Herrgott, sehe ich so beängstigend aus? Ich meine, klar, für eine Pfadfinderin würde mich niemand halten, aber wie ein entflohener Sträfling sehe ich doch auch nicht aus. Und dieser Mercedes-Sportwagen ist doch so ziemlich das respektabelste Auto, das man haben kann.

Langsam hasse ich die Gegend hier. Und wie ich sie hasse. Was ist bloß mit den Leuten hier los?

19 Uhr 45

Gott, ist das dunkel, außer es kommt gerade ein Auto. Ich hasse die Dunkelheit, schlafe immer bei Licht –

Da kommt was. Du musst dich ducken. Moment mal –

Das ist der Abschleppwagen! Wird auch Zeit, verdamm mich.

Scheinwerfer leuchten mir genau in die Augen. Komm her, komm zu Chryssy. Und tisch mir keine Ausreden auf, warum es so lange gedauert hat. Hol mich einfach nur aus diesem elenden Loch raus.

Er steigt aus, kommt her. Groß und langsam und vermutlich dumm. Er sagt nichts und guckt auch nicht unter die Haube. Er –

O nein! *Nein*!

Oh, mein Gott, *nicht*!

SHERIFF'S DEPARTMENT VON SOLEDAD COUNTY
EINSATZZENTRALE

Datum: 6. Oktober 2000   Schicht: 3   Streife: 2
Deputy: Swift, R. A.
Wagen: 450
Abfahrt: 16 Uhr 00   Rückkehr: 00 Uhr 17
Zählerstand b. Abf.: 54 021   Zählerstand b. Rückk.: 54 179

Zustand b. Abf.: Gut	Zustand b. Rückk.: Reifen rechts vorn verliert Luft
Waffe b. Abf.: 4 Schuss	Waffe bei Rückk.: 4 Schuss

Uhrzeit	Beobachtg. u. Ort/ Funkruf	Maßnahmen.
16.03	Fkr.: Notruf vorz. aufgelegt, 1371 Ridge Rd., County	Keine. Verwählt.
16.36	Fkr.: Schüsse, Nähe Mar Vista/Sheep Ranch Rd., County	Jugendliche den Eltern übergeben.
17.55	Beob.: Verkehrsunfall, Hwy 1, SP übergeben.	Highway-Patr.
18.22	Fkr.: Unbef. Betreten, 4221 Hwy 1, DH	Person hatte Grundst. bereits verlassen.
19.49	Fkr.: Unerwünschte Pers., CL Pier	Person hielt sich für Jesus. Per Krankenw. ins Country-Hospital verbracht.

20.59	Fkr.: Ruhestörung, 120 Lafferty Rd., DH	Partygäste verwarnt.
23.17	Fkr.: betrunkener Autof. gesichtet, Hwy 1, DH	Suchaufruf an alle Einsatzfahrzeuge durchgegeben.
23.28	Beob.: Ruhestörung, SP Hotelparkplatz	Personen aufgefordert, sich zu zerstreuen.
23.47	Beob.: Verlassener PKW, Ausweichst. Point Deception	Entfernungsaufforderung angebr.

Samstag, 7. Oktober

»Bist wirklich ein reizender Anblick.«

Deputy Rhoda Swift beugte sich näher an ihren Badezimmerspiegel, und was sie da sah, gefiel ihr gar nicht. Verquollene rote Augen mit dunklen Ringen – Indiz genug.

»Gesoffen, Lady, was?«

Vor sieben Jahren, nach Zachs Auszug, war sie schockiert gewesen, als sie merkte, dass sie Selbstgespräche führte. Inzwischen akzeptierte sie diese Konversation als Teil ihres Alltags, ja, sie genoss sie sogar. Aber nicht an einem solchen Morgen.

Zugegeben, es lag kaum je an exzessivem Trinken, wenn sie sich morgens mies fühlte. Zachs Auszug hatte sie gezwungen, sich ohne weitere Ausflüchte mit ihrem Alkohol- und Pillenkonsum auseinander zu setzen, und zwei Jahre hatte sie die Finger von beidem gelassen. Die Pillen mied sie immer noch, und in puncto Alkohol beließ sie es normalerweise bei einem sporadischen Glas Wein oder Bier, aber gewisse Geschehnisse bei der Streife gestern Abend hatten sie aus ihrem sorgsam gewahrten Gleichgewicht geworfen, und heute Morgen hatte da die leere Flasche auf der Spüle gestanden.

Schlimmer noch als die Indizien für den Kontrollverlust

war das Bild, das sie im Traum verfolgt hatte: eine schlanke junge Frau in kurz abgeschnittenen Jeans und einem blauen Stretchtop, die mit flatterndem langen Blondhaar neben einem liegen gebliebenen Sportwagen stand.

Rho hatte den Wagen gestern um 16 Uhr 35 auf der Ausweichstelle bei Point Deception stehen sehen, als sie von einem Routineeinsatz auf dem Highway 1 in nördlicher Richtung zurückgefahren war. Ein alter schwarzer Mercedes, zweisitzig, Baujahr irgendwann Anfang der Achtziger, Karosserie in gutem Zustand, aber offensichtlich Probleme unter der aufgestellten Motorhaube. Der Fahrer, hatte sie gedacht, ist sicher einen Abschleppwagen holen. Sie würde es im Wachbuch vermerken, damit der Beamte von der Frühschicht wusste, dass er eine Entfernungsaufforderung anbringen musste, falls der Wagen dann immer noch dort stand.

Sie war vorbeigefahren, hatte nach dem Meilenstein Ausschau gehalten und die Frau am hinteren Kotflügel des Mercedes lehnen sehen, die Arme fröstelnd vor der Brust verschränkt, viel zu dünn angezogen für das launische Klima hier. Hatte vermutlich mehr Geld als Verstand. Kaufte sich einen tollen alten Wagen und hielt ihn dann nicht in Schuss. Selbst wenn sie ein Handy hatte, funktionierte es in dieser abgelegenen Gegend garantiert nicht, also war sie jetzt gestrandet, vermutlich ohne Proviant und Wasser, und zu faul, um zu einem der weit verstreuten Häuser zu marschieren. Reiche Leute!

Rho notierte sich die Meilenangabe und fuhr an den Straßenrand, um einen Langholztransporter vorbeizulassen, dann zu wenden und zu dem Pannenfahrzeug zurückzukehren, aber das Funkgerät kam dazwischen.

»Wagen vier-fünf-null.«

Sie drückte auf die Sprechtaste des Mikros. »Vier-fünf-null.«

»Wie ist Ihre Position?«

»Eine halbe Meile nördlich der Point-Deception-Parkbucht.«

»Fahren Sie weiter zur Kreuzung Mar-Vista- und Sheep-Ranch-Road. Zehn-fünf-sieben, Code zwo.«

Zehn-fünf-sieben: Schüsse. Code zwo: dringend.

Das Wühlen in ihrem Magen war nicht mehr so messerklingenscharf wie in den Jahren nach ihrem ersten Einsatz dieses Typs. Aber das Kribbeln in ihrer Kehle und das kurzzeitige Gefühl zu ersticken – das war immer noch keine normale Reaktion.

Schließlich konnte eine solche Tragödie ja nicht noch mal passieren.

Natürlich nicht, dachte sie jetzt, im vernünftigen Licht des Morgens. Die Zehn-fünf-sieben gestern Abend hatte keinerlei Ähnlichkeit mit jener gehabt, der sie die sechsjährige Suff- und Pillenorgie verdankte, die schließlich darin gipfelte, dass ihr Mann sie verließ. Nein, nur zwei Jugendliche, die mit der Model 12 ihres Vaters auf Briefkästen ballerten. Sie hatte ihnen eine Standpauke gehalten und sie nach Hause verfrachtet, wo die zweite Standpauke über sie hereingebrochen war, noch ehe Rho die Tür hinter sich geschlossen hatte. Dennoch war sie so mit dieser Sache und den anschließenden Einsätzen beschäftigt gewesen, dass sie erst kurz vor Dienstschluss dazu gekommen war, noch mal nach der Frau bei Point Deception zu gucken, und da hatte der Mercedes zwar noch mit aufgestellter Haube auf der Ausweichstelle gestanden, aber die Fahrerin war verschwunden gewesen.

Ein reiner Routinestopp, nichts Verdächtiges daran, aber

warum hatte sie dann, als sie nach Hause gekommen war, dem Drang zum Trinken nachgegeben? Und warum hatte das Bild der Frau ihre ohnehin schon wirren Träume überlagert?

Natürlich kannte Rho die Antwort: Es war die Jahreszeit, zu der für sie alles verzerrte, bedrohliche Formen annahm. Noch fünf Tage bis zum 12. Oktober – dem dreizehnten Jahrestag jener ersten Zehn-fünf-sieben und des Massenmords im Cascada Canyon.

Guy Newberry beugte sich näher an den Spiegel seines Motelzimmerbads, um die Stelle an seinem Kinn zu inspizieren, wo er sich soeben geschnitten hatte. Er merkte, dass seine Hände zitterten. Er hatte in dieser Nacht nicht gut geschlafen, wegen des fremden Bettes, des ungewohnten Geräusches der Brandung und wegen des fettigen Essens und der vielen Biere gestern Abend. Und jedes Mal, wenn er aufgewacht war, war da das nagende Gefühl gewesen, irgendetwas versäumt zu haben – ein Versäumnis, das schlimme Folgen haben konnte.

Er gab die Rasiererei auf, presste sich einen Klopapierbausch aufs Kinn und trat auf den kleinen Balkon hinaus. Halb zehn, und der Nebel verzog sich. Es sah aus, als würde es wieder ein herrlicher Tag. Warum dann diese seltsame Unruhe?

Das war's: das Mädchen mit dem liegen gebliebenen Wagen, das er etwa fünfzehn Meilen von hier am Straßenrand gesehen hatte.

Es war ungefähr halb fünf gewesen, als er sie von seinem Mietwagen aus an dem schwarzen Mercedes lehnen sah. Er nahm etwas Gas weg und taxierte die Situation im Vorbeifahren – ein Spiel, das er oft auf langen Autofahrten spielte und das seine journalistischen Fähigkeiten auf ihrem exzellenten Stand hielt.

Die fragliche Person: jung, vermutlich Anfang zwanzig, auf eine coole, abgebrühte Weise hübsch. Streitlustig vorgeschobenes Kinn, trotzige Kopfhaltung, die ganze Pose verdrossen, dabei aber potenziell verführerisch. Kurzum: Vorsicht.

Das Setting: eine Ausweichstelle auf der Meerseite des Highways; der Asphalt rissig und löchrig, übersät mit Dosen, Flaschen und sonstigem Müll. Wackliger Koppelzaun, kaum als Barriere zu bezeichnen, vor einem breiten, abfallenden Geländestreifen mit verkohlten Bäumen und merkwürdigen Pflanzen, deren flauschige, beige Blütenwedel im ablandigen Wind schwankten. Sonnenverdorrtes Gras, von Wildwechseln und Trampelpfaden durchzogen. Alter Chevy-Pick-up mit salzverkrusteter Windschutzscheibe und schartigem Lack direkt am Zaun.

Das Problem: Der Mercedes war so plötzlich verreckt, dass das Mädchen kaum noch Zeit gehabt hatte, ihn von der Fahrbahn auf die Ausweichstelle zu manövrieren. Sie stand wahrscheinlich schon eine ganze Weile da, und niemand hatte angehalten, um ihr zu helfen. Und so wie sie aussah, würde auch niemand anhalten, schon gar nicht Guy Newberry. Auf so was war er gar nicht scharf. Außerdem hatte er ein Zimmer im Sea-Stacks-Motel in Signal Port gebucht und konnte es kaum erwarten, dort anzukommen, sich häuslich einzurichten und dann dieses neue, potenziell fruchtbare Terrain zu erkunden.

Als das Mädchen aus seinem Rückspiegel verschwand, beglückwünschte Guy sich zu seiner immer noch scharfen Beobachtungsgabe. Nicht mal die drei Jahre Schreibabstinenz hatten sie merklich beeinträchtigen können. Vielleicht eignete sich diese kleine Szene ja als Detail für seine nächste Saga über ein geplagtes Provinzstädtchen. Als Metapher für –

Weißt du, Guy, manchmal kannst du wirklich ein ganz schönes Arschloch sein.

Dianas Stimme, humorvoll. Ihre sanfte Art, ihn darauf hinzuweisen, dass er im Begriff war, der Selbstbeweihräucherung zu erliegen.

»Okay«, sagte er, »ich bin ein Arschloch. Ich hätte vermutlich anhalten sollen, um diesem Mädchen zu helfen, aber sie sieht aus, als hätte sie ernsthafte Verhaltensprobleme.«

Und ernsthafte Autoprobleme.

»Hör auf, an mir herumzukritteln. Es ist nicht gerade ein Zeichen psychischer Gesundheit, wenn sich ein Mann auf dem Highway vor seiner toten Frau verteidigt.«

Ach, und was ist mit der lebenden *Frau dort hinten*?

Er seufzte, fuhr aufs Bankett und wendete dann. Es war die Hölle, dachte er, wenn das Bleibendste, was einem die eigene Frau hinterließ, ein Gewissen war.

Jetzt, da die Morgensonne das Meer zu tüpfeln begann, stichelte Dianas Stimme weiter.

So weit scheint es mit dem Gewissen nicht her zu sein.

»Ich bin doch zurückgefahren, oder? Was kann ich dafür, dass sie nicht mehr bei ihrem Wagen war?«

Du hättest rufen können, nach ihr suchen.

»Hätte ich können, hab ich aber nicht getan. Auch das Samaritertum hat seine Grenzen.«

Ja, du kannst wirklich ein Arschloch sein.

Rhoda Swift stieg in eine Jogginghose, trat auf die Eingangsveranda hinaus und pfiff nach Cody. Bei schönem

Wetter ließ sie es sich nicht nehmen, ihr Grundstück auf der Anhöhe über Signal Port abzugehen – bewegungshalber, aber auch, um in Besitzerstolz zu schwelgen. Sie wohnte jetzt schon zwei Jahre in dem braunen, holzverkleideten Häuschen auf den zehn Morgen Land und konnte immer noch nicht fassen, dass es ihr gehörte. Das Haus brauchte ein neues Dach und ein paar Schönheitsreparaturen, und irgendwann demnächst drohte die kostspielige Auswechslung der Klärgrube, aber sie hatte einen großen Seifenbaum im Vorgarten und hinten eine Apfelbaumwiese, Wald, einen Bach und das, was die hiesigen Immobilienmakler – lächerlicherweise, fand Rho – einen gefilterten Ozeanblick nannten. An einem klaren Tag wie heute könnte sie den Pazifik vermutlich sehen, wenn sie auf Zehenspitzen auf dem Verandageländer stünde.

Cody kam, die Ohren mit Zweigstücken dekoriert, aus einem Feuerdorngestrüpp gestürmt und setzte sich an Rhos Seite. Der vierjährige gelbe Labrador liebte diese Spaziergänge und machte unzählige Umwege, um Geräuschen im Unterholz oder interessanten Gerüchen nachzugehen und Erdhügel zu erkunden, denen sich vielleicht ein Maulwurf entlocken ließ. Rho steuerte auf das Wäldchen zu, wo das alte, verrammelte Klohäuschen stand, überquerte den Bach und wanderte zwischen den knorrigen alten Apfelbäumen hindurch, wo die Luft nach dem Fallobst vom letzten Herbst roch. Doch statt der üblichen intensiven Freude an ihrer Umgebung war da wieder das Bild der jungen Frau bei Point Deception. Schuldgefühle, das war es, was sie empfand, Schuldgefühle, weil sie ihr nicht geholfen hatte.

Und Schuldgefühle, das hatte ihr Vater – einst selbst Beamter beim Sheriff's Department – ihr oft genug erklärt, waren reine Vergeudung, das nutzloseste menschliche Gefühl überhaupt. »Wenn du wegen irgendwas Schuldgefühle hast«, pflegte er zu sagen, »dann tu was. Wenn du ein Unrecht nicht wieder gutmachen kannst, nimm dir ein anderes vor.« Sie war nicht immer einer Meinung mit Jack Antolini, aber in diesem Fall hatte er hundertprozentig Recht.

»Komm«, sagte sie zu Cody. »Wir fahren in die Stadt.«

Der schäbige rote Pick-up schien ihn völlig zu übersehen. Guy Newberry sprang in die Motelausfahrt zurück, und das Vehikel kam mit quietschenden Reifen zum Stehen, nur Zentimeter von der Stelle, wo er gestanden hätte, wäre er weitergegangen.

»Arschloch«, knurrte er und wollte dem Fahrer den gereckten Mittelfinger zeigen, als er sah, dass die Frau am Steuer sehr hübsch war: kurzes schwarzes Haar; kleines, feinknochiges Gesicht; große, momentan zu Tode erschrockene haselnussbraune Augen. Ein gelber Labrador saß angeschnallt auf dem Beifahrersitz.

»Sorry!«, rief die Frau.

Er trat ans halb heruntergelassene Seitenfenster und tätschelte die herausgesteckte Labradorschnauze. »Schon gut. Ich hab auch nicht aufgepasst.«

»Sind Sie sicher, dass Ihnen nichts passiert ist?«

»Ganz sicher.«

Sie bedachte ihn mit einem matten Lächeln und einem kurzen Winken, ehe sie schaltete und wieder losfuhr. Guy sah dem Pick-up nach, bis dieser auf den Parkplatz eines kleinen Einkaufszentrums bog. Er registrierte den Aufkleber UNTERSTÜTZEN SIE IHR ÖRTLICHES SHERIFF'S DEPARTMENT. Dann ging er schräg über den Highway zum Signal Port Hotel.

Das verwitterte zweistöckige Holzhaus mit der schiefen Eingangsveranda und dem durchhängenden Balkon war mit Abstand das größte und gediegenste Gebäude in der Einkaufszone von etwa einer halben Meile. Zimmer gab es dort nicht mehr, aber die Küche bot seit 1877 herzhafte Mahlzeiten. So viel hatte er gestern Abend erfahren, als er sich dort ein paar Biere, frittierten Fisch mit Pommes und etwas Lokalkolorit genehmigt hatte.

Er ging durch die Halle zum Speisesaal, einem hohen Raum mit einem kleinen, künstlichen Kamin und Chrom-Resopal-Mobiliar aus den fünfziger Jahren. Er sah weder andere Gäste noch irgendein Anzeichen, dass welche da gewesen waren. Er setzte sich an einen Tisch an einem der Frontfenster, und nach einigen Minuten erschien eine verdrossen wirkende blonde Bedienung, der seine Anwesenheit lästig schien, und nahm seine Bestellung auf. Die Bar jenseits der Halle war geöffnet, und ein optimistisches Schild warb mit Samstagsbrunch, Bloody Mary oder Mimosa inklusive, aber von seinem Platz aus konnte er kein Publikum entdecken.

Gestern Abend hatte es dort drinnen ganz ähnlich ausgesehen. Als er sich überrascht gezeigt hatte, dass an einem Freitag so wenig Betrieb war, hatte der Barkeeper erklärt, das sei nach Saisonende immer so. Signal Port habe vier Bars und keine vierhundertfünfzig Einwohner, und die paar Touristen, die am Wochenende durchkämen, ließen ihr Geld im Tai Haruru am Pier von Calvert's Landing, ein Stück weiter nördlich, oder im Restless Waters unten in Westhaven. Ihm, dem Barkeeper, sei es ganz recht so.

Guy hatte sich mit seinem Bier an einen Ecktisch gesetzt. Ein untersetzter grauhaariger Mann, den der Barkeeper mit Will angesprochen hatte, saß mit einem großstädtisch wirkenden Typen im Kaschmirpullover über irgendwelchen Plänen. Die blonde, gelangweilte Frau des Großstadttypen flipperte und ließ den Blick über die männlichen Gäste wandern. Taxierte auch Guy einen Moment, musterte ihn dann aus. Vielleicht wirkte er ja zu sehr wie ihresgleichen, um sie zu interessieren. Ein gemischtrassiges Paar – er Asiat, sie weiß – stritt sich leise, wobei vor allem sie das Wort führte. Es ging irgendwie darum, dass das Glück sie eines Tages im Stich lassen würde und er sich dann in den Arsch beißen würde, weil er nicht mehr positives Karma verbreitet habe. Er sagte immer nur, sie solle ihn in Ruhe lassen, er habe doch keinen Grund, einer fremden Frau irgendeinen Gefallen zu tun. Ein Mann mit einem Ohrring – schwul, aus seiner Art zu schließen – kippte an der Bar einen Martini nach dem anderen. Nach dem dritten fragte er den Barmann, was zum Teufel mit diesem Ort los sei. Der Barmann sagte: »Kann dir da nicht weiterhelfen, Kevin«, und fuhr fort, die Gläser abzutrocknen.

Jetzt brachte die Bedienung, ähnlich freundlich wie eben, Guys spartanisches Frühstück, bestehend aus einem getoasteten Bagel und Tomatensaft, und knallte es ihm mit einer Wucht hin, die sich auf der Richterskala niedergeschlagen hätte. Er versuchte, sie in ein scherzhaftes Geplänkel zu verwickeln – normalerweise ein Leichtes für ihn –, stieß aber auf stählernen Widerstand. Als er nach einer Zeitung fragte, erklärte sie, er müsse sich eine am Zeitungsstand vor dem Supermarkt kaufen. Dann verschwand sie, und ihm blieb nur, sein Frühstück zu verzehren und dabei auf den Highway hinauszugucken, wo die meisten Autos einfach durchrauschten und nur wenige Fußgänger am Straßenrand unterwegs waren.

Ja, sagte er sich und erhob sein Tomatensaftglas auf sein

Glück, er war am richtigen Ort. Signal Port war genau das richtige Material für seine nächste »eindringliche und bahnbrechende« – Gott, er sah die Rezensionen schon vor sich! – Studie eines kleinen geplagten Ortes.

Heute würde er ernsthaft anfangen, Fragen zu stellen.

Gerade noch mal gut gegangen mit dem Mann eben auf dem Highway, dachte Rho, als sie auf den Parkplatz der Dienststelle von Soledad County im Küstenbereich fuhr. Wenigstens hatte der Typ nett reagiert – ungewöhnlich hier in Signal Port, wo die Einheimischen auf alles, was mit Autoverkehr zu tun hatte, ziemlich schlecht zu sprechen waren. Aber klar, er war ja auch ein Fremder und gar nicht mal so unattraktiv mit dem silbergrauen Haar und dem sonnengebräunten, markanten Gesicht. Aus der Großstadt vermutlich und bemüht, sich den Gepflogenheiten an der Küste anzupassen, aber sein Wollhemd war zu edel und die Jeans zu neu und makellos, als dass er's schaffen könnte, hier nicht aufzufallen. War aus dem Sea Stacks gekommen und hatte zum Hotel gewollt, ein Übernachtungsgast, der bald wieder unterwegs sein und die Frau, die ihn auf dem Weg zum Frühstück beinahe überfahren hätte, hoffentlich vergessen haben würde. Der nie dahinter kommen würde, dass diese Frau Beamtin beim Sheriff's Department war.

Der Parkplatz vor dem weitläufigen Fertigbau, der versteckt hinter dem Kabel-TV-Büro und dem Heimwerkermarkt lag, war heute Morgen überfüllt. Streifenwagen des Departments, ein Wagen der Highway Patrol und mehrere Fahrzeuge des DFG quollen über die markierten Parkboxen hinaus, und vor dem Eingang der Dienststelle stand ein Kleinbus. DFG-Beamte führten gerade eine Reihe Gefangene – allesamt Asiaten – zu dem Kleinbus, der sie ins Untersuchungsgefängnis von Santa Carla bringen sollte.

Also war die Aktion gegen die illegalen Abalonentaucher in der Pelican Cove heute im Morgengrauen wie geplant verlaufen. Rho quetschte ihren Pick-up zwischen den Müllcontainer und einen Streifenwagen und stieg aus. »Du bleibst hier, Cody«, sagte sie. Der Labrador winselte, hörte aber auf, am Gurt zu zerren. Als sie, jeweils zwei Stufen auf einmal nehmend, die Eingangstreppe hinaufeilte, grinste sie einer der DFG-Beamten an und machte das Siegeszeichen.

Wie üblich hatte Valerie die Heizung zu hoch gestellt, und es war heiß und stickig in den Räumen. Rho drehte den Thermostaten herunter, und die Sekretärin hob den Blick von ihrem Strickzeug – einem weiteren Exemplar dieser seltsamen Gattung Kleidungsstücke, die für einen Poncho zu kurz und für einen Kragen zu lang waren. Sie schienen das Einzige zu sein, das Valerie Middleton stricken konnte, und jeder in ihrer Bekanntschaft bekam irgendwann so ein Ding geschenkt, um es, nach enthusiastischem Dank, in den Tiefen des Kleiderschranks verschwinden zu lassen. Jetzt legte Valerie das Strickzeug weg und musterte Rho mit lebhaften, tief in ihr Vogelgesicht eingebetteten Augen, wobei ihre Mundwinkel missbilligend zuckten.

Rho wusste, sie sah ihr den Kater an. Valerie war schon beim Department gewesen, als Rhos Vater dort angefangen hatte, und sie kannte die Lebensgeschichte sämtlicher Deputys in- und auswendig. Die Sekretärin war bekannt dafür, die männlichen Kollegen schon mal zur Schnecke zu machen, nur weil ihre Papierkörbe überquollen oder die Klobrille nicht heruntergeklappt war, aber Rho gegenüber war dieses Mundwinkelzucken das Äußerste an Tadel. Die raue Mütterlichkeit, die Valerie dem einzigen weiblichen Deputy der Dienststelle entgegenbrachte, konnte manchmal peinlich sein, aber in Situationen wie dieser wusste Rho sie zu schätzen.

Valerie sagte: »Du hast doch heute frei. Was tust du hier?«

»Konnte mich einfach nicht losreißen.«

»Umso besser. Wayne hat schon nach dir gefragt.«

Wayne Gilardi, ihr Pendant von der Frühschicht. »War er bei der Aktion dabei?«

»Ja. Er ist im Vernehmungszimmer, mit einem der Verdächtigen.«

Rho stellte ihre Tasche unter den Schreibtisch, den sie mit Wayne teilte, und ging den Flur entlang zu dem Raum, der sowohl für Dienstbesprechungen als auch für die Vernehmung von Zeugen und Tatverdächtigen benutzt wurde. Als sie den Kopf durch die Tür steckte, sah sie den bulligen, grauhaarigen Beamten einem schlanken Asiaten in schlabbriger Arbeitskluft gegenübersitzen. Wayne stand auf, kam auf den Flur heraus und schloss die Tür hinter sich.

»Was gibt's?«, fragte Rho.

»Zunächst mal haben wir ein Dutzend Muschelräuber geschnappt. Alles Vietnamesen. Wir nehmen an, dass sie zu dem Ring gehören, der von Oakland aus operiert.«

Das illegale Sammeln der geschützten Abalonen war hier an der Küste inzwischen ein mächtiger Wirtschaftszweig, dem nicht nur Taucher angehörten, sondern auch Großhändler, Ankäufer und Auslieferer. Innerhalb wie außerhalb der Saison – die vom 1. April bis zum 30. Juni und dann wieder vom 1. August bis zum 30. November ging – ernteten einzelne Taucher mehr als das Tageslimit von vier Abalonen und übergaben ihre Beute dann Mittelsmännern, die sie an Restaurants, vor allem in der Bay Area, verkauften. Vor sechs Monaten hatten sich einige Grundeigentümer bei Deer Harbor zusammengetan, um in den frühen Morgenstunden, wenn sich die Muschelräuber samt Tauchausrüstung in Booten anzuschleichen pflegten, durch ihre Buchten zu patrouillieren. Auf ihre Tipps hin hatte das DFG sechs Vietnamesen festnehmen können, deren Aussagen auf eine größere Organisation schließen ließen. Seither liefen Ermittlungen unter dem Codewort Haliotis IV, nach dem wissenschaftlichen Namen der Seeschnecke, und es stand zu hoffen, dass die Festnahmen des heutigen Morgens zu den Bossen führen würden.

»Und der Typ da drinnen?« Rho machte eine Kopfbewegung in Richtung Vernehmungszimmer. »Sieht so aus, als hättest du dir die anderen schon vorgenommen.«

»Stimmt. Die DFG-Leute warten, dass ein zweiter Kleinbus kommt, um die letzten sechs ins County-Gefängnis zu bringen, aber dieser hier – ein Taucher namens Zhi Phung – hat vielleicht was für uns. Ich hatte ihn kaum auf seine Rechte hingewiesen, da wollte er schon einen Deal machen, uns Informationen andienen. Aber nicht über ihre Organisation.«

Natürlich nicht, dachte Rho. Solche Informationen waren Sache des DFG. Außerdem waren die Muschelräuber bekanntermaßen eine verschworene Gemeinschaft, geeint durch ihre Kultur und vielfach auch durch Familienbande; bisher hatten sich alle Festgenommenen standhaft geweigert, über ihre Komplizen auszupacken.

»Worüber dann?«, fragte sie.

»Über ein Verbrechen, das er mitgekriegt hat – eine Entführung.«

»Nicht schlecht. Was hat er dir erzählt?«

»Nichts. In der Wartezelle hat er sich's offenbar anders überlegt. Hat sich wohl von den anderen überreden lassen, doch nicht mit uns zu kooperieren. Jetzt behauptet er, ich hätte ihn missverstanden, weil er kaum Englisch kann, aber als ich ihn festgenommen habe, war sein Englisch so gut wie meins. Nicht mal die Androhung einer Anklage wegen Behinderung polizeilicher Ermittlungen konnte ihn umstimmen.«

»Und jetzt soll ich mit ihm reden?«

»Genau. Du kannst doch immer so gut mit diesen Typen.«

Besser als du allerdings. Rho hatte wenig Vorurteile, während Wayne für sein Misstrauen und seine Antipathie Minderheiten gegenüber berüchtigt war. »Okay, mal sehen, was sich machen lässt.«

Als Rho den Raum betrat, saß Zhi Phung immer noch am Tisch und starrte auf die beige Wand gegenüber. Seine Augen schwenkten langsam zu ihr herum, aber ansonsten nahm er ihre Anwesenheit in keiner Weise zur Kenntnis.

Sie stellte sich vor und sagte: »Wie man hört, hat Ihnen Deputy Gilardi ganz schön zugesetzt.«

Die Miene des Mannes blieb ausdruckslos, als verstünde er gar nichts, aber das Aufblitzen seiner dunklen Augen sagte das Gegenteil.

»Deputy Gilardi wird ungeduldig, wenn ihm jemand Informationen anbietet und das Angebot dann wieder zurückzieht«, fuhr sie fort, »aber ich bin ein sehr geduldiger Mensch.« Um ihren Worten Nachdruck zu verleihen, setzte sie sich ihm gegenüber.

Zhi zuckte die Achseln und guckte weg.

»Wenn ich's recht verstehe, wurden Sie Zeuge einer Entführung«, sagte Rho. »Das ist ein sehr schwerwiegendes

Verbrechen. Für Informationen darüber wäre mein Department sicher bereit, das DFG zu einem passablen Deal zu überreden.«

»Ich nicht viel Englisch«, sagte Zhi.

»Es reicht bestimmt, um meine Fragen mit Ja oder Nein zu beantworten. Fand diese Entführung hier in Soledad County statt?«

Keine Antwort, aber wieso hätte er Wayne einen Deal anbieten sollen, wenn sie nicht hier stattgefunden hätte?

»Fand sie heute Morgen statt?«

Nichts.

»Letzte Nacht?«

Zhis Blick schwenkte wieder zu ihr herum, und sie bemerkte ein nervöses Flackern in seinen Augen.

»War das Opfer ein Mann?«

Nichts.

»Eine Frau?«

Erneutes Flackern.

»War der Entführer –«

»Ich nicht verstehen.«

»Mr. Zhi, war der Entführer –«

»Ich wollen Anwalt.«

Nicht dumm, dieser Mr. Zhi. Er hatte die Worte ausgesprochen, die sie nach dem Gesetz zwangen, das Verhör sofort zu beenden. Rho stand auf und lehnte sich über die Tischplatte, bis ihr Gesicht dicht über seinem war. »Ich schlage vor, Sie erzählen Ihrem Anwalt, was Sie wissen. Dann kann er einen Deal für Sie aushandeln.«

Eine Entführung, dachte sie. Hier im County. Letzte Nacht. Eine Frau. Beobachtet von einem illegalen Abalonen-Sammler, der zweifellos den Highway 1 heraufgekommen war, um zum Pier eines der stillgelegten Häfen zu gelangen, wo die Taucher normalerweise ihre Boote zu Wasser ließen. Den Highway 1 von Süden her, vorbei an Point Deception und an einer Frau, die wegen ihres streikenden Wagens in einer hilflosen Lage gewesen war.

Guy trat aus der Hoteltür und stemmte sich gegen den starken ablandigen Wind. Hinter ihm hängte die Bedienung eins dieser Schilder mit der Aufschrift »Wieder geöffnet ab« und einem Zifferblatt mit verstellbaren Zeigern an die Glastür und ließ dann die Jalousie hinter der Scheibe herab. Der Samstagsbrunch war nicht gerade ein Erfolg gewesen, und jetzt ließ das Personal das Mittagessen zugunsten der Cocktailstunde ausfallen.

Unangenehme Frau, dachte er, und die Leute im Sea Stacks waren genauso. Genau genommen waren die meisten Menschen, die er in der kurzen Zeit hier getroffen hatte, ein bisschen abweisend, außer der hübschen Frau in dem roten Pick-up, und die hatte ihn schon umzubringen versucht, ehe er auch nur gefrühstückt hatte.

Alltag in einer geplagten Stadt.

Er blieb ein paar Minuten auf der Eingangsveranda stehen und studierte die Geschäfte, die den Highway säumten. Chevron-Tankstelle, nicht gerade florierend wirkendes Maklerbüro, Kabel-TV-Büro, Baumarkt, Gärtnerei, Discount-Markt, Münzwaschsalon, Propangasfirma. Zwei, drei Grill-Bars, die aussahen, als seien sie nur für Einheimische da. Am meisten los war um diese Zeit auf dem Postamt, aber die Leute, die einander im Kommen und Gehen grüßten, blieben nicht auf ein Schwätzchen stehen.

Das Sea Stacks war das einzige Motel und nicht gerade erstklassig. Es gab keine richtigen Restaurants, außer dem im Hotel, und auch keine Touristenläden. Seitenstraßen mit Holzhäusern auf kleinen Grundstücken führten hinauf in die Hügel, wo eine Parabolantenne und ein Kirchturm aus den Kiefern ragten. Ein Trailerpark warb mit reizvollem Wohnen direkt am Meer, aber die meisten Stellplätze waren leer.

Es gab Indizien dafür, dass dieser Ort einmal bessere Zeiten gesehen oder zumindest vor sich gesehen hatte: Gegenüber vom Hotel war ein Pier mit dem verrammelten Häuschen eines Angeltouren-Anbieters; ein verwitterter Wegweiser zeigte in Richtung eines Yachthafens. Bei seiner Ankunft gestern Nachmittag hatte Guy ein neu erschlossenes Gebiet auf der Strandseite des Highways gesehen, säuberlich gezogene Sträßchen mit Namen wie Cormorant Way und Osprey Lane. Aber dort standen nur drei Häuser, und Unkraut wuchs aus Rissen im Asphalt. Dem Neubaugebiet gegenüber lag die Pension Pelican Cove, eine Villa im Zuckerbäckerstil, die ziemlich heruntergekommen wirkte und auf deren Parkplatz nur zwei Autos standen.

Ein geplagter Ort, und er, Guy, würde offen legen, warum das so war.

Hätte ihm vor zwei Monaten jemand erzählen wollen, dass er jetzt vor einem Hotel in einem kleinen kalifornischen Küstenstädtchen stehen und im kräftigen Oktoberwind frösteln würde, hätte er demjenigen schlicht den Vogel gezeigt. Er hatte ein geregeltes Leben, und wenn er damit auch nicht glücklich war, so war er doch auch nicht unglücklich. Aber dann, bei einer Dinnerparty seiner Agentin in SoHo, hatte man ihn neben einen gewissen Dunbar Harrison platziert, und so war der Stein ins Rollen gekommen. Natürlich auf Betreiben seiner Agentin Marta Backus, dachte Guy, weil sie es leid war, darauf zu warten, dass er das nächste Buch in Angriff nahm.

Es war jetzt zehn Jahre her, seit das erste Buch seiner Serie über geplagte Orte – das Porträt einer kleinen Stadt in Alabama, die durch eine Serie rassistisch motivierter Morde zerrissen worden war – die Bestsellerlisten gestürmt hatte. Es lag sechs Jahre zurück, dass seine viel gepriesene Studie eines von Skandalen und Korruption gebeutelten Städtchens im Mittleren Westen diesen Erstlingserfolg noch übertroffen hatte. Vier Jahre, dass er aufgehört hatte, für Zeitungen und Zeitschriften zu schreiben. Drei Jahre, dass er sein Opus Magnum über ein ganzes geplagtes Land auf Eis gelegt hatte. Drei Jahre, dass Diana umgekommen und alles Verlässliche und Gute aus seinem Leben verschwunden war.

Drei Jahre, und Marta Backus hatte offenbar befunden, dass es an der Zeit für ihn wäre, sich wieder an die Arbeit zu machen.

Guy hatte diesen Dunbar Harrison flüchtig gekannt. Die Harrisons hatten ihr Geld vor Generationen als Fabrikanten in Neuengland gemacht, und Dunbar hatte all die richtigen Schulen und Hochschulen besucht und sich nirgends besonders hervorgetan. Er hatte sich jahrelang im Dunstkreis der New Yorker Theaterszene herumgetrieben, ab und zu eine Rezension über irgendeine unbedeutende Veröffentlichung geschrieben und diverse Off-Broadway-Produktionen finanziert, die allesamt wenig erfolgreich gewesen waren. Ein im Grunde ganz netter Typ von Ende vierzig, aber sozial ziemlich unbegabt und in seiner ganzen Art seltsam leidenschaftslos. So sahen ihn jedenfalls die meisten Leute. Guy hatte eher das Gefühl, dass ihn irgendetwas verfolgte.

Vor diesem Hintergrund war Guy überrascht gewesen, als Dun ihn auf Martas Dinner-Party energisch zu überzeugen versuchte, das Städtchen Signal Port in Kalifornien zum Gegenstand seines nächsten Buches zu machen. Das sei genau der Stoff, den er brauche, insistierte Dun. Inwiefern?, wollte Guy wissen. Dort habe es vor dreizehn Jahren einen Massenmord gegeben, an dem der Ort praktisch zugrunde gegangen sei. Ob Guy denn gar nichts davon mitgekriegt habe?

Er überlegte, wo er damals gewesen war. In Asien, wegen einer längeren Artikelserie für die *Times* über die wachsende Wirtschaftsmacht der Pazifik-Anrainerstaaten. Er hatte sich wie immer ganz in sein Projekt verbuddelt und sich kaum dafür interessiert, was zu Hause vorging, schon gar nicht für irgendein Verbrechen in einer kalifornischen Ortschaft, von der er noch nie gehört hatte.

»Nein«, erklärte er Dun, »habe ich nicht. Aber Sie brauchen mir nicht mehr darüber zu erzählen. Ich habe nicht vor, ein neues Buch zu schreiben.«

»Wenn Sie die Geschichte erst mal kennen, wird sie Sie nicht mehr loslassen.«

»Sorry, Dun, ich bin im Ruhestand.«

»Bitte, hören Sie mich an.«

Duns Intensität verblüffte ihn. Ein leises Prickeln kroch seinen Rücken hinauf, Vorbote der altbekannten Erregung, sobald ihm jemand eine Idee unterbreitete. Er versuchte es zu unterdrücken. »Hat Marta Sie darauf programmiert?«

»Die Idee kam ursprünglich von mir. Aber sie hält es für eine todsichere Sache. Hören Sie mir einfach –«

»Nein.« Diesmal war seine Abwehr weniger ein Zurückweisen der Idee selbst als vielmehr eine instinktive Schutzmaßnahme, damit sie nicht kontaminiert wurde. Wenn er eine Story in Erwägung zog, wollte er nicht zu viele Details hören, vor allem, wenn sie subjektiv gefärbt, unrichtig oder unvollständig waren. Und nach Duns Erregung zu urteilen, würde seine Version alles zugleich sein. Guy bevorzugte es, nur das nackte Faktengerüst – wer, was, wann, wo – zu kennen und dann seinen Rechercheassistenten daranzusetzen, es auszupolstern. Doch ehe er sich an die dicken Materialordner machte, pflegte er, nur mit einer knappen Zusammenfassung bewehrt, an den jeweiligen Ort zu reisen und in die dortige Atmosphäre einzutauchen. Was er erfuhr, wenn er eine gewisse Zeit vor Ort verbrachte und die Einheimischen kennen lernte, hauchte seiner Story Leben ein und verlieh ihr Facetten, die keine professionelle Recherche zutage fördern konnte.

Was Dun allerdings nicht wissen konnte. Guys schroffe Antwort ließ ihn zusammenzucken und das Gesicht abwenden. Als er wieder herguckte, erschrak Guy über seinen Gesichtsausdruck. Die Intensität war verschwunden, aber an ihrer Stelle war da nicht Enttäuschung, sondern schiere Pein.

»Okay«, sagte Guy, »wir reden morgen Vormittag darüber.«

Erleichterung löste Duns verzerrte Züge. »Sie machen es also.«

»Ich werde darüber nachdenken.« Aber das Prickeln war wieder da, noch stärker als vorher, und diesmal ließ es sich nicht unterdrücken. Wie konnte er einer Story widerstehen, die auf einen Mann wie Dunbar Harrison eine solche Wirkung hatte?

Er sprach mit Marta, bevor er die Party verließ. Acht Wochen später war er, gespannter denn je und mit einem Verlagsvertrag in der Tasche, auf dem Weg nach Soledad County.

Rho hockte sich mit einer Gesäßbacke auf die Ecke von Valeries Schreibtisch und nahm sich das Klemmbrett mit den aktuellen Faxen aus Santa Clara – Infos und Memos von der Hauptstelle des Departments, die in einem steten Strom aus dem Faxgerät quollen. Während sie die Faxe durchsah, fragte sie die Sekretärin: »Weißt du, wo Wayne hingefahren ist?« Er hatte die Dienststelle verlassen, kaum dass die letzten Muschelräuber in den zweiten Bus verladen waren.

»Eine Vier-fünf-neun oben in Deer Harbor. Ferienhaus. Wertvoller Schmuck und Antiquitäten entwendet.« Valerie grinste und nahm ihr Strickzeug wieder auf. »Also, ich frage dich, wer lässt denn solche Wertgegenstände in einem Ferienhaus, wo es noch nicht mal eine Alarmanlage oder einen privaten Wachdienst gibt?«

»Leute, die ihre Versicherungsgesellschaft ausnehmen wollen.«

»Also wirklich, wenn man lange genug an einem Ort arbeitet, erlebt man einfach alles.«

»Allerdings.« Rho seufzte und überflog ein Memo, das besagte, der Antrag des Departments auf Mittel zur Einstellung zweier weiterer Streifenbeamter und eines Detectives für die Küsten-Dienststelle sei von der County-Verwaltung abgewiesen worden.

Das Problem an der Polizeiarbeit hier in Soledad County war, dass der Bezirk einfach zu groß und zu komplex war. Da waren der Staatswald im Osten, Santa Carla, Talbot's Mill und Cedar am Highway 101, das Küstengebirge und die Küste selbst. Der Küstenbereich ging von Westhaven im Süden bis Oilville – dessen mittlerweile versiegte Ölquellen zu den ersten in Kalifornien gehört hatten – im Norden. Dazwischen lagen kleinere Ortschaften, Naturschutzgebiete, große Viehzuchtländereien und schlichte Wildnis.

Diese eine Dienststelle hier war für den fast hundert Meilen langen Küstenstreifen zuständig. Rho, neun weitere Deputys und Dienststellenleiter Iverson waren das ganze Personal des Unterbezirks, der sich partiell mit den Polizeibezirken der weiter landeinwärts gelegenen Städte überschnitt. Von den Küstenorten hatte keiner eine eigene Polizei, und selbst mit Unterstützung der Highway Patrol waren die Aufgaben einfach nicht zu bewältigen.

Es war auch nicht gerade hilfreich, dass das Ermittlungsbüro des Departments in der Hauptstadt des Countys saß. Wenn an der Küste etwas Schwerwiegendes vorfiel, wurden zwar Detectives aus Santa Carla herübergeschickt, aber die überließen in den meisten Fällen die eigentliche Laufarbeit dann doch Streifenbeamten wie ihr. Folglich verstanden sie und ihre Kollegen zwar mehr von Ermittlungsarbeit als ihre Kollegen weiter landeinwärts, und ihr Job war auch interessanter, aber sie verrichteten Detective-Arbeit für das Gehalt von Streifenbeamten. Viele Deputys beschwerten sich darüber, aber Rho machte es nichts aus. Oft arbeitete sie wie heute sogar an ihren freien Tagen.

Sie legte das Klemmbrett auf den Schreibtisch und erhob sich. »Wenn du Wayne siehst«, sagte sie zu Valerie, »sag ihm, ich fahre nach Point Deception, um nach einem verlassenen Fahrzeug zu gucken.«

Valerie hob den Blick von ihrem Strickzeug und musterte Rho mit ihren scharfen Vogelaugen. Ihr Blick sagte, dass Rho ihr aus vielerlei Gründen Leid tat: weil sie keinen Mann und keine Kinder und kein Leben außerhalb des Jobs hatte; weil sie sich in die Arbeit stürzte, um Fehler wieder gutzumachen, die man unter normalen Umständen jedem Anfänger zubilligen würde; weil sie vor dreizehn Jahren in anormale Umstände hineingestolpert war, die sie bis heute verfolgten.

Aber vielleicht dachte Valerie ja auch nichts von alledem. Vielleicht tat Rho sich ja nur selbst Leid.

Als Guy um kurz nach drei ins Motel zurückkam, stand die Tür zu seinem Zimmer offen. Bisschen spät für das Zimmermädchen, zumal nur noch zwei andere Zimmer belegt zu sein schienen. Er schlich sich misstrauisch an, gefasst auf eine weitere unerfreuliche Überraschung am Ende eines unerfreulichen und frustrierenden Arbeitstages.

Eine Frau mit einem Riesenhintern – dem, was einer seiner britischen Freunde »posteriore Exuberanz« nannte – stand über sein Bett gebückt und legte gerade letzte Hand an die Laken. Als er durch die Tür trat, fuhr sie herum, griff sich an die Kehle und erbleichte. Dann wurde sie rot, murmelte etwas von ihrem Sohn, den sie zum Zahnarzt habe bringen müssen – vermutlich die Erklärung, weshalb sie so spät dran war –, und ergriff die Flucht, wobei sie ihren Eimer mit Putzutensilien neben seinem Laptop und den Aktenboxen auf dem Tischchen stehen ließ.

Das Zimmermädchen, dachte Guy, war offensichtlich genauso seltsam und unfreundlich wie alle Einwohner von Signal Port, die er heute getroffen hatte. Im Supermarkt, in der Eisenwarenhandlung, der Apotheke und der kleinen Stadtbibliothek. Selbst im Immobilienbüro, sonst immer ein Ort, wo man Fremde mit offenen Armen empfängt, waren die Leute reserviert und wenig zuvorkommend gewesen. In zwei Bars, wo er auf ein Bier Station gemacht hatte, waren ihm diffus feindselige Blicke zuteil geworden. Und am Strand waren die Leute, denen er Komplimente wegen ihrer Hunde machte, vor ihm zurückgescheut.

Ein unfreundlicher Ort, ja, aber da war noch mehr. Das roch geradezu nach Xenophobie.

Er trat an das Tischchen und ergriff den Eimer mit dem Putzzeug, um ihn vor die Tür zu stellen. Da fiel sein Blick auf eine der Aktenboxen. Sie war nicht richtig zu. Er stellte den Eimer ab und klappte den Deckel auf. Keine Frage, jemand war an seinen Akten gewesen.

Aber wer? Wahrscheinlich das Zimmermädchen, so wie es auf sein Erscheinen reagiert hatte. Andererseits waren da auch noch der unfreundliche Motelbesitzer und seine säuerlich dreinschauende Gattin. Oder vielleicht jemand ganz anderer? Wurden in diesem Ort die Habseligkeiten von Fremden routinemäßig durchstöbert?

Oder war er ein besonderer Fall? Weil er vorhatte, den seit dreizehn Jahren unaufgeklärten Massenmord im Cascada Canyon ins Licht der Öffentlichkeit zu rücken?

Der schwarze Mercedes stand immer noch auf der Ausweichstelle, die Windschutzscheibe trüb von Salz, die Seitenfenster beschlagen. Rho fuhr den Pick-up dicht an den Zaun und hielt; als sie aussteigen wollte, kläffte Cody. Sie sah ihn streng an und sagte: »Später.« Der Hund war zwar gut erzogen, aber auf diesem Teil des Highways fuhren die Leute schnell, und sie wollte nichts riskieren, schon gar nicht in einer unübersichtlichen Kurve.

Auf der Ausweichstelle standen noch drei weitere Fahrzeuge, zwei Pick-ups und eine alte Limousine. Angler, die durch das Loch im Zaun schlüpften und den grasigen Hang hinabmarschierten, um über die Felsen in die Bucht hinunterzuklettern. Das Land gehörte einem alten Mann, der hier einst Schafe geweidet hatte – Gregory Cordova, Abkömmling von Basken, die sich vor Generationen hier niedergelassen hatten. Er lebte ganz allein in einem heruntergekommenen Farmhaus am Südende des Besitzes und hatte nichts dagegen, dass Leute über seinen Grund und Boden zum Angeln gingen, solange sie ihn nicht störten und nicht campten. Das selbst gemalte Schild mit dem durchgestrichenen Zelt war zwar von Stechginster überwuchert, aber im Großen und Ganzen kannte und respektierte man seine Wünsche.

Rho näherte sich dem Mercedes vorsichtig: Sie war nicht im Dienst, nicht durch die Autorität der Uniform und des Abzeichens geschützt. Gestern Abend war es ihr komisch vorgekommen, dass die Frau weggegangen war, ohne die Motorhaube zu schließen, und sie hatte mit der Stablampe durch die Seitenfenster geleuchtet, um sich zu vergewissern, dass niemand im Wagen schlief. Jetzt guckte sie in den Motorraum, um das Problem ausfindig zu machen, aber das überstieg offenbar ihre Fähigkeiten. Sie ging einmal um den Wagen herum, versuchte es dann an der Fahrertür. Nicht abgeschlossen; eine kursorische Durchsuchung des Wageninneren erbrachte nicht mehr als ein paar Jointstummel im Aschenbecher; im Handschuhfach weder Zulassung noch Versicherungsnachweis, noch sonst irgendwelche Papiere.

Sie ging zum Heck des Wagens und öffnete den Kofferraum. Darin lagen ein standardmäßig aussehender Verbandskasten und ein Rucksack, dessen Inhalt ausgekippt und im Kofferraum verteilt war. Eine Jeans, zwei T-Shirts, ein Föhn, etwas Unterwäsche zum Wechseln, Toilettenzeug. Der Kulturbeutel enthielt das Übliche, jedoch keine verschreibungspflichtigen Medikamente, denen man den Namen des Eigentümers hätte entnehmen können.

Durchwühlt, oder hatte die Frau hastig etwas gesucht? Jedenfalls war sie nur für einen Kurztrip gerüstet gewesen.

Rho schloss den Kofferraum, ging wieder auf die Fahrerseite und fand die Fahrgestellnummer. Sie würde diese Nummer und das Kennzeichen der Zulassungsstelle durchgeben und den Halter ermitteln lassen. Der Wagen würde abgeschleppt und in Verwahrung genommen werden, falls er binnen achtundvierzig Stunden nicht entfernt worden war.

Sie blieb noch ein paar Minuten neben dem Mercedes stehen und versetzte sich an die Stelle der jungen Frau. Verkehr brauste auf dem Highway vorbei – dichter Verkehr, da Samstag war –, aber niemand hielt an, und die paar Leute, die herüberguckten, wandten den Blick rasch wieder ab. Niemand fühlte sich für eine Frau zuständig, die offensichtlich wegen einer Autopanne in dieser einsamen Gegend gestrandet war. Sie waren alle viel zu sehr mit ihren Reiseplänen, ihren Erledigungen oder ihrem Vergnügen beschäftigt, um sich darum zu kümmern.

Zu beschäftigt, um sich darum zu kümmern – wie sie selbst gestern Nachmittag. Nur dass es ihr Job war, sich zu kümmern, ihre verdammte Pflicht, zu helfen und Sicherheit zu gewährleisten.

Guy ließ sich auf einem Hocker an der Hotelbar nieder und orderte ein Beck's. Der Barmann sagte: »Sie sind wieder da.«

»Ja, bin ich.« Als der Mann mit dem Bier wiederkam, setzte Guy hinzu: »Gibt hier für Touristen nicht viel zu unternehmen, oder?«

»Gibt auch nicht viele Touristen.« Der Barmann sah ostentativ auf Guys neues L.-L.-Bean-Hemd, das noch die Verpackungsfalten aufwies. »Jedenfalls keine, die länger als eine Nacht bleiben.«

»Ich dachte, dieses Stück Küste sei der perfekte Urlaubstraum.« Das hatte in einer Gratiszeitung gestanden, die er vorhin im Supermarkt mitgenommen hatte. Signal Port war da allerdings kaum erwähnt worden.

Der Barkeeper zuckte die Achseln. »Teilweise ja. Teilweise nein. Dieser Ort zum Beispiel ist ganz normal. Einfach nur ein Ort, wo Leute ihr Leben leben, arbeiten und Kinder großziehen.«

»War mal ein Holzverladehafen, oder?«

»Stimmt.«

»Und ein Rumschmugglerhafen während der Prohibition?«

»Auch das.«

»Interessante Geschichte. Könnte die hiesige Handelskammer doch ausschlachten.«

»Wenn wir's wollten. Was nicht der Fall ist.« Der Barmann ging zu einem anderen Gast.

Fünf Uhr jetzt, und die Bar füllte sich. Vielleicht war hier ja samstagabends mehr los. Guy musterte die anderen Gäste im Spiegel hinter der Bar: Männer und Frauen, die aussahen, als verbrächten sie die meiste Zeit im Freien. Er blendete die Außengeräusche aus, belauschte ihre Gespräche. Identifizierte verschiedene Gruppen: Berufsfischer, die über den – enttäuschend mageren – Fang der Woche debattierten; Holzfäller, die sich über die seit Jahresbeginn geltenden neuen Forstgesetze beschwerten; Rancher und Rancharbeiter, die sich über ihr Vieh und einen möglichen feuchten Winter unterhielten. Eine festlich gekleidete Großfamilie saß an einem runden Tisch weiter hinten. Aus den Verpackungen der Geschenke, die sich dort türmten, schloss Guy, dass sie wohl einen runden Hochzeitstag des älteren Ehepaares feierten. Ein wesentlich jüngeres Paar an einem kleinen Tisch steckte die

Köpfe über seinen Drinks zusammen. Am Anfang einer ähnlichen Lebensreise, die beiden, und Guy beneidete sie.

Nach und nach erkannte er einige Gäste wieder. Das gemischtrassige Paar, das sich gestern Abend hier gestritten hatte, saß an einem Fenstertisch und trank stumm. Will, der Mann, der mit dem Städter die Pläne durchgegangen war, saß an der Bar mit einer rothaarigen Frau, die umwerfend ausgesehen hätte, wären da nicht die fünfzig überschüssigen Pfunde und die Anspannungsfalten um Mund und Augen gewesen. Guy betrachtete sie ein Weilchen, versuchte herauszubekommen, was ihr Problem war. Will war es jedenfalls nicht; er berührte dauernd ihre Hand, nannte sie »Virge-Darling« und zauberte hin und wieder ein mattes Lächeln auf ihr Gesicht.

In einer Ecke saß ein Paar, halb hinter der Jukebox versteckt. Der Mann war noch ziemlich jung, in den Zwanzigern, mit Punkfrisur und billigen, aber modischen Klamotten. Die Frau war blond, und als sie sich nach der Bedienung umdrehte, erkannte Guy, dass es die Gattin des Großstadttypen war. Die beiden hielten Händchen, aber der Mann sah dauernd auf die Uhr. Dann zog sie jedes Mal einen Schmollmund und schüttelte den Kopf. Einmal sagte sie laut: »Bitte geh nicht, Darling!«

Interessant.

Die Leute kamen und gingen. Die Großfamilie wurde in den Speisesaal gerufen, und eine Gruppe lautstarker Zecher übernahm ihren Tisch. Die abtrünnige Ehefrau und ihr Freund gingen schließlich, und ein anderes Paar, das gerade gekommen war, nahm ihren Platz ein. Der Mann war kräftig und schon leicht ergraut, mit einem Bauch, der über die Gürtelschnalle hing. Die Frau war die schwarzhaarige Autofahrerin, die Guy beinahe überfahren hätte. Er spürte einen seltsamen Stich der Enttäuschung. So eine hübsche Frau und obendrein, wie es schien, die netteste Person im ganzen Ort. War das da ihr Mann?

Er beobachtete die beiden weiter, während sie etwas zu trinken bestellten, und entdeckte schließlich, dass der Mann einen Ehering trug, die Frau aber nicht. Sie redeten ernsthaft über irgendetwas, wobei die Frau einzelne Punkte an den Fingern abzählte, aber ihre Körpersprache hatte nichts Intimes. Vielleicht waren sie ja nur befreundet oder Geschäftspartner.

Jedenfalls war sie wirklich hübsch.

»Was willst du damit sagen, Kiddo?«, fragte Deputy Wayne Gilardi. »Dass die Frau mit dem Mercedes das Opfer der Entführung war, die der Muschelräuber gesehen haben will?«

»Möglich. Die Umstände sind jedenfalls nicht normal. Die Fahrgestellnummer des Mercedes stimmt nicht mit dem Kennzeichen überein. Die Nummernschilder wurden vor sechs Monaten in Ventura County als gestohlen gemeldet. Der Fahrgestellnummer nach ist der Wagen auf einen gewissen Richard Bartlow zugelassen, wohnhaft in Corona del Mar, Orange County. Aber auf diesen Namen existiert dort keine Telefonnummer, weder eingetragen noch uneingetragen.«

»Dann ist er eben umgezogen und hat vergessen, der Zulassungsstelle seine Adressenänderung mitzuteilen.«

»Und die gestohlenen Nummernschilder?«

»Vielleicht kann er sich einen Mercedes leisten, weil er sein Geld damit macht, Schaufenster von Spirituosengeschäften einzurammen und zu plündern.«

Sie trommelte gereizt mit den Fingern auf den Tisch. »Das ist nicht normal, ich sag's dir.«

»Nein, das Einzige, was nicht normal ist, ist, dass du dir an deinem freien Tag die Mühe machst, den Halter eines verlassenen Kraftfahrzeugs ausfindig zu machen. Ich sag dir, das Mädchen wusste, dass die Nummernschilder heiß sind, und hat sich einer heiklen Situation entzogen. Oder sie kommt morgen mit ihrem Freund wieder, der sich für einen begnadeten Automechaniker hält.«

Sie schüttelte den Kopf, trank von ihrem Wein und sah sich um. Die Bar füllte sich zunehmend und – Oh, Mist!

»Was?«, fragte Wayne. Er konnte ihren Gesichtsausdruck inzwischen nur zu gut lesen.

»Nichts.«

Er drehte sich um, suchte den Raum ab. Sein Blick landete auf Alex Ngo, der allein an einem Fenstertisch saß. »Scheißschlitzauge«, sagte er. »Wenigstens ist Lily zur Abwechslung mal nicht bei ihm.«

Rho wies ihn nicht darauf hin, dass die Jacke über der Lehne des anderen Stuhls wie die aussah, die Waynes kleine Schwester häufig trug.

Wayne drehte sich wieder zum Tisch und kippte die Hälfte seines Biers in sich hinein. »Gott, würde es mich freuen, den kleinen Mistkerl dranzukriegen!«

»Weswegen denn?«

»Ach, komm, Kiddo, du kennst doch die Gerüchte.«

»Du meinst wegen der Abalonen-Sammelei?«

»Genau. Einer von den DFG-Leuten, die bei dem Einsatz heute Morgen dabei waren, hat gesagt, sie seien sich zu neunundneunzig Prozent sicher, dass dieser Ngo zu dem Ring gehört.«

»Was haben sie denn bisher gegen ihn in der Hand, außer dass er Vietnamese und Taucher ist?«

»Eins ihrer Observationsfotos zeigt ihn mit einem gewissen Phuc Ky Phan aus Oakland. Phuc ist einer der Mittelsmänner, denen die Taucher die Abalonen übergeben.«

»Und das Foto zeigt Alex bei einer solchen Übergabe?«

»Nein.« Wayne zog ein finsteres Gesicht. »Das Foto zeigt Alex beim Biertrinken mit Phuc auf dem Pier von Calvert's Landing.«

»Und das macht sie zu neunundneunzig Prozent sicher, dass er zum Ring gehört? Und wenn er mit Phuc verwandt ist? Oder befreundet? Dass die beiden sich kennen, beweist doch noch gar nichts.«

»Wieso nimmst du diesen Kerl in Schutz, Rho? Du weißt doch, wie er Lily behandelt. Du hast doch die Spuren in ihrem Gesicht gesehen. Du weißt doch wohl noch, wie ich sie ins Krankenhaus bringen musste, mit zwei gebrochenen Rippen, nach diesem angeblichen Sturz. Ich schwöre dir, wenn er sie in dieses Abalonen-Geschäft reingezogen –«

»Hör auf, Wayne. Ich nehme ihn nicht in Schutz.« Lily war gerade vom WC zurückgekommen und ging jetzt auf Alex zu. »Ich sage nur, dass das DFG keinerlei Beweise hat. Sie sollten schon ein bisschen mehr zusammenkriegen, ehe sie Ngo verhaften.«

Wayne folgte ihrem Blick und drehte sich um. Sein Gesicht färbte sich rot, dann sprang er plötzlich auf, stapfte mit geballten Fäusten los.

Lieber Gott, dachte Rho, nicht noch so eine Szene wie letzte Woche!

Sie stand schnell auf und eilte ihm hinterher, aber bis sie ihn eingeholt hatte, lehnte er schon über Alex und brüllte ihm ins Gesicht: »Ich hab dir doch gesagt, was passiert, wenn ich dich noch mal mit ihr erwische, du verdammtes Schlitzauge!«

Rho fasste Wayne am Arm, versuchte, ihn wegzuziehen. Er schüttelte sie ab, und sie taumelte gegen den Nachbartisch. In der Bar wurde es still.

Alex saß mit verschränkten Armen da und tat, als sei Wayne gar nicht da, aber Lily stand halb auf. »Lass das, verdammt!«

Wayne packte seine Schwester am Arm und zog sie ganz hoch. »Geh raus und warte in meinem Wagen auf mich.«

»Ich denke nicht – Au! Das tut weh, du Idiot!«

Jemand trat zwischen Rho und Wayne, ein hoch gewachsener Mann, der sich schnell und selbstsicher bewegte. Er nahm Wayne in einen gekonnten Spezialgriff, zwang ihn, Lily loszulassen. Sagte zu den beiden: »Gehen Sie. Schnell!«

Sie verschwanden, während Wayne gegen seinen Widersacher ankämpfte. Rho trat vor, um zu intervenieren, und erkannte den Mann. Der Tourist, den sie heute Morgen beinahe überfahren hätte.

»Lassen Sie ihn los«, befahl sie ihm. »Ich erledige das.«

Die schwarzhaarige Frau übernahm die Sache, und Guy ließ ihren Freund los. Sie packte ihn an beiden Armen und sprach energisch auf ihn ein, ihr zierliches Gesicht dicht an seinem.

»Du kannst nicht so weitermachen, Wayne. Du treibst sie nur von dir weg.«

»Dieses Scheißschlitzauge ruiniert ihr Leben –«

»Nein, *Lily* ruiniert ihr Leben, und solange sie das nicht erkennt und selbst etwas dagegen zu tun beschließt, wird nichts, was du sagst oder tust, irgendwas ändern.«

»Da bist du ja wohl Expertin, Rho.«

Die Frau zuckte zusammen, ließ ihn los. »Was zum Teufel soll das heißen?«

Er schüttelte den Kopf, wandte sich Guy zu und gab ihm einen Stoß, der ihn gegen die Jukebox krachen ließ. »Sie wissen nicht, mit wem Sie's zu tun haben, Freundchen. Behalten Sie Ihre verdammten Flossen bei sich!« Dann marschierte er mit wutverkrampftem Schritt zur Tür.

Guy stieß sich von der Jukebox ab und rieb sich die Schulter, wo ihn Wayne gepackt hatte. Die Frau kam zu ihm herüber und sagte: »Danke für Ihre Hilfe. Wo haben Sie diesen Griff gelernt?«

»Bei der Marine. Küstenpatrouille. Darf ich Ihnen einen Drink spendieren?«

»Ich spendiere Ihnen einen.« Sie steuerte wieder auf ihren Tisch zu; Guy folgte ihr und setzte sich auf den Stuhl, den Wayne geräumt hatte. In der Bar herrschte jetzt wieder der normale Geräuschpegel. Vielleicht waren Handgreiflichkeiten ja ein normaler Bestandteil der Samstagabendbelustigungen von Signal Port.

»Ihr Freund mag Asiaten nicht besonders«, bemerkte er.

»Mein Kollege vom Sheriff's Department, Deputy Wayne Gilardi, mag diesen konkreten Asiaten nicht besonders – und das aus gutem Grund.«

Guy dachte an den UNTERSTÜTZEN SIE IHR ÖRTLICHES SHERIFF'S DEPARTMENT-Aufkleber an ihrem Wagen und zuckte zusammen. Sie war ein Cop. Und dieser Wayne auch. Großer Gott …!

»Ich hätte ihn nie so angepackt, wenn ich gewusst hätte –«

»Woher hätten Sie's wissen sollen? Er ist nicht im Dienst.«

»Trotzdem, man läuft doch nicht rum und begeht tätliche Angriffe auf Gesetzeshüter.«

»Dazu hat man jedes Recht, wenn sich Gesetzeshüter so idiotisch aufführen. Außerdem hätte seine Kollegin heute Morgen beinahe einen tätlichen Angriff auf Sie begangen. Haben Sie sich von dem Schrecken erholt?«

»Voll und ganz. Ach, übrigens, ich heiße Guy Newberry.« Er wartete ab, ob ihr der Name etwas sagte, aber wenn ja, ließ sie es sich nicht anmerken. Schriftsteller, dachte er sarkastisch, verrichteten ihr mühseliges Werk im Verborgenen. Selbst Bestsellerautoren wie er wurden nicht wahrgenommen, es sei denn, sie waren schon auf einem anderen Gebiet prominent oder erschienen bei einem Event, wo die Anwesenden mit ihnen rechneten. Einerseits machte die Anonymität seine Art von Arbeit ja leichter, aber andererseits konnte sie auch ganz schön desillusionierend sein.

»Rhoda Swift.« Sie streckte ihm die Hand hin, und er ergriff sie. Ihr Händedruck war fest und geradeaus.

Während sie der Bedienung winkte, sagte er: »Sie sind also beim Sheriff's Department.«

»Veteranin mit dreizehn Dienstjahren, bei der hiesigen Dienststelle. Und Sie sind nicht aus dieser Gegend.«

»Merkt man das so deutlich? Tja, stimmt, ich bin aus New York. Aber ich trage mich mit dem Gedanken umzuziehen. Wie lebt sich's denn so in Signal Port?«

Sie runzelte die Stirn – eher verblüfft über die Frage als verärgert, dachte er. »Wie in jeder Kleinstadt, schätze ich. Jeder kennt einen, weiß, was man für eine Lebensgeschichte hat, was man macht. Und jeder liebt es, das mit jedem durchzuhecheln. Aber zum Glück weiß man auch alles über die anderen, und so gleicht es sich unterm Strich aus.«

»Haben Sie Ihr ganzes Leben hier zugebracht?«

»Bis auf ein paar Collegejahre in einer anderen Kleinstadt.«

»Nie den Drang gehabt, mal rauszukommen, es mal in der Großstadt zu probieren?«

»Nicht besonders. Ich würde das Kleinstadtmädel innerlich doch mitschleppen. Und Sie, Mr. Newberry –«

»Guy.«

»Guy. Und bitte nennen Sie mich Rhoda. Was machen Sie beruflich, dass Sie so ohne weiteres erwägen können, in eine so abgelegene Gegend zu ziehen?«

Rhoda Swift, dachte er, war ja vielleicht freundlicher als ihre Mitbürger, aber genauso geschickt im Abwimmeln von Fragen. Und er spürte, dass sie als Beamtin des Sheriff's Departments ganz dichtmachen würde, wenn er ihr ehrlich sagte, weshalb er hier war. Also entschied er sich für die Halbwahrheit.

»Freier Schriftsteller«, sagte er. Und um sie in diesem Punkt möglichst gründlich zu langweilen, stürzte er sich in einen längeren Monolog über den neuen Laptop, den er sich für diese Reise gekauft hatte.

Der Abend verlief angenehm, wenn auch nicht sonderlich ergiebig, bis zu den letzten Bissen des auf die Drinks folgenden Essens, endete dann aber abrupt, als Rhodas Pager piepte und sie ans Telefon in der Halle ging, um zurückzurufen. Sie kam schmallippig und sichtlich bestürzt an den Tisch zurück, beließ es aber bei der knappen Erklärung, ein potenzieller Zeuge einer schweren Straftat sei in seiner Zelle im Untersuchungsgefängnis von Santa Carla umgebracht worden.

Chrystal: Vorher

Freitag, 6. Oktober
10 Uhr 32

Gott im Himmel, diese Straße! Ich fand ja schon das eine oder andere Stück unten in Mendocino County ganz schön haarig, aber das hier schlägt alles um Längen. Bisschen zu schnell in die Kurve, und du rauschst voll über die Klippen. Und es ist ein ganz schön langer Weg bis dort unten.

Wie zum Teufel überstehen es die Leute hier, diese Strecke jeden Tag fahren zu müssen? Gewöhnen sich dran, schätze ich. Müssen sich ja wohl auch dran gewöhnen, so weit von allem weg zu sein. Hab schon einige Meilen kein Haus mehr gesehen, nur Kühe an den Hängen. Ich weiß noch, was Jude immer über die Kühe gesagt hat: dass sie eine Spezialzüchtung sind, mit kürzeren Beinen auf der einen Seite, damit sie an den steilen Hängen stehen können. Sie fand das irre komisch, aber Leo hat es immer auf die Palme gebracht.

Meilenstein. Dreißig Meilen bis Signal Port. Bisschen weniger bis dahin, wo ich hinwill. Aber die Meilen kommen einem hier länger vor als auf normalen Straßen. Viel länger.

Gott im Himmel, Chryssy, pass auf, wo du hinfährst! Du

bist zu weit gekommen, um jetzt alles zu versieben, indem du über die Klippen rauschst. Du bist nervös, das ist alles. Die ganzen Anweisungen und Warnungen, die Jude dir mit auf den Weg gegeben hat – die schlagen dir aufs Hirn.

Warum hat sie mich denn hierher geschickt, wenn sie denkt, ich schaff's nicht? Aus Verzweiflung, schätze ich. Und aus Habgier. Na ja, warum nicht? Sie und ich, wir haben nie was gehabt. Und wieso sollte sie was anderes denken, als dass ich's nicht schaffe? Sie erzählt mir doch schon mein Leben lang, dass ich nichts hinkriege.

Aber diesmal krieg ich's hin. Diesmal liegt Jude falsch.

Sonntag, 8. Oktober

Sie kniete in den nebelfeuchten Kiefernnadeln, und der Körper des Jungen war so leicht, dass sie ihn ohne weiteres in den Armen halten konnte. Blutige Blasen quollen zwischen seinen Lippen hervor, als er nach Luft rang, und seine Augenlider flatterten. Sie stocherte hektisch mit den Fingern in seinem Mund herum, versuchte die Luftwege frei zu kriegen.

Sirenen in der Ferne. Die Verstärkung.

»Halt durch, halt *durch*!«

Der Körper des Jungen zuckte, und ein Blutschwall schoss aus seinem Mund, durchtränkte ihr Uniformhemd. Er konnte nicht mehr.

»Nein, bitte Gott, nicht!«

Scheinwerfer glitten die Zufahrt herauf. Rot- und Blaulicht tauchte die Kiefern in groteskes Licht, huschte über das jäh erstarrte Gesicht des Kindes, das sie nicht hatte retten können. Eine blonde junge Frau stand vor ihr, mit wehendem langen Haar, und ihre Augen fragten, warum –

Rho fuhr hoch, saß schaudernd im Bett. Einen Moment lang war sie noch am Schauplatz des Verbrechens, im Cascada Canyon, aber dann holten sie vertraute Dinge – die Leuchtanzeige des Digitalweckers, die Umrisse des Fensters, Codys leises Schnaufen – wieder in die Gegenwart zurück.

Sie beugte sich vor, die Ellbogen auf die Knie gestützt, die Hände auf die feuchten Augen gepresst.

Wie immer sah sie sich im Übergang vom Albtraum zur Wirklichkeit mit einer bitteren Wahrheit konfrontiert: Als der kleine Heath Wynne in jener Nacht in ihren Armen gestorben war, war auch ein Stück von ihr gestorben. Ihre Träume von einer Familie, ihre Ehe, alles, was Ähnlichkeit mit einem normalen Leben hatte – vorbei. Das mit der Familie, weil sie es nicht fertig brachte, Kinder in eine Welt zu setzen, wo sie von Kugeln durchsiebt werden konnten. Die Ehe, weil ihr Mann unbedingt die Kinder wollte, die sie ihm verweigerte. Das normale Leben, weil sie, nachdem sie mit dem Trinken und den Pillen aufgehört hatte, nur durch rigide Kontrolle funktionieren konnte und diese Art Kontrolle Liebe und Intimität ausschloss. Wie Kinder wurden solche Gefühle besser gar nicht erst geboren.

Die meiste Zeit kam sie zurecht, und zwar gar nicht schlecht. Sie war gut in ihrem Beruf, nett zu ihren Freunden. Sie besaß jetzt das Haus, plante Verschönerungsmaßnahmen und einen Garten. Und der Albtraum kam inzwischen Gott sei Dank seltener.

Aber jetzt, vier Tage vor dem Jahrestag der Morde, war er zwei Nächte in Folge gekommen, in leicht veränderter Version: mit der blonden jungen Frau, die sie zwang, gleichzeitig der fernen und der jüngsten Vergangenheit ins Auge zu sehen. Warum –?

Das Telefon klingelte. Sie guckte blinzelnd auf den Wecker, sah, dass es Viertel vor sieben war. Nach einigem Gefummel hatte sie den Hörer am Ohr und stieß einen fragenden Grunzlaut aus.

Wayne Gilardis Stimme. Irgendetwas in seinem Ton ließ

Adrenalin durch ihren Körper jagen wie ein schnelles Virus.

»Sag das noch mal, Wayne.«

»Angetriebene Leiche. Weiblich. Bei Point Deception. Zwei Brandungsfischer haben sie in der Lantern Cove entdeckt. Ich könnte deine Hilfe gebrauchen, Kiddo.« Waynes Stimme verriet keinen Ärger wegen der abendlichen Szene in der Hotelbar. Aber auch keine Reue. Wie es klang, hatte er – bestenfalls ein mäßiger Ermittler – einen wichtigen Einsatz übernommen und scheute sich jetzt nicht, sie um einen Gefallen zu bitten.

»Deine Position?«, fragte sie.

»Ich kann in fünf Minuten bei dir sein.«

»Gib mir zehn.«

Guy stand auf dem verlassenen Pier und beobachtete den vorbeiziehenden Nebel. Eine schmutzig graue, in Schwaden dahinwallende Masse, die einem das Gefühl gab, dass es immer noch Nacht war. Er hatte nicht schlafen können und war hier heruntergekommen, um frische Luft zu schnappen und seinen Kopf ein bisschen durchzulüften.

Der gestrige Abend mit Deputy Rhoda Swift hatte ihn zu der Überzeugung gebracht, dass er die Einwohner von Signal Port wohl doch anders angehen musste. Trotz der Drinks, des Essens und seiner schmeichelnden Aufmerksamkeit hatte sie die ganze Zeit Distanz gehalten. Eine höfliche, aber eiserne Distanz. Und sie hatte die meisten seiner Fragen retourniert, als hätte er sie gegen eine Gummiwand gefeuert.

Das bisschen, was er von ihr erfahren hatte, war schnell zusammengefasst: Signal Port war ein toller Ort zum Aufwachsen gewesen. Sie hatte immer schon ihr Leben hier verbringen wollen. Sie hatte das Chico State College – wo immer das war – besucht, in der Absicht, wieder nach Hause zurückzukehren und an der Grundschule zu unterrichten, aber in dem neu zusammengelegten Schulbezirk hatte es keine Stellen gegeben, also hatte sie sich schließlich, auf Anraten ihres Deputy-Vaters, beim Sheriff's Department beworben. Sie war einmal verheiratet gewesen, mit einem Bauunternehmer, der die Stadt vor sieben Jahren verlassen hatte. Kinder hatten sie nicht. Der Labrador hieß Cody. Sie hatte ihn vor zwei Jahren aus dem Tierheim geholt, als sie sich ein Haus in den Hügeln gekauft hatte. Ihr .357er Smith-&-Wesson-Revolver bot ihr mehr Schutz als der Hund, der wild entschlossen war, mit jedermann gut Freund zu sein.

Oberflächliches Zeug, wie man es beim ersten Kennenlernen austauscht. Und doch war da eine Unterströmung, etwas, das Rhoda Swifts braune Augen immer wieder verdüsterte und weghuschen ließ. Ihre Geschichte war chronologisch gut strukturiert, verriet aber einen jener großen Brüche, die Menschen oft dadurch kennzeichnen, dass sie von »vorher« und »nachher« sprechen.

Vor meiner Geburt und danach. Vor Kennedys Ermordung und danach. Bevor ich Schriftsteller wurde; bevor ich es auf die Bestsellerliste schaffte; vor Dianas Tod …

Danach.

Es gab noch viele andere Brüche in Guys Leben, aber der wichtigste war Dianas Tod. Es war, als ob sie, die Profi-Fotografin, die die Fotos für seine Bücher geschossen hatte, eins ihrer Negative umgekehrt hätte, sodass Schwarz zu Weiß und Weiß zu Schwarz wurde. Die Fundamente seines Lebens waren plötzlich weg gewesen, und er hatte seine grundlegendsten Prämissen in Frage zu stellen begonnen.

Bei Rhoda aber war es nicht die Trennung von Zach, dem Bauunternehmer. Der zentrale Bruch in ihrem Leben war schon lange vorher eingetreten, vor dreizehn Jahren, kurz nachdem sie beim Sheriff's Department angefangen hatte. Sie war sich dessen vermutlich nicht mal bewusst, merkte gar nicht, wie oft sie darauf anspielte, aber es war ein durchgängiger Subtext ihres Gesprächs gewesen.

Dreizehn Jahre: Der Zeitpunkt stimmte. Wenn er sie dazu bringen konnte, sich zu öffnen, würde Rhoda Swift für sein Projekt von großem Nutzen sein.

Guy fröstelte und zog den Reißverschluss seines Anoraks zu. Er hatte schon eine Weile diffus wahrgenommen, dass sich der Verkehrsfluss auf dem Highway hinter ihm staute. Jetzt drehte er sich um und sah einen Streifenwagen des Sheriff's Departments südwärts vorbeirasen. Ein Rettungswagen der freiwilligen Feuerwehr folgte, und vor der Küste dröhnte ein Hubschrauber vorüber.

Eine größere Sache.

Vielleicht ein weiteres »Vorher« und »Nachher«.

»Es könnte die Frau aus dem Mercedes sein«, sagte Rho, die den aufgequollenen Leichnam auf der Bahre vor sich musterte. »Sie war blond und trug ein Stretchtop. Aber ich habe sie nur flüchtig gesehen.«

»Warum haben Sie nicht angehalten?«, fragte Ned Grossman, ein Detective, der per Hubschrauber aus Santa Carla eingeflogen worden war. In seinem Ton schwang ein leiser Vorwurf, den sie zu ignorieren beschloss.

»Ich musste auf einen Code zwo reagieren, und danach wurde es hektisch. Als ich kurz vor Dienstschluss noch mal vorbeigefahren bin, war die Frau weg.«

Grossman, lang und hager, mit stahlgrauem Haar und

dünnrandiger Brille, nickte und schien mit dieser Antwort zufrieden. »Haben Sie den Einsatz übernommen?«

»Wayne Gilardi hat ihn übernommen. Er hat mich unterwegs abgeholt.«

Der Detective guckte nicht sonderlich erfreut, als Waynes Name fiel. Er und seine Kollegen vom Ermittlungsbüro wussten wohl um die unterschiedlichen Fähigkeiten der Deputys im Küstenbereich. »Okay«, sagte er, »Gilardi wird bei dem Fall assistieren müssen, da es sein Einsatz war, aber Sie will ich auch dabeihaben.«

»Ja, Sir.«

Grossman wandte sich ab, um mit seinem kleinen, glatzköpfigen Partner zu sprechen, den er als Denny Shepherd vorgestellt hatte. Rho ging zum Klippenrand über der Bucht, aus der das Rettungsteam den halb bekleideten Leichnam geborgen hatten. Lantern Cove – so genannt, weil in der Zeit der Prohibition Rumschmuggler dort unten Kerosinlampen aufgestellt hatten, um FBI-Agenten von ihren heimlichen Aktivitäten in Signal Port abzulenken.

In ihrem Arbeitsalltag hatte Rho öfters Gelegenheit, Leichen zu sehen – Menschen, die eines natürlichen Todes gestorben waren, tödlich Verunglückte, Ertrunkene, das eine oder andere Opfer einer blutigen Ehe- oder Beziehungstragödie. Aber das hier war anders. Wenn die Tote die gestrandete Autofahrerin war – und Rho neigte zu dieser Annahme –, dann hatte sie sie nicht nur gesehen, als sie noch gelebt hatte, sondern war noch im Traum von ihr verfolgt worden. Und sie hätte ihren Tod verhindern können.

Das hohe Gras hinter ihr raschelte. Waynes Stimme sagte: »Grossman hat mir gerade erklärt, dass er uns beide bei diesem Fall dabeihaben will.«

»Ja, das hat er mir auch schon gesagt.« Sie zeigte auf den

Detective und seinen Partner, die gerade mit zwei Kollegen in die Bucht hinunterkletterten.

Wayne fragte: »Was denken die, was sie da unten finden? Da ist doch nichts. Sie wurde ja nicht hier ins Wasser geworfen.«

»Nein.« Rho besann sich auf ihr Wissen über die Strömungsverhältnisse, vergegenwärtigte sich die Gezeitentabelle für diese Woche. »Muss irgendwo nördlich von hier gewesen sein, nicht weiter als Deer Harbor und nicht vor gestern Nacht. Sie ist nicht so aufgedunsen und entstellt, dass sie länger im Wasser gelegen haben könnte.«

»Stimmt. Ich muss sagen, mir war's lieber, als ich noch dachte, es wäre der simple Fall einer gestrandeten Touristin, die im Dunkeln hier draußen herumgewandert und von den Klippen gefallen ist.«

»Aber die Tatsache, dass sie nur dieses Stretchtop anhat, und die Gewaltspuren an Handgelenken, Hals und Oberschenkeln – das war Mord. Wahrscheinlich ein Sexualmord. Und Entführung.«

»Du meinst, sie war die Entführte, von der dieses Muschelräuber-Schlitzauge geredet hat?«

»Wäre höherer Zufall, wenn nicht.«

»Und ihre Ermordung hat irgendwas mit der Muscheltaucherei zu tun?«

»Vielleicht. Hast du gehört, dass Zhi Phung heute Nacht von einem seiner Zellengenossen erwürgt wurde?«

Wayne runzelte die Stirn. »Nein. Warum sagt mir das keiner?«

»Die Zentrale hat seinen Tod dem DFG gemeldet, und die haben dich zu erreichen versucht. Als du nicht aufzutreiben warst, haben sie mich angerufen.«

Sein Blick huschte weg und suchte den Horizont ab. Rho

kannte ihn gut genug, um sich ziemlich sicher zu sein, dass ihn deshalb niemand erreicht hatte, weil er nach der Szene im Hotel in den Bars versackt war.

Sie fuhr fort: »Zhi könnte umgebracht worden sein, weil der Entführer der Frau jemand aus dem Muschelräuberring war. Oder aber es war einfach nur Rache, weil er gegen ihren Ehrenkodex verstoßen hatte. Falls wir es überhaupt je herausfinden, dann bestimmt nicht so schnell, weil nämlich keiner von den Zellengenossen den Mund aufmacht.«

Wayne presste die Lippen zusammen und schüttelte den Kopf. »Verdammt, einen schlechteren Zeitpunkt für so was hätte es nicht geben können. So kurz vor dem Jahrestag werden die ganzen alten Ängste und Befürchtungen wieder aufleben.«

Der Jahrestag der Canyon-Morde. Die Ängste und Befürchtungen, dass noch immer ein Monster unter ihnen war.

»Mach mal halblang«, sagte sie. »Grossman ist ein guter Detective und sehr diskret. Er wird die Sache unter Verschluss halten. Niemand wird was erfahren, bevor Santa Carla den Autopsiebericht rausgibt. Und ich habe schon bei dem Mercedes angesetzt. Wenn ich den Halter erst mal gefunden habe, werde ich in der Lage sein, unsere Tote zu identifizieren.«

»Eben hast du noch gesagt, es *könnte* die Frau aus dem Mercedes sein.«

»Ich weiß, ich war vorsichtig. Aber wie groß ist die Wahrscheinlichkeit, dass sie's nicht ist?«

»Winzig.«

»Okay, wir werden mit Grossman reden, sobald er wieder raufkommt, und dann loslegen. Ich übernehme die Identifizierung. Du fragst herum, ob irgendjemand sie gesehen hat, guckst, ob du die Ereigniskette zusammenpuzzeln, irgendwie einen zeitlichen Ablauf rekonstruieren kannst. Ein Aufruf übers Lokalfernsehen könnte vielleicht was bringen.«

Der bullige Deputy antwortete nicht. Rho sah ihn an, bemerkte seine bedrückte Miene.

»Was ist?«, fragte sie.

Er schüttelte den Kopf.

Vorhin hatte er von den alten Ängsten und Befürchtungen gesprochen. Jetzt regten sie sich in ihr. »Wayne, woher wusstest du, dass sie nach Einbruch der Dunkelheit immer noch auf der Ausweichstelle war?«

»Was?«

»Du hast gesagt, es war dir lieber, als du noch dachtest, es ginge einfach nur um eine gestrandete Autofahrerin, die *im Dunkeln* hier draußen herumgewandert ist.«

»Dir entgeht auch gar nichts.« Sein Mund verzog sich zu einem verlegenen Grinsen. »Okay, am Freitagabend war ich … jemanden treffen, unten in Westhaven. Auf der Rückfahrt habe ich die Frau im Scheinwerferlicht meines Pick-ups gesehen. Sie trug einen langen Pullover, bis an die Knie, aber sie hatte nackte Beine und musste wohl ganz schön frieren. Normalerweise hätte ich ja gehalten, aber ich war spät dran und hatte Angst, dass Janie mir die Hölle heiß macht. Also hab ich's nicht getan.«

Er hielt kurz inne und schüttelte den Kopf. »Verdamm mich, Rho, es ist mein Job, mich um Leute zu kümmern, aber ich hab sie einfach dort stehen lassen. Zu was für einer Sorte Mensch macht mich das?«

Guy kroch in der Schlange von Gaffern an der Ausweichstelle vorbei, wo er am Freitagnachmittag das Mädchen gesehen hatte. Ihr schwarzer Mercedes war immer noch da, wurde aber gerade auf einen Abschleppwagen gehievt, und auf der Ausweichstelle drängten sich Rettungsfahrzeuge und Streifenwagen. Der Hubschrauber, den er vorhin gesehen hatte, war hinterm Zaun gelandet. Der ganze Bereich war mit gelbem Absperrband abgeriegelt, und Beamte der Highway Patrol winkten die Autos weiter.

Er sah das Mädchen vor sich, das wehende lange Blondhaar. Wie lange mochte es gedauert haben, bis Dianas Stimme ihn dazu gebracht hatte, zu wenden und zurückzufahren? Fünf Minuten höchstens. Nicht lange, aber lange genug, dass dem Mädchen etwas zugestoßen sein konnte. Falls dieser ganze Aufruhr hier mit ihr zu tun hatte. Vielleicht schleppten sie ja auch nur den verlassenen Wagen ab, um Platz für andere Fahrzeuge zu schaffen.

Dennoch verspürte er leise Gewissensbisse und auch eine gewisse Neugier, vor allem wohl, weil er vermutete, dass Rhoda Swift unter den anwesenden Polizeibeamten war. Aber aus dieser endlosen Autoschlange gab es kein Entkommen –

Er erspähte rechts die Einmündung eines unbefestigten Wegs, mit schiefen Hausnummern an einem Pfahl. Als er bremste und abbog, hupte der Fahrer hinter ihm erbost. Der ausgefahrene Weg wand sich durch ein dichtes Kiefernwäldchen und endete an einer Lichtung mit einem verwitterten, windschiefen Farmhaus. Südlich davon standen eine Scheune und ein paar Nebengebäude, alles ziemlich verfallen, und in einem improvisierten Schuppen sah er einen alten Pick-up. Guy hielt an und stieg aus, behielt dabei das Haus genau im Auge. Aus dem gemauerten Schornstein kam kein Rauch, kein Hund bellte, niemand erschien an der Tür oder einem der Fenster.

Er blieb kurz bei seinem Wagen stehen, um sich zu orientieren, und marschierte dann los, durch das Kiefernwäldchen in Richtung Meer. Jenseits der Kiefern erstreckte sich ein kahles Steilufer. Dahinter stürzten die Klippen zum gischtenden Meer ab. Guy stapfte in nordwestlicher Richtung weiter, vorbei an verkohlten Bäumen und dicken Büscheln jener seltsamen Pflanzen mit den flauschigen, hellbeigen Wedeln, die ihm am Freitag schon aufgefallen waren. Am Klippenrand stemmte er sich gegen den Wind und guckte hinunter.

Es war Ebbe, und die Felsen auf dem Grund der Bucht lagen bloß, glänzten nass und schleimig im grauen Licht. Größere, mit Vogeldreck überkrustete Felsformationen ragten aus dem ruhigen Wasser weiter draußen, umgeben von dichtem, waberndem Seetang, der aussah wie ein unter der Wasseroberfläche schwimmender Flokati. Guy roch den Tang: herb, würzig, salzig. Dann drehte der Wind, und er hörte Geräusche, die seine Aufmerksamkeit auf die Klippen unter ihm lenkten.

Zwei Deputys und zwei Männer in Zivil kletterten in die Bucht hinunter, wohl auf Spurensuche in Zusammenhang mit diesem wie auch immer gearteten Vorfall. Guy war mit Verbrechensschauplätzen vertraut, da er früher als Polizeireporter für ein inzwischen eingegangenes Blatt im Staat New York gearbeitet hatte, und dieser Anblick weckte Erinnerungen. Bittersüße Erinnerungen, da er an einem dieser Verbrechensschauplätze Diana kennen gelernt hatte, die damals noch Kamerafrau beim Fernsehen war. Er packte die Erinnerungen rasch weg, um sich auf die Gegenwart konzentrieren zu können.

»Sie haben hier nichts zu suchen, junger Mann.«

Eine altersbrüchige Stimme in seinem Rücken. Er drehte sich langsam um und sah direkt vor sich einen Mann, dessen verwittertes Gesicht zu der Stimme passte, eine Schrotflinte in der Armbeuge. Ein alter Mann, mindestens siebzig, wenn nicht achtzig, mit feinsträhnigem grauen Haar und zahnlosem Mund. Er trug Jeans und ein Holzfällerhemd.

Guy sagte: »Ich dachte, das hier wäre öffentlich zugängliches Land.«

»Quatsch«, erwiderte der Mann nicht unfreundlich. »Sie mussten ja meine Zufahrt nehmen, um herzukommen.«

»Wie viel Land besitzen Sie denn?«

»Hundertneunundsiebzig Morgen diesseits vom Highway und ein kleines Stück drüben auf der anderen Seite, wo mein Brunnenhaus steht. Gehörte schon meinem Großvater, dann meinem Vater, dann mir. Wenn ich nicht mehr bin, fällt's an die Bank, und ich kann nur sagen, viel Spaß damit.«

»Wieso?«

»Das Land hier ist verflucht, das ist es bei Gott.«

»Inwiefern?«

»Sie stellen eine Menge Fragen, was? Wie heißen Sie?«

»Guy Newberry.«

»Ich bin Gregory Cordova. Also, Mr. Newberry, warum sind Sie hier?«

»Ich war neugierig wegen des ganzen Aufgebots drüben an der Ausweichstelle. Dachte, von hier aus hätte ich vielleicht einen guten Blick.« Er zeigte auf die Bucht. »Was ist eigentlich passiert?«

»Wasserleiche. Haben sie vor einer Weile rausgezogen. Sie haben ja ganz schön viel Mühe auf sich genommen, um Ihre Neugier zu befriedigen. Nicht von hier, was?«

»Nein.«

Gregory Cordova musterte Guy mit zusammengekniffenen Augen. »Tourist sind Sie nicht. Sehen nicht so aus. Auf Geschäftsreise? Nein, jemand mit einem strengen Terminplan nimmt sich nicht die Zeit, hier rauszuspazieren, nur weil da ein kleiner Menschenauflauf ist. Rancher oder Fischer auch nicht. Die Art Bräune stammt aus einem dieser Studios, die's jetzt gibt, und mit den Händen da arbeiten Sie bestimmt nicht.«

Der alte Mann war ein guter Beobachter, wenn das mit der Bräune auch nicht stimmte, und er schien das Ratespielchen zu genießen, also sagte Guy nichts.

»Dieser Akzent – sagt mir, dass Sie von irgendwo drüben im Osten kommen. New York?«

»Stimmt.«

»Und was will ein New Yorker hier? Ein neugieriger New Yorker, muss man sagen. Sind Sie Reporter?«

»So was Ähnliches.«

Gregory Cordovas verwitterte Züge waren jetzt unbewegt, seine Augen wachsam. »Was heißt ›so was Ähnliches‹?«

»Ich bin Schriftsteller. Sachbücher und Zeitschriftenartikel.« Es fühlte sich immer noch komisch an, diese Berufsbezeichnung für sich in Anspruch zu nehmen, nachdem er die letzten drei Jahre damit verbracht hatte, sie von sich zu weisen. Der Arbeit, die er liebte, den Rücken zu kehren, weil sie ihm Spaß machte und er nicht wollte, dass sich irgendwelche positiven Gefühle in seinen Schmerz mischten. Nicht wollte, dass sie seine Schuldgefühle wegen Dianas Tod verwässerten.

Der Alte schwieg einen Moment. Dann nickte er, als ob Guy ihm etwas bestätigt hätte, was er schon die ganze Zeit wusste. »Sie sind hier, um über diese jungen Leute oben im Canyon zu schreiben«, sagte er.

Endlich sprach mal jemand die Tragödie an. »Ja.«

»Die Leute hier im Ort hatten schon die ganze Zeit Angst, dass das mal passieren würde.«

»Wieso Angst?«

»Was denn sonst? Ist doch keiner scharf drauf, dass das wieder aufgewühlt wird. Würde nur all die alten Fragen wieder aufwerfen und die Leute wieder dazu bringen, ihre Freunde und Nachbarn komisch anzugucken. Herrgott, es hat sie so viel Energie gekostet, so zu tun, als wäre nichts gewesen. Sie sind einfach erschöpft.«

»Und Sie, Sir? Haben Sie auch so getan, als wäre nichts gewesen?«

»Nein, ich nicht. Mir tun die Leute Leid, die es getroffen hat, aber mein Leben hat es nicht weiter berührt.«

»Das klingt, als ob Sie viel über diese Sache wüssten.«

»Ließ sich wohl kaum verhindern. Jeder an diesem Stück Küste weiß drüber Bescheid. Und der Canyon ist ja nicht weit von hier, die Einfahrt liegt oben am Nordende meines Besitzes. Heutzutage igle ich mich ja ziemlich in meinem Haus ein, aber damals war das noch nicht so. Da musste ich ständig dort vorbei. Ich weiß so viel wie alle anderen. Vielleicht sogar mehr.«

Guys Interesse an dem Geschehen unten in der Bucht verblasste fürs Erste. Er fragte: »Wären Sie bereit, mit mir zu reden? Mir Ihre Eindrücke zu schildern?«

Der alte Mann überlegte lange und gründlich. »Ich bin dazu bereit, Mr. Newberry. Früher oder später muss ja jemand die Leichen im Keller ausbuddeln und ans Licht holen. Und dieser Jemand kann genauso gut ich sein.«

*

Rho steckte in einer Sackgasse, was den Mercedes betraf.

Sie brütete vor dem Computer, fluchte über dessen Langsamkeit und stieß jedes Mal, wenn er abstürzte – was er immer häufiger tat – ein lautes Frustgeheul aus.

Valeries Hand legte sich auf ihre Schulter, und sie schrak zusammen. Sie hatte Valerie gar nicht aufstehen hören. »Du musst mal Pause machen«, sagte die Sekretärin. »Und etwas essen.«

»Verschon mich mit mütterlichen Ratschlägen!«

»Dann tu es meinetwegen. Ich bin es leid, dich die ganze Zeit fluchen und stöhnen zu hören.«

»War es so schlimm?«

»Ich hab dich schon schlimmer erlebt. Du versuchst immer noch, den Halter dieses Wagens ausfindig zu machen, stimmt's?«

»Stimmt.«

»Na ja, vielleicht kann ich dir da ja helfen. Mein Neffe Ron, du weißt doch, der mit den Zwillingen? Der war mal Service-Leiter bei Euro-Motors in Santa Carla.«

»Und?«

»Diese Mercedes-Leute sind ziemlich gründlich – na ja, Deutsche eben. Jedenfalls führen sie genauestens Buch über jeden Wagen, wann er bei der Inspektion war und so was. Wenn der Halter ihn in eine Vertragswerkstatt gebracht hat, dann haben sie seinen Namen und seine Adresse in ihrer bundesweiten Datenbank.«

»Und heute ist natürlich Sonntag, und die Service-Werkstätten haben zu.«

»Ja, aber man kann auch anders an die Information kommen. Sie haben einen Rund-um-die-Uhr-Pannendienst. Der hat auch Zugang zu den Mercedesdaten.«

*

»Ist mein Ernst, wenn ich sage, das Land hier ist verflucht.«

Guy saß entspannt in dem Schaukelstuhl am Kaminofen des alten Mannes, einen Becher Kaffee in der Hand. Gregory Cordova hatte Mühe, zu den Morden selbst zu kommen, und Guy ließ ihn gern reden. Kontext war schließlich auch wichtig.

»Meine Großeltern hatten acht Kinder. Vier starben bei einer Grippeepidemie. Mein Vater hatte öfters Krach mit den Schnapsschmugglern, die während der Prohibition ohne Erlaubnis auf dem Land hier herumspazierten. Sie vergifteten seinen Brunnen und erschossen seine Schafe. Meine beiden Söhne wollten mit der Farm nichts zu tun haben. Kauften sich ein Fischerboot und ertranken bei einem Sturm. Meine Frau wurde verrückt und brachte sich um. Die Schwiegertöchter nahmen meine Enkelkinder und zogen mit ihnen weg. Jetzt sind sie in alle Winde zerstreut. Vor drei Jahren hat jemand, der ohne Erlaubnis auf dem Land campte, sein Feuer nicht ausgemacht. Die verkohlten Bäume, die Sie überall sehen, sind das Ergebnis. Wenn die Forstfeuerwehr nicht so schnell da gewesen wäre, hätten die Flammen den Highway übersprungen und sich bis auf die Hügel raufgefressen.«

»Das ist wirklich eine schlimme Pechsträhne.«

»Verstehen Sie mich nicht falsch. Ich suhle mich nicht in Selbstmitleid. Hab ich nie getan. Man nimmt hin, was einem zuteil wird, und sieht zu, wie man damit fertig wird.«

»Das mag ja Ihre Lebensphilosophie sein, aber nach dem, was Sie mir erzählt haben, sind die Leute hier mit den Morden nicht fertig geworden.«

»Allerdings nicht. Zuerst war die Hysterie groß, aber dann haben sie's unter den Teppich gekehrt, und zwar gründlich. Zuerst waren alle schockiert. So viele Tote, und es musste mehr als ein Killer gewesen sein. Die Leute wollten es den Opfern in die Schuhe schieben. Sagten, sie hätten es selbst heraufbeschworen. Schließlich waren sie Außenseiter, reiche Außenseiter, für unsere Verhältnisse, und es gab Indizien dafür, dass einer von ihnen Drogen hergestellt hatte. Angesichts der Umstände also eine logische Annahme. Und trotzdem, das mit der Schuldzuweisung war schwer, weil doch zwei kleine Kinder dabei waren. Und wenn man Fotos von Oriana Wynne sah, der Sechsjährigen, die überlebt hatte … also, da musste man einfach Mitleid haben.«

»Die Kleine hatte sich versteckt und die Mörder gar nicht gesehen?«

»Genau. Sie hat gesagt, ihre Mutter hätte unten im Canyon Schüsse gehört und sie und ihren Bruder aus dem Haus geschickt. Der Junge hatte nicht so viel Glück. Jedenfalls gingen alle davon aus, dass man bald irgendwelche fremden Dealer verhaften würde, aber als nach einem Monat immer noch nichts passiert war, fingen die Leute an, sich gegenseitig zu beäugen und sich ihre Gedanken zu machen. Die Nerven wurden dünn, Bemerkungen flogen hin und her, öffentlich und privat, die Leute bewaffneten sich, um sich vor ihren eigenen Nachbarn zu schützen. Der Winter damals war schlimm. Der Winter hier ist immer schlimm – Lagerkoller –, aber das war wohl der schlimmste. Als der Frühling kam, waren alle bereit zu vergessen, dass diese Morde je geschehen waren. Nur dass es verdammt anstrengend ist, so was zu vergessen.«

»Haben Sie eine Ahnung, warum die Sache nie aufgeklärt wurde?«

Gregory Cordova zuckte die Achseln. »War eine große Sache, ein riesiger Medienrummel. Jeder wollte ein Stück vom Kuchen – das Sheriff's Department, die Highway Patrol, die Feds. Da wusste die eine Hand nicht, was die andere tat. Beweise wurden verfälscht oder gingen verloren. Die Hauptschuld wurde unfairerweise der Polizeibeamtin in die Schuhe geschoben, die auf den Funkruf reagiert und die ersten Leichen gefunden hatte.«

Guy fühlte das vertraute Prickeln sein Rückgrat emporwandern. »Wer war das?«

»Eine vom Sheriff's Department. Heißt Rhoda Swift.«

Vor dreizehn Jahren. Vorher.

Vor dreizehn Jahren. Nachher.

»Sie sagen ›unfairerweise‹. Warum?«

»Rhoda Swift ist eine prima Frau. Ist eine gute Beamtin geworden. Aber damals war sie noch so neu beim Department, gerade mal drei Wochen dort. Und stolperte gleich in eine so grausige Sache rein. Der eine kleine Junge, Heath Wynne, starb in ihren Armen. Kein Wunder, dass sie Fehler gemacht hat.«

»Sie sagten, die Funkstreife wurde alarmiert?«

»Ja. Eine Nachbarin meldete, dass sie Schüsse gehört hatte. Das ist hier nichts Besonderes. Aber die Frau hatte etwas gehört, was wie Maschinenpistolen klang, und Schreie.«

»Diese Nachbarin – wer war das?«

»Virge Scurlock. Ihr und ihrem Mann Will gehört das angrenzende Land. Riesengrundstück, und das Haus steht ein ganzes Stück vom Canyon weg. Geräusche dringen nur gedämpft und verzerrt bis da rauf. Deshalb hat Virge erst angerufen, als es schon zu spät war.«

Guy dachte an das Paar in der Bar: die Rothaarige mit dem angespannten Gesicht und ihr bemühter Ehemann. »Dieser Will Scurlock, was macht der beruflich?«

»Holzbau. Veranden, Holzverkleidungen und so was.«

»Hat seine Frau rote Haare?«

»Sie haben Sie also schon gesehen. Virge war mal eine Schönheit, aber in den letzten Jahren hat sie angefangen, regelrecht zu fressen. Was man ihr nicht verdenken kann, wo sie doch direkt neben diesem Canyon leben muss. Dort ist alles so geblieben, wie es in der Mordnacht war, und jetzt verfällt es allmählich.«

»Das Anwesen ist in all den Jahren nicht verkauft worden?«

»Wer würde das denn wollen? Und außerdem, Susan Wynnes Familie drüben an der Ostküste – diese Harrisons, die ihre kleine Tochter zu sich genommen haben – will gar nicht verkaufen.«

Harrison, dachte Guy. Vielleicht hatten diese Jahre ohne das Schreiben ja doch ihren Zoll gefordert. Die Übereinstimmung von Susan Wynnes Mädchennamen mit dem Namen des Mannes, der ihn zu diesem Projekt überredet hatte, war ihm entgangen. Susan war vermutlich Dunbar Harrisons kleine Schwester gewesen. Und jetzt, wo er darüber nachdachte – hatte nicht kürzlich jemand eine verwaiste Nichte erwähnt, die Dun zu sich genommen hatte, nachdem die alte Mrs. Harrison gestorben war? Guy verstand jetzt schon eher, warum er das Gefühl gehabt hatte, dass diesen Mann irgendetwas verfolgte, und er verstand auch dessen peinerfüllten Gesichtsausdruck, als er dachte, Guy würde das Projekt ablehnen.

Er fragte: »Warum wollen die Harrisons nicht verkaufen?«

»Soweit ich gehört habe, wollte Susan Wynnes Mutter alles so lassen, als eine Art Gedenkstätte. Und auch als eine Art Vorwurf an die Leute hier. Keine Ahnung, was ihr das geholfen hat, aber die Menschen suchen Trost in den seltsamsten Dingen. Jedenfalls stand, bis sie letztes Jahr starb, alles einfach nur da, und ein hiesiger Sicherheitsdienst hat darauf aufgepasst. Nach ihrem Tod hat der Erbe, wer immer das ist, die Zahlungen an den Sicherheitsdienst eingestellt und auf Rückfragen der Firma nicht geantwortet.«

»Aber die Grundsteuer wird bezahlt?«

»Kann sein. Aber vielleicht haben sie ja auch einfach beschlossen, den Besitz dem County zufallen zu lassen. Ich hab gehört, die Familie ist reich. Reiche Leute können sich's leisten, belastende Dinge einfach abzustoßen.«

Oder einen nichts ahnenden Journalisten loszuschicken, damit er die alten Wunden des Städtchens wieder aufreißt und ihnen Antworten beschafft. Aber war Dun wirklich so dumm, anzunehmen, Guy würde nicht hinter seine wahren Motive kommen? Oder war er davon ausgegangen, dass Guy bis dahin so von der Story gefesselt wäre, dass er es ihm nicht verübeln würde?

Im letzteren Fall hätte er Recht gehabt.

»Diese Beamtin«, sagte er, »Rhoda Swift. Wie ist sie damit fertig geworden, dass man ihr die Schuld gab?«

»Zuerst gar nicht. Sie ist in Signal Port geboren und aufgewachsen, ihr Vater war hier auch schon Deputy. Die Schuldzuweisung hat sie gelehrt, wie schnell sich ein ganzer Ort gegen eins seiner eigenen Kinder wenden kann. Sie hat sich besoffen und ist ein paar Jahre nicht mehr aus dem Suff rausgekommen. Hätte normalerweise ihren Job verloren, aber der Dienststellenleiter war ziemlich nachsichtig mit ihr. Er war in der Mordnacht auch dort draußen. Ihr Mann hat sie verlassen, aber das war vielleicht ganz gut, denn danach hat sie sich am Riemen gerissen. Hat gar nicht erst davonzulaufen versucht, ist hier geblieben und der beste Deputy geworden, den wir je hatten. Ich sage Ihnen, Rho Swift ist zäh. Und gut obendrein.«

Ja, dachte Guy, das sagten ihm seine Instinkte auch.

»Noch eine Frage, Mr. Cordova«, sagte er. »Würden Sie mir sagen, wie ich zum Cascada Canyon komme?«

Rho saß am Schreibtisch, die Füße auf der Tischplatte, und blätterte in einer alten Nummer von *Field & Stream*, ohne wirklich etwas aufzunehmen. Eine Stunde war jetzt vergangen, und der Mann von der Mercedes-Pannendienstzentrale hatte immer noch nicht zurückgerufen, um ihr die Information über den verlassenen Wagen durchzugeben. Die Tür wurde geöffnet, knallte zu. Sie sah auf. Wayne, zornrot und mit finsterer Miene.

»Verdamm mich, Rho«, sagte er, »Grossman mag ja versucht haben, die Sache unter Verschluss zu halten, aber der ganze Ort weiß von dem Mord. Das Rettungsteam hat vorhin auf einen Kaffee im Oceanside Station gemacht, und als sie wieder weg waren, hätten wir's auch gleich ins Internet stellen können.«

Sie ließ die Zeitschrift sinken, nahm die Füße vom Schreibtisch. Jetzt hatten sie wirklich eine kritische Situation am Hals. Die Art des Verbrechens würde nicht nur die kollektive Paranoia im Ort wieder aufleben lassen, sondern womöglich auch Leute, die diese Frau am Freitag gesehen hatten, davon abhalten, sich zu melden. »Wie ist die Reaktion bisher?«

»Wie zu erwarten. Die Leute sind geladen, und viele Frauen haben Angst. Ich habe die halbe Stadt abgeklappert und nur zwei Zeugen gefunden, die zugeben, das Opfer an der Ausweichstelle gesehen zu haben.«

»Es muss doch Dutzende geben.«

»Ich weiß, und ich werde weiter Klinken putzen, bis sie's eingestehen.« Wayne hielt stirnrunzelnd inne. »Die Leute benehmen sich seltsam, nur mal ein Beispiel: Als ich im Hotel war, saß Virge Scurlock in der Bar und guckte das 'Niners-Spiel.«

»Was ist daran so seltsam?«

»Sie ist nicht gerade ein Sportfan. Normalerweise kommt Will allein hin, um die Spiele auf dem Großbildfernseher zu gucken, aber heute hatte er einen Termin mit einem Kunden in Deer Harbor. Virge hat der Bedienung – dieser Becca Campos – erzählt, sie habe sich von ihm am Supermarkt absetzen lassen, dann aber beschlossen, vor dem Einkaufen noch auf einen Drink reinzuschauen.«

»Und?«

»Sie trinkt sonst kaum was, aber heute war sie dabei, sich mit Whiskey voll laufen zu lassen.«

»Wann war das?«

»So um halb zwei, und sie war schon ziemlich weit gediehen. Becca sagte, sie sei so um zwölf gekommen.«

»Stimmt – das ist wirklich seltsam. Hast du mit ihr geredet?«

»Ja, hab ich, wobei nicht viel Brauchbares aus ihr rauskam, aber ich bin immerhin dahinter gekommen, dass sie schon von dem Mord wusste.« Wayne hielt nachdenklich inne. »Weißt du, vor zwei, drei Jahren haben wir uns mal gemeinsam betrunken, Will und ich. Als Janie mich gerade für die drei Monate rausgeworfen hatte. Eigentlich hätte er mich ja trösten sollen, aber es endete damit, dass ich ihn trösten musste. Er hat mir erzählt, dass Virge seit den Canyon-Morden mit jedem Jahr komischer würde.«

»Das hab ich auch gehört.«

»Tja, heute ist sie jedenfalls komischer denn je, und ich finde, wir sollten –«

Das Telefon klingelte. Rho sagte zu Valerie: »Ich geh ran.«

Mercedes, mit der aktuellen Adresse und Telefonnummer des Wagenhalters, eines gewissen Richard Bartlow.

»Ich bin hier draußen auf etwas gestoßen, das interessante Fragen aufwirft«, sagte Guy am Telefon zu seinem Rechercheassistenten Aaron Silber, »und ich brauche eine Information von Ihnen. Steht wahrscheinlich in dem Material, das Sie mir gegeben haben, aber ich habe jetzt nicht die Zeit, das alles durchzuackern. Wer zahlt die Grundsteuer für das Anwesen im Cascada Canyon?«

Schweigen, nur das Klappern von Aarons Computertastatur. Guy sah ihn vor sich: die Drahthaarlocken, das hagere Gesicht, die hungrigen Augen, die durch die getönten Brillengläser auf den Bildschirm starrten, das Lächeln um die schmalen Lippen. Nichts hätte Aaron mehr freuen können als Guys telefonische Mitteilung, dass er ein neues Buch plane. Aaron hatte bereitwillig zwei potenzielle Auftraggeber abgewimmelt – »Politische Meinungsanalysen, Marktforschung. Wer braucht denn so was?« –, um wieder in Guys Dienste zu treten.

»Verdammt!«

Guy hielt den Hörer vom Ohr weg. »Was?«

»Ich habe die Eigentumsverhältnisse nicht nachgeprüft. Grobes Versäumnis. Sorry, Guy.«

»Nicht weiter schlimm. Aber tun Sie's jetzt. Mein Informant hier meint, dass das Anwesen immer noch Dunbar Harrisons Familie gehören könnte.«

»Harrison? Der Typ, der Sie zu dem Projekt überredet hat?«

»Ebendieser. Ich glaube, dass seine Schwester unter den Opfern war und er jetzt will, dass ich für ihn Detektiv spiele.«

»Ganz schön hintenrum, Ihnen das nicht zu sagen.«

»Na ja, die Situation ist kompliziert.«

»Mir brauchen Sie das nicht zu sagen. Ich habe diese Akten zusammengestellt.« Wieder Stille, bis auf das Klappern der Tasten. »Verdammter Mist! Diese Datenbank deckt die Gegend dort nicht ab!«

Guy hielt den Hörer wieder vom Ohr weg und sah auf seine Armbanduhr. Schon nach zwei. Er hatte auf dem Rückweg zum Motel einen frühen Lunch in dieser Grill-Bar namens Oceanside zu sich genommen, und die Gespräche, die er dort mitgehört hatte, waren Anlass genug gewesen, noch in ein paar weiteren Lokalen die Ohren offen zu halten. Die Stimmung im Ort war gespannt und konnte, wenn es dunkel wurde, leicht ins Aggressive umschlagen. Wenn er sich im Cascada Canyon umschauen und anschließend noch mehr von der öffentlichen Reaktion auf diesen – angeblichen – Sexualmord mitkriegen wollte, dann machte er sich jetzt wohl besser auf.

»Hören Sie«, sagte er zu Aaron, »können Sie mir die Information bis heute Abend beschaffen?«

»Natürlich kann ich das.« Sein Assistent klang leicht pikiert. Er konnte es gar nicht leiden, wenn Guy implizit unterstellte, irgendetwas könnte über seine Fähigkeiten gehen, und zudem war er durch sein eklatantes Versäumnis in seiner Berufsehre verletzt.

»Dann tun Sie's, und ich melde mich später wieder.«

»Ich kann Ihnen doch per Voicemail –«

»Das Sea Stacks ist nicht das Hyatt Regency, Aaron. Die haben hier kein Voicemail, und ich will nicht, dass der Portier so eine Botschaft entgegennimmt. Außerdem habe ich vielleicht noch mehr Fragen. Ich rufe Sie wieder an.«

»Der Mercedes gehört mir nicht mehr«, sagte Richard Bartlow aus Santa Barbara. »Ich habe ihn meinem Sohn geschenkt, als er zum Studium nach Nevada ging.«

Jetzt kommen wir endlich irgendwohin, dachte Rho. Es hatte sie über eine Stunde gekostet, den offiziellen Halter des Wagens zu erreichen. »Wann war das, Sir?«

»Im letzten Sommer, kurz bevor er sich an der UNLV immatrikuliert hat.«

»Das ist die Universität von Las Vegas?«

»Ganz recht.«

»Könnte ich Adresse und Telefonnummer Ihres Sohnes haben?«

»Sagen Sie nicht, dass er vergessen hat, den Wagen umzumelden! Er sollte das sofort erledigen.«

»Hat er aber offenbar nicht getan. Wenn Sie so freundlich –«

»Typisch Sean. Da schenkt man dem Jungen einen klassischen Sportwagen, und es wäre doch wohl das Mindeste –«

Rho notierte sich den Vornamen. »Seans Telefonnummer, Sir?«

»Worum geht es überhaupt?«

Sie unterdrückte einen Seufzer der Ungeduld. »Der Wagen wurde auf dem Highway 1, bei Signal Port, verlassen aufgefunden und in polizeilichen Gewahrsam genommen.«

»Das kann nicht sein. Ich habe am Freitag noch mit Sean gesprochen, und er sagte, er habe am Wochenende nichts vor, außer für eine Prüfung zu lernen.«

»Vielleicht hat er den Wagen ja einem Freund geliehen.«

»So unvernünftig dürfte er eigentlich nicht sein. Aber andererseits, wann ist je eins meiner Kinder der Stimme der Vernunft gefolgt?« Bartlow gab ihr eine Nummer mit der Vorwahl 702 und setzte hinzu: »Wenn Sie mit Sean sprechen, sagen Sie ihm bitte, er schuldet seinem Vater eine Erklärung.«

Guy wendete und hielt etwa zweihundert Meter südlich der Straße, die zum Cascada Canyon führte, am Highwayrand. Er befand sich auf einem einsamen Stück Highway oberhalb der Ausweichstelle, die, wie ihm Gregory Cordova erklärt hatte, bei einer Landspitze namens Point Deception lag, fast an der Nordgrenze des Besitzes des alten Mannes. Das Terrain rechts und links der Fahrbahn war dicht bewaldet, und obwohl es am Morgen aufgeklart hatte, war es jetzt wieder bewölkt. Als er ausstieg, blies ihm ein kräftiger, kalter, ablandiger Wind um die Ohren, und er schlug den Jackenkragen hoch, ehe er den Highway entlangmarschierte. Personen- und Lastwagen rasten vorbei, deren Insassen ihn nicht weiter beachteten.

Die Straße in den Canyon war eher ein ausgefahrener Feldweg, so ähnlich wie Gregory Cordovas Zufahrt, und in der Mitte zwischen den Spurrillen standen das Unkraut und die Disteln so hoch, dass hier schon seit Jahren kein Fahrzeug mehr durchgekommen sein konnte. Klobige Holzpfosten, zu so etwas wie Totempfählen zurechtgeschnitzt, flankierten die Einfahrt, aber die Torflügel waren abgefallen und rotteten am Boden vor sich hin. Ein Betreten-verboten-Schild an einem Pfeiler war voller rostiger Dellen.

Er wartete kurz, überzeugte sich, dass von keiner Seite

ein Fahrzeug zu hören war, und betrat dann das Anwesen. Hinter dem Zaun lag eine sanft ansteigende Wiese mit Kiefern und hohem Gras. Zwischen den Bäumen war es noch kühler; der Wind kam in Böen von hinten und pfiff durch den vor ihm liegenden Canyoneingang. Guy arbeitete sich langsam die eine Seite der Zufahrt entlang, um den piksigen Disteln auszuweichen. Nach etwa zwanzig Metern stieg das Terrain zu seiner Rechten steil an; es war mit Gestrüpp bewachsen und von etwas gekrönt, das er für einen Redwood-Hain hielt. Links des Weges sah er einen alten Wagen unter einer überhängenden Kiefer stehen. Ein weißer Buick, mit einer halbmeterdicken Schicht Kiefernnadeln bedeckt. Er ging hinüber, hockte sich hin und scharrte das Nummernschild frei. Die letzte, kaum lesbare Zulassungsmarke war von 1987.

Er erhob sich, ging um den Wagen herum, guckte durch das kaputte Seitenfenster ins verrottete Innere und drückte auf den Knopf der Kofferraumklappe, die sich ächzend öffnete. Der Kofferraum enthielt lediglich ein paar Lappen und einen Reservereifen. Guy schloss ihn wieder, zog eine idiotensichere Kamera mit einem hochlichtempfindlichen Film aus der Tasche, ging noch einmal um den Wagen herum und knipste ihn aus verschiedenen Blickwinkeln. Bei dieser zweiten Runde stieß er mit dem Fuß gegen etwas schmerzhaft Hartes. Er sah hin und bemerkte eine Art Schachtdeckel. Er suchte den umliegenden Boden ab und entdeckte das zugehörige Loch, tief in den Kiefernnadeln. Ein im Boden versenkter Metallzylinder, halb voll mit Flüssigkeit. Altöl oder sonst irgendeine umweltschädliche Substanz, die ein Do-it-yourself-Mechaniker auf diese Art entsorgt hatte. Guy rückte den Deckel an seinen Platz und fotografierte das Ganze.

Die Zufahrt wand sich weiter bergauf, jetzt steiler und von hohen Bäumen gesäumt. In einem der Bäume krakeelte ein Blauhäher los, und Guy sah empor. Ein Kabel hatte sich im Geäst verfangen, und das ausgefranste Ende hing herab. Eine Leitung, gerissen oder gekappt. Jenseits des Baums verlief das Kabel parallel zur Zufahrt. Guy hielt es mit der Kamera fest.

Jetzt konnte er durch den Wald etwas Dunkles, Rechteckiges ausmachen, und als er näher kam, erkannte er, dass es ein Haus war. Ein schlichter, schindelverkleideter Quaderbau mit einer schattendüsteren Eingangsveranda, die voller unidentifizierbarer Gegenstände war. Er verließ die Zufahrt, arbeitete sich durch hüfthohes Gras und blieb am Fuß der Verandastufen stehen. Korbmöbel, grau verwittert und verschlissen. Hölzerne Blumenkästen, ebenfalls grau, mit abgestorbenem Unkraut. Nachdem er abermals ein paar Fotos gemacht hatte, betrat er die Veranda, rubbelte den Dreck von einer Fensterscheibe und versuchte hineinzuspähen. Aber alles, was er sah, war die vergilbte Rückseite eines Rouleaus. Die Fliegentür war aus den Angeln gerissen und lehnte an der Wand. Guy drehte den Knauf der inneren Tür und ließ sie ins Dunkel aufschwingen. Gerüche schlugen ihm entgegen: modrig, muffig. Das hier war, wie er aus Aarons Zusammenfassung wusste, das Haus, in dem man die ersten Toten, die Blakeleys, gefunden hatte.

Er zog ein kleines, flaches Plastikquadrat aus der Tasche und drückte mitten darauf. Es gab einen hellen, laserartigen Lichtstrahl von sich – das Neueste im Bereich der superleichten und dennoch lichtstarken Taschenlampen. Als er umherleuchtete, sah er Spinnennetze und Spinnweben, riesige wolkige Gebilde, die sich im plötzlichen Luftzug bewegten und die vertrockneten Hüllen toter Insekten herabregnen ließen. Dunkle Vorhänge, von Ratten angefressen. Die klobige Silhouette eines Kaminofens. Er trat ein und ließ das Rouleau hochschnappen; diffuses Licht fiel in den kleinen Raum.

Der war ein einziges wildes Chaos: umgeworfene Sessel, Lampen und Tischchen; ein seitwärts umgekipptes Bücherregal, aus dem sich der größte Teil der Bücher auf den Fußboden ergossen hatte. Drei ehemals weiße menschliche Silhouetten auf dem Dielenboden, eine davon erschütternd klein. Er senkte den Lichtstrahl, sah Nagerköttel und dunkle Flecken, die sich in den Dielenritzen verloren. Leuchtete höher und sah die Muster aus Blutspritzern an den Wänden.

Großer Gott, warum hatte nicht jemand seinen toten Angehörigen die Ehre erwiesen, hier sauber zu machen? Oder besser noch, das Ganze zu planieren?

Er stand jetzt in der Mitte des Raums und registrierte banalere, aber nicht minder erschütternde Details: eine Wodkaflasche und zwei Gläser auf dem Couchtisch; ein aufgeschlagenes Taschenbuch auf dem rattenzernagten Sofa; ein Strickzeug, das aus einem Korb ragte; zwei achtlos abgestreifte Sandalen; ein Paar blaue Tennisschuhe in Kindergröße.

Der Tatort schien seit dreizehn Jahren unberührt, aber Guy spürte, dass hier noch in wesentlich jüngerer Zeit jemand gewesen sein musste. Er leuchtete wieder auf den Boden und entdeckte dort im Staub Fußspuren, die aussahen wie von Turnschuhen. Sie führten kreuz und quer durch den Raum und auch in die angrenzenden Räume, die sich als zwei Schlafzimmer, ein Bad und eine Küche entpuppten.

Ein Sensationstourist? Jemand mit einem Hang zum

Makaberen? Vielleicht. Wann? Nicht in allerletzter Zeit, aber vielleicht irgendwann im letzten Jahr.

Er ging wieder in den Hauptraum und stellte sich in dessen Mitte. Schon nach kurzer Zeit hatte er das Gefühl, dass das Blut in seinen Adern langsamer floss. Die Zeit schrumpfte und dehnte sich gleichzeitig: Er war jetzt, in diesem Moment, hier; er war in der Mordnacht hier; er war in der Zwischenzeit hier, während die Jahre vergingen und nichts geschah. Noch nie hatte er sich an einem Tatort so betroffen und verletzlich gefühlt, und obwohl es ihn nervös machte, beschloss er, sich seinen Gefühlen zu überlassen.

Er verschloss die Augen vor dem schrecklichen Anblick und öffnete seine übrigen Sinne.

Hören: Stille. Fühlen: Kälte. Riechen: Trockenfäule und altes Feuer. Schmecken: Staub.

Noch mal.

Hören: Windgeheul. Fühlen: Zugluft von undichten Fenstern. Riechen: durch herabdrückenden Wind aufgewirbelte Asche im Kaminofen. Schmecken: Asche und Staub.

Geh tiefer rein.

Hören: Schreie, schwach. Fühlen: Angst. Riechen: Angst. Schmecken: Angst.

Jetzt bist du näher dran. Noch mal.

Hören: Echo von Schüssen.

Fühlen: Panik.

Riechen: Blut

Schmecken: mein eigenes Blut, weil ich mir auf die Lippe gebissen habe.

Er schlug die Augen auf, ging rasch zur Tür und trat auf die Veranda hinaus, wo er die frische Luft tief in die Lunge sog. Er war länger im Haus gewesen, als er gedacht hatte, und inzwischen war es schon dämmrig geworden. Nichts regte sich dort im Schattendunkel, nichts war zu hören außer dem Wind, der pfeifend durch den Canyon fuhr. Er wollte ihm folgen, auch noch die anderen Tatorte besichtigen, aber dafür war jetzt nicht der richtige Zeitpunkt, und außerdem war er immer schon jemand gewesen, der wusste, wann er seine Grenzen erreicht hatte. Morgen würde er wieder kommen, aber für heute hatte er wesentlich mehr herausgefunden, als er erwartet hatte.

Der Nebel kam mit der einbrechenden Nacht, tilgte jede Spur des schönen Wetters. Rho schaltete die Scheinwerfer des Streifenwagens ein, und die Lichtkegel trafen auf eine massive Wand von Weiß, das aus der Schooner Cove emporquoll. Dann, als die Straße eine Kurve landeinwärts machte, war der Nebel plötzlich weg, und jede Baumrindenfurche zeichnete sich klar und deutlich ab. Sie hatte ihr ganzes Leben hier an dieser nördlichen Küste verbracht, aber die Verteilungsmuster des Nebels faszinierten sie immer noch. Warum zum Beispiel zog die Schooner Cove ihn so magisch an, die Pelican Cove aber nicht? Warum waren, auch wenn der Rest der Küste eine einzige Nebelsuppe war, die Buchten nördlich von Deer Harbor immer noch klar, fast schon tropisch? Natürlich kannte sie die wissenschaftlichen Erklärungen, aber sie wollte glauben, dass da auch weniger durchschaubare Kräfte am Werk waren.

Warum musste eine junge Frau sterben?

Die Frage kam aus dem Nichts, so deutlich, als hätte sie jemand laut gestellt. Sie wollte sie ignorieren, sich auf die profaneren Aspekte der Streifenfahrt konzentrieren. Aber sie ließ sich nicht ignorieren, nicht zu Beginn einer Nacht, die finster und unruhig zu werden versprach.

Die Funkdurchsagen, die sie mitgehört hatte, spiegelten die Stimmung in der Gegend: nervöse Anrufe wegen Herumtreibern oder Schüssen; zwei Ehestreitigkeiten; ein unterbrochener Notruf; zweimal Erregung öffentlichen Ärgernisses, einmal Trunkenheit am Steuer. Ganz schön viele Alarme in so kurzer Zeit, erst recht für einen Sonntagabend. Die Bewohner von Signal Port und Umgebung agierten ihre Paranoia aus.

Rho stellte das Funkgerät lauter. Sie leckte sich die trockenen Lippen, wünschte, sie hätte daran gedacht, ihre Wasserflasche aufzufüllen. Dachte dann, hör auf, dir was vorzumachen. Was du wirklich willst, ist ein Drink.

Aber im Dienst würde es ihr natürlich nicht im Traum einfallen, Alkohol zu trinken. Selbst in ihren schlimmsten Zeiten hatte sie es geschafft, ihre Schicht nüchtern durchzustehen. Und wenn jetzt der Jieper über sie kam, konnte sie ihn gewöhnlich ignorieren oder später mit einem Glas Wein oder Bier in netter Gesellschaft stillen. Heute Abend allerdings kostete es sie große Anstrengung, und sie wusste, später würde sie dem Drang nachgeben, es würde nicht bei einem Drink bleiben, und sie würde sowohl diesen ersten Drink als auch alle folgenden allein konsumieren.

Sie versuchte sich darauf zu konzentrieren, wie sie mit Sean Bartlow, dem derzeitigen Besitzer des Mercedes, umgehen würde, wenn sie ihn unter seiner Nummer in Las Vegas erreicht hatte. Sie versuchte sich Methoden auszudenken, wie das Department die beunruhigte Einwohnerschaft besänftigen könnte. Aber der Jieper wurde stärker, und die Vorstellung von einem Drink hing über ihrem Bewusstsein wie eine Wolke, die die Macht hatte, alles andere, Vergangenes wie Gegenwärtiges, auszulöschen.

*

Bei dem Baum, in dem das Stromkabel hing, blieb Guy stehen, um zu horchen. Er hatte schon seit einer halben Minute das Gefühl, dass da irgendwelche Geräusche von dem Hang unterhalb des Redwood-Hains kamen. Jetzt hörte er nichts als den Wind. Er marschierte weiter in Richtung Highway, die Hände in den Jackentaschen.

Wieder Geräusche: Knacken im Unterholz, dann Schritte hinter ihm auf der Zufahrtsstraße. Er sah sich um, konnte aber in der Dunkelheit niemanden erkennen. Er ging um die Kurve, wo der alte Buick unter seiner Kiefernnadelhaube kauerte, und versteckte sich zwischen den Büschen am Wegrand. Die Schritte kamen näher, und eine lange Gestalt tauchte auf. Eins neunzig, vielleicht sogar eins fünfundneunzig, schlank. Ein Mann mit einer Schirmmütze.

Guy wartete, bis der Mann auf seiner Höhe war, trat dann vor und leuchtete ihm mit der Taschenlampe ins Gesicht. »Stehen bleiben.« Die Autorität in seiner Stimme – er mochte den Küstenpatrouillendienst ja gehasst haben, hatte sich dabei aber doch allerhand Nützliches angeeignet – ließ seinen Verfolger erstarren.

»Hey, Mann, Sie erschrecken einen ja zu Tode!«, rief der Fremde aus.

Guy entspannte sich und musterte ihn: Wanderkleidung, kleiner Rucksack und knorriger Wanderstock; säuberlich gestutzter Bart, dunkelbraun mit grauen Strähnen; kleine Nase, etwas schief, als wäre sie mal gebrochen gewesen und nicht ordentlich gerichtet worden; dunkle, tief liegende Augen; alte Narbe über der rechten Augenbraue; wollene Schirmmütze, die das Haar verdeckte; erschrockene Miene, die sich jetzt in ein ärgerliches Stirnrunzeln verwandelte.

»Sie haben hier nichts zu suchen, Mann«, setzte sein Verfolger hinzu.

Darauf war Guy vorbereitet. »Nein, *Sie* haben hier nichts zu suchen.«

»Was?«

»Sie haben mich sehr wohl verstanden.«

Der Ärger schlug in schiere Verblüffung um. »Wer zum Teufel sind Sie?«

»Mein Name ist Guy Newberry. Ich bin von den Eigentümern aus New York hierher geschickt worden, um nach dem Anwesen zu sehen.« In gewisser Weise stimmte das ja.

»Von welchen Eigentümern?«

»Leuten namens Harrison. Und wer sind Sie?«

»Clay Lawrence. Ich wohne drüben hinter dem Hügel.« Er zeigte auf den Wald.

»Ich dachte, das Land dort gehört einem Ehepaar namens Scurlock.«

»Tut es ja auch. Ich wohne da nur, hab eine kleine Hütte von ihnen gemietet.«

»Und was machen Sie hier auf dieser Seite?«

Clay Lawrence zuckte die Achseln. »Ich geh gern dort in die Redwoods, um zuzugucken, wie es dunkel wird. Offiziell gehören sie zu dem Besitz hier, aber da ist ja keiner, den es stören könnte. Ich hab Sie die Zufahrt entlanggehen sehen und … Na ja, Sie wissen doch wohl, was hier passiert ist.«

»Das ist dreizehn Jahre her.«

»Schon, aber in diesem Canyon ist's einem, als ob's gestern gewesen wäre. Haben Sie sich mal umgeschaut?«

»Ein bisschen.«

»Irre, was? Unheimlich. Hier kommt nie jemand her, noch nicht mal die Jugend zum Saufen oder zum Vögeln.«

Guy dachte an die Fußabdrücke im Staub des blakeleyschen Hauses. »Sind Sie sich da sicher?«

»Ziemlich. Die Leute im Ort sagen, das hier sei ein Ort des Bösen, wenn sie überhaupt davon reden.«

»Und Sie?«

»Ob ich meine, dass es ein Ort des Bösen ist? Soweit es so was gibt, wohl schon.«

»Nein, ich meine, kommen Sie oft hierher? Haben Sie sich hier mal umgesehen?«

»Ganz am Anfang, als ich in die Hütte gezogen bin, bevor ich von diesen Morden wusste. Aber danach nie wieder. Ohne mich.«

»Waren Sie je in einem der Häuser?«

»Nein. Das ist Verletzung von Privateigentum.«

»Aber Sie bewegen sich doch auch auf privatem Land.«

Lawrence trat verlegen von einem Fuß auf den anderen. »Kommt einem aber nicht so vor. Ich meine, Land ist Land. Häuser, das ist was Persönliches.«

»Und warum sind Sie mir nachgegangen?«

»Weiß nicht, einfach so. Nach dem, was heute passiert ist … Sie wissen doch, dass es wieder einen Mord gegeben hat?«

»Das Mädchen, das sie aus der Lantern Cove gefischt haben? Ja. Sagen Sie nicht, Sie dachten, ich sei der Killer und wollte mich hier verstecken, wo nie jemand hinkommt?«

»Hören Sie, Mann, ich hab gar nichts gedacht. Ich hab's einfach spontan gemacht. Und wenn Sie *mein* Verhalten komisch finden, dann sollten Sie sich mal angucken, was in der Stadt läuft.«

»Was läuft denn dort?«

»Meine Freundin sagt, Signal Port ist kurz vor dem

Durchdrehen. Sie ist Bedienung im Hotel, da kriegt sie alles mit.«

»Ausschreitungen?«

»Könnte passieren. Hier wird ziemlich viel getrunken, Mr. Newberry. Viele Leute hier sind ganz schön geladen, weil die Wirtschaftslage so mies ist. Sie regeln Meinungsverschiedenheiten mit den Fäusten, meistens auf den Parkplätzen der Bars. Und viele Pick-ups auf diesen Parkplätzen haben eingebaute Gewehrhalter. Ziehen Sie Ihre eigenen Schlüsse.«

»Ich würde sagen, das klingt nach einer ungemütlichen Nacht.«

»Genau, und ich sag Ihnen eins – dieser Canyon ist zwar unheimlich, aber wenigstens nicht gefährlich. Was auch immer hier nachts herumgeistern mag, es ist auf jeden Fall wesentlich harmloser als die Leute im Ort.«

»Ja, das ist mein Wagen«, sagte Sean Bartlow. »Was sagen Sie, wo er ist?«

Rho fühlte, wie sich ihr Puls beschleunigte. Sie ermahnte sich, nicht ärgerlich zu reagieren. »Soledad County. Er wurde verlassen aufgefunden, am Highway 1, südlich von Signal Port.«

»Dieses Miststück! Ich hab ihr doch gesagt, sie soll gut auf ihn aufpassen.«

»Wem, Mr. Bartlow?«

»... Einer Freundin von mir. Ich habe ihr den Wagen geliehen.«

»Und der Name?«

»Wozu brauchen Sie den?«

»Wir versuchen in einer anderen Sache, die Fahrerin ausfindig zu machen.«

»In was für einer Sache? Was hat sie getan?«

»Bitte, Mr. Bartlow, der Name?«

»... Chrys.«

»Den vollen Namen bitte.«

»Ihren Nachnamen weiß ich nicht. Sie ist nur ein Mädchen, das ich in einem Club am Strip kennen gelernt habe.«

Du lügst, dachte Rho. »Sie haben Ihren Wagen einem Mädchen geliehen, von dem Sie nicht mal den Nachnamen kennen?«

»So ist es.«

»Hat sie Ihnen gesagt, wo sie hinwollte?«

»Nur, dass sie ... ihre kranke Mutter besuchen muss.«

Lüge Nummer zwo. »Verstehe. Ist das Ihr Kennzeichen?« Sie nannte das Kennzeichen der gestohlenen Nummernschilder an dem Mercedes.

»Nein.« Er ratterte das richtige Kennzeichen herunter. »Da sind Sie bei mir falsch. Das ist überhaupt nicht mein Wagen.«

»Doch. Die Fahrgestellnummer passt. Aber jemand hat die Nummernschilder gegen gestohlene ausgetauscht –«

»Oh, mein Gott!«

»Mr. Bartlow, wir brauchen den vollen Namen Ihrer Freundin. Wenn Sie nicht mit uns kooperieren, droht Ihnen eine Anklage wegen Behinderung polizeilicher Ermittlungen, vielleicht sogar wegen Beteiligung an einem schweren Verbrechen.«

»Einem Verbrechen! Na, gut, meinetwegen. Ihr Nachname ist Ackerman. Chrystal Ackerman. C-h-r-y-s-t-a-l.«

»Und Sie kennen sie woher?«

»Erfährt mein Vater die Einzelheiten? Ich meine, offiziell gehört der Wagen ja immer noch ihm.«

»Das wird wohl nicht nötig sein, vorausgesetzt, Sie zeigen sich wirklich kooperativ.«

Stille, bis auf Sean Bartlows heftiges Atmen. »Okay«, sagte er, »ich hab sie nicht in einem Club kennen gelernt. Chrys ist im Sex-Business. Telefonsex. Ich telefoniere seit etwa einem Jahr immer wieder mal mit ihr, und vor ein paar Monaten habe ich sie überredet, zu mir nach Hause zu kommen. Seither kommt sie öfters, und letztes Wochenende hat sie mich gebeten, ihr den Wagen zu leihen, weil ihrer für eine lange Fahrt nicht zuverlässig genug sei.«

»Eine Fahrt nach Nordkalifornien?«

»Ja.«

»Aber nicht, um ihre kranke Mutter zu besuchen.«

»... Nein. Sie hat gesagt, sie hat da ein Geschäft laufen, muss jemanden treffen, um es unter Dach und Fach zu bringen. Sie hat gesagt, sie beteiligt mich, wenn ich ihr den Mercedes überlasse. Ich brauche das Geld. Mein Vater ist ein Geizkragen.«

»Okay, Mr. Bartlow, haben Sie die Adresse und die Telefonnummer von Ms. Ackerman?«

»Wo sie wohnt, weiß ich nicht, aber ich habe ihre Privatnummer.« Er gab sie durch.

»Danke. Nur noch ein paar Fragen. Könnten Sie sie bitte beschreiben?«

»Sie ist etwa eins fünfundsechzig groß, langes, glattes, blondes Haar, graue Augen, tolle Figur, Schmetterlingstattoo über der rechten Brustwarze.«

»Alter?«

»Sie hat gesagt, neunzehn.«

»Sonst noch irgendwas, woran Sie sich erinnern?«

»Zwischen uns ging's um Phantasien, nicht um Fakten.«

»Denken Sie nach, Mr. Bartlow.«

»Herrgott, woran soll ich mich denn erinnern? Sie ist doch nichts als eine Hure!«

Nichts als eine Hure. Nichts als eine Frau mit einem kaputten Wagen. Nichts als eine Wasserleiche.

Aber jetzt hatte Ms. Nichts einen Namen: Chrystal Ackerman.

Chrystal: Vorher

Freitag, 6. Oktober
11 Uhr 19

Da ist es, das, was Jude mein Erbe nennt.

Sieht ganz schön vergammelt aus mit den Torflügeln da auf dem Boden und dem Monsterunkraut auf der Zufahrt. Komisch, wir müssen da so oft durchgefahren sein, aber mir kommt überhaupt nichts bekannt vor.

Fahr nach Norden, hat Jude gesagt, parke an der Ausbuchtung beim Geschwindigkeitsbegrenzungsschild. Geh dem kleinen Bach nach, bergauf, bis zum Brunnenhaus. Geh über den Steg, und schon bist du da. Sieh zu, dass du schnell rein- und wieder rauskommst.

Aber wenn der Bach ausgetrocknet ist oder das Brunnenhaus und der Steg nicht mehr da sind? An das alles kann ich mich auch nicht erinnern.

Total weg, das ganze Jahr, obwohl ich schon sechs war. Wie ein Loch in meinem Gedächtnis. Ist auch gut so. Was Jude mir erzählt hat, ist so schrecklich, so deprimierend. Ich hab schon genug schlimme Erinnerungen, auch ohne die hier noch mit mir rumzuschleppen.

Da ist die Ausbuchtung. Anhalten, aussteigen, Wagen

abschließen. Der Bach fließt angeblich unterm Highway durch, in einer Betonröhre. Ja, da ist er. Fließt ganz schön schnell – klar und sauber. So was gibt's in der Wüste nicht. Auch nicht solche Bäume. Und die Luft hier – tut schon fast weh, sie einzuatmen.

Okay, ich geh dem Bach nach, aber ich sehe kein Brunnenhaus. Vielleicht – Moment mal, da ist es. Uralter Schuppen mit einem großen hölzernen Wasserbehälter, der aussieht wie ein vergammelter Massagepool. Neuer Schlacksteinbehälter daneben, ganz mit Moos bewachsen. Ich und Eric und Heath und Oriana, wir –

Oh!

Wir haben immer im Brunnenhaus gespielt. Sind in den schleimigen Wasserbehälter geklettert und haben so getan, als wären wir auf einer Hollywood-Party. Erics Idee. Sein Dad dachte, er würde der große Stardrehbuchautor, wenn er nur erst mal was zu Papier gebracht hätte. Unsere Eltern dachten alle, sie würden mal was ganz Wichtiges und Berühmtes. Selbst Jude und Leo. Na ja, was daraus geworden ist, wissen wir ja.

Eric, Heath, Oriana. Jetzt erinnere ich mich an sie. Sie sind jetzt länger tot, als sie gelebt haben.

Nein, Oriana nicht. Die hat überlebt. Die hatte Glück. Na ja, so viel Glück vielleicht auch wieder nicht. Sie war die Einzige …

Sonntag, 8. Oktober
Abend

»Möchten Sie mir erzählen, was hier passiert ist, Mr. Jacoby?«

Rho saß einem der beiden Inhaber der Pension Pelican Cove in dem hohen Gästesalon gegenüber. Kevin Jacoby war ein schlanker, gut aussehender Mann in den Dreißigern, aber im Moment waren seine Züge schamverzerrt. Der Raum sah aus wie nach einem Wirbelsturm, und Jacobys Partner, Brandon Fuller, wurde gerade in der Küche von Rettungssanitätern wegen eines Armbruchs und anderer, minderschwerer Verletzungen versorgt.

Jacoby sah in Richtung Flur. »Wird er wieder …?«

»Ganz in Ordnung kommen? Ja. Und er will Sie auch nicht anzeigen, aber ich muss trotzdem von Ihnen hören, was passiert ist.«

Jacoby atmete stöhnend aus. »Gott, ich habe so was in meinem ganzen Leben noch nie gemacht. Ich bin einfach ausgerastet. Es tut mir schrecklich Leid.«

»Das glaube ich Ihnen. Was hat dazu geführt, dass Sie ausgerastet sind?«

»Na ja, wir hatten getrunken.« Er zeigte auf einen silbernen Cocktailshaker, der auf dem Orientteppich lag. Flüssigkeit und Eis hatten sich auf den Teppich ergossen. »Aber das war nicht der eigentliche Grund.«

»Was dann?«

»Dass die Gäste abgereist sind. Es waren die letzten Gäste, sonst hat bis Jahresende niemand mehr gebucht, und sie sollten bis Mittwoch bleiben. Es war deutlich zu merken, dass es ihnen hier nicht wirklich gefiel, und heute Vormittag waren sie zum Brunch im Hotel und haben von dem Mord gehört. Sind zurückgekommen, haben gepackt und sind abgefahren. Danach wurde Brandon ganz still und trübselig. Als ich heute Abend schließlich nachgebohrt habe, hat er gesagt, er glaubt nicht, dass wir's mit der Pension schaffen.«

Das überraschte Rho nicht, aber sie fragte dennoch: »Es läuft nicht gut?«

»Ganz und gar nicht. In dem Laden hier stecken große Möglichkeiten, und es kommen auch Leute, aber sie bleiben nicht lange und kommen auch nicht wieder. Heute Abend hab ich zu Brandon gesagt, es liegt an diesem Ort. Es gibt hier nicht viel, was man machen kann, und die ganze Stadt ist irgendwie so … demoralisiert. Und da hat er mir's dann erzählt.«

»Was erzählt?« Als ob ich's nicht wüsste.

»Das mit den Morden damals im Cascada Canyon. Offenbar wusste er's schon eine ganze Weile, hat es aber nicht für nötig gehalten, mich aufzuklären.«

»Und weil er es Ihnen vorenthalten hat, sind Sie ausgerastet?«

»Nicht direkt. Ich meine, sicher, ich war sauer, dass er Geheimnisse vor mir hat, aber mir war klar, dass er's nur für sich behalten hat, damit ich mir nicht noch mehr Sorgen wegen der Pension mache als ohnehin schon. Nein, explodiert bin ich, weil er das mit den Morden nicht rausgefunden hat, ehe wir unseren letzten Cent hier reingesteckt haben. Sie müssen wissen, Brandon war dafür zuständig, ein Haus zu suchen. Er sollte alles abchecken, was sich irgendwie negativ auf das Geschäft auswirken könnte. Aber er hat sich in die Pension hier verliebt und blind zugeschlagen. Heute Abend hat er es zugegeben. Und da bin ich einfach …« Er zeigte auf das Chaos um sie herum.

Rho musterte Kevin Jacoby. In den anderthalb Jahren, die er jetzt in Signal Port wohnte, hatte er nie etwas anderes als Höflichkeit und Sanftmut an den Tag gelegt. »Tja, Mr. Jacoby«, sagte sie, »Sie und Ihr Partner müssen wohl mal ernsthaft miteinander reden. Und vielleicht ein paar harte Entscheidungen fällen.«

Er nickte. »Es tut mir alles so schrecklich Leid, auch dass Sie jetzt Ihre Zeit hier verplempern müssen, wo doch das Sheriff's Department alles tun sollte, um herauszufinden, wer diese arme Frau ermordet hat.«

Wenn wir nur personell so ausgestattet wären, dass wir dem absoluten Vorrang einräumen könnten, dachte Rho. »Wir sind dran. Wir haben – sowohl über das Lokalfernsehen als auch per Mundpropaganda – an die Bevölkerung appelliert, dass sich jeder, der sie gestern Nachmittag an der Ausweichstelle bei Point Deception gesehen hat, mit uns in Verbindung setzen soll.«

Jacobys Miene wurde nachdenklich. »Point Deception. Diese Frau, wie sah die aus?«

Rho beschrieb ihm Chrystal Ackerman und den Mercedes.

»Oh, mein Gott! Die haben Brandon und ich zwei Mal gesehen. Zuerst um kurz vor drei, als wir zur Baustoffhandlung in Westhaven gefahren sind, und dann noch mal auf der Rückfahrt, um Viertel vor fünf.«

»Sind Sie sich sicher, was die Zeiten angeht?«

»Ziemlich. Wir sind hier etwa um halb drei losgefahren, und auf der Rückfahrt habe ich auf die Uhr geguckt.« Plötzlich nahm sein Gesicht einen erschrockenen Ausdruck an. »O Gott, was hab ich getan? Brandon wollte anhalten, um ihr zu helfen, aber ich habe gesagt, wir haben keine Zeit, wir müssen zurück, um Becca, der Frau, die für uns putzt, ihr Geld zu geben, bevor sie zu ihrer Schicht als Bedienung ins Hotel muss. Wenn ich nicht nur die verdammte Pension im Kopf gehabt hätte, wenn es mir wichtiger gewesen wäre, jemandem in einer Notlage zu helfen, dann wäre die Frau jetzt noch am Leben!«

Wie oft, dachte Rho, würde sie diesen Selbstvorwurf noch hören?

Als Guy die Tür seines Motelzimmers schloss und auf den Parkplatz trat, zerschellte ganz in seiner Nähe eine Flasche auf dem Asphalt, und ein mit Jugendlichen voll gestopfter Wagen preschte so schnell auf der Südspur des Highways davon, dass es nach verbranntem Gummi roch. Unter dem Leuchtschild des Supermarkts saßen ein Dutzend Jugendliche Bier trinkend auf den Ladeflächen ihrer Pick-ups. Aus zwei Autoradios dröhnten Rap und Rock um die Wette. Die Jugendlichen begrüßten Freunde in vorbeifahrenden Autos mit lautem Gejohle, brüskierten Supermarktkunden, die ihre Einkaufswagen vorbeischoben, mit unflätigen Bemerkungen. Eine alte Frau umging sie in weitem Bogen, und im Neonlicht war ihr ängstliches Gesicht deutlich erkennbar.

Kleinstadtkids, dachte Guy. Aufgeheizt durch die angespannte Atmosphäre, aber noch zu jung, um wirklich zu verstehen, was sie erzeugt hatte. Für sie war der Massenmord im Canyon einfach nur ein Stück Lokalfolklore und dieser neue Mord ein Vorwand, sich wie die Pest aufzuführen. Sie genossen einfach den Zusammenbruch der Ordnung, wie alle Jugendlichen in Orten, wo es wenig Unterhaltung gab.

»Arschlöcher«, sagte eine Männerstimme.

Guy drehte sich um und erblickte Hugh Dawson, den Besitzer des Sea Stacks. »Die Kids da?«

»Wer denn sonst. Jetzt lachen sie, aber in ein paar Minuten wird ihnen das Lachen vergehen. Ich habe gerade beim Sheriff's Department angerufen.«

Dawson war ein verhärmter Typ mit schütterem Haar und einem ewig säuerlichen Gesichtsausdruck. Er hatte vermutlich in seinem ganzen Leben nie etwas Wildes getan oder aber, falls doch, die feste Absicht, niemanden an dieser Erfahrung teilhaben zu lassen. Guy sagte: »Ich würde sagen, das Sheriff's Department hat Wichtigeres zu tun, als sich um eine Horde großmäuliger Jugendlicher zu kümmern.«

»Mister, sie sind minderjährig und trinken in der Öffentlichkeit.«

»Sie tun aber niemandem wirklich etwas.«

Dawson taxierte Guy mit zusammengekniffenen Augen. Dann nickte er weise. »Klar, Sie sind ja aus New York. So wie's dort zugeht, müssen Ihnen diese Kids ja wie mustergültige Bürger vorkommen.«

»Das wohl kaum. Aber –« Ein Streifenwagen bog in den Parkplatz ein. Er hielt bei den Jugendlichen, und Deputy Wayne Gilardi stieg aus.

Guy sah interessiert zu, wie er einen der Burschen heranwinkte und mit einer Hand fest an der Schulter packte, während er mit ihm redete. Der Junge sagte, seinem Gesichtsausdruck nach zu urteilen, irgendetwas Freches, und Gilardi schüttelte ihn und brüllte ihn an. Die anderen Jugendlichen waren bei der Ankunft des Streifenwagens sichtlich unruhig geworden. Jetzt flitzten sie zu ihren Autos und ließen die Motoren an. Während Gilardi den Jungen gegen den Streifenwagen stieß und ihm die Hände auf den Rücken bog, um ihm Handschellen anzulegen, preschten die anderen auf den Highway hinaus, dass der Schotter spritzte.

»Verdammt«, sagte Dawson und beobachtete, wie Gilardi den Jungen in den Fond des Streifenwagens verfrachtete, »er hat nur einen von der Bande verhaftet. Aber den anderen immerhin einen Mordsschrecken eingejagt. Mit Wayne ist nicht zu spaßen, und das wissen sie auch.«

»Inwiefern ist mit ihm nicht zu spaßen?«

Dawson runzelte die Stirn. »Mister, Sie stellen einen Haufen Fragen zu Dingen, die Sie nicht viel angehen.«

Und Sie beantworten sie ebenso wenig wie Ihre Mitbürger. »Ich frage nach Deputy Gilardi, weil ich gestern Abend in der Hotelbar einen Zusammenstoß mit ihm hatte.«

»Ja, hab ich gehört. Wegen seiner kleinen Schlampe von Schwester und ihrem Schlitzaugenfreund. Und dann haben Sie mit der hübschen Rhoda Swift geplaudert und gegessen. Wie haben Sie das geschafft?«

»Ich habe sie gefragt.«

»Und sie hat sich drauf eingelassen. Erstaunlich. Gibt jede Menge Männer hier in der Stadt, die ihren knackigen Arsch gern mal näher erkunden würden, aber sie hält sie alle auf Distanz. Wieso sind gerade Sie bei ihr gelandet?«

»Vielleicht, weil ich mich nicht nur für ihren Arsch interessiere.«

»Glaub ich wohl. Weiß sie, dass es Ihnen darum geht, sie über die Canyon-Morde auszuhorchen?«

Guy zog eine Augenbraue hoch.

»O ja«, sagte der Motelbesitzer. »Ich weiß, warum Sie

hier sind. Das Zimmermädchen ist neugierig geworden, als es heute Nachmittag beim Aufräumen Ihre Akten gesehen hat. Hat sie sich 'n bisschen genauer angeguckt. Daraufhin hab ich auch mal reingeguckt. Wir sind hier nicht scharf auf schnüffelnde Journalisten. Ich würde Ihnen raten, bis morgen früh Ihren Krempel zu packen.«

»Ich habe das Zimmer für zwei Wochen –«

»Tut mir Leid. Die sanitären Anlagen geben gerade ihren Geist auf. Und außerdem sind wir voll.«

Guy zeigte auf das erleuchtete Zimmer-frei-Schild.

»Hab vergessen, das Belegt-Schild anzuschalten.«

»Ach so.« Er nickte und sah auf den Parkplatz, wo nur zwei Wagen standen: sein eigener und ein Ü-Wagen von einem Fernsehsender aus Santa Carla.

Dawson grinste. Er hatte sichtlich Spaß an der Situation. »Die Zimmer sind spätestens um elf zu räumen. Ich werde Ihre Rechnung fertig machen.« Er wandte sich ab und ging wieder in Richtung Büro.

Guy sah, die Hände in den Taschen vergraben, auf den vorbeirauschenden Verkehr. Aus dem Motel geschmissen zu werden war lästig, aber es gab ja immer noch die Pension Pelican Cove. Und wenn deren Inhaber genauso ungastlich war, würde er schon irgendwie zurechtkommen. Er hatte schon unter viel schlimmeren Bedingungen gearbeitet und hatte es überlebt.

Ja, dachte er in einem Anfall von wühlendem Schmerz und Schuldgefühl, er hatte es überlebt. Und genau das war sein Problem.

Er hatte es überlebt, aber Diana nicht.

Der dunstige Lichtschein von Deer Harbor verschwand im Rückspiegel, als Rho in die Haarnadelkurve beim Campingplatz, nördlich des Orts, einfuhr. Die Fenster des Streifenwagens waren beschlagen, deshalb ließ sie die Seitenscheibe hinunter; das Bellen der Seehunde auf den Felsen draußen vor der Küste vermengte sich mit dem vertrauten Gemurmel des Funkgeräts. Jede Menge Funkrufe während der letzten Stunde, und den Beamten waren vorerst sämtliche freien Tage gestrichen worden. Die Nachricht von dem Sexualmord hatte sich im gesamten Küstenbereich von Soledad County verbreitet; die sichtbare Präsenz des Sheriff's Departments war der erste Schritt, die nervöse Bevölkerung zu beruhigen.

Ihre Scheinwerferkegel strichen über Baumstämme, über die Zäune und Zufahrtstore der exklusiven Anwesen, die dieses dunkle Highwaystück säumten. Die meisten waren Ferienhäuser von reichen Leuten aus der Bay Area oder von noch weiter weg – sie wurden von den Besitzern nur ein paar Mal im Jahr genutzt und vielfach von lokalen Immobilienagenturen an Urlauber vermietet. Rho konnte sich nicht vorstellen, fremden Menschen ihren kostbaren privaten Raum, ihre Sachen, ihr Bett zu überlassen, aber wenn sie eine enorme Hypothek für ein teures Anwesen in Strandlage abzustottern hätte, sagte sie sich, wäre sie wohl auch nicht so heikel. Sogar ihr kleines Haus oben am Berg fraß ja schon einen unverhältnismäßig großen Teil ihres Gehalts.

Nach wenigen Minuten wurde es kalt im Wagen, und sie ließ das Fenster wieder hoch. Das Funkgerät brabbelte weiter, und sie spürte die hypnotische Wirkung der weißen Markierungslinien des Highways. Highway 1, der von der nördlichsten Stadt Kaliforniens, Crescent City, in einem durch bis zur mexikanischen Grenze führte.

Die Bewohner von Soledad County hatten, sinnierte sie,

ein eigentümliches Verhältnis zum Highway 1, und in gewisser Weise war das berechtigt. Dieses zweispurige Asphaltband war gefährlich: Fahrzeuge gerieten in den Kurven außer Kontrolle und schossen über die Klippen; Fußgänger, die an der falschen Stelle hinüberwollten, wurden von Rasern oder Langholztransportern erwischt. Steinschlag und Erdrutsch, dichter Nebel, sichtbehindernder Regen – das alles richtete viel Unheil an. Aber der Highway war auch die Hauptarterie, die sie alle miteinander verband und den Versorgungsfluss der gesamten Region – von der isolierten Ranch in die Kleinstadt, vom unwegsamen Wald in den winzigsten Weiler – gewährleistete. Insofern war er auch eine Lebensader. Wenn eine Mutter ihr Kind warnte, »Geh ja nicht über diesen Highway«, oder ein erfahrener Trucker verkündete, »Bei dem Wetter bringt mich keiner auf diesen Highway«, dann schwang in diesen Worten eine seltsame Mischung aus Furcht und Zärtlichkeit mit.

Das Funkgerät schreckte sie durch die Nennung ihrer Einsatzwagennummer auf, und sie drückte auf die Sprechtaste.

»Ihre Position?«, fragte die Zentrale.

»Nördlich von Deer Harbor, Höhe Mulzini Acre.«

»Fahren Sie weiter zu den Lindsays, und melden Sie sich bei Mr. Lindsay wegen einer Zehn-sechs-fünf.«

Vermisste Person. »Zehn-vier.«

Interessant. Die Lindsays hatten hier ein Ferienhaus. Alan war ein bekannter Sportanwalt in San Francisco, und seine Frau Samantha hatte eine erfolgreiche Schmuckdesignfirma. Der lokalen Gerüchteküche zufolge kam Samantha oft allein in das Ferienhaus, um dann in Bars zwischen Calvert's Landing und Westhaven irgendwelche Männer aufzureißen, und offenbar nahm sie von dieser Gewohnheit nicht einmal dann Abstand, wenn Alan ebenfalls da war. Will Scurlock, der für die Lindsays gerade ein aufwendiges System von Holzveranden entwarf, hatte Rho erzählt, die Atmosphäre dort im Haus sei in letzter Zeit etwas angespannt. Und sie selbst hatte Samantha gestern Abend die Hotelbar mit einem Musiker verlassen sehen, einem Sänger und Gitarristen, der einen längeren Gig im Tai Haruru hatte. Falls Samantha die vermisste Person war, würde Rho bei der Befragung ihres Ehemanns extrem taktvoll vorgehen müssen.

Links erschien jetzt das Zufahrtstor zum lindsayschen Anwesen: breit und protzig, in einer hohen Mauer verankert. Rho bog ein, sprach in die Sprechanlage; eine Männerstimme antwortete, und als sie gesagt hatte, wer sie war, schwang das Tor auf. Sie fuhr einen flachen, ungestalteten Hang hinauf, zu einem weitläufigen, zedernholzverkleideten Haus, dessen sämtliche Fenster erleuchtet waren. So viel Raum für zwei Personen, die nicht einmal ständig dort lebten.

Als sie parkte, ging die Vordertür auf, und ein Mann trat heraus, die Augen gegen das blendende Scheinwerferlicht abgeschirmt. Rho erkannte Alan Lindsays welliges, dunkelbraunes Haar und sein gekerbtes Kinn. Er trug Jeans und einen irischen Wollpullover; körperlich war er so fit wie die Sportler, die er vertrat. Im Näherkommen sah sie, dass besorgte Anspannung seine wohl geschnittenen Züge verzerrte.

»Danke, dass Sie so schnell gekommen sind«, sagte er. Ohne ihr Gelegenheit zu einer Antwort zu geben, winkte er sie in eine Diele, die teurer eingerichtet war als ihr eigenes Wohnzimmer. »Hier entlang«, sagte er und ging vor, einen Flur hinunter. Der Flur mündete in einen Wohnraum, der größer war als ihr gesamtes Haus, mit einem wuchtigen, gemauerten Kamin und einer Glasfront zum Meer. Auf Lindsays Drängen nahm sie auf der Kante eines weißen Ledersessels Platz.

Ehe sie den Mund aufmachen konnte, sagte Lindsay: »Samantha, meine Frau, ist verschwunden. Sie ist seit heute Nachmittag um vier weg.«

Rho sah auf die Uhr: neun Uhr vierzig.

Lindsay fuhr fort: »Ich weiß, das scheint nicht so lange, dass man sich Sorgen machen müsste, aber in Anbetracht dieses Sexualmords –«

»Ihre Sorge ist absolut verständlich. Ihre Frau hat um vier Uhr das Haus verlassen?«

»Ja. Sie wollte zum Bio-Markt in Westhaven. Ich habe dort angerufen, und eine der Kassiererinnen hat mir gesagt, dass sie da war und eingekauft hat.«

»Vielleicht hatte sie ja noch irgendwelche anderen Dinge zu erledigen? Oder sie hat Bekannte getroffen? Ist noch was trinken gegangen?«

Etwas flackerte in Lindsays Augen auf, verschwand dann genauso schnell wieder. »Samantha hat mir gesagt, sie käme gleich wieder nach Hause. Sie hat dort oben keine Bekannten und ihre … die Orte, wo sie üblicherweise verkehrt, habe ich alle schon angerufen. Niemand hat sie gesehen.«

»Die Orte, wo sie üblicherweise verkehrt – was sind das für welche?«

Lindsay war vor der Glasfront auf und ab gegangen. Jetzt blickte er auf sein Spiegelbild in der Scheibe und gleich wieder weg, als ob ihm das, was er da sah, nicht gefiele. Er setzte sich aufs Sofa. »Restaurants, Geschäfte – Sie wissen schon.«

»Können Sie mir eine Liste der Orte geben, wo Sie angerufen haben?«

»Nehmen Sie doch gleich das Telefonbuch«, fauchte er und zuckte zusammen, als er hörte, was er da sagte. »Ach, verdammt. Was soll's? Sie wissen doch sicher über Samantha Bescheid, Deputy Swift. Die ganze Küste von Soledad County weiß ja über sie Bescheid. Sie ist schön, reich, begabt und eine Meisterin der Indiskretion.«

»Das heißt?«

»Muss ich's Ihnen vorbuchstabieren? Die Orte, wo ich angerufen habe, waren Bars und die Häuser der Männer, mit denen sie geschlafen hat – jedenfalls derjenigen, von denen ich weiß.«

Rho wandte den Blick von seinem gequälten Gesicht ab und studierte das Notizbuch, das sie auf dem Knie balancierte. »Verstehe, aber ich brauche die Liste trotzdem. Sagen Sie: Wenn Sie zusammen hier sind, geht sie dann öfters allein weg?«

»Nicht oft, aber es ist schon vorgekommen.«

»Aber Sie haben sie vorher noch nie als vermisst gemeldet?«

»Nein.«

Als Rho den Blick hob, hatte sich Lindsay wieder unter Kontrolle. Sein Gesicht war jetzt geradezu maskenhaft. Sie fragte: »Ist an der jetzigen Situation irgendetwas Besonderes – abgesehen von dem Mord –, das Sie befürchten lässt, Ihre Frau könnte in Gefahr sein?«

»Ja.« Er leckte sich die trockenen Lippen, zögerte. »Gott, ich hasse es, solche privaten Dinge auszubreiten.«

»Soweit irgend möglich, werden wir alles, was Sie uns sagen, vertraulich behandeln. Und bedenken Sie, jede Information kann uns helfen, Mrs. Lindsay zu finden.«

Er seufzte, wobei sich seine breiten Schultern zuerst hoben, um dann herabzusacken. »Na gut. Ich weiß, wie Samantha ist, aber ich liebe sie trotzdem. Und auf ihre Art liebt sie mich auch. Wenn sie nicht nach Hause kommt, ruft sie immer an. Immer. Aber heute Abend hat sie nicht angerufen. Wenn sie mit einem … wenn sie aus freien Stücken mit jemandem mitgegangen wäre, hätte sie es mich inzwischen wissen lassen. So läuft das zwischen uns und in solchen Zeiten erst recht.«

Guy saß an der Hotelbar vor seinem unberührten Bier und brütete vor sich hin, war im Geist wieder bei den Geschehnissen, die sein Leben verändert hatten. Schuldgefühle quälten ihn, heute Abend besonders heftig und bitter.

Diana, dachte er. Wenn ich doch nur dieses Projekt damals nicht übernommen hätte. Wenn ich dich doch nur nicht überredet hätte, mir zu helfen. Wenn ich doch nur vernünftiger –

»Mr. Newberry?«

Er fuhr zusammen, drehte sich um. Lily Gilardi, in schwarzen Jeans und einem dicken Rollkragenpullover, das dunkle Haar zu einem Pferdeschwanz zurückgebunden. Offenbar von der Intensität seines Gesichtsausdrucks überrascht, wich sie einen Schritt zurück.

»Ich … äh, wollte mich bei Ihnen bedanken«, sagte sie. »Sie haben gestern Abend eine schlimme Szene verhindert.«

»Schon in Ordnung. Wenn ich's richtig sehe, mag Ihr Bruder Ihren Freund nicht besonders.«

»Wayne hasst ihn. Apropos, haben Sie Alex gesehen? Ich sollte ihn hier treffen, aber er ist jetzt schon fast eine Stunde überfällig.«

Guy schüttelte den Kopf und deutete auf den freien Hocker neben seinem. »Darf ich Sie zu einem Drink einladen, während Sie warten?«

»Warum nicht?« Sie schlüpfte auf den Hocker und machte den Barmann auf sich aufmerksam. Er schenkte ein Glas Wein ein und stellte es vor sie hin. »Die ganze Stadt ist heute Abend irgendwie verrückt«, bemerkte sie. »Auf dem großen Parkplatz beim Oceanside war gerade eine Mordsschlägerei im Gang, als ich vorbeigefahren bin. Das Sheriff's Department hat die Highway Patrol zu Hilfe gerufen.«

»Die Leute reagieren ganz schön extrem auf einen Mord an einer Fremden.«

»Wenn Sie hier leben würden, würden Sie das nicht so sehen.«

»Nein? Wieso nicht?«

Sie zuckte die Achseln, produzierte mit ihrem Glas Feuchtigkeitsringe auf der lackierten Oberfläche der Bar.

»Wie ist es denn, hier zu leben?«

»Schrecklich. Da sind all diese tollen Küstenorte – nette Restaurants, Läden, Sachen, die man machen kann, haufenweise Geld, das die Touristen bringen –, und dann ist da Signal Port. Selbst ruhige Ortschaften wie Oilville oder Deer Harbor haben *irgendwas* zu bieten. Zumindest fürchten sich die Leute dort nicht vor ihren eigenen Nachbarn zu Tode.«

»Und hier tun sie's? Warum?«

Sie bedachte ihn mit einem verächtlichen Blick. »Kommen Sie, Mr. Newberry. Hugh Dawson drüben im Sea Stacks erzählt doch jedem, der ihm zuhört, dass Sie Journalist sind und ein Buch über die Morde damals im Cascada Canyon schreiben. Wenn Sie irgendwas wissen wollen, fragen Sie mich ruhig. Aber ich warne Sie – ich war damals noch klein, also wissen Sie wahrscheinlich mehr darüber als ich. Wenn die Akten, die Sie angeblich haben, wirklich so dick sind, wie Hugh sagt.«

Also war seine Tarnung endgültig aufgeflogen. Na ja, früher oder später musste das ja passieren. Und obwohl es Schwierigkeiten mit sich bringen konnte, würde es letztlich doch nützlich sein, wenn es ihm Kontakte zu Leuten wie Lily bescherte. Mit Rhoda Swift allerdings hatte er jetzt wohl ein dickes Problem …

»Mr. Newberry«, sagte Lily, »wenn Sie was über ein Verbrechen wüssten, eine Sache, die der Polizei vielleicht weiterhelfen könnte, würden Sie hingehen und es melden? Auch wenn Sie und jemand, den Sie mögen, dadurch ziemliche Scherereien kriegen könnten?«

Er musterte sie. Sie guckte in ihr Glas, und eine dicke Lockensträhne, die dem Pferdeschwanz entwischt war, hing vor ihrem Gesicht. »Käme auf das Verbrechen an. Und auf die Scherereien.«

»Ich sag ja, ziemliche Scherereien.«

»Wenn ich's recht verstehe, geht es um den Mord an dieser Frau.«

Sie nickte. »Normalerweise würde ich mich ja raushalten, aber sie schien ganz nett.«

»Sie haben mit ihr geredet?«

»Wir beide, Alex und ich. Bei Point Deception. Sie hat uns gebeten, ein paar Anrufe für sie zu machen, aber Alex hat mich nicht gelassen. Ich hab deswegen ein richtig schlechtes Gewissen. Und dann ist da noch was anderes –«

»Hey, Babe, was soll das?«

Lily schwang so jäh herum, dass ihre Knie an Guys Hocker schlugen. »Schatz!«

Alex trug eine Daunenjacke, die vorn schlammverschmiert war, und auf dem einen seiner hohen Wangenknochen war ebenfalls ein Dreckstriemen. Sein Blick glitt über Guys Gesicht, argwöhnisch, fast schon feindselig, und schwenkte dann auf Lily. »Ich hab dich gefragt, was das soll?«

»Mr. Newberry hat mir einen Drink spendiert, das ist alles. Was war denn los?« Sie zeigte auf seine Jacke.

»Bin von der Straße abgekommen. Die Karre hing im Graben, musste sie rausschieben.«

»Oh, armer Schatz!«

»Und worüber habt ihr geredet, du und Mr. Newberry?«

Sie warf Guy einen warnenden Blick zu. »Wie es so ist, hier zu leben.«

»Und du hast gesagt, das reinste Paradies.«

»Klar.«

Guy sagte: »Darf ich Sie zu einem Drink einladen, Mr. Ngo?« Er sprach den Namen auf vietnamesische Art aus.

Überraschung blitzte in Alex' Augen auf, aber er sagte nur: »Danke, aber Lily und ich haben noch was zu tun.«

»Aber, Schatz, ich dachte, wir wollten essen –«

»Kleine Änderung der Pläne. Wir kommen ein andermal drauf zurück, Mr. Newberry.« Er zog Lily vom Barhocker und schob sie, die Hände auf ihren Schultern, zur Tür.

Guy sah ihnen nach und dachte, dass Lily darauf programmiert war, die falschen Entscheidungen zu treffen und sich von den Männern in ihrem Leben herumschubsen zu lassen, selbst von denen, die es gut mit ihr meinten. Und Alex Ngo war jemand, der diese Tendenz bei einer Frau sofort roch und zu seinem Vorteil nutzte.

Ein Jammer, dass Alex aufgetaucht war. Guy hätte zu gern gewusst, was dieses »andere« war, von dem Lily gesprochen hatte.

*

Rho hielt neben Waynes Streifenwagen am Pier von Calvert's Landing. Der Deputy lehnte an seinem Wagen, einen Fuß auf der Stoßstange, die Arme vor der Brust verschränkt. Auf dem Parkplatz standen die Autos dicht an dicht, und durch die Obergeschossfenster des kleinen Einkaufszentrums schimmerte das warme Licht des Tai Haru-ru; die flutlichterhellte Fassade des Tides Inn oben am Hang wirkte dagegen kalt und nüchtern.

»Hey, Wayne«, rief sie im Aussteigen. »Die Zentrale hat deine Botschaft durchgegeben. Was ist denn los?«

»Lass uns ein Stück gehen, okay?« Er zeigte auf den Pier.

Rho nickte und passte sich seinem Schritt an. »Scheint doch alles unter Kontrolle.«

»Jetzt schon. Vorhin habe ich eine Schlägerei abgestellt – zwei Typen, die zu viel Navy-Grog intus hatten. Musste sie erst weich schlagen. Der eine ging mit dem Wagenheber auf mich los, der andere wollte ihm beispringen. Sind jetzt beide auf dem Weg in die Ausnüchterungszelle, zusammen mit einem Halbwüchsigen, der's nicht lassen konnte, mir frech zu kommen.«

Rho schwieg. Sie bezweifelte das mit dem Wagenheber, und einen Halbwüchsigen wegen frecher Sprüche festzunehmen war unverhältnismäßig. Als sie am Pierende ankamen, fragte sie: »Also, warum wolltest du, dass ich komme?«

»Wir haben ein Problem.« Der bullige Deputy lehnte, ihr zugewandt, am Geländer. Wellen schwappten gegen die Pfeiler, und es roch intensiv nach Salzwasser, Kreosot und Tang. Rho grub die Hände in die Taschen ihrer Uniformjacke und wartete.

Wayne sagte: »Geht um diesen Schreiberling, mit dem du gestern Abend gegessen hast. Guy Newberry.«

Sie hörte mit wachsendem Unbehagen zu, wie er berichtete, was in den Geschäften und Lokalen kursierte. Als er fertig war, sagte sie: »Ich hatte keine Ahnung, was er hier will. Er hat mir erzählt, er sei freier Schriftsteller und dächte daran, hierher zu ziehen, aber er schien viel lieber über seinen neuen Laptop reden zu wollen als über seine Arbeit.«

»Jetzt weißt du, was er hier will. Hat er dich über die Morde ausgefragt?«

»Nein. Wir haben uns vor allem unsere jeweilige Lebensgeschichte erzählt.« Obwohl Newberry, bei Licht besehen, von seiner nicht viel preisgegeben hatte.

»Hast du irgendwas über die Morde gesagt?«

»Großer Gott, nein!«

»Ich muss dir ja wohl nicht sagen, was passieren kann, wenn er das wieder aufrührt.«

»Nein.«

»Was ist er für ein Typ?«

Sie überlegte. »Na ja, bis eben hätte ich gesagt, ein bisschen sehr von sich eingenommen, aber im Grunde ein anständiger Kerl. Aber –«

»Die Leute vom Hotel sagen, er schien sich sehr für dich zu interessieren. Also, mein Tipp: Wenn du mit ihm redest, ihm erklärst, was ein Buch über dieses Verbrechen hier anrichten würde, lässt er's vielleicht bleiben.«

»Das bezweifle ich. Ihm geht's wahrscheinlich einfach nur ums Geschäft. Wenn ich was sagen würde, wäre er womöglich erst recht scharf drauf, das Buch zu schreiben.«

»Klar, schon möglich, aber man kann nie wissen.«

Rho trat ans Geländer, stützte sich darauf, beugte den Kopf herab und atmete gleichmäßig durch. Das kann nicht wahr sein, dachte sie.

»Meine Sorge ist«, sagte Wayne, »dass er versuchen könnte, diesen Mord jetzt mit den Morden von damals in Zusammenhang zu bringen.«

»Wie denn? Ich sehe da keinen Zusammenhang.«

»Es braucht ja keinen zu geben. Er kann ja einen konstruieren. Schriftsteller denken sich doch ständig was aus. Als ich das mit Newberry gehört habe, bin ich gleich ans Telefon und habe einen Kumpel bei der New Yorker Polizei angerufen. Habe erfahren, dass Newberry schon mehrere Bücher dieser Art geschrieben hat, alles Bestseller. Und außerdem hat er auch noch für die *Times* und einen ganzen Haufen Zeitschriften geschrieben. Mit seinen Kontakten könnte er im ganzen Land herumposaunen, was hier los ist.«

»Wie diese Wynnes damals.«

»Genau.«

»Großer Gott.«

Wayne sah auf die Uhr und richtete sich auf. »Ich muss wieder los. Fährst du runter nach Signal Port?«

»Durch bis Westhaven, Samantha Lindsays Wagen suchen.«

»Die Wahrscheinlichkeit, dass sie im Bett von irgendeinem Kerl liegt, ist zehn zu eins.«

»Ich weiß nicht, Wayne. Offenbar entspricht es diesmal nicht dem üblichen Muster.«

»Na ja, viel Glück, Kiddo. Und denk mal über meinen Vorschlag nach. Ein persönlicher Appell an diesen Newberry kann bestimmt nicht schaden.«

Rho gab keine Antwort. Sie blieb stehen, horchte seinen Schritten hinterher. Ein Schwall von Musik und Gelächter, als die Tür des Restaurants auf- und wieder zuging, Getrappel auf der Treppe, hallende Stimmen auf dem Parkplatz.

Motoren sprangen an, Schotter knirschte unter Reifen, dann verklangen die Geräusche, als sich die Fahrzeuge entfernten. Jetzt war die Nacht still, bis auf das Schwappen der Wellen und den leisen Schlagzeugrhythmus der Band oben im Tai Haruru.

Ein persönlicher Appell. Wayne war naiv, wenn er glaubte, dass das bei einem Mann wie Guy Newberry etwas nützen würde. Jetzt, da sie wusste, warum er sich an sie herangepirscht hatte, erkannte sie diesen Typ: unsensibel, egoistisch, wild entschlossen, sich zu holen, was er haben wollte, ohne Rücksicht auf andere. Er würde sein Buchprojekt durchziehen, und der ganze Ort würde darunter zu leiden haben. Ihr eigenes labiles Gleichgewicht würde kippen, vielleicht endgültig. Sie träumte ja jetzt schon in allen entsetzlichen Einzelheiten von jener Nacht im Canyon. Wie lange noch, bis es sie auch im Wachzustand verfolgen würde.

Tut es doch jetzt schon.

Sie presste sich die Fingerspitzen auf die Schläfen, schüttelte den Kopf. Vermochte den Strom der Erinnerungen, die dort einsetzten, wo ihr Traum abgebrochen war, nicht zu stoppen.

Sie hatte Heath Wynnes Leichnam den Sanitätern übergeben und stand in ihrem blutigen Hemd wie gelähmt da, bis Wayne sie beiseite zog. »Brich mir jetzt nicht zusammen, Kiddo«, sagte er. »Los, komm, und pass auf wegen der Spuren. Wir müssen rausfinden, wie viele Leute hier noch sind – tot oder lebendig.«

Sie holte tief Luft, nickte und folgte ihm zur Zufahrt. Weitere Deputys betraten gerade das kleine Schindelhaus, wo sie vorhin auf drei Leichen gestoßen war – Claudia, Mitch und Eric Blakeley, wie sie später erfahren sollte. Wieder andere näherten sich einem Kuppelhaus, das sich ein

Stück weiter zwischen den Bäumen befand. Wayne knipste eine Stablampe an und sagte: »Gib mir Deckung.« Sie zog ihre .357er aus dem Holster, und sie folgten dem ausgefahrenen Weg.

Etwa fünfzig Meter canyoneinwärts stießen sie auf eine roh gezimmerte Bretterhütte, hinter der noch zwei Schuppen zu stehen schienen. Wayne bedeutete ihr, stehen zu bleiben, und ging langsam auf die Hüttentür zu. Sie hielt die Waffe im Anschlag, während er sich flach an die Wand drückte, nach dem Türknauf griff und die Tür nach innen aufstieß. Nachdem er mit der Stablampe drinnen herumgeleuchtet hatte, sagte er: »Niemand.«

Sie atmete langsam aus, zeigte auf die Schuppen. Er nickte und setzte sich in Bewegung. Sie folgte ihm, die Hände am Pistolengriff glitschig von Schweiß. Da blieb Wayne abrupt stehen, weil er dasselbe Geräusch hörte wie sie.

Es war nur ein Wimmern, aber so voller Angst und Entsetzen, dass es ein Schrei hätte sein können. Es kam aus dem hinteren Schuppen, und Rho rannte los, ohne sich um Waynes warnenden Grunzlaut zu kümmern. Er kam hinterher und hielt die Stablampe schon bereit, als sie die Tür öffnete.

Der Schuppen war in Wirklichkeit ein Schlafhäuschen, mit einem kleinen Etagenbett an der Wand gegenüber dem schmalen, hohen Fenster. Die untere Koje war leer, bis auf eine dünne Matratze. Rho ging hin und spähte in die obere Koje. Dort lag ein zusammengeknäulter Schlafsack, der bebte, als das Wimmern jetzt lauter wurde.

Sie bedeutete Wayne zurückzubleiben und legte die Hand auf den Schlafsack. Das Etwas im Inneren erstarrte. »Ist ja gut«, sagte sie. »Jetzt bist du in Sicherheit.«

Keine Reaktion, nicht mal ein Atmen.

»Hab keine Angst. Wir wollen dir helfen.«

Leises Schluchzen.

»Ich möchte dich da runterholen. Okay?«

Lauteres Schluchzen jetzt.

»Würdest du dich aufsetzen? Damit ich dir helfen kann?«

Es dauerte mindestens fünfzehn Sekunden, bis sich der Schlafsack regte und das Kind sich aufsetzte. Ein Mädchen, vielleicht fünf oder sechs Jahre alt. Verfilztes braunes Haar, große Augen, dunkel vor Entsetzen und verquollen vom Weinen. Blutige Kratzer und Tränen auf den Wangen. Der Mund zu einem stummen Schrei geformt.

Rho fasste das Kind, hob es herunter. Wayne streckte die Arme aus, aber ehe sie ihm die Kleine übergeben konnte, verkroch sie sich an Rhos Schulter, umklammerte ihren Hals und ihre Taille. So hing sie an ihr, ohne sich zu regen, während Rho sie aus dem Canyon und in Sicherheit brachte …

Chrystal: Vorher

Freitag, 6. Oktober
11 Uhr 57

Was ist das da? Oh, mein Gott – Bernhards Hütte und die Kinderbuden. Jetzt fällt's mir alles wieder ein.

Die hat Bernhard gebaut, wegen der Partys der Erwachsenen, damit wir Kinder dort schlafen konnten und nicht im Weg waren. Winzige Schlafhäuschen, eins rosa, eins blau. Jetzt beide grau.

Die Erwachsenen haben dauernd Partys gemacht – und wie. Mit weißen Weihnachtslichterketten in den Bäumen und Stereoboxen auf Pfählen. Von draußen wurde nie jemand eingeladen, außer Jude und Leo, und die auch nur, weil Leo und Bernhard von früher befreundet waren. Wenn ich's mir recht überlege, ist außer uns überhaupt nie jemand in den Canyon gekommen.

Laute Musik. Komische Essensexperimente. Im Dunkeln noch im Wald rumlaufen. Shitgeruch. Gespenstergeschichten in den Kinderbuden. Und Bernhard.

Wir nannten ihn »Onkel«. Er hat sich mehr um uns gekümmert als unsere Eltern. Er war angeblich so eine Art Erfinder, hatte sein Labor ganz versteckt hinten im Canyon, wo es richtig eng wird. Aber er war kein Erfinder, das haben die Erwachsenen uns nur erzählt. In Wirklichkeit hat er dort hinten Speed hergestellt.

Jude hat mir erzählt, in den Zeitungen hätte gestanden, die Killer hätten es auf Bernhard abgesehen gehabt, die anderen seien nur unschuldige Opfer eines Kriegs wegen irgendeines Drogendeals. Aber das stimmte nicht. Leo und sie waren an der Dealerei beteiligt, und die Wynnes finanzierten Bernhard. Das in den Zeitungen war nur Verschleierungstaktik, weil die anderen aus gutem Hause kamen. Aus anständigen Familien.

Was ist das denn, eine anständige Familie? Leute mit Geld und einem Collegeabschluss, so wie sie? Leute, die durch dick und dünn zusammenhalten, so wie ich und Leo und Jude? Leute, die sich gut verstehen, so wie wir Kinder und Bernhard?

Die Polizisten fanden Bernhard tot in seinem Labor. Einem Fertigteilschuppen, wie man ihn im Baumarkt kaufen kann. Er ließ niemanden auch nur in die Nähe, hatte den Weg so mit Stacheldraht verrammelt, dass man sich fragte, wie *er* rein- und rauskam.

Da ist der Weg. Ich könnte –

Lass es, Chryssy. So schnell wie möglich rein und wieder raus.

Aber es ist ja so still hier. Da ist niemand. War schon seit damals niemand mehr.

Verdammt, die Zeit hier ist meine einzige Erinnerung an so was wie Kindheit – und ich wusste überhaupt nichts mehr davon, bis ich hierher gekommen bin. Bernhard war ein wichtiger Teil davon. Ich habe ein Recht darauf zu sehen, wo er gestorben ist.

Montag, 9. Oktober
Früher Morgen

Als Rho zehn Minuten nach Mitternacht das Dienststellengebäude betrat, reichte ihr Valerie – die dageblieben war, um eventuelle Anrufe in Sachen Chrystal Ackerman entgegenzunehmen – zwei Zettel mit Telefonbotschaften und begann, ehe Rho ein Wort lesen konnte, den Inhalt zu referieren.

»Detective Grossman lässt ausrichten, er und sein Partner sind im Sea Stacks, falls du sie brauchst. Sie haben sich wegen der Ackerman mit dem Department von Clark County, Nevada, in Verbindung gesetzt, und die Beamten dort sind sehr kooperativ. Sie haben bereits die Adresse ermittelt, anhand der Privatnummer, die dir der Besitzer des Mercedes gegeben hat. Sind dort vorbeigefahren und haben mit dem Hausmeister des Apartmenthauses gesprochen. Er sagt, die Ackerman ist vor zwei Jahren eingezogen, zusammen mit ihrer Mutter. Die Mutter war krank, und der Hausmeister hat sie schon seit Monaten nicht mehr gesehen; er nimmt an, dass sie gestorben ist. Die Ackerman hat sehr zurückgezogen gelebt, und der Hausmeister und die anderen Mieter kannten sie kaum. Wenn du dort im Department anrufst, sollst du Detective Ronald Stevens verlangen.«

Rho warf einen Blick auf die Telefonbotschaften und

sah, dass sie in Kurzversion genau das besagten, was Valerie eben berichtet hatte.

Valerie zog jetzt die Brauen zusammen. »Kannst du dir das vorstellen? Telefonsex in einer Wohnung betreiben, die man mit der eigenen Mutter teilt?«

»Ist auch eine Art, sich seinen Lebensunterhalt zu verdienen.« Rho konnte sich nicht vorstellen, irgendetwas in Anwesenheit ihrer Mutter zu tun, da diese die Familie im Stich gelassen hatte, als Rho erst acht gewesen war. »Irgendwelche Reaktionen auf unsere Zeugenaufrufe?«

»Ja, endlich. Alle Anrufer haben sie bei Point Deception gesehen. Alle sind weitergefahren. Alle haben Schuldgefühle, weil sie nicht gehalten haben, um ihr zu helfen. Hast du Samantha Lindsay gefunden?«

»Nein. Ich habe eine Suchmeldung an alle Streifen rausgeben lassen.«

»Wahrscheinlich ist sie doch nur bei ihren üblichen Spielchen.«

»Das weiß man nicht.«

Valerie zuckte die Achseln, und ihre Miene besagte, dass einiges dazugehören würde, sie von einem anderen Szenario zu überzeugen. »Ach, übrigens, dein Vater hat vorhin angerufen. Er will, dass du bei ihm vorbeikommst.«

»Warum?«

»Nur so, zum Reden.«

Was hieß, dass er nichts mit sich anzufangen wusste und trank. Jack Antolini war schon lange im vorzeitigen Ruhestand. Die Arbeit fehlte ihm, und er hatte nicht genügend Interessen, um seine Zeit ausfüllen zu können, was dazu führte, dass er trank, Rho über ihre Arbeit ausquetschte und ständig an ihr herumkrittelte. Er hatte inzwischen bestimmt mitgekriegt, dass sie im Fall Ackerman assistierte, und konnte es nicht erwarten, alles bis ins kleinste Detail zu erfahren.

»Wenn er wieder anruft«, erklärte sie Valerie, »sag ihm, ich bin sehr beschäftigt, versuche aber, diese Woche noch vorbeizuschauen.«

»Er ist dein Vater, Rhoda, und ein einsamer Mensch. Ist das denn so viel Aufwand?«

»Ich sagte doch, ich versuch's, oder?« Sie legte die Telefonzettel in das Fach, das sie mit Wayne teilte, und als sie sich wieder umdrehte, sah sie, dass Valerie sie mit analytischem Blick musterte. »Was ist?«, fauchte sie.

»Reiß mir doch nicht gleich den Kopf ab!«

»Sorry. Es ist spät, und ich bin müde.«

»Das wird's wohl sein. Und wie geht's dir sonst?«

»Bestens. Ich habe immer brav meine Vitamine genommen.«

»Ich meine nicht körperlich.«

»Wie dann?«

»Na ja, das ist dein erster ›richtiger‹ Mord seit damals. Da müssen doch schmerzliche Erinnerungen hochkommen.«

Damals. Betont, als wäre es kursiv gedruckt, nähere Ausführungen unnötig. Wie sie alle, brachte es auch Valerie nicht fertig, das, was vor dreizehn Jahren passiert war, beim Namen zu nennen. Rho spürte plötzlich eine Verschiebung in ihrem Gefühlshaushalt. Nein, eher eine Art emotionales Erdbeben. Sie konnte die beschönigenden und ausweichenden Formulierungen auf einmal nicht mehr ertragen. Hatte sie vielleicht schon länger satt.

»Warum sagst du's nicht geradeheraus?«

»Was?«

»Seit die acht Menschen im Cascada Canyon abgeschlachtet wurden.«

Die Brutalität ihrer Worte hallte von den amtsstubengrünen Wänden wider. Valerie schlug sich die Hand vor den Mund. Als das Telefon klingelte, starrte sie es zerstreut an, ehe sie abnahm.

»Hallo, Will«, sagte sie. »… O nein! … Deputy Swift ist hier. Ich schicke sie rüber … Ja, gern geschehen.« Sie legte auf und sprach, ohne Rho anzuschauen. »Das war Will Scurlock. Virge ist ebenfalls verschwunden.«

Der nervöse Knoten in Rhos Magen, der schon seit dem frühen Morgen da war, zog sich schmerzhaft zusammen. »Seit wann?«

»Weiß er nicht genau. Er hat sie so um zwei vom Hotel abgeholt. Sie hatte reichlich getrunken, also hat er sie heimgebracht und ins Bett gesteckt. Als er um vier nach ihr gesehen hat, schlief sie. Dann hat er an irgendwelchen Plänen gearbeitet, zu Abend gegessen und zwei Filme im Fernsehen geguckt, wobei er im Sessel eingenickt ist. Als er vor ein paar Minuten ins Schlafzimmer ging, war sie weg, und an der Garderobe fehlte eine ihrer Jacken. Der arme Mann ist völlig außer sich.«

»Bin schon unterwegs.«

Guy stellte seine Aktenbox aufs Motelbett und zog die Akte mit der Aufschrift »Opfer« heraus. Dann setzte er sich damit an den Tisch vor der Glastür zu dem kleinen Balkon. Es war zwar schon einiges nach Mitternacht, aber er war nicht müde. Im Gegenteil, das Telefonat mit Aaron Silber früher am Abend hatte ihn richtiggehend belebt. Aaron hatte bestätigt, dass die Mutter von Susan Harrison Wynne die Grundsteuer für das Anwesen im Cascada Canyon gezahlt hatte, bis dann, nach ihrem Tod, Sohn Dunbar die Zahlungen übernommen hatte. Nachdem dieser Punkt – und damit die Frage nach Duns Motiven – geklärt war, fand Guy es an der Zeit, sich eingehender mit den Menschen zu befassen, die dort im Canyon umgekommen waren.

Er blätterte Aarons Faktenzusammenstellung durch. Die beiden Ehepaare, die dort im Canyon gewohnt hatten, kannten sich aus ihrer Studentenzeit an der University of California in Santa Cruz, einer innovativen Hochschule, zu deren Praktiken es unter anderem gehörte, ausführliche Leistungsbeurteilungen anstelle von Noten zu erteilen. Aufgehoben in einer Clique, in der jeder künstlerische Ambitionen hatte, kamen sie in der geschützten Atmosphäre der bewaldeten Hügel über dem Küstenstädtchen bestens zurecht, was sich jedoch schlagartig änderte, als sie sich nach dem Collegeabschluss einer raueren Wirklichkeit ausgesetzt fanden. In die universitären Studienbereiche, die sie sich ausgesucht hatten, war nur schwer hineinzukommen, und die Konkurrenz war enorm; schriftliche Beurteilungen, die sich nicht auf einen simplen Notendurchschnitt reduzieren ließen, stießen auf Argwohn. Selbst banalere Jobs waren schwer zu finden, und da die vier aus Verhältnissen kamen, wo ihnen jeder Wunsch erfüllt worden war, hatten sie nicht die Energie, sich durchzubeißen.

Ein paar Jahre nach dem College trafen sich Susan und Forrest Wynne mit ihren besten Freunden, Claudia und Mitch Blakeley. Der Anlass war gewichtig. Sie waren alle zu dem Fazit gelangt, dass sie ihr derzeitiges Leben nicht befriedigte. Susan und Forrest mühten sich vergeblich in ihrem jeweiligen Beruf. Claudia und Mitch hatten die Nase voll vom Immobilien- und Bankwesen und auch von dem Problem, die Ansprüche ihrer Vorgesetzten mit denen ihres kleinen Kindes zu vereinbaren. Jetzt aber hatte Susan Wynne die Lösung all dieser Probleme parat.

Susan würde demnächst die Verfügungsgewalt über einen beträchtlichen Treuhandfonds erlangen, den ihr Großvater mütterlicherseits für sie angelegt hatte. Sie schlug vor, dass sie zu viert ein großes Stück Land suchen sollten, das sie dann erwerben würde, damit sie alle dort leben und ihre künstlerischen Projekte verfolgen könnten. Sie würde für ein Klärgrubensystem, einen Brunnen und sonstige grundlegende Einrichtungen aufkommen, und ihre Häuser würden sie in Gemeinschaftsarbeit errichten. Die Blakeleys bräuchten lediglich ihre Arbeitskraft und das Baumaterial für ihr Haus einzubringen.

Claudia und Mitch waren von dem Plan begeistert. Sie hatten zwar auf ein eigenes Haus gespart, aber die Immobilienpreise stiegen schneller als ihr Sparguthaben. Die Materialkosten für ein Häuschen lagen dagegen im Rahmen ihrer Möglichkeiten, und die Vorstellung, mit ihren besten Freunden eine Künstlerkolonie zu gründen, faszinierte sie. Natürlich würde das Land in einer Gegend liegen müssen, wo die Grundstückspreise und die Lebenshaltungskosten niedrig waren, und selbst dann würde es knapp werden, da Susan laut Treuhandvertrag nur eine bestimmte Summe pro Jahr abheben konnte. Doch die vier – die allesamt sehr von ihrem Talent überzeugt waren – versicherten sich gegenseitig, wenn sie sich erst einmal ihrer eigentlichen Arbeit widmen könnten, würden Ruhm und Reichtum nicht lange auf sich warten lassen.

Claudia, die Immobilienmaklerin, wurde beauftragt, im gesamten Staat nach einem geeigneten Grundstück zu suchen, und drei Monate später meldete sie, dass sie den idealen Ort gefunden habe, ein abgeschiedenes Stück Land in Soledad County, das sich Cascada Canyon nannte.

*

Will Scurlock war Rho immer als jemand erschienen, der nachdachte, ehe er den Mund aufmachte, und die Konsequenzen abwog, ehe er handelte. Aber heute Nacht – oder besser heute Morgen, da es schon fast ein Uhr war – war er alles andere als beherrscht. Während sie das Schlafzimmer inspizierte, aus dem seine Frau zu einem nicht präzise zu bestimmenden Zeitpunkt verschwunden war, redete Will aufgeregt und konfus drauflos, wobei er gelegentlich mit den großen Fäusten auf die Wand einhieb.

Virge sei gewaltsam aus ihrem Bett entführt worden, behauptete er.

Aber warum, konterte Rho, war dann ihre Jacke vom Garderobenhaken in der Diele verschwunden?

Na ja, vielleicht sei sie ja gar nicht verschwunden. Vielleicht sei sie ja in einem der Autos oder in der Reinigung.

Aber hatte er ihr nicht erklärt, dass Virge die Jacke auf der Rückfahrt vom Hotel getragen habe? Und dass er sie selbst aufgehängt habe?

Okay, ja, vielleicht habe sich der Entführer ja in die Diele geschlichen, um die Jacke zu holen. Er selbst habe ja ferngesehen und sei zwischendurch weggedöst. Da hätte er's gar nicht mitkriegen können. Und außerdem wäre Virge nie allein raus in die Dunkelheit gegangen – nicht, wenn dort ein Killer herumlief. Jemand müsse sie verschleppt haben und –

»Will«, sagte Rho, »reiß dich zusammen.«

Das brachte ihn, wie sie gehofft hatte, schlagartig zu sich. Er ließ sich aufs Bett sinken und bedeckte die Augen mit den Händen. »Mein Gott!«

»Will«, sagte sie, »Virge ist nicht die Einzige, die heute Nacht verschwunden ist.«

»Nein? Wer noch?«

»Samantha Lindsay. Arbeitest du nicht auch für ihren Mann?«

»Doch.«

»Kennen sie sich, Virge und sie?«

»Warum? Glaubst du, da besteht ein Zusammenhang?«

»War nur so ein Gedanke.«

»Tja, soweit ich weiß, sind sie sich nie begegnet. Oder wenn, dann nur flüchtig. Samantha ist … na ja, sie und Virge haben nicht viel gemeinsam.«

Rho ging durch den Raum, zu einer Tür mit altmodischen Glasscheiben; als sie den Lichtschalter neben der Tür betätigte, erkannte sie draußen einen Patio. Die Tür war geschlossen, aber nicht verriegelt. Hinter dem Patio zog sich ein Plattenweg durch einen Blickschutz aus Rhododendronsträuchern.

»Wo führt der Weg da hin?«, fragte sie.

»Zum Gewächshaus. Virge ist … war mal eine begeisterte Gärtnerin.«

»Kann es sein, dass sie dorthin gegangen ist?«

»Nein, sie kümmert sich schon seit Jahren nicht mehr um das Gewächshaus. Außerdem gibt es dafür nur einen Schlüssel, und der hängt am Haken in der Küche.«

»Gibt es sonst irgendeinen Ort auf dem Gelände, wo sie hingegangen sein könnte?«

»Na ja, da ist die Hütte unseres Mieters. Clay Lawrence. Sie besucht ihn manchmal, bringt ihm Selbstgebackenes und spielt mit ihm Rommé. Aber nur, wenn ich nicht da bin und sie Gesellschaft braucht.«

Rho kannte Lawrence vom Sehen: ein ziemlich rustikaler Typ von Anfang vierzig, der oft mit Becca Campos unterwegs war, einer Bedienung aus dem Hotel, die nebenbei noch als Putzfrau arbeitete. »Hast du ihn angerufen?«

»Ich hab's versucht, aber da war besetzt, und ich wollte das Haus nicht verlassen, für den Fall, dass Virge zurückkommt.«

»Ich schaue nachher bei ihm vorbei. Wie komme ich zu der Hütte?«

»Immer der Zufahrt nach. Die endet dort.«

Rho setzte sich neben Will. »Dass Virge heute so viel getrunken hat – woher kam das?«

»Weiß ich auch nicht genau. Ich hab sie gefragt, aber es war nichts Vernünftiges aus ihr rauszukriegen. Sie hat immer nur gesagt, sie sei diejenige, die ein Recht auf eine Erklärung habe.«

»Was für eine Erklärung?«

»Keine Ahnung.«

»Habt ihr vorher Streit gehabt?«

»Nein. Wir haben nie Streit. Ich kann nicht riskieren, dass sie sich aufregt.«

»Sonst irgendwas, was der Auslöser gewesen sein könnte?«

»Dieser Mord, schätze ich. Wir haben diese Frau am Freitagabend, so gegen sechs, bei Point Deception gesehen, sind aber weitergefahren. Hinterher hatte Virge dann Schuldgefühle deswegen, aber ich verstehe trotzdem nicht, was sie dazu getrieben hat zu trinken. Sie trinkt sonst so gut wie nichts. Und warum in der Öffentlichkeit? Wir haben jede Menge Alkohol hier im Haus.«

»Vielleicht wollte sie nicht allein trinken.«

»Mag sein.«

Rho zögerte, wählte die nächsten Worte sorgfältig. »Ich habe gehört, Virge sei in letzter Zeit ein bisschen labil.«

»Ein bisschen?« Will lachte bitter. »Hochgradig. Sie hat vor allem und jedem Angst. Ein Windstoß, ein Tier, das im

Gebüsch herumraschelt, eine Fehlzündung unten auf dem Highway – egal was, sie dreht sofort durch. Sie interessiert sich für gar nichts mehr, außer fürs Essen. Gärtnern, Sticken, ehrenamtliche Arbeit – alles passé. Und in puncto Essen kennt sie kein Halten mehr. Als ob sie sich damit betäuben wollte.«

»Wie lange geht das schon so?«

Er zuckte die Achseln. »Jahre. So was verschlimmert sich nur langsam. Zuerst merkt man's gar nicht, dann redet man's schön, aber eines Tages wacht man dann auf und sagt: ›He, Moment mal, hier stimmt doch was nicht.‹«

»Hat sie je irgendeine Art von Hilfe gesucht?«

»Nein. Sie will ja nicht glauben, dass mit ihr was nicht stimmt. Behauptet, sie sei einfach nur vorsichtig. Und was das Essen angeht, sagt sie, Kochen sei nun mal ihr neues Hobby. Ich sage dir, Rho, sie ist ein einziges Bündel Angst.«

»Kaum zu glauben. Sie war doch immer so stark. Nach den ...« Sie zögerte, nahm dann ihre ganze neue Entschlossenheit zusammen und sprach es aus. »Nach den Canyon-Morden war sie der Fels in der Brandung.«

Will hob die Augenbrauen. »Ach, du redest endlich doch darüber. Stimmt, sie *war* stark. Das solltest du wohl am allerbesten wissen.«

»Ja. Ich verdanke es ihr, dass ich die Nacht damals durchgestanden habe und auch die folgenden Tage. Wenn Virge nicht gewesen wäre, hätte ich mich vor den Kollegen, den Reportern und Fernsehleuten unmöglich gemacht. Sie hat mir Kraft gegeben.«

»Ja, das hat sie. Und wie hast du's ihr vergolten? Indem du dich in den Suff geflüchtet hast, den Fall Leuten wie Wayne Gilardi überlassen hast, die nicht mal fähig sind, im Dunkeln ihren eigenen Arsch zu finden. Ein feiner Dank war das.«

Rho zuckte unter der jähen Attacke zusammen – zumal etwas Wahres dran war.

»Keiner, der in der Nacht dort draußen am Tatort war, hatte so viel Grips wie du«, fuhr Will fort. »Keiner von hier und auch keiner von den Beamten, die sie aus Santa Carla hergeschickt haben. Wenn du dich darum gekümmert hättest, wäre meine Frau heute vielleicht nicht in dem Zustand, in dem sie ist.«

Das ging zu weit. Seit den Canyon-Morden waren sie und das Department von allen möglichen Leuten der Unfähigkeit bezichtigt worden, aber nie von Will und Virge. Es schmerzte und ärgerte sie, dass er damit offenbar die ganze Zeit nur hinterm Berg gehalten hatte.

»Hör mal, Will«, sagte sie, »ich habe Mist gebaut, aber du kannst es nicht einer einzigen Person in die Schuhe schieben, dass diese Morde nie aufgeklärt wurden. Und Virge ist für ihren Zustand selbst verantwortlich – wenn du auch kräftig dazu beigetragen hast.«

»Was willst du damit –«

Sie stand auf. »Es hilft deiner Frau nicht, wenn wir hier herumsitzen und alte Wunden aufreißen. Ich melde mich, sobald ich was weiß.«

Guy schlug das erste Opferprofil auf: Claudia Robinson Blakeley.

Sie war dreißig, als sie starb. Tochter eines Brokers aus San Diego. Zeigte schon früh fotografisches Talent und interessierte sich später dann fürs Filmemachen. Die UC Santa Cruz war ihre zweite Wahl; eigentlich hatte sie das renommierte Filmstudium an der UCLA absolvieren wollen, aber das war an ihren Noten gescheitert.

Das beigefügte Foto zeigte eine junge Frau mit einer

blonden Haarkrause und einem breiten Lächeln. Die Augen waren ihr größtes Plus, groß und langwimprig. Den Kiefern im Hintergrund nach zu urteilen, war das Foto wohl im Canyon gemacht worden.

In ihrem letzten Collegejahr heiratete Claudia Mitch Blakeley, und sieben Monate später kam Sohn Eric zur Welt. Die junge Familie blieb zunächst in Santa Cruz, zog dann aber zwei Jahre später nach San Diego, wo Claudias Vater Mitch eine Stelle in der Treuhandabteilung einer Bank verschaffte und Claudia bei einer großen Immobilienagentur anfing. Obwohl beide verdienten, war das Geld immer knapp, und Claudias Vater musste ihnen mehrmals aus der Klemme helfen. Zwei Monate vor dem Treffen mit den Wynnes hatte er den beiden erklärt, dass sie nicht länger auf finanzielle Unterstützung von seiner Seite rechnen könnten.

Verwandte und Freunde schilderten Claudia als extrovertiert und lebenslustig, dabei aber egozentrisch und chaotisch. Es lag ihr, Häuser zu verkaufen, aber sie achtete nicht genug auf Details und verpatzte oft den endgültigen Abschluss, indem sie Termine nicht einhielt. Sie legte einen Teil ihrer Courtagen auf die hohe Kante, in der Hoffnung, sich irgendwann selbst ein Haus kaufen zu können, ließ aber hohe Kreditkartenschulden auflaufen, die sie dann zwangen, an ihr Erspartes zu gehen. Ihre Ehe schien im Großen und Ganzen glücklich, aber ihre mütterlichen Fähigkeiten ließen zu wünschen übrig, und ihre Mutter warf ihr mehrmals vor, dass sie Eric emotional vernachlässige. Erzieherinnen der Tagesstätte, die Eric besuchte, fiel auf, dass die Großmutter im Leben des Jungen eine wesentlich wichtigere Rolle zu spielen schien als die Mutter.

Guy blätterte um und nahm das Foto ab, das an Erics

Profil klemmte. Im Jahr der Morde aufgenommen, zeigte es einen Achtjährigen mit einem abgebrochenen Schneidezahn, lockigem rotblonden Haar und einer mit Sommersprossen gesprenkelten Stupsnase. Er guckte so zaghaft in die Kamera, als ob er sich seines Platzes in der Welt nicht sicher wäre oder nicht wüsste, ob er ihn auszufüllen vermochte.

Der Ausdruck des kleinen Jungen rührte Guy, weil er sich darin selbst wieder fand. Seine Eltern waren ihm nie nahe gewesen, sie waren ganz ineinander aufgegangen, hatten ihr einziges Kind ausgeschlossen, und er hatte sich abgerackert, um mit Freunden mitzuhalten, die sich der Liebe ihrer Eltern sicher waren. In bewussteren Momenten war ihm klar, dass die Arroganz, in die er verfallen war, sobald er entdeckt hatte, was er konnte, und noch dazu gut konnte, in jenem frühen Mangel wurzelte. In weniger bewussten Momenten war er einfach nur traurig.

Guy fragte sich, was wohl aus dem kleinen Eric geworden wäre, wenn er sein Alter erreicht hätte. Ein getriebener Leistungsmensch wie er? Ein totaler Versager? Das personifizierte Mittelmaß? Es war sinnlos, darüber zu spekulieren. Der Junge, der als Leseratte und cleverer Geschichtenerzähler beschrieben wurde, war mit seinen Eltern umgekommen, dort im Canyon, im Wohnzimmer des kleinen Hauses, in dem Guy heute Nachmittag gewesen war. Eine Kugel aus einer Maschinenpistole schien ein brutales Los für einen Achtjährigen, dessen schlimmstes Vergehen vermutlich darin bestanden hatte, einen Zug von einem der Joints seiner Eltern zu ergattern, wenn gerade niemand guckte.

Und dann war da sein Vater, Mitch Blakeley. Das nächste Foto, das Guy betrachtete, zeigte einen dreißigjährigen Mann mit grob geschnittenem Gesicht, ungepflegtem dunklen Haar, ebensolchem Bart und kleinen Augen, deren entrückter Blick sagte, dass er in Gedanken ganz woanders war. Laut den Leuten, die ihn als Kind in seiner Heimatstadt Fresno im Central Valley gekannt hatten, war Mitch immer schon ein Träumer gewesen. Er hatte Bücher verschlungen: während und nach der Schule, in der Bibliothek wie am Esstisch, beim Fernsehen wie bei Familienfesten. Seine Mutter war verzweifelt, weil er »ständig die Nase in irgendeine schmuddelige alte Schwarte steckte«, aber Mitch kümmerte das nicht weiter. Wenn er nicht las, brachte er seine wenigen Freunde dazu, in den Dramen mitzuspielen, die er sich ausdachte: Amazonasreisende im Kampf mit hungrigen Piranhas; Rebellen in den kubanischen Bergen; eine Raumschiffbesatzung während eines feindlichen Überfalls in einer fernen Galaxie …

Irgendwann nahm Mitch schließlich die Nase lange genug aus den »schmuddeligen Schwarten«, um das Kino zu entdecken, und von da an gingen seine Freizeit und sein Taschengeld für Kinobesuche drauf. Mit vierzehn begann er sein erstes Drehbuch, nachdem er sich die formalen Vorgaben aus einem Bibliotheksbuch angeeignet hatte, und als er die High School abschloss, hatte er bereits über ein Dutzend verfasst. Seine Englischlehrerin fand sie »technisch gekonnt«.

Die UC Santa Cruz bot Mitch ein Stipendium, aber dort angekommen, interessierte er sich mehr für Drogen und Frauen als für das Studium. Nach zwei Jahren schmiss er das College, zog in ein Apartment am Meer und hielt sich über Wasser, indem er mit Marihuana dealte und Pizza ausfuhr. Es zog ihn jedoch häufig auf den Campus in den Hügeln zurück, wegen einer Studentin namens Claudia Robinson.

Nach ihrer Heirat und Erics Geburt arbeitete Mitch ganztags als Filialleiter einer Pizzakette und schrieb in seiner Freizeit wie besessen, aber seine Drehbücher wurden ignoriert oder abgelehnt. Als die Pizzafiliale zumachte und Claudias Vater sich erbot, Mitch bei einer Bank unterzubringen, packte dieser widerstrebend die Schreibmaschine ein und zog mit seiner Familie nach San Diego. Brotlose Kunst, erklärte er Freunden, sei nicht sein Ding.

Aber das war das Bankfach auch nicht. Den Kollegen aus der Treuhandabteilung zufolge hasste Mitch seinen Job. Er saß nur das absolute Stundenminimum ab und ging oft sogar früher, wobei ihn dann andere decken sollten. Er bezog ein gutes Gehalt, gab aber alles aus, und wenn doch mal etwas übrig blieb, fuhr er nach Las Vegas und verspielte es beim Blackjack. Die Las-Vegas-Trips, erklärte er einem Kollegen, seien für ihn das einzige Mittel, diese mediokre Existenz auszuhalten.

Aus der Mediokrität, dachte Guy, war er offenbar bis zu seinem Tod nicht herausgekommen. Die Ermittler hatten in dem Haus im Canyon kein einziges vollendetes Drehbuch gefunden, nur ein 50-Seiten-Fragment, in dem so viel herumkorrigiert worden war, dass es kaum noch entzifferbar war.

Beim Verlassen des scurlockschen Hauses bemerkte Rho, dass beide Autos – Wills großer weißer Dodge Ram in Luxusausstattung und Virges kleiner blauer Toyota-Pick-up – in der Zufahrt standen. Wenn Virge sich freiwillig entfernt hatte, dann entweder zu Fuß oder im Wagen von jemandem, den sie kannte. Aber welcher Bekannte? Wie Will schon angedeutet hatte, war seine Frau in den letzten Jahren zunehmend in der Isolation verschwunden. Rho konnte sich an Zeiten erinnern, als einen Virges freundliches Lächeln auf dem Bazar des Hospizes oder am Spaghettistand der freiwilligen Feuerwehr empfangen hatte, aber das war so lange her.

Sie ließ den Streifenwagen an und folgte der Zufahrt weiter. Diese war nur bis zum Haus asphaltiert und danach ein ganz gewöhnlicher Feldweg. Rechts und links lagen sanfthügelige Weiden, auf denen Wills Vater Milchkühe gehalten hatte. Will wollte von Viehwirtschaft nichts wissen und hatte die Herde nach Antritt seines Erbes sofort verkauft.

Oben auf der Anhöhe hatte sich der Nebel verzogen. Kegel von kaltem Mondlicht erhellten Details: einen vor Jahren vom Blitz gespaltenen Eukalyptusbaum, ein zusammengebrochenes Gatter, einen Felsbuckel, auf dem Wills Dad bei den Barbecue-Partys am Unabhängigkeitstag die Fahne aufgepflanzt hatte. Rho und ihr Vater waren bei all diesen geselligen Treffen dabei gewesen, und wenn Jack Antolini dabei mehr trank als andere, hatte seine Tochter Verständnis dafür gehabt. Dass ihre Mutter sich davongemacht hatte, war für sie beide ein schwerer Schlag gewesen.

Dad, dachte Rho in einem jähen Anfall von Schuldgefühl, weil ihr sein Anruf auf der Dienststelle wieder eingefallen war. Nicht, dass sie ihren Vater nicht liebte oder nicht sehen wollte, sie hätte ihn nur gern unter normalen Umständen getroffen, und die gab es nicht mehr. Jack war in den vorzeitigen Ruhestand versetzt worden, nachdem er bei einer Verfolgungsjagd in der Nähe von Calvert's Landing schwer verletzt worden war, nur zwei Monate vor den Canyon-Morden. Es hatte ihn unendlich gewurmt, dass er bei den Ermittlungen nicht mitmachen konnte; er hatte jeden Schritt von Rho aus dem Hintergrund zu lenken versucht und war schließlich ihr schärfster Kritiker geworden. Wenn sie Will heute Nacht schon gnadenlos gefunden hatte, brauchte sie nur an die Dinge zu denken, die ihr Vater ihr ins Gesicht gesagt hatte.

Jetzt tauchte die Hütte auf, und Rho erkannte den Ort wieder, an den sich die Jugendlichen bei den Barbecue-Partys verdrückt hatten: ein braunes Schindelhäuschen mit hohen, schmalen Fenstern und einem Flachdach, aus dem ein rostiges Abzugsrohr ragte. Daneben standen ein windschiefer Schuppen und ein Hackklotz, in dem eine Axt steckte; ein ordentlicher Brennholzstapel lehnte an der Hüttenwand, durch eine Plane vor dem bevorstehenden Winterregen geschützt. Vor dem Holzstapel war ein alter Pick-up aufgebockt, als hätte Lawrence eben noch daruntergelegen. Durch die Vorhänge der Hütte schimmerte Licht, und als sie sich der Tür näherte, ging diese auf und ein großer, schlanker Mann lugte heraus.

»Mr. Lawrence?«

»Ja?«

»Ich bin Deputy Rhoda Swift –«

»Ah ja, ich hab Sie schon in der Stadt gesehen. Sie gehören zu dem hübschen Labrador. Cody.«

»Woher wissen Sie, wie er heißt?«

»Wir haben uns eines Tages vor dem Postamt kennen gelernt. Ich bin dagestanden und hab ihn bewundert, und ein Herr, der gerade vorüberkam, hat uns miteinander bekannt gemacht.«

Rho stand jetzt auf der Eingangsstufe, einem in die Erde eingebetteten, moosglitschigen Stück Baumstamm. Clay Lawrence stieß fast mit dem Kopf an den Türrahmen. Seine Lippen in dem graubraunen Bartnest lächelten, und von den äußeren Winkeln seiner tief liegenden Augen strahlten feine Fältchen aus. Trotz der späten Stunde schien er hellwach.

Sie sagte: »Sie müssen ein Hundefreund sein, wenn Sie wissen, dass ich zu Cody gehöre und nicht umgekehrt.«

»Ich bin überhaupt Tierfreund. Ich mag alle Tiere.« Er winkte sie herein.

Die Hütte war winzig. An der einen Wand eine Mini-Küche, in der Ecke ein Bullerofen. Ein Einzelbett und darüber ein Bord mit Dutzenden von Taschenbüchern. Ein durchgesessener Lehnsessel mit einem schrillen lila Blumenmuster, passend zu den Vorhängen – Virges Geschmack. Sonst nichts. Aber wo hätte er auch noch etwas hinstellen sollen? Rho konnte sich nicht vorstellen, auf so engem Raum zu leben.

Als erriete er ihre Gedanken, sagte Clay Lawrence: »Die Miete ist sehr niedrig« und bedeutete ihr, auf dem Sessel Platz zu nehmen.

Sie setzte sich und konnte nicht umhin, im Stillen dieses Sitzmöbel mit dem weißen Ledersessel der Lindsays zu vergleichen. Lawrence setzte hinzu: »Ich würde Ihnen ja was anbieten, aber ich hab kaum was da.«

»Ist schon gut«, sagte sie. »Ich wollte Ihnen nur ein paar Fragen stellen. Wann haben Sie Virge Scurlock zuletzt gesehen?«

Er setzte sich aufs Bett, runzelte nachdenklich die Stirn. »Freitagmorgen, bevor ich zu meinem monatlichen Trip nach Santa Carla aufgebrochen bin. Ich hab die Miete vorbeigebracht, und wir haben geredet. Worum geht's denn?«

Rho ignorierte die Frage. »Sind Sie sich sicher, dass Sie sie am Samstag oder Sonntag nicht noch mal gesehen haben?«

»Ganz sicher. Ich bin über Nacht in Santa Carla geblieben. Was ist denn los?«

Rho erklärte ihm, dass seine Vermieterin verschwunden war. »Will sagt, sie besucht Sie öfters. Hat sie je eine gewisse Samantha Lindsay erwähnt?«

»Nein, wer ist das?«

»Eine Frau, die ebenfalls verschwunden ist. Ich dachte, es könnte da vielleicht einen Zusammenhang geben.«

»Sie meinen, sie könnten zusammen weg sein?«

»Das ist nicht sehr wahrscheinlich, aber es wäre mir lieber, als Virge allein irgendwo dort draußen zu wissen.«

»Allerdings. Ich kann mir nicht vorstellen, dass sie allein weggegangen ist.«

»Sie kannten sie wohl ziemlich gut?«

Seine Lippen wurden schmal. »Zu gut für meinen Geschmack.«

»Was heißt das?«

»Virge ist manchmal ganz schön ... schwierig. Als ich hier eingezogen bin, fand ich sie zuerst auf ihre naive Art ganz nett. Sie ist hier aufgetaucht mit Plätzchen oder Brownies, und ich hab sie reingebeten und hab uns Tee gemacht. Manchmal haben wir Karten gespielt. Aber dann fing sie an, jeden Tag zu kommen. Und Forderungen zu stellen.«

»Welcher Art?«

»Sie wollte, dass ich hier bin, wenn Will nachts nicht zu Hause ist. Wollte, dass ich mit ihr in die Stadt fahre. Hat mich zu sich rüber bestellt, damit ich Sachen im Haus repariere. Ich hab versucht, auf Distanz zu gehen, aber es hat nichts genützt, sie wurde immer klebriger und ließ sich überhaupt nicht mehr abschütteln. Sie ist, ehrlich gesagt, eine Landplage. Ich bin froh, wenn mein Mietvertrag ausläuft.«

»Wann läuft er denn aus?«

»Drei Wochen noch, und ich geh wieder nach Hause zurück.«

»Wo ist das?«

»Seattle. Bin dort geboren und aufgewachsen.«

»Warum sind Sie von dort weggegangen?«

»Ist das eine offizielle Vernehmung, Deputy Swift? Oder nur nachbarliches Interesse?«

»Rhoda, bitte. Und es ist nachbarliches Interesse.« War es auch, überwiegend. Sie stellte fest, dass sie Clay Lawrence mochte, und bedauerte, ihn nicht schon früher kennen gelernt zu haben.

»Okay, ich bin weggegangen, weil meine Ehe in die Brüche gegangen ist. Meine Frau hatte was mit einem Kollegen von mir, und ich musste weg. Also hab ich mich ins Auto gesetzt und bin nach Süden gefahren, bis die Karre in irgendeinem gottverlassenen Nest ihren Geist aufgegeben hat. Von dort bin ich dann weitergetrampt.«

»Und wieso sind Sie gerade hier hängen geblieben?«

»Das letzte Auto setzte mich vor dem Hotel ab, und ich hatte Hunger. Da war eine hübsche Bedienung, und es hat gefunkt, also hab ich beschlossen, eine Weile hier zu bleiben.«

»Becca Campos.«

»Genau. Sie putzt bei Virge und wusste von der Hütte hier. Abgesehen von Virge, hat es mir hier gefallen. Ich werde dieses Plätzchen vermissen.«

»Warum wollen Sie dann nach Hause zurück?«

»Es ist Zeit.«

»Geht Becca mit?«

»Nein. Es war von Anfang an klar, dass das nichts Verbindliches ist. Ich bin noch nicht so weit, mich wieder ernsthaft auf jemanden einzulassen. Werd's vielleicht nie wieder sein. Becca versteht das.«

Rho war sich da nicht so sicher. Sie hatte gesehen, wie

Becca sich bei Clay einhakte, wenn sie durch den Ort spazierten, hatte ihr Lächeln und ihre Körpersprache registriert. Aber das ging sie nichts an.

»Clay«, sagte sie, »fällt Ihnen irgendein Ort ein, wo Virge hingegangen sein könnte?«

Er dachte nach, schüttelte den Kopf.

»Würde sie sich an den Highway stellen und trampen?«

»Du lieber Himmel, nie! Diese Frau hat doch Angst vor ihrem eigenen Schatten.« Er dachte weiter nach; seine Augen zuckten hin und her, kamen dann zum Stillstand. »Da ist der Canyon«, sagte er.

»Cascada Canyon?«

Er nickte.

»Da würde sie doch nicht hingehen.«

»Na ja, Sie kennen sie vermutlich besser als ich, aber im letzten halben Jahr oder so hat sie viel von diesen Morden geredet. Hat mich vor zwei Wochen gefragt, ob ich mit ihr hingehen würde, um ihr zu helfen, sich ihren Ängsten zu stellen. Natürlich hab ich mich geweigert. Ich hatte Angst, dass das sonst was bei ihr auslösen könnte.« Er hielt kurz inne. »Wissen Sie, gestern Abend ... da ist doch dieser Redwoodhain, ganz am anderen Ende dieses Grundstücks.«

»Und?«

»Ich war in der Dämmerung dort oben, um dem Nebel zuzugucken. Ich geh da fast jeden Abend hin. Das ist für mich wie so eine Art Meditation. Na, jedenfalls, da war dieser Typ unten im Canyon, ging die Zufahrt entlang, Richtung Highway. War der erste Mensch, den ich dort je gesehen hatte, also bin ich ihm nachgegangen und wir haben geredet. Er hat behauptet, die Eigentümer hätten ihn aus New York hergeschickt, damit er nach dem Besitz guckt, aber ich hab ihm die Geschichte nicht recht abgenommen.«

»Würden Sie ihn bitte beschreiben?«

Die Beschreibung passte auf Guy Newberry. Er hatte offenbar seit seiner Ankunft keine Zeit vergeudet.

Guy stand auf dem Balkon, um dem Geräusch der Brandung am felsigen Strand zu lauschen, ehe er sich die restlichen Opferprofile vornahm. Claudia und Mitch Blakeley, dachte er, waren Vertreter eines Typus, dem er nur zu oft begegnet war: als Kinder verwöhnt, mit mäßigem Talent und enormen Ambitionen gesegnet, mit dem Widerwillen gegen jede Form von harter und ausdauernder Arbeit geschlagen. Kurz, Möchtegernkünstler.

Und zweifellos neidisch auf die, die es geschafft hatten. Diese Leute erkannten einfach nicht, wie viel Mühen und Opfer ein solcher Erfolg kostete. Sie kapierten nicht, dass man jahrelang Clubbeiträge zahlte, obwohl einem die Vollmitgliedschaft verweigert wurde. Wie hatte einer dieser New Yorker Möchtegernkünstler vor ein paar Jahren gesagt? Ach ja: »Was das Talent angeht, unterscheiden sich die Besten und die Schlechtesten von uns kaum, aber einige werden auserwählt und andere nicht. Als ob jemand Goldstaub in die Gegend streut. Am einen bleibt er kleben, am anderen nicht.«

Ersteres konnte er nicht in Abrede stellen: Bis auf einige wenige große Ausnahmen hielt sich das Talent innerhalb einer relativ schmalen Bandbreite. Und das Glück spielte bei der einzelnen Karriere sicher eine wichtige Rolle. Aber wenn wirklich eine zeitgenössische Version der Fee Tinkerbell herumflatterte, dann war das, was dafür sorgte, dass ihr Staub an einer bestimmten Person kleben blieb, guter, alter, ehrlicher Schweiß.

In diesem Sinne machte er sich wieder an die Profile.

Susan Harrison Wynne, Mordopfer, einunddreißig Jahre alt. Der von Harrison Industries abgeworfene Reichtum hatte sie von Geburt an wie ein weiches Polster vor den Härten des Lebens geschützt: Kindermädchen, Privatschulen und Privatunterricht, das Stadthaus in den East Seventies, Sommerferien auf dem Landsitz in Bar Harbor. Doch das Polster war nicht frei von piekenden Sprungfedern gewesen. Als sie dreizehn war, ließ sich ihr Vater wegen einer anderen Frau von ihrer Mutter scheiden. Ihr Bruder Dunbar – sonst hatte sie keine Geschwister – war die meiste Zeit auf dem College und daher auch kein großer Trost. Ihre Mutter verlegte sich aufs Reisen und aufs Mitbringen von Liebhabern, die sich nie länger als ein Jahr hielten.

Viel Geld und problematische Familienverhältnisse bedeuteten normalerweise Isolation und Einsamkeit, nicht jedoch in Susans Fall. Sie tat alles, um Freundschaften zu schließen, und diese halfen ihr, sich ihre angeborene Warmherzigkeit, ihren flinken Verstand und ihren Humor zu bewahren. Klassenkameradinnen und Lehrerinnen aus ihrem Internat schilderten sie als Initiatorin lustiger Streiche und harmloser Aufmüpfigkeiten, die zu ahnden selbst einem Monstrum von Direktorin schwer fiel. Wagemut und Wissbegier galten als ihre hervorstechendsten Eigenschaften.

Als es an der Zeit war, Collegebewerbungen auszufüllen, zerriss Sue die Formulare der Ostküstenhochschulen, die ihr die Studienberaterin empfohlen hatte, und bewarb sich nur an der »alternativen« Hochschule von Santa Cruz. Dort entwickelte sie ein reges Interesse an Bio-Anbau und arbeitete unermüdlich auf den campuseigenen Gemüsebeeten. Vom Gemüseanbau war es ein logischer Schritt zum Kochen, und bald schon ging sie nebenbei beim Küchenchef eines Bio-Restaurants im Zentrum in die Lehre. Der Inhaber hatte einen Kunststudenten beauftragt, eine Skulptur für den Innenhof des Restaurants zu erschaffen, und Susan, die den jungen Mann – Forrest Wynne – schon auf dem Campus gesehen, aber noch nie mit ihm geredet hatte, verliebte sich in ihn. Es dauerte nicht lange, bis sie eine gemeinsame Wohnung bezogen, und als Susan, auf Empfehlung ihres Mentors, an der Gastronomiefachschule in San Francisco angenommen wurde, wechselte Forrest aufs Kunstcollege im nahen Oakland. Ehe sie umzogen, heirateten sie, und bald schon war ihr erstes Kind, Heath, unterwegs.

An das Profil von Susan Wynne waren zwei Fotos geheftet. Guy nahm sie ab und studierte das eine, das laut Datierung kurz nach Heath' Geburt aufgenommen worden war. Ein herzförmiges Gesicht, umrahmt von glattem hellbraunen Haar; das leise Lächeln enthüllte strahlend weiße Zähne. Nichts Besonderes an diesem Gesicht, solange man nicht in die Augen sah.

Aus diesen Augen leuchteten Wärme, Intelligenz und Herzensgüte. Selbst auf dem Foto schienen sie durch die Oberfläche der Dinge hindurchzublicken. Das hier war eine Frau, die sich ihrer selbst sicher war und andere so nehmen konnte, wie sie sich gaben. Sie war bestimmt eine gute Zuhörerin gewesen, bereit, Freunde von ihrem Scharfblick profitieren zu lassen. Und sie hatte bestimmt keine Angst gehabt, es jemandem offen zu sagen, wenn er sich wie ein Arschloch benahm.

Susan Wynne hatte Augen wie Diana. Wie konnte jemand voller Hass und Brutalität in solche Augen schauen? Und doch waren beide auf ganz ähnliche Art umgekommen.

Erschüttert legte Guy das Foto weg und nahm sich das andere vor, das aus Susans Todesjahr stammte. Darauf war ihr Haar kurz und ungleichmäßig, als hätte sie es selbst gestutzt. Ihre Haut wirkte rau und fleckig, die Lippen waren rissig, ohne jede Spur eines Lächelns. Doch das schlimmste Zeichen der Veränderung waren ihre Augen: dunkle, tote Tümpel. Kalte Augen, die niemandem etwas zu geben hatten.

Drogen, dachte Guy. Und Enttäuschung. Und die tägliche Tretmühle des primitiven Lebens in einem klammen Canyon, wo alle Träume erstorben waren.

Er drehte das Foto rasch um und wandte sich wieder dem Profil zu.

Nach Abschluss der Gastronomiefachschule hatte Susan Probleme, einen geeigneten Job zu finden. Das Gastronomiewesen war extrem strapaziös für eine Mutter von – nunmehr – zwei kleinen Kindern, und obwohl sie sich Hilfe leisten konnte, vermisste sie das Zusammensein mit Heath und Oriana. Eine Zeit lang erwog sie, ein eigenes Restaurant aufzumachen, aber sie glaubte, nicht die nötige Erfahrung zu haben. Außerdem war Forrests zunächst so verheißungsvolle Karriere inzwischen gescheitert, und er brauchte ihre Zuwendung. So beschloss sie, einen Teil des Geldes aus dem Treuhandfonds statt in ein Restaurant in ein Stück Land zu stecken, wo er und sie und ihre besten Freunde in einer friedlichen Umgebung ihrer künstlerischen Tätigkeit nachgehen könnten. Ihr alter Mentor aus Santa Cruz hatte sie gedrängt, ein Kochbuch zu schreiben, und ihr versprochen, es seinem Verlag zu empfehlen.

Hier wurde das Material des Profils dünn, was am isolierten Leben der Canyon-Bewohner lag. Susan arbeitete – wie Stapel von Ordnern mit Rezepten, Manuskriptseiten und

Notizen belegten – an ihrem Kochbuch. Außerdem unterrichteten sie und Forrest die Kinder zu Hause; die Ermittler fanden Hefte und Lehrmittel in dem Kuppelhaus. An der Kühlschranktür der Wynnes hingen, mit Magnetpins befestigt, blutbespritzte Schichten von Kinderzeichnungen.

Der Mann, den Susan zu ihrem Lebensgefährten erkoren hatte, war äußerlich wenig einnehmend. Auf dem Foto, das an seinem Profil steckte, war Forrest Wynne groß, mager und hohlbrüstig, mit einem kleinen runden Kopf, von dem das Haar in dünnen Büscheln abstand. Wie er da im Wald auf einem gefällten Baum posierte, wirkte er angespannt und humorlos.

Forrests Vater war Anwalt in Marin County, seine Mutter Künstlerin; schon von frühester Kindheit an formte er aus Sand, Lehm, Ton und sonstigen geeigneten Materialien jene höchst originellen und manchmal nicht identifizierbaren Figuren, die seine Phantasie bevölkerten. Obwohl der Vater gegen das Kunststudium war, ermutigte ihn die Mutter – selbst Malerin – dazu.

In Santa Cruz blühte Forrest auf. In der elitären Umgebung von Marin County war er immer das hässliche Entlein gewesen, aber hier, am College, wurde er akzeptiert. Und er hatte sogar Erfolg – eine Ausstellung in einer lokalen Galerie, dann der Auftrag über die Restaurantskulptur, der ihn mit seiner späteren Frau zusammenführte. Freunden erklärte er, in Susan habe er eine verwandte Seele gefunden: eine Frau, die verstand, was er machte, die seine Schwächen übersah und immer für ihn da sein würde. Das Leben der Wynnes in San Francisco ließ sich zunächst gut an; er fand allmählich Anerkennung und konnte auch einige Aufträge an Land ziehen. Aber dann kam die Katastrophe.

Die Kunstkommission der Stadt wählte für die Halle des Moscone-Kongresszentrums eine seiner Skulpturen aus – ein Werk, das aus einer Serie ineinander geschachtelter, hoher Bögen bestand und den Titel *Hoffnung* trug. Leider machten ein Kunstkritiker des *Chronicle* und nicht wenige empörte Bürger eine unheimliche Ähnlichkeit mit einem umgedrehten Rührbesen aus, und der daraus resultierende Aufschrei gegen die Vergeudung öffentlicher Gelder auf etwas, das eher in die Küche als ins Kongresszentrum gehöre, zwang die Kommission, ihre Entscheidung zu revidieren. Es machte die Sache auch nicht besser, dass die Lokalpresse berichtete, Forrests Frau habe ein Kochdiplom.

Zum Gespött der Öffentlichkeit geworden, versank Forrest in Depressionen. Gegen Weihnachten unternahm er einen Selbstmordversuch – halbherzig, aber Susan wusste, dass man so etwas immer ernst nehmen musste. Es sei Zeit, San Francisco zu verlassen, erklärte sie. Er war einverstanden; er hatte sich selbst einen Schrecken eingejagt und wollte seiner Frau und seinen Kindern auf keinen Fall noch mehr Leid zufügen.

Über diese Kinder enthielten die Profile nur sehr wenige Informationen. Da sie zu Hause unterrichtet worden waren, gab es keine Klassenkameraden oder Lehrer, die Genaueres hätten beisteuern können. Susans Mutter hatte ihre Enkelkinder nur einmal gesehen, bei einer Zwischenlandung auf dem Flughafen von San Francisco. Dun Harrison hatte seinen Neffen überhaupt nie zu Gesicht bekommen, und Oriana war ihm gänzlich fremd, als sie nach dem Tod ihrer Eltern nach New York kam. Forrests Vater war schon lange vor der Geburt der beiden gestorben, und die Mutter war daraufhin in eine Künstlerkolonie in Vermont gezogen. Freunde und Nachbarn der Familie aus San

Francisco beschrieben Heath als »ernst« und Oriana als »süß«.

Das Foto von Heath bestätigte diese Aussage. Vom Gesichtsschnitt her glich er seiner Mutter, aber im Ausdruck schlug er nach dem Vater. Er posierte vor dem Kuppelhaus, die Arme vor der geringelten T-Shirt-Brust verschränkt, feines braunes Haar in der Stirn, der Mund ein strenger Strich. Das Foto war laut Datum nur wenige Tage vor seinem Tod aufgenommen worden, und der Junge sah aus, als wüsste er bereits, dass die Welt gefährlich und grausam sein konnte.

Von Oriana gab es nur ein Agenturfoto. Eine ältere Frau im Pelzmantel – vermutlich die Großmutter – führte sie zu einem Flugsteig auf dem internationalen Flughafen von San Francisco. Die Sechsjährige hatte den Kopf gedreht und starrte aus großen schmerzerfüllten Augen unter dem dicken Pony hervor, sah die Welt, die sie kannte, entschwinden. Das war das letzte Foto von Oriana Wynne; in New York angekommen, wurde sie offiziell Oriana Harrison, und die Schotten des Reichtums und der Privilegien schlossen sich vor den Neugierigen.

In jener Nacht hatte es in dem Kuppelhaus noch ein weiteres Todesopfer gegeben: Forrests jüngere Schwester Devon, fünfundzwanzig und laut Aussagen von Freunden auf gewalttätige Männer fixiert. Seit sie mit neunzehn das College geschmissen hatte, war sie umhergezogen. Ihr letzter Treck hatte sie von Vermont, wo sie ihre Mutter besucht hatte, quer durch die Staaten geführt. Devon – auf dem Foto eine schmale junge Frau mit blondem Haar und einem nicht mehr ganz frischen Veilchen unterm linken Auge – hätte besser daran getan, im Nordosten zu bleiben.

*

Rho hatte gerade die Suchmeldung für Virge Scurlock durchgegeben, als die Zentrale verkündete: »An alle Einsatzfahrzeuge, Nähe Highway 1 und Point Deception, zehn-fünf-null-Frank. Wiederhole, an alle Einsatzfahrzeuge –«

Das Haus der Scurlocks lag nur ein paar Meilen vom Ort des tödlichen Verkehrsunfalls, für den dieser Code stand, also schaltete sie das Warnlicht ein und raste nordwärts. Virge, dachte sie. Nein, nicht Virge. Das konnte nicht sein. Beide Wagen standen ja noch beim Haus.

Am Meer war der Nebel dicht, und die Warnblinklichter der Fahrzeuge am westlichen Straßenrand, etwa eine halbe Meile südlich der Landspitze, waren nur diffus erkennbar. Ein Pick-up, zwei Personenwagen, ein Streifenwagen, noch kein Krankenwagen. Weder der Pick-up noch die Personenwagen sahen aus, als seien sie an dem Unfall beteiligt gewesen. Sie parkte, stieg aus und rannte auf den Streifenwagen zu. Wayne war als Erster am Unfallort gewesen. Genau wie sie gab er momentan alles, machte jetzt schon die dritte Schicht in Folge. Im Scheinwerferlicht des Streifenwagens sah sie seine schlaffen Züge und geröteten Augen. Viel hatte er nicht mehr zu geben.

Wayne sprach mit einem Mann, der, aschfahl und sichtlich mitgenommen, am Heck des Pick-ups lehnte. Rho berührte den Deputy am Arm. »Was ist hier Sache?«

»Immer noch Dienst, Kiddo? Tja, Samantha Lindsay ist Sache. Sie ist ins Schleudern gekommen und die Böschung runtergerauscht. Ist nicht tief, aber sie hat sich überschlagen, und das Kabriodach ist eingedrückt worden. Sie war vermutlich sofort tot. Abschlepp- und Krankenwagen sind unterwegs.«

Rho nickte, bemerkte die Furchen, die die Reifen in die

feuchte Erde jenseits des Banketts gefräst hatten. In ihrem Kopf schob sich, wie auf einem doppelt belichteten Foto, Samanthas perfektes Gesicht davor. Eine winzige Unachtsamkeit am Steuer ...

Wayne sagte: »Das ist Mr. James Hutton. Er hat den Wagen gefunden. Mr. Hutton, Deputy Rhoda Swift. Vielleicht könnten Sie ihr noch mal erzählen, wie das abgelaufen ist.«

Waynes Tonfall sagte ihr, dass an der Situation irgendetwas merkwürdig war. Er wollte, dass der Mann seine Geschichte noch einmal wiederholte, damit er auf Widersprüche achten konnte.

Hutton fuhr sich durchs schüttere Haar. »Na ja, das war so, ich war auf dem Weg von Eureka nach Mendocino. Und ich musste mal pinkeln – Verzeihung, Ma'am, mich erleichtern. Also bin ich rechts rangefahren und habe mich dort in die Büsche geschlagen. Der Wagen wäre mir wahrscheinlich gar nicht aufgefallen, aber mein einer Scheinwerfer sitzt schief, weil ich letzte Woche einen Unfall hatte, und das Licht fiel genau aufs Chrom der vorderen Stoßstange. Also bin ich runtergeklettert und –« Ihm blieb die Stimme weg, und er schluckte, ehe er weitersprach. »Der Wagen auf dem Kopf, das Dach eingedrückt und sie da drinnen. Ich habe nach einem Puls gefühlt, aber da war nichts, und sie war total kalt.«

»Was haben Sie dann gemacht?«, fragte Rho.

»Bin hier raufgerannt und habe versucht, Autos anzuhalten.« Er zeigte auf einen VW Jetta. »Der da hat als Erster gehalten und dann noch der Typ in dem Mustang. Er ist zum nächsten Haus gefahren und hat von dort aus telefoniert.« Er hielt inne, fuhr sich wieder durchs Haar. »Mann, die sah schlimm aus, total verrenkt und zerschnitten von der zersplitterten Windschutzscheibe. Die Tür war aufgesprungen, da hätte sie sich rauswerfen können, aber vielleicht war sie ja vorher schon tot.«

Rho sah zu Wayne hinüber. Er nickte. »Danke, Mr. Hutton«, sagte sie und folgte ihrem Kollegen zum Heck seines Streifenwagens. »Also, was stört dich an seiner Geschichte?«

»Jetzt gar nichts mehr. Ich glaube ihm. Aber da ist noch eine zweite Fußspur, runter zum Unfallwagen, und an der Innenseite der aufgesprungenen Tür klebt Dreck. Und Samantha wurde ausgenommen.«

»Ausgenommen?«

»Ja. In ihrer Brieftasche sind weder Bargeld noch Kreditkarten. Brieftasche und Handtasche lagen neben dem Auto. Ihr Diamantring fehlt, genau wie die Rolex, die sie nie abgelegt hat, nicht mal im –«

Rho sah ihn fest an, wartete.

Er zuckte die Achseln und guckte weg.

»Du verblüffst mich immer wieder, Gilardi«, sagte sie schließlich.

»Ach, ist ja nicht gerade, als würde ich damit zu einem exklusiven Club gehören.«

»Wann war das?«

»Also, bitte, Rho, so genau musst du's nicht wissen.«

»Dort unten ist eine Tote –«

»Eine Unfalltote. Das gibt dir nicht das Recht, in Privatangelegenheiten herumzustochern – weder in ihren noch in meinen.«

Er hatte natürlich Recht. Samantha Lindsay hatte genau das getan, was sie ihrem Mann gesagt hatte: Sie war nach dem Einkaufen in Westhaven direkt nach Hause gefahren. Aus irgendeinem Grund war sie von der Straße abgekommen und tödlich verunglückt, und der Respekt vor den Toten verlangte, dass Privates privat blieb.

»Und was ist mit den verschwundenen Sachen?«, fragte sie.

Wayne zuckte die Achseln. »Jemand hat gesehen, wie's passiert ist, und beschlossen, die Situation auszunutzen.«

»Heute Nacht passiert ganz schön viel. Hast du die Funkdurchsage wegen Virge Scurlock gehört?«

»Hab ich. Worum geht's denn?«

Sie berichtete von ihren Gesprächen mit Will und Clay Lawrence.

»Weißt du, Kiddo«, sagte er, »irgendwie ist das schon komisch. Jahrelang ging es hier ziemlich friedlich zu. Suff, Drogen, kleinere Diebstähle, Ehestreitigkeiten, okay. Aber so was passiert in solchen Gegenden immer. Und jetzt hatten wir innerhalb von drei Tagen einen Sexualmord, Gewalttätigkeiten unter den Einwohnern, eine Vermisstenmeldung und so was wie Leichenfledderei. Und das alles seit einem bestimmten Ereignis: der Ankunft von diesem Guy Newberry. Kann es sein, dass er so was macht, um Aufregung zu stiften, Publicity für sein Buch zu kriegen?«

»Das glaube ich wirklich nicht. Selbst Krimiautoren morden nur auf dem Papier.«

»Stimmt, ich klammere mich wohl an den erstbesten Strohhalm, suche jemanden, dem ich das alles anhängen kann. Und da ich diesen Kerl nicht leiden kann ...«

»Hör mal, Wayne, wenn es dich beruhigt, kann ich ja mit ihm reden und ihm ein bisschen auf den Zahn fühlen. Während du –«

»Ich weiß. Das war mein Einsatz, also ist es mein Job, Alan Lindsay zu sagen, dass seine Frau tot ist.« Waynes Mund war ein grimmiger Strich. Todesnachrichten zu überbringen war tausend Mal schlimmer, als vor Ort mit einer Tragödie umzugehen.

Guy trank einen Schluck Jolt Cola – wirksamer als Kaffee und wesentlich schmackhafter – und nahm sich das Foto des letzten Opfers, Bernhard Ulrick, vor. Blass, schmales Gesicht, gekerbtes Kinn, kurzes, krauses blondes Haar. Die Goldrandbrille gab ihm etwas Streberhaftes. Es war das High-School-Abschlussfoto, das einzige, das Aaron hatte auftreiben können. Mit zweiunddreißig war Ulrick im Kugelhagel gestorben, das Gesicht ein blutiger Brei, der Körper buchstäblich zerfetzt. Die Brutalität, mit der er niedergemäht worden war, und die Tatsache, dass es in einem tief im Canyon versteckten Schuppen passiert war, inmitten von Chemikalien und Gerätschaften zur Herstellung von Amphetaminen, hatte die Polizei zu dem Schluss geführt, dass die Täter es in erster Linie auf ihn abgesehen hatten.

Ulrick war ein Freund von Mitch Blakeley, noch aus dessen Dealerzeiten in Santa Cruz. In eine große, abgeschottete deutsche Community in Chicago hineingeboren, war er nach der High School allmählich westwärts gedriftet und schließlich in dem Collegestädtchen an der Küste gelandet. Zum Zeitpunkt seiner Ermordung waren seine Angehörigen alle schon tot gewesen, aber Nachbarn aus der Kleine-Leute-Gegend eines Städtchens im Mittleren Westen, wo er eine Zeit lang gewohnt hatte, schilderten ihn als einen Burschen mit großen Träumen, die sich alle darum drehten, viel Geld anzuhäufen. Die Art und Weise war Ulrick ziemlich egal, Reichtum für ihn offenbar Selbstzweck. Er war auf vielen kriminellen Gebieten versiert – Hehlerei, Trickbetrug an alten oder naiven Menschen, Handel mit Drogen und Feuerwaffen – wurde jedoch nie festgenommen. Er hatte einen sechsten Sinn dafür, wann ihm die Polizei auf den Leib zu rücken drohte, und pflegte rechtzeitig seine Aktivitäten einzustellen und sich abzusetzen.

Ulrick war schon längst wieder von der Zentralküste verschwunden, als die Blakeleys und die Wynnes Santa Cruz verließen. Die nächsten Jahre waren nur spärlich dokumentiert, aber er tauchte an so disparaten Orten wie Anchorage, New Orleans, Atlantic City und Honolulu auf – immer in dubiosen Geschäften und unter Ausnutzung jedweder Kontakte, die er besaß. Als er etwa elf Monate vor den Morden im Cascada Canyon erschien, erstaunte das die Bewohner vermutlich nicht sonderlich. Ulrick war dafür bekannt, dass er Leute ausfindig zu machen wusste.

Und deren Schwächen, dachte Guy.

Also, was sind die Gegebenheiten?, fragte er sich, rieb sich die Augen und kippte eine weitere Dosis Cola hinunter. Eine fatale Situation, so viel ist sicher. Zwei naive Familien, die ein isoliertes Leben führen. Und ein skrupelloser Typ mit einem Plan.

Die Tatsache, dass mehrfach beträchtliche Summen von Susan Wynnes Treuhandfonds abgehoben worden waren, sprach gegen die Theorie, dass die Familien nichts von Ulricks Drogenlabor wussten. Guy vermutete, dass das Geld in die Errichtung des Labors geflossen war und dass die Wynnes und die Blakeleys von den Erlösen aus dem Drogenverkauf gelebt hatten. Nach den Anfangsausgaben für das Land und das Baumaterial hatten die beiden Familien kaum noch etwas in den Canyon investiert, und die Lebenshaltungskosten konnten nicht hoch genug gewesen sein, um die Abhebungen zu erklären.

Er überflog den Kurzbericht über die Ermittlungen des Sheriff's Departments, wobei ihm auffiel, dass die Deputys Gerüchten nachgegangen waren, die Canyon-Bewohner hätten mit einem dritten Paar zusammengearbeitet – handfesteren, milieuerfahrenen Leuten, die die Nerven und die Verbindungen hatten, das Speed abzusetzen. Drei Tage nach den Morden wurde eine Hütte oben auf dem Hügel durchsucht, aber da waren die Bewohner – die den leer stehenden Unterschlupf einfach besetzt hatten – bereits geflüchtet, wobei sie zwar den größten Teil ihrer Habseligkeiten, aber nicht den geringsten Hinweis auf ihre Identität hinterlassen hatten.

Guy erschienen die Gerüchte zu vage, um eine Hausdurchsuchung zu rechtfertigen. Ein Mann, eine Frau und ein kleines Mädchen waren gelegentlich dabei gesehen worden, wie sie in ihrem klapprigen orangefarbenen VW-Bus das Zufahrtstor zum Canyon passierten. Leute aus dem Ort, die angeblich mit ihnen zu tun gehabt hatten, schilderten sie als ziemlich abgerissen und kurz angebunden und berichteten, sie hätten ihre Einkäufe immer bar bezahlt. Aber Guy wusste, wie nach einer Tragödie Gerüchte zu allgemein akzeptierten Fakten werden konnten. Die plausibelste Verbindung zwischen den Hüttenbesetzern auf dem Hügel und den Canyonbewohnern war ein Wildwechsel, der von der Hütte herabführte, vorbei an einem Teich, wo die Familien ein Nostalgieschild mit der Aufschrift »Badestelle« aufgestellt hatten. Die Polizei hatte allerdings nicht feststellen können, ob der Pfad auch von Menschen benutzt worden war.

Gerüchte, dachte Guy und rieb sich erneut die Augen.

Was hatte Gregory Cordova heute Morgen gesagt? *Ich weiß so viel wie alle anderen. Vielleicht sogar mehr*. Der Alte war ihm nicht wie jemand vorgekommen, der unbedacht drauflosschwätzte. Wenn er lediglich von Gerüchten gesprochen hätte, hätte er gesagt: »Ich habe so viel *gehört* …«

Morgen würde er in Erfahrung bringen, was Cordova mit »mehr« meinte.

Chrystal: Vorher

Freitag, 6. Oktober
12 Uhr 02

Da ist Bernhards Labor. Die Tür ist offen, und der ganze Schuppen hängt so komisch schief. Meine Güte, sind die Steine hier nass und glitschig. Warum ist hier so viel Wasser …?

Oh, klar, der Bach hat sich einen anderen Lauf gesucht und das Canyon-Ende hier überspült. Da will ich nicht durchwaten. Was wollte ich hier überhaupt finden? Blutflecken, Einschusslöcher, Kreidesilhouetten wie in den Fernsehkrimis? Nee, dieses Zeug hasse ich. Ich schätze, ich war einfach nur neugierig, weil ich hier noch nie war.

Nie?

Natürlich nicht. Bernhard hat doch niemanden –

O Gott! Einmal …

Jetzt fällt's mir plötzlich alles wieder ein. Wir beide, Heath und ich, und jeder versucht, den anderen aufzustacheln, sich heimlich den Canyon raufzuschleichen. Und am Ende gehen wir beide los, weil sich keiner allein traut. Septembertag. Geruch von verdorrtem Gras und Tannennadeln. Die Luft voller Staub. Zum Schwitzen heiß.

Die Labortür war offen, wie jetzt. Da war lauter Zeug auf dem Tisch, keine Ahnung, was, aber es sah wohl aus wie das Zeug, das ein Erfinder braucht. Heath und ich, wir haben uns hinter die Büsche geduckt. Wir konnten Bernhard drinnen reden hören, und das war komisch, weil er ja Selbstgespräche führen musste. Wir konnten nichts verstehen, und nach ein paar Minuten machte mir Heath ein Losweiter-Zeichen, und wir huschten rüber auf die Seite vom Schuppen, wo ein kleines Fenster war. Das Gras raschelte, und ich musste niesen. Kniff mir die Nase zu. Nach ein paar Sekunden war der Niesreiz weg.

Bernhards Stimme, jetzt ganz deutlich: »Du weißt, wo's ist, Schätzchen. Sag's mir.«

Jemand sagte was, ganz leise.

»O doch, du weißt es. Sag's Onkel Bernhard.«

Onkel? Heath sah mich an und ich ihn. Von uns Kindern durfte keins hierher, mit wem redete Bernhard dann?

»Bitte, Schätzchen. Wenn du mir's nicht sagen kannst, zeig's mir.«

Bernhards Stimme klang komisch. So hatte ich Leo und Jude schon miteinander reden hören, spätnachts, wenn sie dachten, ich schliefe tief und fest hinter meinem Vorhang. Ich wusste nicht genau, was das zu bedeuten hatte, aber jetzt gefiel es mir gar nicht. Ich zog Heath am Arm, wollte nur so schnell wie möglich weg. Er schlich sich noch näher ans Fenster.

Ich huschte hinterher, zog ihn wieder am Arm. Er wollte reingucken, und ich wusste, wenn er das tat, hieß das irgendwas Schreckliches.

Heath patschte mir auf die Hand und stellte sich auf die Zehenspitzen. Linste durchs Fenster.

Bernhard sagte: »Bitte, Schätzchen. Zeig's mir. Wenn du's tust, ist Onkel Bernhard ganz lieb zu dir.«

Heath ließ sich auf alle viere fallen. Sein Gesicht war ganz rot und verzerrt, und er sah so komisch aus, dass ich fast meine Angst vergessen und geprustet hätte. Aber dann packte er mich an der Hand, und wir rannten los, ohne darauf zu achten, ob wir Krach machten, rannten den ganzen Weg runter zu Bernhards Hütte, an den Kinderbuden vorbei und durch den Wald zum Brunnenhaus.

Wir ließen uns hinplumpsen, lehnten keuchend am Wasserbehälter. Ich fragte: »Was hast du gesehen?«

»Onkel Bernhard und Oriana.«

»Was haben sie gemacht?«

Er antwortete nicht.

»Heath!«

»Hör zu, Chryssy, wir dürfen keinem sagen, was wir heute gemacht haben.«

»Aber Onkel Bernhard und Oriana wissen es doch. Wir haben doch so dollen Krach gemacht, als wir weggerannt sind.«

»Die werden nichts sagen.«

»Wieso nicht? Er ist doch bestimmt böse –«

»Chryssy, sei still und hör mir zu!«

Heath war älter als ich – neun. Ich tat, was er sagte.

»Die werden den Mund halten, und wenn wir nichts sagen, erfährt es keiner. Aber von jetzt an musst du Onkel Bernhard aus dem Weg gehen. Verstehst du?«

»Nein.«

»Okay, du bist noch zu klein, um's zu verstehen. Bitte tu einfach, was ich sage.«

»Warum?«

»Chryssy, bitte! Versprich's mir!«

Natürlich kapierte ich damals nicht, was da vor sich ging – oder vielleicht kapierte ich's doch, so wie Tiere Sachen kapieren –, aber weil Heath so schrill auf mich einredete, versprach ich's ihm schließlich. Und nachdem ich es versprochen hatte, versprach er es auch.

Ich habe dieses Versprechen bis heute gehalten. Und Heath auch. Das war im September, und zwei Wochen später war er tot.

Montag, 9. Oktober
Vormittag – Nachmittag

Rho hatte am Montagvormittag dienstfrei, aber sie hatte nicht vor, die üblichen Besorgungen zu machen oder zu putzen. Das musste alles warten, wenn sie bei Ermittlungen assistierte. Sie telefonierte kurz mit Detective Grossman, um ihn von ihrem Vorhaben in Kenntnis zu setzen, und rief dann den Beamten in Clark County an, der in Chrystal Ackermans Apartmenthaus gewesen war. Er bestätigte, was auf dem Telefonzettel gestanden hatte, und setzte hinzu, er warte auf einen Durchsuchungsbefehl, damit er sich Zutritt zu der Wohnung verschaffen und nach Hinweisen auf nächste Angehörige suchen könne.

Rho sagte: »Falls sich irgendeine Verbindung hierher ergibt, sagen Sie mir Bescheid?«

»Klar doch. Ach, übrigens, heute Morgen habe ich mit der Frau gesprochen, der der Service gehört, für den die Ackerman gearbeitet hat. Die Ackerman hat am Wochenende dort angerufen und gesagt, sie macht ein paar Tage frei. Die Chefin meint, die Mutter könnte in einem Pflegeheim sein, aber sie weiß nicht, wo.«

»Die Ackerman war für einen Service tätig?«

»Ja. Hotline-intim.«

»Wie funktioniert der?«

»Der Service hat eine Neunhunderter-Nummer, und die

Anrufe werden zu Mitarbeiterinnen nach Hause durchgestellt. Die Gebühren – zwei Dollar fünfzig bis drei Dollar pro Minute – gehen auf die Telefonrechnung des Kunden. Der Service kassiert bei der Telefongesellschaft und zahlt dann den Mitarbeiterinnen ihren Anteil, der nicht viel überm Mindestlohn liegt. Die Mitarbeiterin soll den Kunden so lange wie möglich in der Leitung halten; die Chefin sagt, ab einem Durchschnitt von elf Minuten ist die Sache profitabel.«

»Das muss doch genauer geregelt sein. Gibt es Einschränkungen, was die Mitarbeiterinnen sagen oder tun dürfen?«

Stevens lachte. »Ich hab gehört, sie verwenden einen Haufen Euphemismen. So was wie ›Melonen‹ für ›Brüste‹ oder ›Bälle‹ für ›Arschbacken‹. Wenn Sie mich fragen, macht das keinen großen Unterschied.«

»Was ist mit weiter gehenden Angeboten?«

»Ist offiziell vom Service verboten, aber das hat nichts zu sagen. Keiner kann die Mitarbeiterin davon abhalten, einem Kunden ihre Privatnummer zu geben, so wie's Ackerman mit Sean Bartlow gemacht hat.«

»Haben Sie eine Ahnung, was das für Frauen sind, die so was machen?«

»Das geht anscheinend querbeet. Viele Hausfrauen, die durch kleine Kinder zu Hause angebunden sind. Frauen ohne Ausbildung. Solange sie nur eine gute Telefonstimme haben und nicht zimperlich sind. Für solche Frauen ist das ein guter Deal – als De-facto-Arbeitgeber muss der Service Steuern und Sozialversicherung zahlen. Manchmal gibt's sogar betriebseigene Sozialleistungen.«

Man lernt doch täglich dazu, dachte Rho. »Hat die Chefin irgendwas über die Ackerman erzählt?«

»Ja, und zwar etwas ziemlich Interessantes. Die Ackerman war Künstlerin, hat immer beim Telefonieren gezeichnet.«

»Beim Sex?«

»Für diese Frauen ist das kein Sex. Die meisten sind schon so lange dabei, dass sie die Phantasien fertig gespeichert haben und sie einfach nebenbei abspulen können. Also hat die Ackerman gezeichnet – Kohleskizzen. Sie hat der Chefin eine geschenkt, und die fand sie ausgezeichnet.«

Als Rho aufgelegt hatte, blieb sie ein Weilchen am Schreibtisch sitzen, starrte in den Satz auf dem Grund ihrer Kaffeetasse und sann über die Widersprüche nach, die Menschen in sich tragen konnten. Chrystal, die ihre Zeichnungen anfertigte, während sie Männer per Telefon aufgeilte. Rho, die sich strikt kontrollierte, während sie gleichzeitig ihre Dämonen nährte. Oberflächlich betrachtet, waren wohl kaum gegensätzlichere Lebensstile denkbar, aber innerlich – waren sie da nicht Schwestern gewesen?

Guy legte unter Hugh Dawsons wachsamem Blick seinen Laptop in den Kofferraum des Mietwagens. Er knallte den Kofferraumdeckel zu und drehte sich zu dem Motelbesitzer um.

Dawson griente und sagte: »Schätze, jetzt geht's wieder zurück nach New York.«

»Nur weil Sie mich aus Ihrem Motel geschmissen haben? Wohl kaum.«

»Gibt ja sonst nichts. Die Schwuchteln, denen die Pension gehört, hatten einen Mordskrach, haben den Laden zugemacht. Gehen wohl wieder nach San Francisco, wo sie hingehören.«

»Es gibt hier an der Küste noch andere Orte und andere

Unterkünfte«, sagte Guy. »Außerdem gefällt's mir hier.« Um seine Worte zu unterstreichen, sog er die nebelfeuchte Luft tief in sich ein und schaute zum Hügelkamm hinauf, wo der Himmel bereits blau wurde.

Dawsons Grienen verschwand.

Guy fragte: »Die Inhaber der Pension ziehen vielleicht weg?«

»Sehr wahrscheinlich.«

»Das heißt, sie verkaufen das Haus. Vielleicht kann ich's ja kaufen.« Dawsons Gesicht legte sich in tiefe, grämliche Falten. Guy winkte ihm fröhlich zu, als er in seinen Wagen stieg.

Manchmal, sagte er sich, war er richtig genial, wenn er im Stehen dachte.

Rho war schon auf dem Weg zur Tür, als Cody losbellte und sie aus seelenvoll flehenden Augen ansah. »Okay, komm mit«, sagte sie, »aber mach dich darauf gefasst, eine Menge Zeit im Auto zu verbringen.« Der Labrador schoss vor ihr durch die Tür und wartete schon beim Carport, als sie ankam.

Vielleicht, dachte sie, während sie ihn auf dem Beifahrersitz anschnallte, war es ja nicht fair, so einen großen, aktiven Hund zu halten, wenn man so viel weg war. Als Gesellschaft wäre eine Katze für sie vielleicht besser gewesen. Sie hatte schon mehrere gehabt und wusste, dass Katzen weniger unter der Abwesenheit ihres Besitzers litten als Hunde. Aber als sie das Haus hier oben auf dem Hügel gekauft hatte, war es ihr ziemlich einsam erschienen, und da hatte sich ein Hund als Lösung angeboten. Jetzt, da sie sich hier oben rundum wohl fühlte, hatte sie sich viel zu sehr an Cody gewöhnt, um ihn wieder herzugeben.

»Würde ich nie tun, ich versprech's«, erklärte sie ihm.

Cody legte den Kopf schief und sah sie an, als hätte er alles verstanden.

Sie hatte beschlossen, noch auf der Dienststelle vorbeizuschauen, ehe sie zum Sea Stacks fuhr, um mit Guy Newberry zu reden. In der Tür stieß sie mit Detective Grossman zusammen, der gerade loswollte, um einen möglichen Zeugen im Fall Ackerman zu befragen.

»Die Anfrage beim kalifornischen Justizregister hat nichts ergeben«, erklärte er Rho. »War auch nicht zu erwarten, da sie ja nicht in Kalifornien gelebt hat. Vom Bundesregister liegt noch nichts vor. Die Feds sind langsam. Der Autopsiebericht ist auch noch nicht da. Ach, übrigens«, setzte er hinzu, »Sie und Gilardi sind bis auf weiteres vom Streifendienst freigestellt. Bleiben Sie an dem Fall dran, wir treffen uns heute Abend hier, Punkt neunzehn Uhr.«

Drinnen war keiner der Schreibtische besetzt, aber als sie in ihr Posteingangsfach guckte, näherten sich draußen auf dem Flur, der zum Verhörzimmer, zur Wartezelle und schließlich zu den Materialräumen und den Toiletten führte, Valeries Schritte. »Guten Morgen«, sagte Rho.

»Was soll daran gut sein? Um sechs kam in den Lokalnachrichten von Santa Carla ein Bericht über den Mord und die öffentlichen Reaktionen. Und da wurde natürlich die Sache von damals wieder aufgewärmt. Prompt kamen Anrufe von Zeitungen aus San Francisco und Sacramento. Grossman hat sich gedrückt, wollte, dass ich sie an unseren Pressesprecher verweise, der, wie du weißt, ein Trottel ist. Inzwischen haben sich auch schon Zeitungen aus anderen Städten und Fernsehsender gemeldet, und vor einer Viertelstunde hat Gregory Cordova angerufen, um zu sagen, dass ein Kamerateam aus Santa Carla auf der Ausweichstelle bei Point Deception seine Gerätschaften aufbaut.«

Valeries Stimme klang seltsam belegt. Rho blickte auf, sah ihre roten Augen und ihr verquollenes Gesicht. »Hey, hast du geweint?«

»Ach …« Valerie setzte sich an ihren Schreibtisch und seufzte tief. »Ich kann nichts dagegen machen. Ist wegen Virge. Sie ist immer noch nicht aufgetaucht. Will und der Mieter, dieser Clay Lawrence, organisieren gerade eine Suchaktion. Der Suchtrupp trifft sich um eins bei den Scurlocks, schwärmt dann aus und durchkämmt die ganze Gegend. Ich würde so gern mithelfen, aber meine Arthritis lässt das nicht zu.«

Valerie sah so niedergeschlagen aus, dass Rho rasch ihren Zeitplan Revue passieren ließ und umdisponierte. Ehe nicht weitere Informationen aus Clark County oder die Autopsieergebnisse in Sachen Ackerman eintrafen, stand nichts Dringendes an. »Ich gehe an deiner Stelle hin«, erklärte sie der Sekretärin.

»Ach, wirklich? Danke.« Tränen traten ihr in die Augen, und sie quetschte sie weg. »Armes Ding. Sie muss sich doch so allein fühlen und solche Angst haben.«

Es sei denn, sie hat sich freiwillig abgesetzt oder ihr ist Schlimmeres widerfahren, dachte Rho, sprach es aber nicht aus. »Ihr seid eng befreundet, was?«

»Wir waren es, bis damals.«

Wieder dieser Euphemismus. »Du meinst, bis zu den Canyon-Morden.«

Valerie versteifte sich. »Musst du …?«

»Wie ich gestern Abend schon sagte: Es ist Zeit, die Dinge beim Namen zu nennen.«

»… Ich weiß nicht. Kann sein.«

Rho setzte sich an ihren Schreibtisch und sah Valerie an. »Erzähl mir von deiner Freundschaft mit Virge.«

»Wir waren beste Freundinnen, vom Kindergarten an und durch die ganze Schulzeit. Sie hat Will gleich nach der High School geheiratet, ich meinen Mann ein paar Monate später. Ich war ihre Trauzeugin, sie meine. Unsere Kinder sind im Abstand von drei Wochen geboren.« Valerie lächelte bei der Erinnerung.

»Wir sind gemeinsam mit den Kleinen auf den Spielplatz und an den Strand gegangen. Haben uns ›Blue-Jeans-Mommas‹ genannt, weil wir dachten, Kinder haben muss doch nicht heißen, dass man plötzlich alt ist und nur noch langweilige Sachen trägt. Als mein Mann uns verlassen hat, war Virge für mich da. Als Will vom Gerüst gefallen ist und ein halbes Jahr nicht arbeiten konnte, war ich für sie da.«

Sie hielt inne, sah traurig in die Ferne. »Die Kinder – ihr Rick und mein Joe – waren ebenfalls beste Freunde. Wir dachten, sie bleiben es auch, genauso lange wie wir. Aber dann wurde Joe von diesem Betrunkenen totgefahren, und im Jahr darauf ist Rick ertrunken. Damit hatten die Blue-Jeans-Mommas nicht gerechnet. Wir haben unsere Kinder überlebt.«

Rho schloss die Augen, und das Bild von Heath Wynnes Todeskampf erschien, als seien ihre Lider eine Projektionsfläche. Sie riss die Augen wieder auf.

»Weißt du, was wehtut?«, fragte Valerie. »Diese Kinder dort im Canyon, die hätten auch nicht umkommen dürfen. Aber um deren Tod haben alle so ein Trara gemacht. Bei Joe und Rick hat es, außer den engsten Freunden, niemanden gekümmert.«

»Das stimmt nicht, Valerie.« Rho erinnerte sich genau an

die Schockwellen, die nach diesen Unfällen durch den Ort gegangen waren.

»O ja, die Leute waren nett. Haben Essen vorbeigebracht und die richtigen Sachen gesagt und sind zum Trauergottesdienst gekommen. Aber niemand war ... entsetzt, so wie bei den Kindern im Canyon. Joes und Ricks Tod war einfach ... normal.«

Rho verstand, was sie meinte, konnte ihren Schmerz nachfühlen. Kein Tod sollte normal sein.

»Rhoda?«

»Ja?«

»Dein Vater hat wieder angerufen.«

O verdammt. »Ich schaue bei ihm vorbei, bevor ich zu den Scurlocks rauffahre.«

»Er wird's bestimmt zu schätzen wissen.«

Sie antwortete nicht.

»Rhoda?«

»Ja?«

»Hör auf mich: Vernachlässige die Menschen, die du liebst, nicht. Jeder Augenblick ist kostbar.«

Die Frau, die auf Guys Klopfen die Tür der Pension Pelican Cove öffnete, war mindestens eins achtzig groß. Ihr dunkelbrauner Dutt war mit etwas festgesteckt, das wie ein Paar Essstäbchen aussah. Sie hielt ein Bündel geblümter Bettwäsche an die mächtige Brust gepresst, und ihr grimmiger Blick bohrte sich waagerecht in Guys Augen.

Sie sagte: »Was ist? Können Sie nicht lesen? Wir haben geschlossen.«

Er setzte das Lächeln auf, das er im Umgang mit unwilligen Informanten benutzte – jenes Lächeln, das er für jungenhaft entwaffnend hielt und das Diana ein Arschkriecherlächeln genannt hatte. Die Frau war offenbar auf Dianas Seite; die Falten zwischen ihren Augenbrauen vertieften sich.

Er sagte: »Ich hatte gehofft, Sie würden vielleicht trotzdem einen Gast aufnehmen. Es wäre für länger, und ich brauche keine Extras. Ich zahle gern Ihren höchsten Zimmerpreis –«

»Ich hab doch gesagt –«

»Um Himmels willen, Becca, vertreiben Sie keinen zahlenden Gast, nicht in diesen kritischen Zeiten!« Eine Männerstimme in ihrem Rücken.

Die mit Becca angesprochene Frau drehte sich um und richtete ihren grimmigen Blick auf den Besitzer der Stimme. »Sie haben doch gesagt –«

»Vergessen Sie, was ich gesagt habe. Überlassen Sie das mir.« Ein schlanker Mann mit welligem dunklen Haar und fein geschnittenem Gesicht kam um die Frau herum. So gut er ansonsten aussah, war seine Haut doch von einer ungesunden Blässe, und er hatte tiefe lila Schatten unter den Augen. »Gehen Sie die Wäsche fertig machen«, setzte er hinzu.

»Ist schon fertig.«

»Dann gehen Sie und machen Sie ... was immer Sie zu tun haben.«

Becca gab ein schnaubendes Geräusch von sich und entfernte sich.

Der Mann sagte zu Guy: »Ich bin Kevin Jacoby, einer der beiden Inhaber. Sagten Sie gerade, es wäre für länger?«

Guy nickte und stellte sich vor. »Ich hatte ein Zimmer im Sea Stacks, aber der Besitzer hatte was gegen mich.«

»Ach, der alte Stinkstiefel. Der hat doch gegen jeden was. Ich kann Ihnen ein Zimmer geben, Mr. Newberry. Um genau zu sein, Sie können sich sogar unter allen zehnen eins aussuchen.«

Guy folgte ihm in eine hohe Eingangsdiele mit einem mächtigen eichenen Empfangstresen, wo Jacoby ein Gästeregister hervorholte und einen erstaunlich niedrigen Wochenpreis nannte. »Ich kann Ihnen guten Gewissens nicht mehr berechnen«, sagte er. »Frühstück kann ich Ihnen nicht anbieten, weil wir keine weiteren Gäste haben, und Ihr Zimmer hat Becca schnell gemacht. Apropos, nehmen Sie's ihr nicht übel. Sie ist heute Morgen schlechter Laune, weil ich ihr erklärt habe, ich müsste sie entlassen. Sie wird Ihnen stapelweise frische Handtücher bringen, wenn sie erst mal kapiert hat, dass Sie ihr vorerst den Job gerettet haben.«

Das Eckzimmer, das ihm Jacoby zeigte, war geräumig, mit einem Kamin und einem Erkerfenster zum Highway und zum Meer. Die Einrichtung war so, wie er es mittlerweile in einer Pension erwartete: Blumenmuster, Trockenblumen, Schalen mit Blütenpotpourri und jede Menge Zierkissen. Aber er würde sich wohl mit dem Kitsch arrangieren können, wenn er dafür seine Ruhe hatte und den alten Dawson los war. Er ging zwei Mal zum Auto, ließ seine Sachen unausgepackt im Zimmer stehen und war gerade wieder auf dem Weg nach draußen, als ihn Jacoby aufhielt.

»Ich konnte nicht umhin, Ihren Laptop und Ihre Aktenboxen zu registrieren«, sagte er. »Sind Sie so etwas wie ein Schriftsteller?«

»Ja, freier Autor.«

»Na ja, falls Sie ein ruhiges Plätzchen gesucht haben, um Ihre Muse anzulocken, haben Sie's gefunden. Der Ort hier ist halb ausgestorben. Selbst mein Partner hat sich davongemacht. Aber das ist eine andere Geschichte.«

Guy wartete, aber die Geschichte kam nicht. Nach einigen weiteren höflichen Floskeln von beiden Seiten verabschiedete er sich von Jacoby und ging hinaus.

Becca lehnte an seinem Wagen; sie hatte einen Anorak an und rauchte eine Zigarette. Als er auf sie zuging, warf sie die Kippe auf den Boden und trat sie aus. »Ich wollte mich dafür entschuldigen, dass ich vorhin so unhöflich war«, sagte sie.

»Nicht nötig. Ich habe gehört, Sie hatten Angst um Ihren Job.«

»Stimmt. Danke, dass Sie ihn mir gerettet haben. Er bringt zwar nicht viel, passt aber gut in meinen übrigen Zeitplan.« Sie seufzte. »Das ist echt wieder mal so ein verflixter Montag.«

»Noch mehr Probleme?«

»Außer der Tatsache, dass mein Freund mich gerade sitzen lässt, und einer Million anderer Sachen? Nö.«

Sie war so niedergeschlagen, dass Guy sie aufzuheitern versuchte. »Ich kann mir nicht vorstellen, dass irgendein Mann, der seine fünf Sinne beisammenhat, eine hübsche Frau wie Sie sitzen lässt.«

»Ach, na ja, sitzen lassen ist nicht ganz der richtige Ausdruck. Er hat einfach nur beschlossen, wieder nach Seattle zu gehen und sein altes Leben wieder aufzunehmen. Was heißt, dass ich hier hocken bleibe mit meinem alten Leben, das nicht gerade besonders toll war.«

»Tut mir Leid, Becca.«

»Danke, Mr. Newberry.« Sie lächelte ihn matt an und ging zu einem alten Honda, der an der Schmalseite des Gebäudes stand.

Guy war immer schon die Sorte Mensch gewesen, der wildfremde Leute ihre intimsten Geheimnisse anvertrauten. Das war eine Gabe, die ihn manchmal in oberflächliche, sinnlose Gespräche verstrickte, aber überaus nützlich war, um wertvolle Informanten zu gewinnen.

Guy Newberry war vor über einer Stunde aus dem Sea Stacks ausgezogen.

»Hat er gesagt, wo er hinwollte?«, fragte Rho Hugh Dawson.

»Hat was von der Pension gesagt, aber die hat zu. Glaube aber trotzdem nicht, dass wir ihn so bald loswerden.«

»Warum ist er dann hier ausgezogen?«

»Ich hab ihn rausgeworfen.« Dawson nickte stolz, als hätte er eine patriotische Tat vollbracht.

»Und wieso?«

»Der Kerl will über die Morde damals schreiben, direkt im Hornissennest stochern. Wenn Sie mich fragen, soll man schlafende Hunde lieber nicht wecken.«

Rho hätte nie gedacht, dass ihr eine Anspielung auf die Canyon-Morde je ein Lächeln entlocken könnte, aber Dawsons verunglückte Metapher ließ ihre Mundwinkel zucken.

Er bemerkte es und runzelte die Stirn. »Was ist daran so komisch?«

»Vielleicht ist es ja Zeit, diese Hunde zu wecken, Hugh. Diese Hornissen aufzuscheuchen. Ihnen zu folgen und zu gucken, wo sie uns hinführen.«

»Sind Sie verrückt geworden?«

»Nein, ich glaube, ich werde gerade wieder normal.«

Sie ließ den Motelbesitzer mit hängender Kinnlade stehen und ging zu ihrem Pick-up. Als sie an der Pension vorbeifuhr, sah sie dort nur Kevin Jacobys Ford Escort stehen. Vielleicht war Newberry ja weiter nach Norden gefahren, zum Deer Harbor Inn oder einem der luxuriöseren Etablissements in Calvert's Landing oder nach Süden zu einem der vielen Motels in Westhaven. Sie gab der Zentrale durch, dass die Kollegen die Augen nach ihm offen halten sollten. Dann machte sie sich auf den Weg zum stillgelegten Yachthafen, wo ihr Vater auf seinem alten Kajütboot, der *Rhoda A.*, hauste.

»Dachte mir schon, dass Sie wieder kommen.«

Gregory Cordova deutete auf den Schaukelstuhl am Kaminofen, wo Guy am Vortag gesessen hatte, und brachte ihm, ohne vorher zu fragen, einen Becher Kaffee. Der alte Mann setzte sich Guy gegenüber und sagte: »Hab von meinem Briefträger gehört, dass in der Stadt ganz schön was los ist.«

»›Was los‹ ist gut gesagt. Was hat er Ihnen erzählt?«

»Na ja, dass die Leute Terz machen. Und dass Samantha Lindsay gestern einen tödlichen Autounfall hatte.«

»Wer ist das?«

»Hübsche blonde Frau. Verheiratet mit einem gut aussehenden Mann, der aussieht, als ob er jede Menge Golf spielt. Haben ein Ferienhaus hier.«

»Ich glaube, ich habe sie ein paar Mal in der Hotelbar gesehen.«

»Lassen Sie mich raten: Mindestens einmal davon war sie mit jemand anderem als ihrem Mann dort.«

»Stimmt.«

Cordova schüttelte den Kopf. »Ist schon eine traurige Sache, wenn eine Ehefrau – oder ein Ehemann – so in der Gegend rumstreunt. Fragt man sich, was da zu Hause fehlt. Ich, ich hab immer nur die Augen wandern lassen, aber die Hände nie. Hab immer zu Felicia – meiner Frau – gesagt, wenn ich mal nicht mehr den Frauen nachgucke, kann sie mich gleich begraben lassen. Herrgott, neulich hab ich sogar die Frau beäugt, die dann ermordet wurde.«

»Sie haben Sie an der Ausweichstelle gesehen?«

»Klar doch. Knallenge Jeansshorts über einem knackigen kleinen Hinterteil. Was hätte ich denn sonst tun sollen?«

»Aber angehalten haben Sie nicht?«

»Nein. Ich nicht und viele andere auch nicht.« Der Alte schüttelte reuig den Kopf. »So sind wir Menschenwesen heute nun mal, schätze ich. Aber diese jungen Leute, die wirken ja immer so tüchtig. Und ich war müde vom Einkaufen und konnte nicht mehr richtig klar denken. Aber wissen Sie, als ich dann meine Einkäufe ins Haus getragen hab, da hatte ich so ein komisches Gefühl, als ob ich den Tod spüren würde. Ihren Tod, schätze ich. Meine Zeit ist noch nicht um. Manchmal würde ich mir wünschen, sie wär's. Ich bin zu nichts mehr nütze, würde gern mit dem Mädel tauschen, wenn ich könnte. Und jetzt wird noch eine Frau vermisst, Virge Scurlock. Hoffe nur, sie ist nicht die Nächste.«

»Seit wann wird sie vermisst?«

»Ist irgendwann gestern Abend aus ihrem Bett verschwunden. Sie sind dabei, Suchtrupps aufzustellen, suchen noch Freiwillige, aber …«

»Komisch, dass das alles so kurz vor dem Jahrestag der Morde passiert.«

»Ja, komisch.«

Guy zögerte, guckte in seinen Becher und ließ den Kaffee darin kreisen. »Mr. Cordova, ehe ich gestern gegangen bin, sagten Sie, Sie wüssten so viel wie alle anderen über die Morde. Und dann haben Sie gesagt, ›vielleicht sogar mehr‹.«

Der alte Mann nickte.

»Und Sie sagten auch, es sei Zeit, die Leichen im Keller auszubuddeln.«

»Kann mich erinnern, irgendwas in der Art gesagt zu haben.«

»Tja, was halten Sie davon, dass wir die Schaufel nehmen und uns ans Werk machen?«

Die *Rhoda A.* war eine vierzig Jahre alte CrisCraft, die einst nach Rhos Mutter auf den Namen *Mary A.* getauft worden war. Als Mary dann mit einem umherziehenden Barmann, der kurz im Hotel gearbeitet hatte, auf und davon gegangen war, hatte Jack Antolini das Boot umgetauft und liebevoll in Schuss gehalten, bis Rho aufs College gegangen war. Zu Rhos schönsten Erinnerungen gehörten die Fahrten auf ihrer Namensvetterin. Doch als sie dann nach Signal Port zurückgekehrt war, hatte sie feststellen müssen, dass ihr Vater das Boot vernachlässigte, und seit seiner vorzeitigen Pensionierung hatte er kaum noch etwas daran gemacht. Jetzt lag die *Rhoda A.*, heruntergekommen und mit Muscheln bewachsen, tief im brackigen Wasser am Kai, als einziges halbwegs funktionstüchtiges Boot im stillgelegten Yachthafen.

Als Rho auf das Boot zuging, trat Jack aufs Deck hinaus: ein großer, kräftiger Mann mit einem grauen Stoppelbart und geplatzten Äderchen auf der breiten Nase. Er trug zerknittertes Arbeitszeug und eine Oakland-A's-Kappe. Als er sah, wer da kam, verzog er das Gesicht zu einem breiten Grinsen, das nikotinverfärbte Zähne entblößte, und rief: »Erlaubnis, an Bord zu kommen, erteilt, Deputy.«

Sie stieg aufs Boot hinüber und umarmte ihn. Er roch nach irischem Whiskey und billigen Zigarren und hatte vermutlich seit Tagen nicht mehr gebadet, aber seine kräftige Brust und seine Arme weckten Erinnerungen an jene

Nächte, da sie aus Träumen von Chaos und Verlassenheit aufgeschreckt war und nach ihrer Mutter geweint hatte. Jack war, wenn er keinen Dienst hatte, immer da gewesen, um sie zu trösten, und sonst hatte ein kurzer Funkruf genügt, um ihn herbeizuholen.

Sie stiegen in die Kajüte hinunter, wobei Jack sich schwer auf den Handlauf stützen musste. Nach seinem Autounfall hatte er sein Bein nie wieder richtig belasten können. Während sie sich an den kleinen Tisch zwängte, stellte er seinen Funkempfänger leiser, goss zwei Becher Kaffee ein und versetzte seinen mit einem großzügigen Schuss Whiskey. Rho verkniff sich die kritische Bemerkung, die ihr auf der Zunge lag. Das würde nur Streit geben und außerdem – sie hatte es gerade nötig! Sie hatte zwar letzte Nacht ihrem Alkoholjieper nicht nachgegeben, aber nur, weil nach dem überlangen Dienst die Erschöpfung schließlich stärker gewesen war.

»Wo ist denn dein Hundevieh?«, fragte Jack. Er war Codys größter Fan.

»Hab ihn im Dienstgebäude gelassen. Valerie hatte seit Tagen ein Geschenk für ihn im Schreibtisch – einen neuen Kauknochen –, und da hab ich ihn nicht weggekriegt.«

Jack schnaubte. »Ein Wunder, dass sie ihm noch keins von den Dingern verpasst hat, die sie ständig strickt. Irgendwann lässt du ihn mal dort, und wenn du ihn wieder abholst, hat er eins an und sieht aus wie ein Volltrottel.«

»Sie meint es gut, Dad.«

»Glaubst du, das weiß ich nicht? Sie ist eine gute Seele. Hat es schwer gehabt. Aber das kann man natürlich von diesem ganzen verdammten Ort sagen. Wie siehst du denn die jüngsten Ereignisse?« Jack beugte sich vor, und seine Augen glänzten gierig.

Rho wappnete sich innerlich. Solche Diskussionen über dienstliche Themen gingen immer schief. »Na ja, wir haben noch keinen Autopsiebericht zu Chrystal Ackerman, aber ich glaube, wir können guten Gewissens davon ausgehen, dass es ein Sexualmord war. Nach dem, was unsere Zeugenaufrufe erbracht haben, wurde sie zwischen fünfzehn Uhr fünfzig und neunzehn Uhr bei Point Deception gesehen, sonst aber nirgends, und wir bezweifeln, dass sie dort getötet wurde. Clark County, Nevada, versucht, nächste Angehörige ausfindig zu machen, und wenn die uns keinen Hinweis geben können, wo sie hinwollte und warum, dann wird wohl Ned Grossman oder Denny Shepherd runterfliegen müssen, um sich in ihrer Wohnung umzusehen und selbst mit den Leuten zu reden, die sie kannten.«

»Besteht die Möglichkeit, dass der Tod dieser Lindsay irgendwas damit zu tun hat?«

»Es spricht nichts dafür, dass das irgendwas anderes war als ein Unfall.«

»Ihr habt ein Rundschreiben rausgegeben, wegen ihres Schmucks und ihrer Kreditkarten.«

»Jemand hat die Tote ausgeplündert, ja.«

»Vielleicht derselbe Jemand, der auch den Unfall verursacht hat.«

»Ihr Wagen wies keine Beschädigung auf, die auf die Beteiligung eines zweiten Fahrzeugs schließen ließe.« Sie hörte ihre Sprache gestelzt werden, als ob sie ihre Theorien vor Dienststellenleiter Iverson vertreten müsste.

»Und Virge Scurlock?«, fragte Jack. »Hat deren Verschwinden etwas mit dem Mord zu tun?«

»Nur insofern, als dieser Mord eine ohnehin schon labile Frau völlig aus dem Gleis geworfen hat.«

»Nimmst du Will Scurlock unter die Lupe? In solchen Fällen hält man sich zuerst mal an den Ehemann.«

»An seinem Verhalten war nichts, was ihn mir irgendwie verdächtig machen würde.«

»Hmm.« Jack klang skeptisch.

»Hör zu, Dad, ich war dort und du nicht!«

Sein Gesicht nahm einen verletzten Ausdruck an, und er guckte weg. Rho biss sich auf die Lippe, schämte sich doppelt – weil sie ihn angeblafft hatte und weil sie ihn daran erinnert hatte, dass er nie wieder dienstlich an einem Tatort sein würde. Er leerte seinen Becher und ging Nachschub holen – diesmal Whiskey pur.

»Wer ist dieser Guy Newberry, nach dem du eine Suchmeldung rausgegeben hast?«, fragte er mit dem Rücken zu ihr.

»Dir entgeht kein Wort, das über Funk kommt, was?« Sie bemühte sich, Herzlichkeit in ihre Stimme zu legen, die Atmosphäre aufzulockern.

»Ich war über dreißig Jahre Deputy, Rhoda. Ich kriege Funkdurchsagen noch im Schlaf mit.«

Rhoda. Er war wirklich verletzt. Sonst nannte er sie immer »Kleines« oder, seit sie beim Department war, »Deputy«.

»Okay, Guy Newberry ist ein Schriftsteller aus New York. Er ist hierher gekommen, um ein Buch über die Canyon-Morde zu schreiben. Jedenfalls nach dem, was Wayne gehört hat. Ich will mit ihm über das Projekt reden, kann ihn aber nicht finden, da ihn Hugh Dawson aus dem Sea Stacks geschmissen hat.«

Jack drehte sich um und lehnte sich an die Arbeitsplatte. »Wieso hat Dawson das getan?«

»Wegen des Buchs.«

»Tja, Hugh ist ein Arschloch, aber da hat er Recht.«

»Wirklich? Ich bin mir da nicht so sicher. Außerdem hält man jemanden wie Newberry nicht von etwas ab, indem man ihn aus dem Motel wirft. Ich habe ihn kennen gelernt.«

»Man muss ihn davon abhalten.«

»Wie?«

»Solltest du doch wissen, Deputy.«

»Was soll das heißen?«

»In der Asservatenkammer im Präsidium ist Zeug genug. Jede Menge belastendes Zeug. Schieb's ihm unter, nimm ihn fest, stell ihn vor die Wahl, den Bezirk zu verlassen oder in den Knast zu wandern.«

»Das ist nicht dein Ernst, Dad!«

»Himmelherrgott!«, rief Jack aus. »Wo ist dein Rückgrat geblieben? Diese Stadt hat genug durchgemacht. Das Department hat genug abgekriegt. Ein New Yorker Schreiberling, den unsere Probleme hier einen Scheißdreck kümmern, hat doch kein Recht, uns zum Gespött der Öffentlichkeit zu machen. Und er hat schon gar kein Recht, meine Tochter zum Gespött zu machen!«

Jetzt geht's los, dachte sie. Jetzt ist er nicht mehr zu bremsen. »Wieso sollte er mich zum Gespött machen?«

»Muss ich's dir wirklich erklären? Offenbar ja. Erstens, weil du in Panik geraten bist und einen sterbenden Zeugen nicht mehr befragt hast. Zweitens, weil du Spuren am Tatort zerstört hast. Drittens, weil du von anderen Zeugen nur unvollständige Aussagen eingeholt hast und das erst rauskam, als sich das FBI eingeschaltet hat. Viertens, weil du Beweismittel verschlampt hast. Reicht das an Gründen?«

Rho umkrallte die Tischkante, rang um Beherrschung. Der Zorn ihres Vaters füllte die kleine Kajüte.

»Das haben wir alles schon diskutiert«, sagte sie. »Von mir aus gehen wir's noch mal durch, aber das ist das letzte Mal. Endgültig. Ich konnte Heath Wynne nicht mehr befragen; er war noch ein kleiner Junge und starb unter extremen Schmerzen. Der Schuppen, aus dem ich Oriana Wynne rausgeholt habe, war formell kein Tatort. Ja, ich war zerstreut und unkonzentriert, als ich Virge Scurlocks Zeugenaussage aufgenommen habe, aber zeig mir jemanden, der's nach all dem nicht gewesen wäre. Und was die Beweismittel angeht …«

»Ja? Wie rechtfertigst du das?«

Sie sprach es aus, zum ersten Mal überhaupt. »Ich habe diese Blutproben nicht verschlampt, Dad. Das war Wayne.«

Gregory Cordova schwieg, als Guy resümiert hatte, was er bereits über die Morde im Cascada-Canyon wusste. Schließlich sagte er: »Sie mögen ja eine ganze Menge über diese Leute wissen, aber ich weiß Dinge, die nicht mal der Sheriff und das FBI rausgekriegt haben.«

»Warum haben Sie diese Dinge der Polizei nicht gesagt?«

»Ich hatte meine Gründe, aber die sind jetzt nicht mehr wichtig.«

»Sollen wir dann anfangen?« Guy stellte den Recorder an.

Der alte Mann beäugte das Gerät misstrauisch, zuckte dann die Achseln. »Okay, erst mal geht's um das Paar, das die Canyon-Leute öfters besucht hat, die beiden mit der kleinen Tochter. Hatten sich in einer verlassenen alten Hütte oben auf dem Hügel einquartiert. Hab manchmal ihren alten Bus unter den Kiefern unten im Canyon stehen sehen, wenn ich auf dem Weg in die Stadt dort vorbeigekommen bin. Aber oft waren sie auch ohne den Bus dort.«

»Was bedeutet, dass sie den Wildwechsel am Teich vorbei kannten und auch benutzt haben.«

»Ich würde sagen, sie haben ihn praktisch täglich benutzt. Die Kleine hat immer mit den Canyon-Kids gespielt, auf der Wiese am Highway.«

»Dann könnten sie also etwas mit den Morden zu tun gehabt haben, denn sie hätten ungesehen kommen und wieder verschwinden können.«

»Nur, dass sie an dem Abend einfach durchs Tor gefahren sind.«

»Das haben Sie gesehen?«

Cordova nickte. »Ich war gerade dabei, den Zaun ganz am Nordende meines Landes zu reparieren. Die verdammten Angler rissen ihn immer wieder ein, bis ich dann schließlich beschlossen habe, ihnen den Zugang von der Ausweichstelle her freizugeben. Jedenfalls, das war etwa eine Stunde vor dem Dunkelwerden. Aber der Bus stand immer noch da, als ich wieder heimgegangen bin.«

Interessant, dass er das der Polizei nicht mitgeteilt hatte. »Was wissen Sie über diese Leute?«

»Sie waren ziemlich zerlumpt. Der Mann war vielleicht Mitte dreißig, die Frau jünger. Die Kleine so fünf oder sechs. Die Eltern waren ziemlich schroff, aber die Kleine war freundlich. Wenn sie mich auf meinem Land arbeiten sah, hat sie mir immer zugewinkt.«

»Können Sie die Eltern beschreiben?«

»Die Frau hatte wunderschönes rotes Haar bis zum Hintern. Der Mann hat Gitarre gespielt und gesungen. Hab manchmal gesehen, wie er in dem Bus saß, bei offener Seitentür, und diesem Wynne Gesellschaft geleistet hat, wenn der dabei war, sein Auto zu reparieren. Dann hat er Musik gemacht. War nicht besonders gut, der Bursche, konnte aber immerhin eine Melodie halten.«

»In der Zeitung stand, dass Oriana Wynne nur den Vornamen des kleinen Mädchens wusste, Chryssy. Von den Eltern war nie die Rede. Haben Sie je deren Namen gehört?«

»Nein.«

»Kann es sein, dass sie diese ganzen Menschen umgebracht haben?«

Der Alte schüttelte den Kopf. »Auf keinen Fall. Dazu brauchte es mehr als einen Mann und eine Frau – und noch dazu zwei so faule Trantüten. Nein, ich glaube, sie haben mitgekriegt, was passiert ist, und sich davongemacht.«

»Und das ist alles, was Sie wissen?«

»Über diese Leute, ja. Aber da hat zeitweise noch jemand im Canyon gewohnt, ein Mann, vielleicht Ende zwanzig. War etwa einen Monat da, ist aber zwei Wochen vor den Morden wieder verschwunden.«

»Können Sie ihn beschreiben?«

»Groß, dünn, blond. Hab ihn ein paar Mal dort auf der Wiese gesehen, wie er den Boden für einen Wintergemüsegarten vorbereitet hat. Hat umgegraben und Säcke mit Dünger und Kompost rangeschafft, aber angepflanzt wurde nie was.«

Guy dachte nach. Der Mann hatte vermutlich nichts mit den Morden zu tun, aber Zeitpunkt und Plötzlichkeit seiner Abreise waren doch interessant.

»Da ist noch was«, sagte Cordova. In seiner Stimme schwang leise Erregung, und er beugte sich vor.

Jetzt kommt's, dachte Guy. Das Beste hat er sich bis zum Schluss aufgehoben.

»Diese Blakeley, die hatte noch anderweitige Interessen.

Hab sie ein paar Mal das Gelände verlassen sehen, weiter nördlich, bei dem Geschwindigkeitsbegrenzungsschild. Sie kam einen Pfad durchs Gebüsch runter, ungefähr dort, wo der Bach in der Röhre unterm Highway durchfließt. Da hat dann ein Wagen auf sie gewartet. Sie ist eingestiegen, und ab ging's. Ich fand das irgendwie interessant, also hab ich Detektiv gespielt. Hab gewartet, wie lange sie wegbleibt. Zwei Stunden höchstens, dann hat der Mann sie wieder abgesetzt. Nach innigsten Umarmungen.«

Guy fragte: »Kannten Sie den Mann?«

»Ja.«

»Aber dem Sheriff's Department haben Sie auch davon nichts erzählt?«

»Nein. Der Mann war jemand, den ich mir nicht zum Feind machen wollte. Er galt als gewalttätig, damals schon.«

»Wer war das, Mr. Cordova?«

Die Augen des Alten glitzerten, als er sein Geheimnis preisgab. »Deputy Wayne Gilardi.«

»Wayne hat diese Blutproben verschlampt?« Jack starrte Rho ungläubig an.

»Du hast's doch gehört, Dad.«

Er kam wieder an den Tisch, setzte sich auf die Sitzbank. »Und du hast ihn die ganzen Jahre gedeckt?«

Sie nickte.

»Warum, Kleines?«

»Weil er sich vom ersten Tag an um mich gekümmert hat. Er hat sich für mich eingesetzt, gegen die Typen, die keine Frau als Deputy wollten. Außerdem war Janie damals schwanger, und er stand zur Beförderung an. So ein Fehler hätte ihm alles vermasselt.«

»Hat er dich gebeten, es auf deine Kappe zu nehmen?«

»Nein.«
»Hat er gesagt, du sollst es nicht tun?«
»Ja.«
»Aber du hast es trotzdem getan?«
»Ja. Ich hatte nicht so viel zu verlieren.«
Jack sah sie voller Respekt an. »Ich bin stolz auf dich, Deputy.«
»Na ja, alle haben doch Fehler gemacht, am Tatort und auch später noch. Keiner von uns, bis rauf zu Detective Lieutenant Marx, war darauf vorbereitet, so ein Verbrechen zu handhaben. Ich sah keinen Grund, wieso Wayne es abkriegen sollte. Ich war neu; das hätte doch jeder von mir erwartet.«
Ihr Vater schüttelte den Kopf. »Jeder außer deinem Vater. Ich bin hart mit dir ins Gericht gegangen. Zu hart, und jetzt tut's mir Leid.«
»Nicht so hart wie andere.« Sie dachte an Will Scurlocks Tirade. »Außerdem bist du ein Perfektionist, und du warst frustriert, weil du nicht mithelfen konntest.«
»Trotzdem hätte ich meine Tochter unterstützen sollen.«
Sie machte eine wegwerfende Handbewegung. »Jetzt könnte ich Unterstützung brauchen.«
»Welcher Art?«
Sie zögerte, unsicher, ob sie Jacks Stimmungsumschwung trauen konnte. »Ich mache mir Sorgen um Wayne, Dad.«
»Wieso?«
»Er hat sich verändert. Wie sehr, ist mir erst klar geworden, als ich mit Will Scurlock über Virges Veränderung geredet habe. Wayne war noch nie ein Samthandschuhtyp, aber inzwischen fasst er nicht mehr nur Drogendealer hart an, sondern jeden, der ihm in die Quere kommt. Gestern Abend hat er's auf die Spitze getrieben – hat erst mal zuge-

schlagen, bevor er ein paar Leute wegen Bagatellen festgesetzt hat.«

»Nicht gut in einer so heiklen Situation.«

»Nein, und er ist nicht nur beruflich aus der Spur. Er hat mindestens drei Frauen nebenbei, und Janie hat schon gedroht, ihn zu verlassen. Ihre Kolleginnen im Kabel-TV-Büro sagen, sie ist schon mehr als einmal mit Blutergüssen im Gesicht und an den Armen zur Arbeit gekommen. Letzten Monat hat Wayne Lilys Freund verprügelt, und am Samstagabend hat er sie öffentlich drangsaliert.«

»Und was steckt dahinter?«

»Ich glaube, Wayne hat, wie wir alle im Department, Schuldgefühle, weil wir die Morde damals nie aufgeklärt haben. Schuldgefühle und eine Mordswut im Bauch, und das lässt er an allen anderen aus.«

Jack schwieg einen Moment. »Vorhin hast du gesagt, dieser Newberry würde sich nicht davon abbringen lassen, sein Buch zu schreiben.«

»Ich bezweifle es sehr.«

»Und ich hatte das Gefühl, du fragst dich sogar, ob es so gut wäre, ihn davon abhalten zu wollen.«

Sie nickte. »Vielleicht ist es ja besser, er bringt alles ans Licht. Vielleicht können wir's dann ja abschließen.«

Wieder schwieg Jack, und sie war klug genug, ihn nicht in seinen Gedanken zu stören. Noch ehe er sprach, sagte ihr der Zug um seinen Mund, dass er einen schweren Entschluss gefasst hatte.

»Wenn du das willst, weißt du ja, was du zu tun hast.«

»Ach?«

»Ja, du weißt es, Deputy. Aber da du ein bisschen verwirrt wirkst, wird dein alter Dad es dir noch mal erklären.«

*

Guy war kaum wieder in seinem Pensionszimmer, als es an der Tür klopfte. Er seufzte, weil er annahm, es sei entweder Kevin Jacoby oder Becca Campos. Beide waren ja ganz nett, aber offenbar ziemlich bedürftig, und im Moment war ihm nicht danach, irgendwem ein mitfühlendes Ohr zu leihen. Er würde einfach sagen, er sei gerade bei der Arbeit.

Aber als er die Tür öffnete, lächelte ihn Rhoda Swift an. Sie war nicht in Uniform, sondern in Jeans und einem dicken Kapuzensweatshirt, aber das eher spröde Lächeln sagte ihm, dass es sich nicht um einen privaten Besuch handelte. Ihr Blick wanderte an ihm vorbei zu den Aktenboxen und dem Laptop. »Ich störe Sie hoffentlich nicht bei der Arbeit«, sagte sie.

»Überhaupt nicht. Ich habe noch nicht mal ausgepackt. Sie haben also schon gehört, dass man mich aus dem Sea Stacks verbannt hat. Wie haben Sie mich gefunden?«

»Ich habe alle Kollegen über Funk gebeten, nach Ihnen Ausschau zu halten, und einer hat Ihren Wagen gesehen. Ich wollte Sie einladen, sich an einer Suchaktion zu beteiligen. Virge Scurlock wird vermisst, und ihr Mann stellt Suchtrupps auf. Alle, die Zeit haben, treffen sich um eins beim Haus der Scurlocks. Sie brauchen jeden, den sie kriegen können.«

Ihre quasioffizielle Art und die Natur der Einladung irritierten ihn, weckten aber gleichzeitig seine Neugier. »Ich helfe gern mit. Ich hole nur schnell meine Jacke.«

Rhoda bestand darauf zu fahren, und als er sich erst einmal auf dem mit Hundehaaren übersäten Beifahrersitz angeschnallt hatte, dauerte es nicht lange, bis er sich entspannt zurücklehnte und ihre Kurventechnik auf dem gewundenen Highway bewunderte. Unter dem Armaturenbrett brabbelte ein Polizeifunkempfänger, und nach einer

Weile fragte er: »Müssen Sie in Ihrem Privatwagen Polizeifunk haben?«

»Nein, aber die meisten von uns haben ihn. Wir sind unterbesetzt, und es ist schwer, in diesem Bezirk überall präsent zu sein. Wenn in der Nähe irgendwas los ist oder jemand Verstärkung braucht, möchten wir's wissen, damit wir einspringen können.«

Danach sagte sie nicht mehr viel, fragte ihn lediglich, ob er mit seinem neuen Zimmer zufrieden sei, und ging auf seine wenigen Konversationsangebote nicht weiter ein. Während sie südwärts fuhren, vertrieb er sich die Zeit damit, die Punkte abzuhaken, die er schon kannte: die Einfahrt in den Cascada Canyon; die Ausweichstelle bei Point Deception; Gregory Cordovas ungeteerte Zufahrt. Etwa eine Meile hinter Cordovas Anwesen bog Rhoda scharf links ab, und sie folgten einer asphaltierten Zufahrt auf die Hügel hinauf. Auf einer Lichtung stand ein weitläufiges gelbes Wohnhaus, offenbar aus den frühen fünfziger oder späten vierziger Jahren, mit einer verglasten Veranda. Es war von einer Fülle knorriger Rosensträucher mit papieren aussehenden Blüten umgeben, und in der Nähe standen zwei, drei ungenutzt wirkende Nebengebäude.

Die Zufahrt mündete in eine große, asphaltierte Fläche, auf der über ein Dutzend Fahrzeuge parkten, und ein weiteres Dutzend überschwemmte den Rasen dahinter. Seitlich vom Haus war eine Menschenschar versammelt, und Deputy Wayne Gilardi stand auf einem improvisierten Podest aus Klafterholz und rief Namen auf. Als Guy und Rhoda hinzukamen, flackerten in seinen Augen Überraschung und Unmut auf.

Guy überflog die Menge, registrierte bekannte Gesichter. Der Barmann aus dem Hotel, eine Verkäuferin aus dem

Supermarkt, eine Bedienung aus dem Oceanside, das Zimmermädchen vom Sea Stacks. Will Scurlock und sein Mieter, Clay Lawrence, standen neben dem Podest. Lawrence entdeckte Guy und nickte ihm zu.

»Okay«, sagte Gilardi, »alle mal auf die Karten gucken, die wir verteilt haben.«

Fotokopien raschelten in den Händen der Leute. Guy warf einen Blick auf das Blatt des Mannes neben ihm. Es war eine handgezeichnete Skizze, in Planquadrate aufgeteilt.

Gilardi fuhr fort: »Gruppe eins übernimmt das Gelände südlich von hier. Führer ist Clay Lawrence. Er gibt die weiteren Anweisungen. Gruppe zwo arbeitet sich von hier nach Osten vor, über die Höhe. Immer Will nach. Ich führe Gruppe drei von hier zum Highway, dann nordwärts bis zur Grundstücksgrenze. Alle Gruppenführer haben Walkie-Talkies, wenn also jemand etwas findet, einfach dem Verantwortlichen Bescheid sagen, der teilt es dann den anderen mit. Über uns werden Flugzeuge zu hören sein, da die Pilotenvereinigung Westhaven angeboten hat, die Suche aus der Luft zu unterstützen. Aber sie meinen, wir haben die besseren Chancen, Virge zu finden. So, das war's, Leute. Noch Fragen?«

Rhoda rief: »Warum nordwärts nur bis zur Grundstücksgrenze, Wayne?«

Er zog die Brauen zusammen. »Was heißt das, Swift?«

»Wollt ihr den Cascada Canyon nicht absuchen?«

Während Gilardis Instruktionen hatten ein paar Leute leise geredet, aber jetzt wurde es mucksmäuschenstill.

Der Deputy sah Will Scurlock an; der schüttelte den Kopf. Wayne sagte: »Ist nicht nötig. Dahin wäre Virge nie gegangen.«

»Ganz sicher?«

Gilardi sah wieder Scurlock an, der jetzt eine ungeduldige Handbewegung machte. »Swift«, sagte er, »meldest du dich dafür?«

Gedämpftes Gemurmel ging durch die Menge.

»Ich übernehme das Team für dieses Areal, ja.«

»Tja, dann wird wohl Mr. Newberry dein Team sein müssen. Alle anderen sind schon eingeteilt.«

»Von mir aus.«

»Dann also los.« Gilardi warf Rhoda einen unfreundlichen Blick zu, ehe er von dem Klafterholz stieg.

Rhoda drehte sich um und ging auf ihren Wagen zu. Guy folgte ihr. Die Leute wichen ihnen aus; einige guckten verblüfft oder verunsichert herüber. Auf dem Feldweg zur Nordgrenze des Grundstücks fragte Guy: »Warum tun Sie das?«

»Wir suchen Virge.«

»Sie haben doch gehört, was Wayne gesagt hat. In den Canyon würde sie niemals gehen. Ihr Mann sah aus, als wäre er auch dieser Meinung.«

»Wissen Sie, Guy, mein Ex-Mann hat auch immer geglaubt, er wüsste genau, was ich tun würde und was nicht – und meistens lag er falsch.«

Ein umgestürzter Baum – dem glatten Silberglanz des Stammes nach schon vor vielen Jahren umgestürzt – lag vor ihnen über dem Weg. Rhoda hielt an und sagte: »Ab hier gehen wir zu Fuß.«

Guy stieg aus und folgte ihr, bemerkte ihren steifen Rücken und ihren eckigen Gang. Hochgradig nervös und rigide kontrolliert, dachte er. Angst? Er fragte sich, ob sie von vornherein vorgehabt hatte, in den Canyon zu gehen, oder ob ihre Intervention rein impulsiv gewesen war. Wie auch immer, es musste schwer für sie sein, nach all den Jahren dorthin zurückzukehren.

Sie arbeiteten sich durch bewaldetes Terrain auf dick mit Kiefernnadeln bedecktem Boden, wo jede Menge Kiefernzapfen herumlagen und leuchtend orangerote Pilze wuchsen. Vom Highway knallte eine Fehlzündung herüber, und Rhodas Schritt stockte kurz. Die Bäume wurden höher, dichter, und dann sah Guy den ersten der riesigen Redwoods. Sein Blick wurde die tief gefurchten Stämme emporgezogen zu dunstigem Sonnenlicht, das durchs Geäst drang. Er blieb stehen, aber Rhoda ging weiter, auf eine Lichtung. Als er sie einholte –

»Was um Himmels willen ist das?« Das Arrangement von rostigem, verdrehtem Metall ragte zwischen den Bäumen empor. Es ähnelte einem Sortiment Elektrobohrer, die mit den Schäften in Beton eingegossen waren.

»Eine von Forrest Wynnes Skulpturen. Da ist noch eine, vor ihrem Kuppelhaus. Er war ja angeblich ein Genie, aber …« Sie zuckte die Achseln.

Guy dachte an die Rührbesenkontroverse, die die Wynnes veranlasst hatte, aus San Francisco zu fliehen. Der Künstler hatte eine unselige Affinität zu banalen Alltagsgegenständen gehabt. Guy umrundete die Skulptur, versuchte, sich einen Reim darauf zu machen.

»Wissen Sie, wie er das Ding hier genannt hat?«

»Nein.«

»Na ja, ist wohl auch nicht mehr wichtig.«

Rhoda antwortete nicht. Sie stand da, die Hände in die Taschen der Kapuzenjacke gestemmt, den Kopf zum Canyon gewandt. Wappnete sich, dachte Guy, für die Rückkehr an diesen Ort des Bösen.

*

Rho winkte Guy, ihr zu folgen, und marschierte auf den Hang zu, der in den Canyon hinabführte. Adrenalin pulste durch ihren Körper. Sie glaubte eigentlich auch nicht, dass Virge Scurlock hierher gegangen war, an den Geburtsort der Dämonen, die sie plagten. Aber Rhos eigene Dämonen waren auch hier geboren, und sie war jetzt an dem Punkt, wo sie sich ihnen stellen musste. Und sie musste diesem Mann den Canyon zeigen – den Canyon, wie sie ihn kannte.

Der Hang war glitschig von feuchten Kiefernnadeln, und sie bewegte sich vorsichtig. Sie hörte, wie Guy hinter ihr ausrutschte und sich knurrend wieder aufrappelte. Vor sich sah sie jetzt die Pappelreihe am Bachufer; die goldenen Blätter zitterten unstet im leichten Wind. Wasser plätscherte über Steine, glitzernd im Sonnenlicht, schneller, als sie es in Erinnerung hatte. Ein verwitterter Steg spannte sich im Bogen über das Bachbett.

Auf diesen Steg war Heath Wynne zugerannt, als er getroffen wurde.

Rho blieb stehen, atmete tief durch. Guy schloss zu ihr auf.

»Dieser Canyon«, sagte sie und merkte, wie ihre Stimme zitterte, »ist benannt nach dem Wasserfall, der diesen Bach speist. Es gibt noch einen zweiten Bach ganz am Nordende des Geländes, in der Nähe des Brunnenhauses.« Ehe er etwas dazu sagen konnte, wandte sie sich ab und ging über den Steg. Die Planken waren schwammig unter ihrem Gewicht.

»Jetzt sind wir in der Mitte des Geländes«, fuhr sie fort. »Einunddreißig Morgen. Diese Brücke bildet ein Dreieck mit dem Haus der Blakeleys und dem Drogenlabor. Das Kuppelhaus der Wynnes liegt genau vor uns, dort in diesem Waldstück.«

»Warum reden Sie wie eine Fremdenführerin?«, fragte Guy.

»Tue ich das? Sorry. Ich wollte nur, dass Sie ein Bild von dem Gelände hier haben, falls Sie dabei bleiben, darüber schreiben zu wollen.«

»Wir suchen gar nicht nach Virge Scurlock, oder?«

»Nicht direkt. Das war nur ein Vorwand, Sie hierher zu lotsen. Ich wusste, dass sonst niemand mitkommen würde.«

»Sie hätten keinen Vorwand gebraucht. Sie hätten mich einfach fragen können.«

»Mag sein, aber ich weiß, dass Sie schon mal hier waren. Ich hatte Angst, Sie hätten schon Ihre eigenen Schlüsse gezogen und würden meinen Beitrag gar nicht mehr wollen.«

»So arbeite ich nicht.«

»Gut.« Sie empfand jetzt plötzlich eine seltsame Distanz zu allem, so als hätte jemand anders ihren Körper und ihr Bewusstsein übernommen. Sie ging den Bach entlang. Alles war wohl bekannt – der Fels dort, der Baum, diese Uferkrümmung. Tief in ihr Gedächtnis eingraviert, und doch fühlte sie keinen Bezug dazu. Der Schotterweg, der zum Steg geführt hatte, war von einem Dutzend Regenperioden weitgehend weggespült, und dennoch …

Sie blieb stehen, sah Guy an. »Hier ist Heath Wynne gestorben. In meinen Armen.«

Er sah zu Boden, dann in ihre Augen. Wortlos. Seine Augen, bemerkte sie, waren jetzt anders, so als hätte etwas von dem, was sie erlebt hatte, etwas von seiner eigenen Erfahrung aktualisiert.

»Wenn Sie dieses Buch schreiben wollen«, sagte sie, »gibt es Dinge, die Sie wissen müssen. Sie müssen die Sache richtig darstellen. Um allen Gerechtigkeit widerfahren zu lassen, den Opfern, diesem Ort und meinem Department. Ich kann Ihnen diese Dinge erzählen und zeigen.«

»Möchten Sie, dass ich das Buch schreibe?«

»Ich glaube, ja, aber selbst wenn ich's nicht wollte, wäre mir klar, dass ich Sie nicht davon abhalten kann.«

»Vermutlich nicht. Die Harrisons, Susan Wynnes Familie, wollen, dass diese Geschichte erzählt wird. Ich nehme an, aus denselben Gründen wie Sie.«

»Um sie abzuschließen.«

»Und Antworten zu finden. Hier liegen noch Antworten verborgen. Und ich stehe in dem Ruf, jemand zu sein, der sie zutage fördern kann.«

Sie standen neben der Rührbesen-Skulptur beim Kuppelhaus, und Guy erlebte die Nacht des Verbrechens durch Rhodas stockende Worte.

»Bei ihrem Anruf in der Notrufzentrale sagte Virge, die Schüsse, die sie gehört habe, seien eindeutig aus dem Canyon gekommen. Ich war als Erste am Tatort und fand die Leichen der Blakeleys in deren Haus. Ich rief Verstärkung und einen Krankenwagen und war gerade auf dem Weg hierher, um nach den anderen zu schauen, als ich jemanden stöhnen hörte.«

»Heath.«

Sie nickte. »Er lag im Sterben, und da war nichts mehr zu tun, als ihm ein bisschen Trost zu spenden, aber ich habe mir wohl eingeredet, ihn irgendwie dazu bringen zu können, dass er durchhält. Wissen Sie, wie so was in Extremsituationen läuft? Wie man sich einbildet, der eigene Wille sei so mächtig, dass man das Unausweichliche verhindern kann?«

O ja, das wusste er. Als Diana getroffen worden war, hatte er sich über sie geworfen, sich eingebildet, sie beschützen zu können, obwohl die Kugel bereits in ihr Gehirn gedrungen war und sie schon nicht mehr lebte.

»Was ist?«, fragte Rhoda.

Sie hatte seinen Schmerz mitgekriegt. Er wandte sich ab, starrte Forrest Wynnes gewaltige Skulptur hinauf. Er hatte nie über dieses Thema geredet, außer auf der sachlichen Ebene, und mit einer mehr oder weniger fremden Person würde er es schon gar nicht tun.

Er sagte: »Für mich wird das hier alles sehr real.«

»Ach? Ich fühle mich, seit wir hier sind, wie eine Schlafwandlerin.«

»Das ist normal. Sie schotten sich innerlich ab. Wann kam die Verstärkung?«

»Ganz fix. Bei uns wird auf so was schnell reagiert. Wayne war als Erster da. Er hat Heath und mich gefunden, die Sanitäter zu uns dirigiert. Danach fanden er und ich dann die Kleine, die überlebt hatte. Wo, zeige ich Ihnen später.«

»Das war Heath' Schwester, Oriana. Wo waren die Eltern der beiden?«

»Im Kuppelhaus. Durch mehrere Schüsse umgebracht. Weil die Blakeleys im Unterschied zu ihnen jeweils nur eine Kugel abgekriegt hatten, sind wir zunächst davon ausgegangen, dass es die Täter in erster Linie auf die Wynnes abgesehen hatten. Aber als Wayne und ein anderer Deputy dann Bernhard Ulrick fanden …«

»In seinem Drogenlabor?«

»Ja. Wayne sah oben im Canyon Licht, und sie gingen dem nach. Ich blieb bei Oriana, beim Haus der Blakeleys. Sie ließ außer mir niemanden an sich heran. Na, jedenfalls, Ulrick hatte mehrere Garben aus einer Maschinenpistole abgekriegt. Sein Körper war regelrecht zerfetzt.«

»Wie hat Wayne das verkraftet?«

»Er war ziemlich geschockt. Wir waren alle geschockt. Keiner von uns war je mit so einem Tatort konfrontiert gewesen. Aber er hatte sich noch ziemlich gut unter Kontrolle, bis er dann ins Haus der Blakeleys ging, um zu gucken, wie es mit der Spurensicherung stand. Als er wieder rauskam, rannte er durch den Wald zu dem alten Wagen, der dort immer noch steht, und hämmerte mit den Fäusten auf ihn ein.«

Was heißen konnte, dass Claudia Blakeley für den Deputy mehr als nur ein beiläufiges Abenteuer gewesen war, dachte Guy.

»Wieso fragen Sie nach Wayne?«

Er wollte ihr das mit Gilardi und der Blakeley nicht erzählen, noch nicht jedenfalls. »Ich schätze, weil er von den Leuten, die damals hier waren, der Einzige ist, den ich kenne – außer Ihnen.«

»Er ist der Einzige außer mir, der nicht tot oder weggezogen ist. Dienststellenleiter Warren ist vor sechs oder sieben Jahren gestorben. Detective Lieutenant Marx, der die Ermittlungen leitete, ist nach Yolo County gegangen. Die anderen arbeiten inzwischen anderswo in Kalifornien oder sind gar nicht mehr im Polizeidienst. Dieser Fall hat das Department einen enormen Preis gekostet.«

»Weil er nie aufgeklärt wurde?«

»Ja. Und weil das FBI deutlich gemacht hat, dass es uns sowohl für unfähig als auch für korrupt hielt. Und weil die Leute nicht an einem Ort leben wollten, wo so was Entsetzliches passiert war. Aber wir waren weder unfähig noch korrupt. Wir waren einfach nur Menschen. Wir haben Fehler gemacht.«

»Zum Beispiel?«

»Bei Virges Vernehmung habe ich die Reihenfolge dessen, was sie gehört hatte, durcheinander gebracht. Wayne hat die Blutproben aus dem Umfeld von Ulricks Leiche verschlampt. Wir alle haben Dinge übersehen, Spuren nicht richtig gesichert. Aber selbst großen, erfahrenen Polizeidienststellen unterlaufen solche Fehler. Ich habe immer schon gedacht, der größte Fehler war, dass Sheriff Caxton das FBI nicht sofort eingeschaltet hat. Er war zu egoistisch und zu sehr von sich eingenommen, wollte, dass *seine* Leute einen Fall aufklären, der bundesweit Schlagzeilen macht. Erst als die Angehörigen der Opfer Druck machten, gab er nach, aber da war es schon zu spät.«

Rhoda wirkte so gequält, dass Guy sich weitere Fragen verkniff und auf das Kuppelhaus zuging. Die Fenster waren dreckig, und der Bau ähnelte einem schrumpelnden Ballon, weil er allmählich in sich zusammensank. Als Guy den Türknauf drehte und drückte, öffnete sich die verquollene Tür nur schwer.

Der dahinter liegende Raum war zunächst irritierend, weil einem die geschwungenen Wände das Gefühl gaben, unter einer umgestülpten Schüssel zu stehen. In der Mitte befand sich ein frei stehender Kamin, umgeben von Sitzgelegenheiten, und die tortenstückartig abgehenden Funktionsbereiche waren durch niedrige Trennwände abgeteilt. Die Küche war klein, aber gut ausgestattet, der Spielbereich quoll über von Spielzeug. Türbogen führten in die Anbauten, die er von außen gesehen hatte. Wie im Haus der Blakeleys war auch hier alles mit einer dicken Staubschicht bedeckt, das Werk von Spinnen und Ratten unübersehbar. Auf dem Boden beim Kamin waren zwei schwache Kreidesilhouetten erkennbar und –

Guy ging in die Hocke und suchte das Linoleum ab. Alte

Fußabdrücke, wie die, die er gestern im Haus der Blakeleys entdeckt hatte. Gleiche Größe, gleiches Profil. Ein hartnäckiger Sensationstourist oder jemand mit konkreten Absichten?

»Was gucken Sie?«, fragte Rhoda.

Er hatte sie nicht hereinkommen hören, und seine erschrockene Reaktion machte ihm bewusst, wie sehr ihm diese gespenstische Atmosphäre zusetzte. »Hier war unlängst jemand. Da sind Fußabdrücke im Staub. Und im Haus der Blakeleys ebenfalls.«

»Was heißt unlängst?«

»Nicht in den letzten vierundzwanzig Stunden, falls Sie das meinen. Aber innerhalb des letzten Jahres.« Er erhob sich. »Da sind zwei Leichen markiert. Forrest und Susan?«

»Richtig.«

»Und die Schwester?«

»Im Bad, wollte sich in der Dusche verstecken.« Sie zeigte auf einen der Türbogen.

»Waren Sie in der Mordnacht hier drinnen?«

»Nein, aber ich habe später die Fotos gesehen. Ich musste bei Oriana bleiben, bis der Sozialdienst sagte, sie könnten niemanden schicken, um sie zu holen. Ich habe sie dann zu den Scurlocks gebracht, wo ich Virge befragen musste. Dort ist sie über Nacht geblieben.«

»Von Virge hat sie sich also trösten lassen?«

»O ja. Virge kann gut mit Kindern umgehen, und sie weiß, was Leid ist. Sie und Will haben ihr einziges Kind verloren. Er ist ertrunken, als er fünfzehn war.«

Leid. Schmerz. Tod. Herrgott, was machte er hier in dieser gruseligen Gedenkstätte? Nichts als vergeudete und früh gekappte Menschenleben! Warum hatte er sich, kaum dass er sich von seinem eigenen Quantum Leid, Schmerz und Tod zu erholen begann, in eine Situation gebracht, in der er sich wieder damit auseinander setzen musste?

»Guy?«

Er drehte sich um seine eigene Achse, musterte den Raum mit professionellem Blick. Zwang sich, seine eigenen Emotionen von denen zu trennen, die hier gefangen sein mussten. Im Haus der Blakeleys hatte er Angst und Panik gespürt, aber hier …

»Guy?«

Er schüttelte den Kopf, bedeutete ihr, still zu sein.

Das hier fühlte sich anders an. Angst und Panik, ja, aber da war noch etwas anderes. Er vergegenwärtigte sich Susan Wynnes leere, dunkle Augen auf dem zweiten Foto. Vergegenwärtigte sich Forrest und erkannte plötzlich, was hinter dessen scheinbarer Humorlosigkeit steckte. Es lag in der modrigen Luft, so intensiv, als seien die beiden erst gestern umgekommen.

Resignation.

Susan und Forrest hatten sukzessive aufgegeben, vielleicht schon vom ersten Tag hier im Canyon an. Die künstlerische Kreativität war allmählich in leerem Gerede und Drogenkonsum versandet, der inneren Abstumpfung erlegen. In jener Nacht hatten sie Schüsse drüben bei den Blakeleys gehört und begriffen, was auf sie zukam. Susan war noch so geistesgegenwärtig gewesen, die Kinder wegzuschicken, vielleicht auch noch Forrests Schwester Devon zu sagen, sie solle sich verstecken, aber sonst hatten sie nichts getan.

»Guy?«

Er drehte sich um. Rhoda sah ihn mit demselben überraschten Ausdruck an, der auch auf seinem Gesicht liegen musste.

Sie sagte: »Sie haben einfach aufgegeben. Sie fühlen es auch, stimmt's?«

Chrystal: Vorher

Freitag, 6. Oktober
12 Uhr 11

Einfach nur rennen, den Canyon runter, wie ein verängstigtes kleines Kind. Wie Heath und ich damals. Muss mich zusammenreißen –

O Gott! Was ist das?

Ach so, einer von diesen Falken. Schreien richtig. Grässliche Schreie, als ob sie gefoltert würden. Wie der Schrei, den ich gehört habe, als ich den Wildwechsel runterkam, damals, in der letzten Nacht. Nur dass es da kein Falke war.

Nein, Chryssy, nicht dran denken.

Als ob ich das jetzt noch stoppen könnte.

Jude und Leo hatten mich in dieser Nacht allein in der Hütte gelassen. Sie wollten runter in den Canyon, sagten aber, ich könne nicht mit, weil sie mit den anderen Erwachsenendinge zu besprechen hätten. Sie waren ganz ernst und irgendwie nervös.

Nach einer Weile kriegte ich Angst. Sie ließen mich nachts kaum je allein, und draußen war es windig. Alle möglichen Geräusche, und obwohl ich wusste, es sind nur die Bäume und so, verkroch ich mich unter der Decke. Die

Hütte war mir total unheimlich. Sie war so alt und dreckig und miefig, kein Wunder, dass niemand was dagegen hatte, dass wir einfach dort wohnten. Schließlich beschloss ich, dass es überall besser war als hier, sogar draußen im Dunkeln, also stand ich auf, zog meine Jeans und ein Sweatshirt an und marschierte in Richtung Canyon.

Der Mond schien, also konnte ich den Pfad sehen, wo das Wild das Gras platt getreten hatte, brauchte nicht mal eine Taschenlampe. Beim Teich verscheuchte ich ein paar Rehe, die gerade am Trinken waren. Da hörte ich etwas, was wie Feuerwerkskracher klang. Und Geschrei.

Die machen da unten eine Party, dachte ich in dem Moment, aber Jude und Leo wollten mich nicht mitnehmen. Alle haben ihren Spaß, außer mir.

Zuerst war mir zum Weinen, aber dann wurde ich wütend und ging schneller. Das war ungerecht. Ich hatte doch nichts Böses getan. Warum durfte ich nicht mitmachen?

Hinterm Teich führte der Weg zwischen Bäumen durch. Da war es schrecklich dunkel, und ich stolperte dauernd über Wurzeln und so was. Ich lief voll gegen einen Baum und schlug mir die Stirn an. Es blutete, und da weinte ich dann doch. Aber nicht lange, weil ich plötzlich einen lauten Knall hörte, näher als das Krachen vorher. Und ich wusste, das war ein Schuss. Schüsse hatte ich schon oft gehört. Leo hatte ein Gewehr und schoss gern Bierdosen von dem Hackklotz hinter unserer Hütte.

Ich blieb stehen. Wollte runtergehen und gucken, was da los war. Wollte rauf zur Hütte rennen und mich in meinem Bett verkriechen.

Rascheln im Gebüsch. Ein Berglöwe! Die gab es da in den Hügeln. Einer hatte sich mal in den Canyon runtergeschlichen und Erics Katze gefressen.

Renn, Chryssy!

Er kommt näher!

Da kam Jude aus den Büschen, kroch regelrecht auf allen vieren. In ihrem Haar hingen Blätter, in ihrem Gesicht war ein langer Kratzer, und ihre Hände waren voll Dreck. Sie sah mich nicht, ging direkt an mir vorbei.

Ich rief ihr nach, und sie blieb stehen. Drehte sich um. Sie war jetzt unter den Bäumen raus, stand in einem Flecken Mondlicht. Ihr Gesicht war so weiß wie der Mond, und ich hatte noch nie solche Angst gesehen.

»Chryssy?«, flüsterte sie.

Und dann hörten wir es. Eine Männerstimme: »Nein, nein, nein, bitte nicht!« Und dann der Schrei.

Er fing tief an und wurde immer höher und schriller, bis jedes Härchen auf meinen Armen abstand und ich überall Gänsehaut hatte. Ich hielt mir die Ohren zu, aber die Schüsse hörte ich trotzdem. *Rat-ta-tat*, immer und immer wieder, wie in einem Kriegsfilm.

Jude packte mich, und wir rannten den ganzen Weg bis zur Hütte. Dort war Leo mit dem Bus. An der Hüttentür ging Jude in die Hocke, damit sie mir direkt in die Augen gucken konnte, und legte mir die Hände auf die Schultern.

Sie sagte: »Heute Abend ist etwas sehr Schlimmes passiert, Chrystal. Eine Erwachsenensache, von der du nichts zu wissen brauchst. Wir werden nie wieder darüber reden. Hast du verstanden?«

Und ich sagte, ja, ich hätte verstanden. Ich traute mich nicht, irgendwas zu fragen, nicht, wenn Jude mich so ansah.

Wir gingen in die Hütte, räumten sofort unser bisschen Zeug raus und packten es in den Bus. Leo sagte, die Möbel sollten wir dalassen. Und dann brausten wir los, nach Oregon. In Portland tauschte Leo die Nummernschilder mit einem Auto, das in einer dunklen Parkplatzecke stand, und wir ließen den Bus auf der Straße stehen, mit den Schlüsseln drinnen. Dann trampten wir rüber nach Vancouver, Washington, wo er einen Kumpel hatte, der uns ein Weilchen bei sich wohnen ließ.

Über diese Nacht haben wir nie wieder geredet, bis letzten Samstag, als Jude diesen schlimmen Anfall hatte und fürchtete, der nächste könnte das Ende sein. Ja, da hat sie mir alles erzählt von den Morden und dem Geheimnis, das sie all die Jahre bewahrt hat. Aber nichts von dem, was sie erzählte, war so schrecklich wie das, was mir heute wieder eingefallen ist.

Montag, 9. Oktober
Nachmittag – Abend

Jetzt fühlte Rho sich nicht mehr wie eine Schlafwandlerin. Eben hatte sie einen unmittelbaren Zugang zu den Geschehnissen jener weit zurückliegenden Nacht gehabt. Sie sah Guy auf ihre Frage nicken und sagte: »Wie können wir plötzlich wissen, dass die Wynnes einfach aufgegeben haben – nach so langer Zeit?«

Er zuckte die Achseln und bedeutete ihr vorzugehen, nach draußen, wo sie frische Luft einsog. Alles sah jetzt anders aus, als ob sie eine dunkle, verzerrende Brille abgenommen hätte.

Guy sagte: »Ich war immer schon ein Anhänger der Theorie, dass starke Emotionen an dem Ort, wo sie erlebt wurden, gefangen bleiben. Ein empfänglicher Mensch kann sie wahrnehmen, indem er sich einfach nur in der betreffenden Umgebung aufhält. Ähnlich wie die so genannte Psychometrie, bei der die empfängliche Person etwas über den Besitzer eines Gegenstands erfährt, indem sie diesen Gegenstand einfach nur in die Hand nimmt.«

»Sie glauben an so was?«

»Ja und nein. Ich glaube vor allem meiner eigenen Erfahrung.«

»Aber Sie sagten *starke* Emotionen. Resignation – das ist doch etwas Schwaches, Passives.«

»Nicht unbedingt. Ich würde es stark nennen, wenn es so weit geht, dass man sich töten lässt. Und dann ist da noch etwas: Vielleicht haben die Wynnes ja ein Ablenkungsmanöver inszeniert, damit ihre Kinder fliehen konnten. Oder anders gesagt, ihr eigenes Leben für das ihrer Kinder geopfert.«

Tragisch, dass es Heath nicht gerettet hatte. Dass er nicht mit seiner Schwester ins Schlafhäuschen gerannt war. »Wissen Sie«, sagte sie, »wir haben uns immer gefragt, warum die Wynne-Kinder nicht zusammengeblieben sind. Wegen der Stelle, wo ich Heath gefunden habe, bin ich davon ausgegangen, dass er zu den Scurlocks laufen wollte, um Hilfe zu holen. Aber warum ist Oriana nicht mit ihm weggerannt?«

»Vielleicht sind sie von verschiedenen Ausgangspunkten aus geflüchtet.«

»Nein, eins der wenigen Dinge, an die sich Oriana erinnerte, war, dass sie und ihr Bruder zusammen im Spielbereich waren, als sie die ersten Schüsse hörten.«

»Er war älter und konnte schneller rennen, also war er es, der loslief, um Hilfe zu holen?«

»Wahrscheinlich. Aber da war noch eine Frage, die sich uns stellte: Wenn man bedenkt, dass das Schlafhäuschen das nächstliegende Versteck ist – warum wurde sie dann nicht umgebracht?«

»Entweder wussten die Täter nichts von ihr, oder sie beschlossen, lieber ihr Hauptopfer Ulrick zu suchen. Wenn sie von ihr wussten, müssen sie darauf gebaut haben, dass sie nicht in der Lage sein würde, sie zu beschreiben.«

»Vermutlich. Wäre interessant, mal mit ihr zu reden, herauszufinden, ob ihr inzwischen noch mehr eingefallen ist.«

»Das will ich auf jeden Fall versuchen. Sollen wir uns jetzt noch den Rest des Geländes ansehen?«

Rho blieb draußen, während Guy die Schlafhäuschen und Bernhard Ulricks Wohnhütte inspizierte. Das ehemals blaue Schlafhäuschen und die Hütte waren keine unmittelbaren Tatorte gewesen, und das rosa Häuschen, wo sie Oriana gefunden hatte, wollte sie sich lieber ersparen. Als er wieder herauskam, runzelte er die Stirn, quittierte ihre diesbezügliche Frage aber nur mit einem Kopfschütteln. War da etwas, was er ihr verschwieg, oder spürte er einfach nur den Emotionen nach, die dort drinnen erst recht gefangen sein mussten?

Guy sah auf seine Armbanduhr. »Ist schon nach drei. Wollen Sie weitermachen, oder sollen wir's dabei belassen?«

»Weitermachen. Ich möchte, dass Sie den ganzen Canyon sehen, bin mir aber nicht sicher, ob ich mich noch mal überwinden kann, hierher zu kommen.«

Sie gingen bergauf, auf einem Pfad, der halb von Feuerdorn zugewuchert war. Der Boden war weich und an manchen Stellen matschig von Nebel und kürzlich gefallenem Regen. Guy sagte nichts, und Rho spürte, dass er an etwas herumknobelte, bereits bekannte Fakten mit dem, was er heute erfahren hatte, in Einklang zu bringen suchte. Über ihnen dröhnte ein Flugzeugmotor, und sie schaute gerade noch rechtzeitig hoch, um das weiße Heck über die Baumkronen hinweggleiten zu sehen.

»Moment mal.« Guy berührte sie am Arm.

»Was ist?«

»Hier ist kürzlich erst jemand entlanggegangen.« Er zeigte auf eine Serie von Sohlenabdrücken im Matsch. »Zwei Personen. Von der Größe der Abdrücke her würde ich sagen, eine kleine Frau und entweder eine große Frau oder ein Mann.«

Sie ging in die Hocke, um die Spuren zu inspizieren. »Die müssen von nach dem Regen am Donnerstag stammen. Die größeren Abdrücke überlagern die kleineren. Das Profil der größeren sieht nach Turnschuhen aus. Und sehen Sie mal, wie tief sie sind – wer die hinterlassen hat, muss ziemlich schwer gewesen sein. Sie zweigen nach rechts ab, zum Bach, während die kleineren geradeaus führen.«

Sie erhob sich und folgte den größeren Fußspuren, duckte sich unter dornigen, schwer mit roten Beeren behangenen Feuerdornzweigen hindurch. Jenseits des Gestrüpps ragte ein Felssims über das Bachbett. Dorthin führten die Spuren.

Guy kämpfte hinter ihr mit dem Gesträuch, und sie hörte ihn aufjaulen.

»Vorsicht mit dem Zeug«, rief sie. »Das hat gemeine Dornen.«

Er tauchte auf, saugte an seinem Daumen. »Hab ich schon selbst festgestellt.«

»Großstadtmensch.«

»Vorsicht, junge Frau. Sie reden mit einem Mann, der sich schon mit dem Buschmesser durch den Dschungel geschlagen hat.«

»In dem Fall ist es ein Wunder, dass Sie noch leben.«

Sie betrat den Felssims, registrierte das Rauschen des Bachs und das Prasseln des nahen Wasserfalls. Als sie über die Simskante spähte, sah sie, dass es ganz schön tief hinunterging, drei, dreieinhalb Meter, und –

»Oh, mein Gott!«

»Was ist?«, fragte Guy. Eine Gestalt in Jeans und blauer Jacke lag bäuchlings unten auf den Felsen. Der linke Arm war ausgestreckt, und die Sonne brach sich in einem Diamant-Ehering. Rho erkannte den Ring und den Schwall von rotem Haar – Virge Scurlock.

Guy trat heran und schaute hinab. »Großer Gott«, sagte er leise, »sie ist *doch* hergekommen.«

Guy blieb bei der Toten, während Rho zu ihrem Pick-up zurückging, um über Funk Meldung zu machen. Sie war zuerst geschockt gewesen, aber die Professionalität hatte rasch die Oberhand gewonnen, und sie war ins Bachbett hinuntergeklettert, um sich zu vergewissern, dass die Scurlock tot war. Offenbar Genickbruch, hatte sie ihm erklärt, als sie wieder heraufkam. Ein ziemlich tiefer Sturz, sie sei wohl sofort tot gewesen.

Guy sah ihr nach und fragte sich, ob diese Unfallhypothese plausibel war. Er wurde das Bild des Gesichts dieser Frau nicht los, der Spannung, die darin lag, und wenn die Canyon-Morde ihr wirklich so zugesetzt hatten, wie Gregory Cordova behauptete, konnte er sich nicht vorstellen, dass sie sich allein hierher gewagt hatte.

Drei Tote: ein Mord. Ein Unfall. Und jetzt etwas, das wie ein Unfall aussah. Zufall, vielleicht, aber wenn sich Todesfälle häuften, noch dazu in einer so abgelegenen und dünn besiedelten Gegend wie dieser, dann steckte gewöhnlich mehr dahinter. Seine Journalistennase roch etwas Unangenehmes, aber er konnte den Geruch nicht identifizieren.

Einen Moment lang spielte er mit dem Gedanken, hinunterzuklettern und sich die Leiche genauer anzusehen, verwarf ihn aber rasch. Er würde die Ermittlungen den Profis überlassen. Außerdem standen die tragischen Ereignisse, die sich seit seiner Ankunft hier in Signal Port abgespielt hatten, nicht im Zentrum seiner Recherchen. Er konnte sie als dramatischen Kontrapunkt in sein Buch einarbeiten, hatte sich aber auf die Morde von damals zu konzentrieren. Da gab es reichlich Stoff zum Nachdenken; was er bei seinen beiden Exkursionen in den Canyon gespürt respektive nicht gespürt hatte, erschütterte und verwirrte ihn.

Er hatte Rhoda erklärt, er glaube seiner eigenen Erfahrung mit solchen Phänomenen, aber das stimmte nicht ganz. Er hatte solche Erfahrungen im Lauf seiner Karriere zu selten gemacht, um ihnen zu trauen, es sei denn, sie ließen sich durch harte Fakten absichern. Und außerdem war er nicht wirklich medial begabt. Sonst hätte er doch wohl die emotionalen Unterströmungen jener letzten Tage in Asien wahrgenommen, ehe Diana durch seinen blinden Egoismus ums Leben gekommen war.

Nein, er glaubte nicht daran. Und hatte auch nicht die Gabe.

Dass er in dem Schlafhäuschen nichts gefühlt hatte, war der Beweis. Das Kind, das sich hier versteckt hatte, war vor Angst und Entsetzen außer sich gewesen, und doch hatte er nichts gefühlt. Vielleicht war er ja nur in der Lage, Emotionen von Erwachsenen wahrzunehmen. Oder vielleicht kam und ging die Fähigkeit nach Belieben.

Er dachte über die Ereignisse jener Horrornacht nach, versuchte sie in einen logischen Zusammenhang zu bringen. Die Familie, die die Hütte auf dem Hügel besetzt hatte, war vor Einbruch der Dunkelheit in ihrem Bus eingetroffen. Irgendwann nach Einbruch der Dunkelheit betraten die Mörder das Gelände, vermutlich vom Highway her, da sie die Leitung gekappt hatten. Sie erschossen die Blakeleys, dann den flüchtenden Heath, dann die übrigen Wynnes. Und schließlich erschossen sie Bernhard, der sich wohl in seinem Labor versteckt hielt, in der Hoffnung, dass sie den verborgenen Schuppen am hintersten Ende des Canyons nicht finden würden.

Aber was war mit dieser anderen Familie? Waren die drei schon weg gewesen, als die Killer auftauchten, oder hatten sie sie gesehen und waren geflohen? Wahrscheinlich hatten sie etwas mitgekriegt, sonst hätten sie doch wohl nicht ihre Hütte aufgegeben und einen Großteil ihrer Habe zurückgelassen.

Verdammt! Diese Leute waren der Schlüssel zu dem, was hier passiert war, aber niemand wusste, wie sie mit Nachnamen hießen, wohin sie sich abgesetzt hatten oder was aus ihnen geworden war.

Rho stand mit Ned Grossman und dessen Partner, Denny Shepherd, neben dem aufgeweichten Pfad. Die beiden Kriminalbeamten warteten darauf, dass der Fotograf mit Virges Leiche fertig werden würde. Es hatte lange gedauert, bis alle am Tatort versammelt gewesen waren, und jetzt schwand das Licht bereits. Der Wind war stärker geworden, blies kalt und stetig. Grossman, der kein überschüssiges Gramm Fett am Körper hatte, fröstelte und schlug den Kragen hoch. Rho hatte gerade Virges seelische Verfassung dargestellt, und die Miene des Detectives sagte ihr, dass er sich fragte, ob Virge vielleicht nicht allein in den Canyon gekommen war.

»Wo ist Gilardi?«, fragte er und sah sich um.

»Ich weiß nicht, Sir. Als ich ihn zuletzt gesehen habe, brach er gerade mit einer der Suchmannschaften auf.«

»Herrgott, warum musste ausgerechnet er den Ackerman-Einsatz übernehmen?« Grossman funkelte Rho grimmig an, als sei es ihre Schuld, dass Wayne auf den Funkruf reagiert hatte. »Dort am Tatort war er einen Scheißdreck wert, und jetzt, wo wir ihn brauchen könnten, taucht er gar nicht erst auf. Na ja, ist vielleicht auch gut so. Auf diese Weise kann er wenigstens keine Beweismittel verschlampen.«

Sie starrte ihn an.

»O ja.« Er nickte. »Als ich zum Department kam, war es eins meiner ersten Anliegen, mir ein Bild von unseren Leuten und von den ungelösten Fällen zu verschaffen. Nachdem ich Sie und Gilardi kennen gelernt hatte, war mir ziemlich schnell klar, dass er der Typ ist, der Beweismittel verschlampt, und dass Sie der Typ sind, der den Kopf für ihn hinhält.«

»Wie viele Leute wissen das?«

»Nicht viele. Aber nehmen Sie nie mehr seine Fehler auf Ihre Kappe, schon gar nicht bei Ermittlungen, die ich leite.«

»Ist klar, Sir.«

Denny Shepherd hatte während dieses Gesprächs ein Stück weiter weg gestanden, aber jetzt kam er herüber und grinste Rho gehässig an. »Swift, ich hoffe, Sie haben an diesem Fundort keine Spuren verwischt.«

Sie betrachtete ihn einen Moment wortlos und befand, dass sie Shepherd nicht leiden konnte. Er war die Sorte kleiner Mann, die ihre mangelnde Körpergröße durch knallhartes Auftreten und Grobheit kompensierte – und anderen an den Karren fuhr, um das eigene schwache Selbstbewusstsein aufzupäppeln.

»Ich habe am Fundort nichts verändert, Detective Shepherd.«

»Sie sagten doch, Sie waren dort unten.«

»Nur, um mich zu vergewissern, dass das Opfer tot war.«

»Herrgott, nach all den Jahren, die Sie jetzt beim Department sind, erkennen Sie eine Leiche nicht auf – was mag das sein? – fünf Meter?«

Grossman sagte: »Sei still, Denny.«

Shepherd zuckte die Achseln.

Rho blickte sich suchend nach Guy Newberry um und sah ihn auf dem Pfad hocken und die Fußabdrücke inspizieren. Den meisten Zivilisten war am Schauplatz eines Verbrechens unwohl zumute, aber Guy wirkte ganz gelassen. Er benahm sich unauffällig und achtete sorgsam darauf, nichts zu berühren und niemandem im Weg zu sein, aber sie wusste, er katalogisierte jede Einzelheit.

Grossman sagte: »Ist das der Mann, der bei Ihnen war, als Sie die Tote fanden?«

»Ja.« Sie erklärte, wer er war.

»Wird er uns Ärger machen?«

»Sie meinen, ob er hingeht und alle Medienleute anruft, die er kennt? Nein. Er will alles, was er hier draußen rausfindet, für sich behalten.«

»Gut. Ich will nicht, dass irgendwas von dieser Sache an die Öffentlichkeit dringt, damit es nicht so läuft wie letzte Nacht. Der Fundort ist gesichert, und die Leute sind alle gewarnt, dass sie sich einen neuen Job suchen können, wenn sie auch nur ein einziges Wort darüber fallen lassen. Da sind ein paar Presseleute aus Santa Carla im Sea Stacks, aber ich baue darauf, dass sie wieder nach Hause fahren, wenn es nichts Neues in Sachen Ackerman gibt.«

Der nebenberufliche Fotograf des Departments, Dave Moretti, kämpfte sich jetzt, mit seiner Ausrüstung beladen, durchs Feuerdorndickicht. Er machte ihnen ein Zeichen, dass sie jetzt zum Bach hinuntergehen könnten, und Grossman und Shepherd setzten sich in Bewegung. Rho blieb, wo sie war. Sie hatte die Leiche schon gesehen und würde die Spurensicherung den Detectives und den Technikern überlassen.

Guy erhob sich und kam herüber. »Alles klar?«, fragte er.

»Ja. Was war denn da drüben so interessant?«

»Das Profil von Virges Schuhen. Es gleicht dem der Sohlenabdrücke im Kuppelhaus und im Haus der Blakeleys. Die Schuhgröße stimmt auch überein.«

»Aber wenn die Spuren dort von ihr stammen, hieße das ja, dass sie nicht zum ersten Mal hier im Canyon war.«

»Ja, das hieße es.«

»Hören Sie, Guy, ich habe ihre Schuhe gesehen, als ich unten war, um ihren Puls zu prüfen. Es sind Reeboks. Die kann man überall im Kaufhaus oder Fabrikverkauf erstehen.«

»War ja nur eine Beobachtung.«

Und zwar eine ausgezeichnete. Sie winkte Dave Moretti heran und rief: »Meinen Sie, Sie könnten ein paar Fotos in den Häusern hier machen?«

»Mit Blitz, klar. Worum geht's denn?«

Sie machte ihn mit Guy bekannt. »Er wird's Ihnen zeigen.«

Während die beiden Männer auf das Kuppelhaus zugingen, zog Rho den Reißverschluss ihres Kapuzensweatshirts ganz hoch und grub die Hände in die Taschen. Es dämmerte jetzt, und sie fror, hörte den Wind durch den hinteren Teil des Canyons heulen. Noch ein Mensch, der an diesem trostlosen Ort ums Leben gekommen war, eine Freundin diesmal, und dennoch empfand sie nichts. Das Schlafwandelgefühl hatte sich wieder eingestellt – kurz nachdem sie Virges Leiche entdeckt hatte –, gekoppelt mit einer tiefen Apathie. Sie agierte einfach nur mechanisch.

Bewegung an der Brücke zum Redwoodhain riss sie aus ihren Gedanken. Will Scurlock kam den Hang zum Fahrweg heraufgestolpert, zerzaust und mit irrem Blick. Er erreichte ebenes Terrain, stolperte, fiel beinahe hin. Als er sich aufrichtete, begegneten sich ihre Blicke, und seine Augen flehten sie an, ihm zu sagen, dass das, was er gehört hatte, nicht stimmte. Dann sah er ihren Gesichtsausdruck und schien in sich zusammenzusacken.

Sie trat schnell auf ihn zu und hielt ihn fest. »Es tut mir so Leid, Will.« Inadäquate Worte, aber in einer solchen Situation gab es keine adäquaten.

»O Gott«, sagte er, »warum Virge? *Warum*?« Dann gaben seine Knie nach.

Rho sank mit ihm zu Boden, barg sein schmerzverzerrtes Gesicht an ihrer Schulter, so wie vor langer Zeit Heath Wynnes Gesicht. Das war jetzt nicht mehr mechanisch. Es war so emotional, wie Polizeiarbeit – wie Freundschaft – nur sein konnte.

Guy kam mit Dave Moretti aus dem Kuppelhaus und sah Rhoda am Boden liegen, Will Scurlock in den Armen. Der Mann schluchzte haltlos. Wills frischer Schmerz rührte an seinen eigenen, den die Zeit nur unwesentlich gelindert hatte. Er schluckte, wandte sich ab und winkte Moretti, ihm zum Haus der Blakeleys zu folgen.

»Das Leben ist ein Scheißspiel«, sagte der Fotograf.

»Kann man wohl sagen.«

»Und ob. Nehmen Sie nur mal Will. Da hat er diese prächtige Familie, und plötzlich, bum, ist sein Sohn tot. Er und Virge verkraften den Verlust irgendwie, weil sie sich lieben, aber dann passieren diese Morde, und sie fängt an, den Verstand zu verlieren. Jetzt ist sie tot. Also, was bleibt ihm jetzt noch?«

»Keine Ahnung.«

»Gar nichts. Okay, da ist das Land, aber wetten wir, dass

er's verkauft? Das Riesenhaus wird ohne sie schrecklich leer sein. Und dann ist da das Geschäft. Auf dem Gebiet war Will immer erfolgreich, aber Arbeit ist ja nicht alles. Eine Zeit lang hatte er mal was nebenbei, und niemand konnte es ihm verdenken, so wie die Situation bei ihm zu Hause war, aber Will ist zu anständig, um so was länger laufen zu lassen, dazu hat er Virge zu sehr geliebt. Also, was bleibt ihm jetzt noch? Nichts.«

»Wer war die Frau?«

»Geht Sie nichts an, Mister. Sie ist ein prima Mädel, hat nur ein bisschen viel durchgemacht.«

Interessant.

Sie waren jetzt beim Haus der Blakeleys und betraten die Eingangsveranda. Moretti schüttelte den Kopf. »Verdammt unheimlich. Bin froh, dass ich damals noch nicht fürs Department gearbeitet habe.«

Guy öffnete die Tür, winkte Moretti herein und lokalisierte mit Hilfe der kleinen Taschenlampe die deutlichsten Fußabdrücke. Als Moretti ans Werk ging, erhellte der Kamerablitz schlaglichtartig eine Serie von Details: eine schwarze Spinne in ihrem kunstvollen weißen Netz; ein Rorschachklecks aus Blut an der Wand; durchgewetzte Fäden, die von der Armlehne des Sofas hingen. Und –

»Schießen Sie das hier, okay?«, sagte Guy.

Der Mann folgte Guys Finger mit dem Objektiv, und der Blitz erhellte eine Stelle hinter der geöffneten Tür, wo der Staub verwischt war, als sei dort etwas Schweres entlanggeschleift worden. Ein paar lange blonde Haare hatten sich in einer gesplitterten Diele verfangen.

Als Moretti fertig war, sagte Guy: »Ich bleibe hier. Würden Sie Deputy Swift herschicken?«

*

Rho nahm zwei Aspirin aus dem Döschen in ihrer Umhängetasche und spülte sie mit Kaffee hinunter. Sie hatte Kopfschmerzen, ihre Augen brannten, und das helle Neonlicht des Verhörraumes machte es auch nicht gerade besser. Sie, Ned Grossman, Denny Shepherd, Wayne und Harve Iverson – der Dienststellenleiter – trafen sich hier zu einem Brainstorming, wie Grossman es nannte.

Der Detective, der gerade einen Stapel Papiere verteilt hatte, setzte sich und sagte: »Wir haben drei verdächtige oder ungewöhnliche Todesfälle, zwischen denen ein Zusammenhang bestehen könnte, aber nicht muss. Ich habe diese Besprechung angesetzt – obwohl es viel später ist als geplant –, damit wir in die Gänge kommen. Santa Carla hat momentan mit einer eigenen Verbrechenswelle zu tun, und das Ermittlungsbüro kann niemanden mehr herschicken, also ist es an uns vieren. Dienststellenleiter Iverson wird unsere Ermittlungen mit den Funkstreifenaufgaben koordinieren. Ich habe Swift und Gilardi schon gesagt, dass sie bis auf weiteres vom Streifendienst freigestellt sind, damit sie sich ganz auf diese Fälle konzentrieren können. Mir ist bewusst, dass das eine erhöhte Belastung für die übrigen Deputys dieses Bezirks bedeutet, aber so ist es nun mal.«

»Ich habe bereits die Streifendienstleiter von Talbot's Mills und Cedar um Unterstützung gebeten«, sagte Iverson. »Sie sind kooperationswillig.«

Rho sah zu Iverson hinüber, einem dunklen Bären von einem Mann, und bemerkte die dicken Tränensäcke unter seinen Augen. Harve hatte letztes Jahr einen leichten Herzinfarkt gehabt, und sie hoffte, dass der Stress der aktuellen Situation nicht zu einem weiteren führen würde.

Grossman nickte und blätterte in den vor ihm liegenden Papieren. »Okay, neben dem Problem, ausreichende Polizeipräsenz in der Gegend zu gewährleisten, könnten wir auch noch Probleme mit der Presse kriegen. Die Fernsehleute aus Santa Carla haben heute Morgen hier gefilmt und den Lindsay-Leichenfund wie auch die Scurlock-Vermisstenanzeige mitgekriegt. Es kamen Anrufe von Presseleuten, und ich habe sie alle an Santa Carla verwiesen, aber ich bezweifle, dass wir den Scurlock-Leichenfund noch lange zurückhalten können. Und angesichts der Tatsache, dass es im Canyon passiert ist … na ja, Sie wissen ja, was das heißt.«

Breites Interesse, bundesweite Publizität und Chaos, dachte Rho.

»Gehen wir die Fälle der Reihe nach durch«, sagte Grossman. »Erstens, Ackerman. Der Autopsiebericht ist da. Sie haben Kopien vorliegen, aber ich werde ihn kurz resümieren. Todesursache war Erwürgen. Die Würgemale am Hals deuten auf eine kräftige Person mit großen Händen hin. Hämatome an den Oberschenkeln sprechen für Vergewaltigung, aber in der Vagina fanden sich keine Spermaspuren, also kein eindeutiger Beweis. Todeszeitpunkt ist nicht leicht zu bestimmen, da ihr Magen leer war, aber sie hatte nur wenige Stunden im Wasser gelegen, ehe sie gefunden wurde. Wie Swift aufgezeigt hat, ist aufgrund der Strömungs- und Gezeitenverhältnisse davon auszugehen, dass sie irgendwo weiter nördlich ins Wasser geworfen wurde, äußerstenfalls in Deer Harbor, wahrscheinlicher jedoch näher am Fundort.«

Rho sagte: »Dann kann der Mörder sie also bei Point Deception aufgelesen und noch über vierundzwanzig Stunden am Leben gelassen haben.«

»Richtig. Und das bringt uns zu dem, was Ihr Journalistenfreund im Haus der Blakeleys gefunden hat. Ihr Part, Swift.«

Sie berichtete von den Haaren, die Guy gefunden hatte. »Sie sind auf dem Weg ins Labor und werden dort mit den Haaren der Ackerman verglichen.«

»Okay«, fuhr Grossman fort, »wir hatten einen möglichen Zeugen ihrer Verschleppung, einen illegalen Abalonen-Sammler, der bei der DFG-Aktion geschnappt wurde. Leider wurde er, wie Sie wissen, im Untersuchungsgefängnis erwürgt, und seine Zellengenossen wollen nicht reden. Falls sich herausstellt, dass die im Blakeley-Haus gefundenen Haare der Ackerman gehören, würde ich zu der Ansicht neigen, dass der Zeuge zwar etwas gesehen haben mag, seine Komplizen aber nichts mit der Sache zu tun hatten. Diese Burschen kommen hierher, sammeln die Abalonen ein und hauen wieder ab. Ich bezweifle, dass von denen überhaupt jemand von dem Canyon weiß.«

»Die Ackerman wurde ebenfalls erwürgt«, sagte Shepherd. »Ist das nicht eine Schlitzaugenmethode, Leute umzubringen?«

Grossman bedachte seinen Partner mit einem strengen Blick. »Besichtigen Sie mal San Quentin, Denny. Dort sitzen nicht nur asiatische, sondern auch jede Menge weiße, schwarze und hispanische Würger.«

Shepherd zuckte die Achseln.

»Okay«, sagte Grossman, »Swift und ich haben Verbindung mit Clark County, Nevada, aufgenommen, wo die Ackerman wohnte. Sie haben uns noch keine Hausdurchsuchungsergebnisse mitgeteilt. Vielleicht sind sie einfach lahmarschig, vielleicht haben sie auch keinen Durchsuchungsbefehl gekriegt. Wenn wir in, sagen wir, vierundzwanzig Stunden nichts Zufriedenstellendes gehört haben, möchte ich, dass Sie, Swift, persönlich hinfliegen.«

Wayne knurrte leise und ruckelte auf seinem Stuhl hin

und her; Shepherd machte ein ärgerliches Gesicht. Grossman unterlief die Diensthierarchie.

»Ich habe mit einem Dutzend Leuten geredet, die die Ackerman am Freitag gesehen haben«, fuhr er fort, »und es werden sich noch weitere melden. Der Scurlock-Leichenfund wird – sobald wir die Nachricht rausgeben – eine Flut neuer Hinweise auslösen. Wenn sie auch noch so abwegig scheinen, muss doch jeder einzelne ernst genommen werden. Das kann ich gar nicht genug betonen. Gilardi, ich möchte, dass Sie morgen die Route zurückverfolgen, auf der die Ackerman hierher gekommen ist. Sie ist nicht aus dieser Gegend, hat deshalb vermutlich keine kleinen Straßen genommen, also fangen Sie mit dem Highway 1 an. Fragen Sie in jedem Restaurant, jeder Bar, jedem Motel und jedem Laden südlich von hier nach, bis Sie etwas haben. Ein so hübsches Mädchen in einem so teuren Auto muss doch jemandem aufgefallen sein. Santa Carla hat ab neunzehn Uhr Fotos für Sie.«

Rho sah zu Wayne hinüber. Er war rot im Gesicht und presste einen Moment die Lippen zusammen, ehe er sagte: »Wie weit nach Süden? Bis San Francisco? Bis zur mexikanischen Grenze?«

Grossman schüttelte den Kopf, als sei Gilardi ein Kind, das ihn enttäuscht hatte. »Tun Sie, was zu tun ist, Gilardi.«

Wayne wurde noch dunkelroter, sagte aber nichts.

»Okay«, sagte der Detective, »kommen wir zu Samantha Lindsay. Die Autopsie ergab als Todesursache schwere innere Verletzungen, alle im Einklang mit unserer Rekonstruktion des Unfallhergangs. Vermutlich hat sie das Steuer verrissen, als sie einem Tier auf der Fahrbahn ausweichen wollte. Kein Anzeichen für die Beteiligung irgendeines anderen Fahrzeugs, und sie hatte weder Drogen noch Alkohol im Blut. Wir könnten den Fall zu den Akten legen, aber da ist noch das Problem, dass sie ausgeplündert wurde. Wir haben ein Rundschreiben rausgegeben, aber bisher liegt noch keine Meldung vor, dass jemand ihre Kreditkarte benutzt oder ihren Schmuck abzusetzen versucht hat. Sämtliche Streifenbeamten im County werden dem weiter nachgehen, und Detective Shepherd übernimmt die Koordination.«

Shepherd schien genauso unzufrieden mit seiner Aufgabe wie Wayne, hielt jedoch seine Zunge im Zaum.

»Und jetzt«, sagte Grossman, »zu Virginia Scurlock. Zuletzt gesehen von ihrem Mann, rund zwanzig Stunden, ehe Swift ihre Leiche gefunden hat. Den Autopsiebericht kriegen wir frühestens morgen, wenn nicht übermorgen, aber der erste Augenschein spricht für einen Genickbruch, was möglicherweise durch den Sturz erklärbar ist. Unklar ist allerdings, was sie dort im Canyon wollte.«

Rho sagte: »Dazu möchte ich etwas sagen.«

»Ja, Swift?«

»Als ich letzte Nacht Clay Lawrence, den Mieter der Scurlocks, befragt habe, sagte er, Virge habe ihn mal gebeten, mit ihr in den Canyon zu gehen, damit sie sich ihren Ängsten stellen könne. Er hat sich geweigert, aber vielleicht hat sie ja beschlossen, allein hinzugehen. Sie hatte vorher einiges getrunken – vielleicht wollte sie sich Mut antrinken.«

Grossman ließ das auf sich wirken. »Hat jemand eine Ahnung, was sie so plötzlich zum Trinken veranlasst hat?«

Wayne und Dienststellenleiter Iverson schüttelten den Kopf.

Rho sagte: »Am ehesten wohl der Ackerman-Mord.«

»Dann gibt es für Sie etwas zu tun, Swift: Reden Sie mit dem Barmann im Hotel, mit den anderen Gästen, jedem, der sie am Sonntag gesehen oder gar mit ihr gesprochen haben könnte. Gehen Sie mit ihrem Mann jede Minute der vorangegangenen, na, sagen wir, achtundvierzig Stunden durch.« Er hielt inne, sah in die Runde. »Okay, jetzt hat jeder seine Aufgabe. Wir treffen uns morgen Punkt neunzehn Uhr wieder hier.«

Rho stand auf und schlüpfte in ihre Kapuzenjacke. Als sie sich nach ihrer Tasche bückte, sah sie unter ihrem Stuhl einen Büffelhaut-Kauknochen liegen. »O nein!«, rief sie aus. »Cody!«

Grossman sah von den Papieren auf, die er gerade zusammenpackte. »Wer ist Cody?«

»Mein Hund. Er war –« Dann dachte sie an Valerie, an ihr verheultes Gesicht und ihre zitternden Lippen, als sie davon gesprochen hatte, dass ihre alte Freundin Virge jetzt irgendwo dort draußen sei, allein und verängstigt. Inzwischen wusste Valerie, dass Virge tot war. Vermutlich hatte sie sich in den Schlaf geweint, den Labrador an ihrer Seite. Rho war froh, dass die Sekretärin auf diese Weise immerhin einen gewissen Trost in dieser zweifellos schmerzlichen Nacht gehabt hatte.

»Ist der Hund verschwunden?«, fragte der Detective sichtlich besorgt.

»Nein, alles in Ordnung. Ich hab ihn vorhin hier gelassen, und unsere Sekretärin hat ihn mitgenommen.«

Grossman lächelte wissend. »Manchmal denke ich, Menschen, die bei der Polizei sind, sollten keine Haustiere halten dürfen. Ich habe selbst einen Hund – einen großen, alten Rüden namens Everett. Am Sonntag bin ich so hastig aus dem Haus gestürzt, dass ich vergessen habe, ihn zu füttern. Musste den Nachbarn anrufen und bitten, zu ihm rüberzugehen, und das war dem armen Mann gar nicht geheuer. Everett kann ganz schön unleidlich werden, wenn er nicht ordentlich verproviantiert wird.«

Rho lachte – nur zaghaft, aber es fühlte sich trotzdem gut an. Nach einem langen, strapaziösen Tag voller Schmerz und Trauer tat es gut, über etwas so Normales zu reden wie einen Hund, der stinkig wurde, wenn man ihm sein Futter verweigerte.

Hinter ihr sagte Wayne: »Na klar, Swift, lach du nur. Dein Stern ist im Steigen. Vielleicht wirst du ja befördert.«

Sie fuhr herum, bereit zu einem scharfen Konter, aber er knallte bereits die Tür hinter sich zu.

Guy bemerkte Lily Gilardi, als er aus dem Supermarkt trat, wo er eine neue Wegwerfkamera erstanden hatte. Die junge Frau stapfte am Highwayrand nordwärts, mit gesenktem Kopf und flatterndem Haar. Er rannte zu seinem Wagen, fuhr ihr hinterher und bremste auf ihrer Höhe. Als er die Beifahrertür öffnete und ihren Namen rief, schrak sie zusammen.

»Ach, Sie sind's, Mr. Newberry.«

»Ich bin's. Kann ich Sie mitnehmen?«

Lily sah verlangend auf den Wagen, aber dann trübte Unentschlossenheit ihren Blick. »Ich weiß nicht –«

»Ach, kommen Sie. Ich lade Sie auf einen Drink ein oder auch zum Essen, wenn Sie mögen.«

»… Danke. Einen Drink könnte ich gebrauchen. Aber nicht im Hotel, okay? Dort hängt Alex immer rum, und dem möchte ich nicht begegnen.«

»Dann gehen wir ins Oceanside.«

Sie stieg ein und schüttelte sich das dicke dunkle Haar

vor die linke Gesichtshälfte, aber er hatte das frische Mal auf ihrer Wange bereits gesehen. Er sagte nichts, fuhr einfach nur los.

Lily sagte: »Ich hab das mit Mrs. Scurlock gehört.«

»Ach? Wo denn?« Rhoda hatte ihm erklärt, dass das Sheriff's Department die Information vorerst zurückhielt, um erneute Unruhe in der Bevölkerung zu vermeiden.

»Von Waynes Frau, Janie. Ich war gerade bei ihr, und sie hat mir's erzählt. Hat gesagt, Sie waren dabei, als Rhoda Swift die Leiche gefunden hat.«

»Ja, das stimmt. Haben Sie's irgendjemandem weitererzählt?«

»Nein. Janie hat gesagt, das soll ich nicht. War es … schlimm?«

»Angenehm war es nicht. Will Scurlock ist völlig fertig.«

»Armer Will. Er hat sie echt geliebt, trotz ihrer Probleme.«

»Woher wissen Sie das?«

»Man sieht es, wenn Leute sich wirklich lieben.« Lilys Gesicht war traurig. Von ihr und Alex würde das nie jemand sagen, und das wusste sie.

Guy parkte auf dem Parkplatz des Oceanside und folgte Lily durch den Speisesaal in die Bar. Sie wählte eine Sitznische, über der ein mit Glaskugeln bestücktes Fischernetz hing. Eine mächtige präparierte Anglertrophäe – eine Art langnasiger Hai – guckte grimmig von der Wand herab.

Als die Bedienung ihre Bestellung aufgenommen hatte, sagte Lily: »Sie wollen mir immer noch Fragen stellen, wegen der Morde damals? Ich hab Ihnen doch gesagt, ich war da noch klein.«

»Können Sie sich nicht vorstellen, dass ich gar nichts will? Dass ich einfach nur Ihre Gesellschaft möchte?«

Sie lachte zynisch. »Einer, der Rhoda Swift zum Essen ausführen kann, hat's nicht nötig, mit einer wie mir rumzuhängen.«

»Was heißt das, ›eine wie Sie‹?«

»Das sehen Sie doch.« Sie strich sich das Haar zurück, entblößte die verunstaltete Wange. »Ich bin nur eine miese kleine Provinzschlampe.«

»Hat Alex das gesagt?«

»Ja, bevor er zugeschlagen hat.«

»Nur weil er darauf steht, Frauen zu schlagen, haben Sie's doch noch lange nicht verdient.«

»Das wollen einem die Leute immer erzählen, ja, aber versuchen Sie mal, daran zu glauben.« Sie schob den Pulloverärmel hoch und spielte an ihrem Uhrarmband herum, und Guy sah ein weiteres blaues Mal auf ihrem Arm. Ein seltsamer Widerspruch zu den hübschen goldenen Kettengliedern, die ihr schmales Handgelenk locker umfingen.

»Warum bleiben Sie bei ihm, Lily?«

»Ich steck zu tief drin, um's nicht zu tun. Außerdem wüsste ich nicht, wohin.«

»Sie sagten doch, Sie waren vorhin bei Janie. Könnten Sie nicht bei ihr und Wayne wohnen?«

»Du lieber Himmel, nein! Bei Janie war ich, weil ich weiß, sie versteht, was ich durchmache. Wayne schlägt sie auch andauernd.«

»Dann sollte sie vielleicht auch dort weg. Sie beide könnten doch zusammen eine Wohnung –«

»Hören Sie, wenn der Preis für den Drink darin besteht, dass ich mir sagen lassen muss, wie ich mein Leben leben soll, dann pfeif ich drauf!« Sie rutschte die Sitzbank entlang.

Guy legte ihr die Hand auf den Arm. »War doch nur freundschaftlich gemeint. Keine Ratschläge mehr, außer Sie bitten mich darum. Versprochen.«

»Na, gut.«

Sie tranken schweigend, und nach einer Weile sagte Lily: »Das mit Mrs. Scurlock – war das ein Unfall?«

»Möglich.«

Ihre Augen wurden weit. »Sie meinen, es könnte auch Selbstmord gewesen sein? Oder … Mord?«

»Das wissen die Leute vom Sheriff's Department frühestens, wenn der Autopsiebericht da ist.«

Lily trank schaudernd aus. »Meinen Sie, es hat was mit dieser anderen ermordeten Frau zu tun?«

»Möglich«, sagte er wieder.

»O Gott.«

»Was, Lily?«

Schweigen.

»Wenn Sie etwas darüber wissen – was Sie ja gestern angedeutet haben –, sollten Sie es dem Sheriff's Department sagen.«

»Ich dachte, Sie wollten mir keine Ratschläge mehr geben.«

»Entschuldigung. Aber könnten Sie's nicht wenigstens Ihrem Bruder sagen?«

»*Wayne?*«

»Als Verwandter –«

»Mann, Sie kapieren echt nichts, was? Wayne ist ein Spinner. Ich habe eine Mordsangst vor ihm, schlimmer noch als vor Alex. Wenn ich ihm sagen würde, was ich weiß, käme er garantiert darauf, was wir machen. Und dann würde er Alex umbringen. Und mich womöglich auch.«

*

Rho winkte Ridley Bodine, dem Spätschicht-Barkeeper des Hotels, und er kam zu ihr. »Hatten Sie gestern Dienst, als Virge Scurlock hier war?«, fragte sie über die Bar hinweg.

Der untersetzte bärtige Barmann nickte. »An den Football-Sonntagen wechseln wir uns ab, der Kollege und ich.«

»Hat Virge irgendwie durchblicken lassen, warum sie so viel trank?«

»Ist sie immer noch nicht aufgetaucht?«

Also funktionierte die Geheimhaltungstaktik des Departments. »Nein.«

»Schlimm. Tja, mal nachdenken ... Nach ihrem dritten Whiskey hab ich ihr vorgeschlagen, ein bisschen kürzer zu treten. Sie sagte, sie sei gerade dabei, eine Entscheidung zu treffen, und das sei leichter, wenn sie ein paar intus hätte. Als ich sie davor gewarnt habe, sich in dem Zustand ans Steuer zu setzen, sagte sie, das sei kein Problem, weil Will mit ihrem Pick-up unterwegs sei und sie nachher abholen würde. Also hab ich ihr noch zwei, drei Drinks ausgeschenkt, und dann kam er sie holen.«

»Hat sie sonst noch mit jemandem geredet, während sie hier war?«

Ridley machte ein nachdenkliches Gesicht, strich sich den Bart. »Mimi Griggs und ihr Freund – ich kann mir den Namen nicht merken – saßen am Nachbartisch, möglich, dass sie mit denen geredet hat. Sonst fällt mir niemand ein. War damit beschäftigt, Drinks zu machen und zuzugucken, wie die Niners die Hucke voll kriegen.«

Mimi. Rho spürte, wie etwas in ihrem Inneren wühlte. »Danke, Ridley.«

Sie wollte gehen, aber der Barmann sagte: »Wenn Sie mit Mimi reden wollen, die sitzt hinten bei der Jukebox mit ihrem Freund aus Calvert's Landing.«

Ridley wusste von der Sache zwischen Rho und Mimi und wartete vermutlich auf eine Reaktion. Sie zuckte lächelnd die Achseln. »Irgendwie nicht fair, was? Sie hat alle verfügbaren Männer im ganzen County mit Beschlag belegt.«

Sie arbeitete sich zu dem Tisch durch, wo Mimi, die örtliche Versicherungsagentin, mit einem sonnengebräunten blonden Mann saß, der seine Zeit überwiegend damit verbrachte, am Pier von Calvert's Landing zu surfen. Mimi, eine gertenschlanke Brünette, die nur zwei Tage jünger war als Rho, sah überrascht auf. Sie sagte etwas zu ihrem Begleiter, der daraufhin aufstand und mit den beiden leeren Gläsern an die Bar ging.

»Was gibt's denn, Rho?«

»Ich muss dir ein paar Fragen stellen.«

»Klar. Setz dich.« Sie zeigte auf den anderen Stuhl.

Rho setzte sich, bemüht, ihre Unsicherheit zu überspielen. Vor neun Jahren hatte sich ihr Ex-Mann, Zach, Mimis Eroberungsreigen hinzugesellt, und dieser Verrat der alten Freundin hatte eine unüberbrückbare Kluft zwischen ihnen aufgerissen.

Mimi beugte sich zu ihr und sagte leise: »Geht's um Virge Scurlock?«

»Ja. Ich –«

»Hör zu, ich weiß, dass sie tot ist. Und ich weiß auch, dass ihr vom Department nicht noch mal so was wollt wie letzte Nacht, also hab ich's niemandem gesagt.«

»Von wem hast du's?«

»... Na ja, ein Haufen Leute hier in der Gegend haben Funkscanner. So was geht schnell rum.«

»Von wem hast du's?«

Um Mimis Mund zuckte es ärgerlich. »Von Will natürlich. Wenn ein Mann für seine Frau eine Lebensversicherung über eine Million Dollar abschließt, mit doppelter Entschädigungssumme bei Unfalltod, und sie dann bei einem Unfall ums Leben kommt, hängt er schnell am Telefon, um mit seiner Versicherungsagentin zu reden.«

»Ich kann mir nicht vorstellen, dass Will so kaltherzig ist.«

»Ach, nein? Na ja, kannst du wohl wirklich nicht. Du warst immer schon ein bisschen naiv.«

»Das stimmt nicht. Und ich erkenne echten Schmerz, wenn ich ihn sehe. Will war am Boden zerstört, da geht er nicht einfach hin und meldet einen Versicherungsanspruch an.«

»Dann war es wahrscheinlich ein rein altruistischer Akt. Er hat sich vermutlich gedacht, mich trifft der Schlag, wenn ich über die Buschtrommel erfahre, dass meine Versicherungsgesellschaft so viel blechen muss wegen einer Police, die ich ausgestellt habe.«

Rho und Mimi waren seit der dritten Klasse Freundinnen gewesen; sie wusste, Mimi sagte nicht die Wahrheit. Sie sah es an ihrem trotzig vorgeschobenen Kinn, der Art, wie ihre Finger an der Tischkante herumspielten.

»Warum hat Will dich wirklich angerufen?«

Mimi schüttelte den Kopf. »Stell deine Fragen, und lass mich in Ruhe, Rho.«

Rho musterte sie einen Moment. »Okay. Ridley sagt, du hast mit Virge geredet, als sie gestern hier war.«

»Kurz.«

»Worüber?«

Mimis Begleiter kam mit neuen Drinks zurück. Sie nahm ihr Glas entgegen, schickte den Mann mit einer kurzen Handbewegung wieder weg. »Ich hab sie auf ihre Trinkerei angesprochen, war besorgt, hab sie gefragt, ob irgendwas sei. Sie sagte … mal überlegen, damit ich's auch richtig wiedergebe. Sie sagte: ›Versuch nie, jemandem einen Gefallen zu tun. Sonst stehst du am Ende auf Sachen, mit denen du nicht klarkommst.‹ Als ich sie gefragt habe, um wen und was es geht, hat sie gesagt, ich soll's vergessen.«

»Und dann?«

»Und dann kam Will und hat ein Getue um sie gemacht, als ob die schlechte Gesellschaft hier auf sie abgefärbt hätte. Und hat sie dann heimgebracht.«

Mimis bitterer Ton alarmierte Rho. Genauso hatte sie bei ihrer ersten und einzigen Konfrontation wegen Zach geredet, als Rho im Alkohol- und Wutrausch zu ihr nach Hause marschiert war und sie aufgefordert hatte, die Finger von ihm zu lassen. Damals hatte sie gesagt: »Erstaunt mich, dass er dir von uns erzählt hat, wo er dich doch sonst vor jeder Kleinigkeit behütet und beschützt. Herrgott, er tut sogar so, als wärst du ein unschuldiges Opfer des Alkohols und nicht selbst diejenige, die trinkt.«

»Du triffst dich mit Will, stimmt's?«, fragte Rho.

Mimis Augen weiteten sich, aber sie fasste sich schnell wieder. »›Triffst dich‹, was für ein putziger Ausdruck.«

»Beantworte meine Frage.«

»Geht dich nichts an.«

»Hier handelt es sich um Ermittlungen in einem verdächtigen Todesfall. Antworte mir.«

»Schon gut! Nicht so laut. Ich habe mich mit ihm getroffen, aber nur sporadisch, und es ist jetzt schon über ein Jahr vorbei.«

»Und warum hat er dich angerufen, nachdem er erfahren hatte, dass Virge tot ist?«

»Ich sagte doch –«

»Die Wahrheit diesmal.«

»Herrgott! Er … ach, verdammt, er hatte Angst. Er wollte mich davor warnen, jemandem von der Sache mit uns zu erzählen.«

»Wieso hat er davor Angst, wenn es schon seit einem Jahr vorbei ist?«

Mimis Finger trommelten auf dem Rand ihres Glases herum, und sie fuhr sich mit der Zungenspitze über die Lippen. »Okay, aber das muss unter uns bleiben. Versprich mir's, Rho.«

»Du weißt, dass ich das nicht kann.«

»Dann versprich, dass du wenigstens versuchst, es für dich zu behalten.«

»Ich versuch's.«

»Okay. Diese Versicherungspolice für Virge, dazu habe ich Will überredet. Sie wurde immer verrückter. Sie hatte schon ein paar kleinere Unfälle gehabt, einen mit dem Pick-up, einen zu Hause, Sturz von der Leiter, und noch einen, als sie auf dem Hügel herumgewandert ist. Er sagte, es sei, als ob sie so sehr mit ihrem Innenleben zu tun hätte, dass sie nicht auch noch auf äußere Gefahren achten könne. Er wusste, es war nur eine Frage der Zeit, bis ihr was Ernsteres zustoßen würde, also hab ich ihm geraten, ihre Krankenhauskostenversicherung aufzustocken und eine 10-Jahres-Lebensversicherung mit doppelter Entschädigungssumme bei Unfalltod abzuschließen.«

»Und die Idee fand er gut?«

»Nein. Aber ich habe ihn davon überzeugt, dass er eine Entschädigung verdient hatte, für das, was sie ihm zumutete.«

Rho dachte an die Zeit, als sie und Mimi sich angefreundet hatten. Die Familie Griggs hatte in der großen alten Villa gewohnt, die jetzt die Pension Pelican Cove beherbergte. Mimis Zimmer war das mit dem Türmchen gewesen, wo momentan Guy Newberry wohnte, und sie hatte eine wundervolle Puppenkollektion und einen Wandschrank voller Kleider gehabt. Zum zehnten Geburtstag schenkte ihr Vater ihr ein Pferd, das in einem Stall in Strandnähe untergebracht wurde, und er versprach ihr einen Sportwagen, sobald sie den Führerschein hätte. Mimi war mit allem, was sie besaß, großzügig gewesen, aber Rho hatte dennoch der Neid geplagt.

Aber dann kam heraus, dass Charlie Griggs, der bei der kalifornischen Highwaybehörde war, Schmiergelder von Baufirmen angenommen hatte, und er wanderte ins Gefängnis. Mimis Mutter musste alles verkaufen, um die Anwaltskosten zahlen zu können, und sie und Mimi zogen in den Trailerpark. Plötzlich hatte Rho ihre Freundin nicht mehr beneidet, sondern bemitleidet. Aber sie waren auch weiterhin eng befreundet gewesen, bis zu dem Abend, als Zach ihr die Affäre gebeichtet hatte.

Natürlich hatten diese ganzen Verluste Mimis Erfolgshunger beflügelt, und es war ihr gelungen, ihre Versicherungsagentur zur profitabelsten an der ganzen Küste von Soledad County zu machen. Aber die Verluste hatten auch eine Besitzgier hervorgebracht, die sie allein nicht befriedigen konnte. Rho konnte sich vorstellen, wie Mimi die Versicherungspolice für Virge ausstellte und gleichzeitig eine Zukunft mit Will vor sich sah, oben auf dem Hügel, mit zwei Millionen Dollar als sicherem Polster.

Sie sagte: »Du hattest also bei diesen Empfehlungen nur das Interesse deines Klienten im Sinn?«

»Natürlich.«

»Du hast nicht daran gedacht, dass du vielleicht irgendwann auch davon profitieren könntest?«

»Von der Provision abgesehen, nein.«

»Gibt es keine Bestimmungen, die es verbieten, eine Lebensversicherungspolice für die Frau des eigenen Liebhabers auszustellen? Oder überhaupt für eine psychisch gestörte Frau? Gab es da nicht konkrete Details, die du deiner Versicherungsgesellschaft darlegen musstest?«

»Das habe ich etwas großzügiger gehandhabt, ein bisschen geschönt. Das wird doch dauernd gemacht.«

»Ach ja?«

»Herrgott, Rho, warum piesackst du mich? Wegen Zach?«

»Zach?«

»Wir haben nie darüber geredet. Seit dem Abend damals nicht mehr.«

»Da gibt's nichts zu reden. Dieses Kapitel ist seit Jahren beendet. Für uns alle drei.«

Rho stand auf und betrachtete ihre einstige Freundin. Mimi wirkte müde, zu dünn und zutiefst unzufrieden. Das Leben, das sie führte, forderte seinen Tribut; in ein paar Jahren würde sie eine verzweifelte, ausgelaugte Frau sein, die sich an jeden Mann klammerte, der ihr über den Weg lief. Rho hätte sich gewünscht, es wäre anders, aber es gab nichts, was sie tun oder sagen konnte, um ihr zu helfen.

»Ich werde versuchen, für mich zu behalten, was du mir erzählt hast«, sagte sie. »Aber wenn ich höre, dass du wieder irgendetwas großzügig handhabst und für einen Klienten die Vorschriften umgehst, dann bist du dran.«

»Ach, kommen Sie, Lily«, sagte Guy. »Sie und Alex können doch nicht so was Schlimmes getan haben, dass Wayne Sie beide *umbringen* würde.«

»Sie kennen ihn nicht.«

»Stimmt.« Er bedeutete der Bedienung, ihnen noch mal dasselbe zu bringen.

»Tja, aber ich kenne ihn, und er macht mir Angst.«

»Nicht so viel Angst, dass es Sie heute Abend davon abgehalten hätte, zu ihm nach Hause zu gehen.«

»Da geh ich nur hin, wenn ich weiß, dass er nicht da ist.«

»Inwiefern macht er Ihnen Angst?«

»Er wird echt gewalttätig. Wenn Sie Alex für schlimm halten, sollten Sie mal sehen, was Wayne mit Janie macht. Was er mit mir gemacht hat, als ich noch bei ihnen gewohnt habe.«

»War er immer schon so?«

»Nein, als ich klein war, war er echt lieb und fürsorglich zu mir. Und zu Janie war er auch so, als sie frisch verheiratet waren. Sie sagt, irgendwas in ihm ist ausgetickt, so um die Zeit der Canyon-Morde, und seither ist er nicht mehr er selbst.«

»Alles geht irgendwie auf diese Morde zurück, was?«

»Scheint so.«

Guy wartete, bis die Bedienung ihnen die neuen Drinks hingestellt hatte und sich wieder entfernte. »Aber von Wayne und seiner gewalttätigen Art mal abgesehen – wenn Sie irgendwas über diese ermordete Frau wissen, sollten Sie's wirklich dem Sheriff's Department sagen.«

Sie schüttelte den Kopf. »Die ahnen sowieso schon, was Alex und ich machen. Wenn ich denen von der Frau erzähle, lassen die uns nie mehr in Ruhe. Wir können's nicht riskieren, dass sie uns zu genau unter die Lupe nehmen, schon gar nicht jetzt, wo er was total Blödes gemacht hat, was –« Sie biss sich auf die Lippe.

»Was hat er gemacht?«

»Das kann ich Ihnen nicht sagen.«

»Ich sage es nicht weiter.«

»Oh, klar. Sie sagen es nicht weiter, aber Sie schreiben es in Ihrem Buch. Ich sag's Ihnen auf keinen Fall. Ich hab da meine eigene Lebensphilosophie: Trau keinem Bullen, trau keinem Politiker, und trau keinem Journalisten.«

»Und wenn Sie mit Ihrer Information zu Rhoda Swift gehen würden? Sie ist eine anständige Polizistin. Sie haben doch gesehen, wie sie neulich Abend für Sie und Alex eingetreten ist, als Wayne auf Sie losgegangen ist.«

»Stimmt, als Mensch ist sie okay. Aber sie ist trotzdem Polizistin.«

»Polizisten lassen sich auf Deals ein, wenn sie eine Information dringend genug brauchen.«

Lily starrte in ihr Glas und schien über dieses Argument nachzudenken.

Guy setzte hinzu: »Und wenn ich mal mit ihr rede, Ihnen den Weg ebne?«

Für einen Moment wirkte sie optimistisch; dann schüttelte sie wieder den Kopf. »Rho ist nur Deputy. Sie müsste diesen Detective Grossman überreden, einen Deal zu machen, und der ist ein knallharter Bulle. Ich kann's nicht riskieren, Mr. Newberry.«

»Klingt, als sei das, was Sie und Alex machen, ganz schön schlimm.«

»Vielleicht nicht da, wo Sie herkommen, aber hier ist es ziemlich schlimm.«

»Drogen?«

Sie lachte ohne jeden Funken Heiterkeit. »Schön wär's. Das ist hier was ganz Normales. Die Hälfte von den Häusern oben auf den Hügeln hat hübsche Marihuana-Gärtchen, und in stillen Nächten kann man das Speed brodeln hören. Das Sheriff's Department und die Drogenfahnder machen Razzien, aber im Grunde regt sich darüber niemand groß auf, nicht mal sie selbst.«

»Und über das, was Alex und Sie machen, würden sie sich aufregen?«

»Sie würden ausrasten. Wär schon für Alex schlimm genug, aber der ist so was wie ein Zugereister, wohnt erst ein paar Jahre hier. Ich, ich bin von hier. Ich müsste wissen, wie schlimm das ist. Und das andere, das, was er jetzt gemacht hat, ist in seiner Art genauso schlimm. Nein, Mr. Newberry, ich kann's nicht riskieren.«

Rho saß hinterm Lenkrad ihres Pick-ups, auf dem Parkplatz des Hotels, und fühlte sich seltsam euphorisch. Jetzt war zwischen Mimi und ihr alles ausgesprochen. Kein Grund mehr, sich in der Öffentlichkeit gegenseitig zu ignorieren, die Straßenseite zu wechseln, wenn man sich zu begegnen drohte. Aber auch keine klebrige Versöhnung. Mimi hatte das Unverzeihliche getan, und Rho hatte nicht vor, es zu vergessen. Aber das Gefühl des Verrats auf ihrer und der hämische Triumph auf Mimis Seite waren weg.

Es ist, als ob ich wieder zum Leben erwache, dachte sie. Als ob mich der Entschluss, mich dem zu stellen, was diese Morde mit mir gemacht haben, auf allen Ebenen befreit hätte. Ich habe heute Abend nicht mal das Verlangen nach einem Drink, weil ich keine Angst mehr davor habe, in mich hineinzuschauen und mit dem klarkommen zu müssen, was ich da sehe.

Also, was jetzt? Ned Grossman hatte ihr aufgetragen, mit Will Scurlock zu reden, aber dafür war es jetzt viel zu spät. Als sie die Dienststelle verlassen hatte, war aus Nevada noch nichts in Sachen Ackerman da gewesen, und vor morgen würde auch nichts kommen. Sie wusste, das Richtigste wäre, nach Hause zu gehen und sich auszuruhen, aber sie stand so unter Spannung, dass an Schlaf nicht zu denken war.

Chrystal Ackerman: Warum war sie die ganze Strecke von Las Vegas nach Soledad County gefahren? Selbst auf diesen einen flüchtigen Blick war sie Rho nicht wie die Sorte Frau erschienen, die ohne triftigen Grund an diese wilde nördliche Küste kam. Und doch war sie hier umgebracht worden, und obwohl sie es nicht logisch begründen konnte, hatte Rho das starke Gefühl, dass Chrystals Tod kein Zufall gewesen war, sondern mit dem Zweck ihres Hierseins zu tun hatte.

Aber worin bestand dieser Zweck? Wo war sie gewesen? Das waren die zentralen Fragen.

Lange blonde Haare zwischen den Fußbodendielen im Haus der Blakeleys. Zufall?

Ich glaube nicht.

Zwei Fußspuren canyonaufwärts, die eine von Virge, über der anderen. Virges Spur, die zum Bach abbiegt. Die andere, die weiter in Richtung Wasserfall führt.

Rho ließ den Pick-up an und fuhr auf die Südspur des Highways.

Guy setzte Lily in einer der nördlichen Seitenstraßen ab, vor dem Haus, das sie mit Alex teilte, und nahm ihre Beteuerungen, sie werde schon klarkommen, mit einem stoischen Achselzucken hin. Die junge Frau hatte sich seine Ratschläge verbeten, und außerdem hatte Rhoda Swift Recht: Lily würde an ihrem Leben nichts ändern, solange sie nicht selbst so weit war. Er würde die Kommunikationskanäle offen halten, verfügbar sein, um ihr zu helfen, sollte sie eine Entscheidung treffen.

Dieser letzte Gedanke überraschte ihn, und er lächelte verwundert. In früheren Zeiten hätte er jedes Quäntchen Information über die Canyon-Morde aus Lily herausgequetscht, ihren Problemen keine große Aufmerksamkeit geschenkt und sich ohne Skrupel wieder von ihr abgewandt. Er schrieb über geplagte Orte, was noch lange nicht hieß, dass er sich mit geplagten *Menschen* abgeben musste. Aber irgendetwas an diesem Ort und seinen Bewohnern, den lebenden wie den toten, hatte mehr in ihm geweckt.

»Ich bin dabei, mich zu verändern«, sagte er laut.

Du bist dabei, ein Mensch zu werden, sagte Dianas Stimme.

»Aber wieso gerade jetzt?«, fragte er sie.

Mach weiter und finde es heraus.

Er erreichte den Highway und fuhr auf die Südspur. Als er sich dem Hotel näherte, sah er Rhoda Swifts Pick-up aus dem Parkplatz ausbiegen und ebenfalls die Südspur nehmen. Komisch. Sie hatte ihm an dem Abend, als sie zusammen gegessen hatten, beschrieben, wo sie wohnte; ihre Abfahrt war noch weiter nördlich als die Gegend, wo er Lily abgesetzt hatte. Es war nicht nur Neugier, was ihn trieb, ihr zu folgen.

Sie passierte die geschlossenen Geschäfte und die Dienststelle des Sheriff's Departments, den Yachthafen, wo, wie sie erwähnt hatte, ihr Vater wohnte, und die unvollendete Neubausiedlung. Als sie auch an der Pension vorbeifuhr, versetzte ihm das einen seltsamen Stich. Was immer sie vorhaben mochte, zu ihm wollte sie jedenfalls nicht. Bald schon glitten ihre Heckleuchten durch das dicht bewaldete Gebiet jenseits der Ortsgrenze, wo Nebel aus den Buchten emporkochte.

Nach fünfzehn, sechzehn Meilen leuchteten ihre Bremslichter auf, und der Pick-up bog ab. Im Licht ihrer Scheinwerfer erkannte Guy das zusammengebrochene Einfahrtstor zum Cascada Canyon. Heute Nachmittag hatte sie ihm erklärt, sie sei sich nicht sicher, ob sie es noch mal über sich brächte, hierher zu kommen. Aber jetzt war sie hier.

Er fuhr ein Stück weiter, wendete und parkte dort, wo er bei seinem ersten Canyon-Besuch geparkt hatte. Dann stieg er aus und ging zu Fuß zur Einfahrt zurück. Der Pick-up stand jenseits des Tors, das ein polizeiliches Absperrband abriegelte. Rhoda war trotzdem durchgefahren, und so, wie sie den Pick-up geparkt hatte, war er für Autofahrer aus beiden Richtungen unsichtbar. Ein heimlicher Besuch also, von dem die Öffentlichkeit, die Presse und selbst ihre eigenen Kollegen nichts wissen sollten.

Guy stieg über das Plastikband und nahm seine Taschenlampe heraus. Er leuchtete auf den Boden und ging die Zufahrt entlang. Ohne den Widerschein der Großstadtlichter, den er gewohnt war, funkelte der Nachthimmel von Sternen. Ein Wagen raste hinter ihm den Highway entlang, die Reifen rumpelten, als er in einer Kurve die Mittellinie überfuhr. Wo Rhoda auch sein mochte, ihre Schritte waren nicht zu hören. Er folgte dem unbefestigten Weg weiter, vorbei am Haus der Blakeleys, am Kuppelhaus der Wynnes, zu Bernhard Ulricks Hütte und den Schlafhäuschen.

Rho ging an den Schlafhäuschen vorbei, die Batteriestablampe auf den Boden gerichtet. Nicht hingucken, dachte sie. Nicht daran denken. Konzentriere dich auf das, was du hier willst.

Sie hörte jetzt den Bach rauschen, roch würzigen Kieferduft und scharfes Eukalyptusaroma. Die Taschenlampe erhellte Virge Scurlocks große Sohlenabdrücke, die die kleineren überlagerten. Statt wie beim letzten Mal Virges Spur nach rechts zu folgen, ging sie weiter canyonaufwärts, leuchtete den Boden ab. Die kleinere Fußspur führte weiter geradeaus, aber jetzt sah sie –

»Huu, hu-huu!«

Sie schrak zusammen, ehe sie den tiefen, sonoren Schrei eines Uhus erkannte, der wohl irgendwo in der Nähe nistete. Sie dachte daran, wie diese Vögel sie als Kind geängstigt hatten, merkte, dass ihr dieser hier auch jetzt noch Angst machte. Eine Eule, ein Todessymbol, an diesem Ort des Todes …

Konzentrier dich!

Rechts des Weges verlief jetzt eine zweite Fußspur. Dieselbe Größe und dasselbe Profil wie bei der anderen, aber diese hier führte canyonabwärts. Die Abdrücke waren tiefer als bei der anderen Spur und standen in erratischen Winkeln zueinander. Als ob die betreffende Person vor etwas weggerannt wäre.

Als Guy an den Schlafhäuschen vorbeikam, sah er durch die Bäume einen Lichtschimmer. Kurz darauf machte der Weg eine Biegung, und er erkannte Rhoda. Sie hockte am Boden, studierte irgendetwas. Dann erhob sie sich und ging ein paar Meter weiter. Blieb stehen, hockte sich wieder hin, leuchtete mit der Stablampe um sich. Wiederholte die Prozedur noch zwei Mal.

Dann bewegte sich die Stablampe nicht mehr. Rho hatte sie abgelegt und kramte in ihrer Jackentasche herum. Zog etwas heraus, eine Art Beutel, und fuhr mit der Hand hinein. Pflückte etwas von einem Busch, dessen Zweige tief über den Weg hingen.

Ein Beweismittelbeutel. Sie stülpte ihn jetzt um und hielt ihn ins Stablampenlicht. Guy ging neugierig weiter und –

Landete rücklings im Matsch.

Ein dumpfer Aufschlag und ein Schmerzenslaut ließen Rho den Beweismittelbeutel aus der Hand fallen. Sie drehte sich, noch in der Hocke, um und grabbelte in ihrer Schultertasche nach ihrem Revolver. Angst durchfuhr sie, als sie daran dachte, was ihr Wayne vom ersten Tag an eingeschärft hatte: »Ein Polizist, der sich ohne Verstärkung in eine gefährliche Situation begibt, ist einfach nur ein Idiot und riskiert, als toter Idiot zu enden.«

Die Waffe im Anschlag, leuchtete sie auf den Feind.

Was sie sah, ließ ihre Angst augenblicklich in eine Mischung aus Zorn und Erheiterung umschlagen. Guy Newberry, ihr Lieblingsgroßstadtmensch, lag in einer Sickergrube neben dem Weg, schlug planlos um sich und beschmierte sich vollends mit Schlamm. Er kämpfte sich in eine sitzende Position, schirmte seine Augen gegen ihren Stablampenstrahl ab und zog dabei eine Spur aus fruchtbarer Soledad-County-Erde quer über seine Stirn.

»Herrgott, Rhoda, richten Sie das Ding woanders hin!«

»Sobald Sie aufhören zu brüllen. Was zum Teufel machen Sie hier?«

»Ihnen folgen.« Er streckte ihr Hilfe suchend die Hand hin, und sie zog ihn hoch, aber erst nachdem sie den Beweismittelbeutel wieder aufgelesen hatte.

Er sagte: »Ich dachte, Sie hätten ein Problem damit, noch mal hierher zu kommen, aber jetzt spazieren Sie mitten in der Nacht hier herum.«

»Ich *habe* ein Problem.« Sie sah ihn finster an, während sie die .357er wieder in ihre Tasche steckte. »Ihr graziöser Auftritt hat mich so erschreckt, dass ich Sie beinahe erschossen hätte. Ist Ihnen klar, wie idiotisch es ist, jemandem an so einem Ort hinterherzuschleichen?«

»Okay, tut mir Leid. Warum sind Sie hergekommen?«

»Nur so eine Idee. Und wissen Sie, auf dem Weg hierher ist mir etwas klar geworden: Nach meinen dreizehn Jahren beim Department ist die Aufklärung eines Falls wichtiger als mein persönliches Erinnerungspäckchen.«

»Sie haben den Fall aufgeklärt?«

»Das wohl kaum. Aber ich bin dabei.« Sie hielt den Beutel hoch und schwenkte ihn.

Guy trat näher heran und musterte den Beutelinhalt mit zusammengekniffenen Augen. »Ich kann nichts erkennen.«

Rhoda platzierte das plastikumhüllte Objekt auf ihrem Handteller und beleuchtete es von nahem. Es war ein zusammengekringeltes, schmales Goldkettchen, das in der Nähe der Schließe gerissen war; den Mittelteil bildeten filigrane Buchstaben, die den Namen CHRYSTAL ergaben.

»Ein Armband?«, tippte er.

»Wohl eher ein Fußkettchen. Der Zweig, an dem es sich verfangen hatte, hing ziemlich tief.«

»Wer ist Chrystal?«

»Die Ermordete von Point Deception.«

»Ich dachte, die sei noch nicht identifiziert.«

»Doch, aber wir halten den Namen zurück, bis wir Angehörige ausfindig gemacht haben. Sehen Sie mal, Guy – das da ist wirklich interessant.«

Guy studierte die beiden Fußspuren, auf die sie mit dem

Lampenstrahl deutete. »Sie ist canyonaufwärts normal gegangen, aber auf dem Rückweg gerannt.«

»Genau.«

»Warum ist das heute Nachmittag niemandem aufgefallen?«

»Weil das Sheriff's Department von Soledad County ein zweites Mal bei der Spurensicherung in diesem Canyon versagt hat!«

Rhodas Ton war rau und bitter. Guy sagte rasch: »Aber nicht für lange.«

»... Nein.«

Er schwieg, dachte an die Haare, die er im Haus der Blakeleys gefunden hatte. Sie mussten dort hängen geblieben sein, als die Ackerman schon tot gewesen war, aber ...

»Dann war sie also hier im Canyon, bevor sie an der Ausweichstelle gekidnappt wurde?«, fragte er.

»Entweder das, oder derjenige, der sie gekidnappt hat, hat sie hierher gebracht, und sie ist entkommen.«

»Aber nur kurz.«

»Ja.«

Ihre Blicke trafen sich, und er merkte, dass sie dasselbe dachte.

»Sie haben mir den Rest des Canyons noch nicht gezeigt«, sagte er.

Das einzige Mal, dass Rho sich ans hintere Ende des Canyons gewagt hatte, war bei Tag gewesen, als sie mit ihren Kollegen nach Spuren gesucht hatte, die vielleicht in der Mordnacht selbst übersehen worden waren. Damals war sie voller Angst mitgegangen – Angst vor dem Anblick des Schlachthauses, in dem Bernhard Ulrick gestorben war, aber auch Angst beim Gedanken, vor ihren Kollegen

Schwäche zu zeigen. Jetzt ging sie festen Schrittes den Weg entlang, gestärkt durch ihre Entschlossenheit, Chrystal Ackermans Tod aufzuklären, aber auch durch die Anwesenheit dieses Mannes, für den Angst ein Fremdwort zu sein schien.

Das Geräusch des Wasserfalls wies ihr den Weg, und sie hielt die Stablampe auf die beiden Fußspuren gerichtet. Kurz hinterm Wasserfall wurde der Weg schmaler, und die Fußspuren brachen ab. Sie leuchtete geradeaus, auf eine große Wasserlache.

Hinter ihr sagte Guy: »Was ist?«

»Hier gehen die Spuren nicht mehr weiter. Das Canyon-Ende ist überschwemmt.« Sie richtete den Lichtstrahl höher, dorthin, wo das Drogenlabor sein musste. Der Schuppen hing nach links. Wenn es dieses Jahr viel regnete und der Bach anschwoll, würde der Schuppen zusammenbrechen, und wenigstens eins dieser Mordmahnmale würde verschwinden.

»Sie könnte durchgewatet sein«, sagte Guy.

»Vielleicht. Aber warum? Da ist nichts drinnen außer ein paar zertrümmerten Möbelstücken.«

»Das konnte sie ja nicht wissen.«

»Stimmt.«

»Aber irgendwas ist hier passiert. Irgendwas, was sie in die Flucht geschlagen hat.«

Rho seufzte und trat in die Wasserlache. Die war gut zehn Zentimeter tief, mit schlammigem Grund. Kaltes Wasser drang in ihre Turnschuhe. Als sie ein paar Schritte weitergewatet war, sagte sie zu Guy: »Kommen Sie?«

»Ich halte hier die Stellung.«

Natürlich.

Als sie sich dem Schuppen näherte, sah sie, wie heruntergekommen er war. Sie leuchtete durch die Tür, bemerkte, dass Teile des Dachs eingestürzt waren. Auf dem Boden stand Wasser, und Feuchtigkeitsflecken kaschierten die Blutspritzer an der Wand. Sie hoffte, nie wieder einen solchen Tatort sehen zu müssen: so viel Blut, Knochensplitter, Fleisch und Gehirnmasse …

Sie schüttelte den Kopf, verscheuchte das Bild. Versuchte, den Schuppen zu betreten. Schon als sie nur einen Fuß aufsetzte, neigte sich die ganze Konstruktion gefährlich. Als sie den Fuß wieder zurückzog, stabilisierte sie sich in einem noch schieferen Winkel als vorher.

»Ich glaube nicht, dass sie so weit gekommen ist«, rief sie Guy zu.

»Dann kommen Sie zurück, bevor Sie so durchnässt sind, dass Sie sich eine Lungenentzündung holen.«

Sie watete zu ihm zurück. »Also, was war hier los?«, fragte sie. «Warum ist sie weggerannt?«

»Weil jemand hinter ihr her war?«

»Da ist nur eine Fußspur.«

»Vielleicht war's ja kein Mensch.«

»Ein Tier?«

»Nein.«

»Was dann?« Sie ergriff die Hand, die er ihr hinstreckte, und trat aufs Trockene.

Er sagte: »Eine Erinnerung. Ich habe mit dem alten Mann unten bei Point Deception geredet. Gregory Cordova. Er behauptet, dass die Familie aus der Hütte auf dem Hügel, die Ihr Department dann gestürmt hat, in der Mordnacht hier war.«

Ein kalter Schauer, der nichts mit ihren nassen Füßen zu tun hatte, überlief sie. »Warum hat er uns das nicht gesagt?«

»Ich nehme an, weil sie sowieso schon weg waren und er

nicht reingezogen werden wollte. Na, jedenfalls, er weiß die Namen der Eltern nicht, erinnert sich aber, dass das kleine Mädchen Chryssy hieß.«

Chryssy. Chrystal. Natürlich, das hatte sie auch gewusst. Oriana Wynne hatte ihnen den Namen genannt; er stand in den Akten. »Das Alter der Ackerman stimmt«, sagte sie.

»Aber warum ist sie nach all den Jahren hierher zurückgekommen?«

Sie musterte Guy. Er war arrogant und konnte einen manchmal ganz schön reizen, aber er hatte auch etwas Sympathisches. Und er machte seine Sache wirklich gut. Sie konnte seine Beobachtungsgabe und seinen scharfen, logischen Verstand gebrauchen.

»Das, mein Lieber«, sagte sie, »werden wir beide herausfinden.«

Chrystal: Vorher

Freitag, 6. Oktober
12 Uhr 21

Gott, ist das hier unheimlich. Und still. So still, dass ich jedes Auto auf dem Highway höre, das Geräusch, wenn es zu schnell in die Kurve geht, über die Mittellinie rumpelt. *Kabum, ka-bum, ka-bum.*

Okay, Judes Wegbeschreibung. Immer der Zufahrt nach, an dem kleinen Schindelhaus vorbei und –

Da ist es. Erics Haus. Nur dass er in diesen letzten Monaten nicht viel dort war. Seine Eltern haben sich dauernd gestritten, und Eric war immer in der Kinderbude und hat geheult. Gab jede Menge Streit damals. Zwischen Devon und ihrem Freund, bis er sie dann so schlimm verprügelt hat und sie ihn rausgeschmissen haben und er nach Westhaven ging. Und dann hat Forrest Bernhard zusammengeschlagen, bevor sie den auch rausgeschmissen haben. Ich weiß noch, wie ich in der Nacht geheult hab, weil ich, so klein ich war, doch wusste, dass die schönen Zeiten vorbei waren und jetzt was Schlimmes kommen würde. So ähnlich, wie ich mich auf dem ganzen Weg hierher gefühlt hab, nur dass es da vorher keine schönen Zeiten gab und das

Schlimme, das hier passiert ist, schon viele Jahre zurückliegt.

Trotzdem, ich wollte, ich wäre nicht hergekommen. Wollte, ich hätte mich nicht so über Judes »Das schaffst du nie«-Gerede geärgert und es ihr unbedingt zeigen wollen.

Dann zeig's ihr, Chryssy. Mach schon und –

O Gott! Ich glaub's nicht.

Einer von diesen Falken, still wie eine Statue dort auf der Stromleitung, und die Äste, die sich über der Zufahrt treffen. Das hab ich gezeichnet! Immer und immer wieder, aus verschiedenen Blickwinkeln und in verschiedenem Licht, während ich am Telefon gesessen hab und mir von diesen Männern die Ohren hab zumüllen lassen. Hab's gezeichnet, ohne zu wissen, dass es das wirklich gab.

Hab ich versucht, mich zu erinnern?

Dienstag, 10. Oktober

Das Rattern der Klimaanlage des kleinen Apartments konkurrierte mit einer Sirene draußen auf der Straße. Rho ignorierte beides, starrte gebannt auf die Wand mit den Kohlezeichnungen in Chrystal Ackermans Wohnzimmer. Es waren alles Landschaften: Wüste, Berge, aber die besten waren Erinnerungsskizzen von Soledad County. Die Zeichnung, auf die sich Rhos Aufmerksamkeit konzentrierte, war vom Cascada Canyon. Sie erkannte die Stromleitung, auf der ein langschwänziger Falke saß, und auch die Baumarkaden über dem kurvigen Feldweg.

Hinter ihr sagte Guy Newberry: »Schade.«

»Sie hatte Talent, was?«

»Mit Konsequenz und einer richtigen Ausbildung hätte sie richtig gut werden können.«

Rho zeigte auf die Canyon-Szene. »Erkennen Sie's wieder?«

»Klar.«

Heute Morgen hatte auf der Dienststelle eine Botschaft von Ronald Stevens, dem Detective aus Clark County, vorgelegen: Der Durchsuchungsbefehl sei jetzt da, und er könne sich Zutritt zu Ackermans Wohnung verschaffen. Ob Rho bei der Durchsuchung zugegen sein wolle? Sie hatte sofort Ned Grossman um die Genehmigung gebeten, nach

Las Vegas zu fliegen, und dann Guy angerufen und ihm erklärt, er könne gern mitkommen. Sie wusste, es war irregulär, einen Zivilisten – und noch dazu einen Journalisten – mitzunehmen, aber sie sagte sich, Grossman würde es schon verstehen, falls er dahinter käme. Außerdem hatte sich Guy erboten, die Kosten für einen Mietwagen zu bezahlen und so dem Department Ausgaben zu ersparen.

Ab dem Moment, als sie Las Vegas aus der Luft erblickte, hatte dieser Trip für Rho etwas Surreales. Überwiegend flach und eben, erstreckte sich die Stadt inmitten der Wüste, und die Golfplätze und Parks standen in scharfem Kontrast zu dem öden Terrain ringsherum. Doch was sie am meisten fesselte, waren die Gebäude, die sich in der Nähe des Zentrums erhoben wie ein überdimensionales Disneyland: der legendäre Strip, Heimat der amerikanischen Träume vom schnellen Reichtum und all den Gaben, die Fortuna auf ihre Günstlinge herabregnen ließ.

Am Flughafen war das elektronische Gedudel der Spielautomaten irritierend. An einer dieser Maschinen flehte ein Mann seine Frau an, mit dem Spielen aufzuhören, weil das Boarding ihrer Maschine bereits begonnen habe. »Aber ich bin am *Gewinnen*!«, protestierte sie. Als ihr Mann sie weggeschleppt hatte, ging Guy hinüber und steckte eine Münze in den Automaten, aber dieser weigerte sich, seine Schätze herzugeben. Guy grinste Rho an und zuckte die Achseln, sichtlich animiert von der spannungsgeladenen Atmosphäre.

Es war früher Nachmittag, und die Außentemperatur lag knapp unter dreißig Grad. Rhos Sweatshirt fühlte sich kratzig an. Die Luft war klar, das Sonnenlicht mild, als ob beides eigens für Besucher aufbereitet worden wäre. Selbst der Mietwagen duftete leicht parfümiert – ein Geruch, der Rho dazu trieb, das Fenster herunterzulassen, obwohl Guy die Klimaanlage angestellt hatte.

Die Paradise Road, wo die Ackerman gewohnt hatte, führte vom Flughafen nach Norden, am Campus der Universität von Nevada vorbei. Das Apartmenthaus wirkte wie ein altes Motel und stand trotzig zwischen zwei imposanteren und luxuriöseren Gebäuden. Stevens, ein hoch gewachsener Schwarzer mit Hornbrille und einem nicht gerade unauffälligen Toupet, war bereits mit einem Schlossspezialisten vor Ort. Binnen Minuten waren sie drinnen. Es war die Schlichtversion eines möblierten Apartments, mit beigen Wänden, abgewetztem dunkelbraunen Teppichboden und billiger Einrichtung. Der handtuchgroße Balkon ging auf einen Parkplatz und das Nachbargebäude hinaus. Das einzig Besondere war die Wand mit den Zeichnungen.

Rho hörte jetzt Stevens in der Schublade eines kleinen Tischchens neben dem Sofa kramen. »Keine Karten, keine Briefe, kein Adressbuch«, sagte er. »Ihre Tote muss eine ganz schön einsame Lady gewesen sein.«

Sie wandte sich von den Zeichnungen ab und ging in die Küche. Die Einbauschränke enthielten billige Gläser und einfaches Geschirr; es gab nur wenige Küchenutensilien und noch weniger Töpfe und Pfannen. Ein Mülleimer unter der Spüle war mit Verpackungen diverser Fastfood-Ketten voll gestopft, und der Kühlschrank enthielt lediglich billigen Wein, ein Töpfchen Margarine, zwei Becher Joghurt und drei Äpfel. Ein Brotlaib in einem Korb auf der Arbeitsfläche war verschimmelt.

Es gab zwei Schlafzimmer, eins davon leer, das andere chaotisch. Ein ungemachtes Queen-Size-Bett, Kleiderhaufen auf dem Boden und über einem Stuhl, ein leeres Weinglas und ein leerer Kaffeebecher auf dem einen Nachttisch.

Der Wandschrank war voller Kleidungsstücke, von schlichten Jeans und T-Shirts bis hin zu knappen Sommerkleidchen.

Als Rho gerade das Bad inspizierte, kam Guy herein, in der Hand einen Aschenbecher. »Jointstummel«, sagte er.

»Überrascht mich nicht. Im Mercedes waren auch welche.« Sie schloss die Tür des Medizinschränkchens, hob den Deckel des Spülkastens ab und stellte fest, dass dort nichts versteckt war. »Alles in allem würde ich sagen, die Ackerman hat ein ziemlich einsames Leben geführt. Sie hat sich hauptsächlich von Fastfood ernährt, billigen Wein getrunken und Dope geraucht. Von den Kleidern her glaube ich nicht, dass sie sich aufgedonnert hat und losgezogen ist. Sie hat allein geschlafen, jedenfalls zu Hause – nirgends Kondome, und auf dem anderen Nachttisch liegt so viel Staub, dass dort seit Monaten niemand mehr etwas deponiert haben kann.«

»Also hat sie einfach nur in diesem Apartment gesessen, ihren Telefonjob gemacht und gezeichnet.«

»Außer, wenn sie Kunden wie Sean Bartlow bedient hat.« Sie ging wieder ins Wohnzimmer, auf der Suche nach dem Telefon. Stevens zeigte auf zwei Apparate, einen weißen und einen beigen, zu beiden Seiten des Sofas. An das weiße Telefon war ein Anrufbeantworter angeschlossen.

»Muss ihr Privatapparat sein«, sagte er. »Da sind neun Botschaften drauf.«

Rho ging hin und drückte die Abspieltaste.

»Chrys«, sagte eine Stimme, die sie als die von Sean Bartlow erkannte, »eben hat mich so eine Polizistin aus Soledad, Kalifornien, angerufen. Sie sagt, du hast meinen Wagen am Küstenhighway stehen lassen. Was zum Teufel war da los? Ruf mich zurück.«

»Chrys.« Wieder Bartlow. »Komm schon. Ich weiß, dass du deinen Anrufbeantworter immer abhörst. Ich muss mit dir reden.«

»Ms. Ackerman, hier ist die Juwelierfirma Cerini. Ihre Uhr ist fertig.«

Tuten.

»Chrys, das ist nicht komisch! Ich muss was wegen meines Wagens unternehmen, aber diese Polizistin weiß, dass die Nummernschilder, die ich drangemacht habe, gestohlen sind, und sie hat was von einem Verbrechen gesagt. Ich habe Angst, sie zurückzurufen, bevor ich mit dir geredet habe.«

»Hier Zahnklinik Hillcrest, eine Botschaft für Chrystal. Ihre nächste Zahnreinigung ist fällig. Bitte rufen Sie an, um einen Termin zu machen.«

Heftiges Höreraufknallen.

Erneutes Auflegen.

»Ms. Ackerman, hier spricht Alfred Parkins vom Better-Care-Pflegeheim. Wir bedauern, Ihnen mitteilen zu müssen, dass Ihre Mutter heute Morgen gestorben ist. Bitte setzen Sie sich wegen der Formalitäten mit uns in Verbindung.«

Diese Botschaft war von heute, zehn Uhr fünfundzwanzig.

Guy hasste Pflegeheime und ganz besonders das Better Care. An der Cheyenne Avenue, westlich des North Las Vegas Air Terminal gelegen, bestand es aus einem niedrigen Betonbau mit einem Flachdach, auf dem Dutzende ratternder Klimaanlagenkästen saßen. Keine Blume, kein Strauch lockerte die triste Fassade mit den hoch sitzenden Fenstern auf. Drinnen war es noch schlimmer: Flure voller Menschen mit leerem Blick, in Rollstühlen abgestellt; voll gepfropfte Zimmer ohne jede persönliche Note; medizinische Gerüche, die den Dreckgestank überlagerten; pseudobeflissenes Personal, das die ihm Anbefohlenen wie zurückgebliebene Kinder behandelte. Vielleicht sollte er sein nächstes Buch über ein geplagtes *System* schreiben: ein Gesundheitssystem, das die Alten und Kranken misshandelte und demütigte. Vielleicht sollte er sich sputen und die skandalösen Verhältnisse aufdecken, ehe er ihnen selbst zum Opfer fiel.

Egoistisch wie eh und je, Liebling.

»Sei still.«

»Was?«, fragte Rhoda.

Er hatte gar nicht gemerkt, dass er laut gesprochen hatte. »Ich hab nichts gesagt.«

»Ach, mir war so.«

Gott sei Dank war sie durch diesen grässlichen Ort so abgelenkt, dass sie es hinnahm. Nicht auszudenken, wenn diese kompetente, rationale Frau merkte, dass der Mann, den sie an ihren Ermittlungen teilhaben ließ, nicht selten lebhafte Gespräche mit seiner toten Frau führte!

Mr. Alfred Parkins, der Leiter des Heims und Pseudobeflissenste von allen, führte sie in ein Zimmer mit drei Betten. Zwei davon waren von reglosen Gestalten okkupiert, die, unter ihre Decken verkrochen, dalagen und sich nicht mucksten, ja, nicht mal zu atmen schienen. Die Ecke, die Judith Ackerman bewohnt hatte, war winzig: ein schmales Krankenhausbett, ein schmaler Schrank, ein schmaler Nachttisch und ein Fernseher hoch oben an der Wand. Aber neben dem Bett hing eine gerahmte Kohlezeichnung, eine Skizze vom Cascada Canyon, ähnlich der in Chrystals Wohnzimmer. Das künstlerische Mittel war gut gewählt, da die Kohle der Szene eine düstere Aura verlieh.

Sie hatten schon im Büro mit Parkins geredet und erfahren, dass Judith einem Schlaganfall erlegen war – Folge von Komplikationen ihrer multiplen Sklerose. Als er fragte, wer sich denn jetzt um die Beerdigung kümmern würde, da »diese Tochter« doch ebenfalls verstorben sei, erklärte ihm Rhoda, er müsse wohl andere Verwandte ausfindig machen. Diese Antwort behagte Parkins gar nicht. Er verschränkte die Finger und setzte eine betrübte Miene auf. Eine solche Suche, sagte er, koste Zeit, und Zeit sei Geld. Ob *sie* nicht –

Nein, erklärte Rhoda, aber ihr Department werde ihm jede diesbezügliche Information, die sich im Lauf der Ermittlungen ergäbe, zukommen lassen.

Jetzt beobachtete Guy, wie sie den Schrank öffnete und Judith' spärliche Habseligkeiten durchsah. Die Art, wie sie mit ihnen umging, hatte etwas Behutsames, Respektvolles, das ihm gefiel. Diese Frau, der sie nie begegnet war, schien ihr nicht gleichgültig, so wenig wie die Tochter, die sie auch nur ein einziges Mal lebend gesehen hatte.

»Was für ein Mensch war Mrs. Ackerman?«, fragte sie Parkins, in der Hand einen Fransenschal in leuchtenden Farben, mit einem eingewirkten Goldfaden.

»Bitte?«

»Wie war sie?«

»Sie war … eine Patientin. Ich hatte nicht viel mit ihr zu tun.«

»Wer hatte mit ihr zu tun?«

»Das Pflegepersonal.«

»Ihr Arzt?«

»Es gab keinen bestimmten Arzt, der für sie zuständig war. Wir haben ein rotierendes System.«

Guy sah, wie sich Rhodas Finger fester um den Schal schlossen. Wütend, dachte er, genau wie er.

»Sie wurde nicht von einem Spezialisten betreut?« Jetzt lag etwas Spitzes in ihrem Ton.

Parkins wurde rot. »Das hier ist keine Klinik, Deputy Swift. Unsere Mittel sind beschränkt, die der Patienten erst recht. Außerdem war ihre Krankheit im Endstadium.«

Rhoda sah grimmig zu Guy hinüber. Sie nahm den Schal aus dem Schrank, legte ihn auf die gestreifte Matratze und wandte sich dann dem Nachttisch zu. Guy sah sie den Inhalt durchgehen. Brille, Liebesroman, reißerisch aufgemachtes Wahre-Kriminalfälle-Magazin, kleines Fotoalbum, Klemmhefter. Sie sah Album und Hefter kursorisch durch und sagte zu Parkins: »Die hier und die Zeichnung dort an der Wand muss ich mitnehmen, als Beweismaterial. Ich gebe Ihnen natürlich eine Quittung.«

Guy wusste, sie hatte in Las Vegas keine polizeilichen Befugnisse und konnte die Gegenstände nicht einfach konfiszieren; sie tat es vermutlich nicht zuletzt aus Wut. Aber Parkins wusste das entweder nicht, oder es war ihm egal.

Der Heimleiter machte eine wegwerfende Geste. »Eine Quittung dürfte nicht nötig sein. Selbst wenn wir Angehörige aufspüren, glaube ich nicht, dass sie daran interessiert sind.«

Rhodas Miene sprach Bände.

Rho marschierte rasch über den Parkplatz des Pflegeheims, froh, diesem grässlichen Ort entronnen zu sein. Las Vegas stimmte sie gereizt – die Hitze, der Verkehr, die flache Einförmigkeit, die großteils heruntergekommenen Wohnviertel. Guy, der an der Tür von einem aggressiven Pfleger mit einem Rollstuhl zurückgedrängt worden war, holte sie beim Auto wieder ein.

»Warum haben Sie diese Sachen mitgenommen?«, fragte er. »Sie wissen doch, dass das nicht legal ist.«

»Klar, aber ich wollte nicht erst auf Stevens warten müssen, und außerdem hat mich dieser Parkins so wütend gemacht.«

»Deshalb haben Sie wohl auch den Schal mitgenommen.«

»Wahrscheinlich.« Sie wartete ungeduldig, dass er die Wagentür entriegelte, schlüpfte dann auf den heißen Beifahrersitz. Der Kunststoff sengte durch ihre Hosen hindurch. »Ich wusste, Parkins hat Recht: Niemand interessiert sich für Judes Sachen. Der Schal muss ihr viel bedeutet haben, wenn sie ihn ins Pflegeheim mitnahm, wo sie doch gar keine Verwendung dafür hatte. Ich konnte ihn einfach nicht dalassen, damit er in den Müll fliegt oder von einer Pflegerin gestohlen wird. Jemand sollte ihn haben, als Erinnerung an sie – und wenn's nur ich bin.«

Noch im Reden merkte sie, wie albern das klingen musste, aber Guy sah sie verständnisvoll an. »Nett von Ihnen. Was war denn in dem Album und dem Hefter?«

»Handschriftliche Gedichte und Fotos, auf denen auch die anderen Canyon-Bewohner drauf sind. Das ist der Beweis, dass die Ackermans die Familie waren, die sich in der Hütte oben auf dem Hügel einquartiert hatte.«

»Kann ich mal sehen?«

»Später. Ich will zu dem Imbisslokal, das Parkins erwähnt hat, und Sandy Viera befragen, ehe ihre Essenspause vorbei ist und sie wieder zur Arbeit muss.« Sandy Viera war die Pflegerin, die Judith Ackerman am besten gekannt hatte.

Das Imbisslokal war nur ein paar Blocks entfernt: ein ganz auf Wüste aufgemachtes Etablissement, mit künstlichen Kandelaberkakteen und Rinderschädeln in Wandnischen. Eine Reihe Spielautomaten – zwei davon in Benutzung – standen rechts neben der Tür, und an der Imbisstheke saß ein Mann in Cowboystiefeln und Levi's über seinem Bier und studierte etwas, das wie Renntabellen aussah, in einem abgegriffenen Notizbuch. Ein kühler Luftzug drang durch Rhos Kleidung. Das machte ihr hier in Las Vegas auch zu schaffen: der ständige abrupte Wechsel von Hitze und Kälte.

Sie suchte den Raum nach einer schwarzhaarigen Frau in Pflegerinnenuniform ab und entdeckte sie schließlich in einer Sitznische am Fenster. Als Rho und Guy auf sie zugingen, wurde ihr Blick misstrauisch, aber als Rho ihr erklärt hatte, weshalb sie mit ihr reden wollten, nickte sie traurig und forderte beide auf, sich zu ihr zu setzen.

Sandy Viera war wohl Mitte fünfzig, eine mollige Frau mit einem runden, relativ faltenfreien Gesicht und baumelnden lila Ohrgehängen, die irgendwie nicht zu der frisch gestärkten weißen Uniform passten. Ihre Mundwinkel sanken herab, als Rho ihr von Chrystal erzählte.

»Chrys ist also auch tot«, sagte sie. »Verdammt! Das Leben ist manchmal ganz schön ätzend.«

Rho nickte. »Was können Sie mir über die Ackermans erzählen? Fangen wir mit Judith an.«

Sandy Viera legte ihre Gabel hin und schob ihren halb aufgegessenen Salat von sich. »Jude, so wollte sie genannt werden. So wie sie geredet hat, war klar, dass sie sich früher mal für eine ganz heiße Nummer gehalten hat. Für eine wilde Dichterin. Aber die Krankheit hat sie mit Mitte dreißig erwischt und ist schnell fortgeschritten. Als Jude ins Better Care kam, war sie fertig und verbittert. Und wütend, klar, aber das ist normal. Und sie hat einen Haufen Lügen erzählt.«

»Welcher Art?«

»Na ja, erstens mal hat sie gesagt, ihr verstorbener Mann sei ein Starmusiker gewesen, aber ich wusste über Leo Ackerman Bescheid, weil mein Bruder nämlich am Strip spielt. Leo war ein viertklassiger Gitarrist, der sich in keinem Schuppen am Strip hat halten können und schließlich an einer Überdosis miesem Stoff verreckt ist. Und Jude hat auch gesagt, sie hätte Gedichte in wichtigen Zeitschriften veröffentlicht und demnächst käme ein Buch von ihr raus, aber Chrys hat mir gesagt, dass all ihre Gedichte nur in einem Hefter in ihrem Nachttisch stehen. Manchmal hab ich Jude drin lesen sehen, aber sie wollte die Sachen niemandem zeigen. Und da waren noch mehr Lügen, jede Menge, alles, um Eindruck zu schinden, aber wir haben es durchschaut.«

»Okay, und Chrystal? Wie war ihr Verhältnis zu ihrer Mutter?«

»Hassliebe, wie das zwischen Müttern und Töchtern manchmal ist. Sie haben sich viel gestritten. Jude hat Chrys' Arbeit nicht gepasst, und Chrys hat ihr erklärt, sie soll aufhören, auf ihr rumzuhacken, schließlich verdient sie das Geld für die Zuzahlungen fürs Pflegeheim. Jude ist dann über sie hergezogen, sie sei ein undankbares Kind, und hat sich beschwert, Chrys hätte immer schon Leo – der nur ihr Stiefvater war – besser leiden können als sie. Jude ... na ja, die Litanei war endlos.«

»Sie muss ganz schön schwierig gewesen sein.«

Sandy Viera lächelte matt. »In meinem Job ist alles schwierig. Aber verstehen Sie mich nicht falsch, Jude und Chrys haben sich nicht immer nur gestritten. Manchmal waren sie richtig nett zueinander. Chrys hat dann diesen hübschen Seidenschal rausgeholt, den sie Jude geschenkt hatte – hat sie bestimmt eine Stange Geld gekostet – und ihn ihr umgebunden. Und dann hat sie ihr die Haare gebürstet. Jude hatte langes rotes Haar, und obwohl es ganz spröde und dünn und verschossen war, wollte sie's sich nicht von uns schneiden lassen. Chrys hat ihr auch eine von ihren Zeichnungen geschenkt – hat sie an die Wand neben ihrem Bett gehängt. Jude war begeistert, hat das Bild die ganze Zeit angestarrt, und Chrys hat sie immer wieder gefragt, warum. Sie hat gesagt, es sei nicht ihre beste Zeichnung, warum ihre Mutter gerade die gewollt habe?«

»Warum wollte sie sie?«

Sandy Viera zuckte die Achseln. »Das wollte sie nicht sagen. Hat immer nur so traurig gelächelt und gesagt, Chrys hätte so viel Talent, wenn sie nur was draus machen würde.«

»Wann hat Chrystal ihre Mutter das letzte Mal besucht?«

Die Pflegerin dachte nach. »Ich würde sagen, letzten Montag. Am Samstag vorher hatte Jude einen schlimmen Anfall. War hinterher ganz schwach und hat nach Chrys verlangt. An dem Abend haben sie lange geredet und dazu die Vorhänge ums Bett zugezogen. Als Chrys ging, war sie richtig benommen, als ob Jude ihr irgendwas Schlimmes gesagt hätte. Aber als sie dann an dem Montag wieder gekommen ist, war sie ganz anders. Richtig aufgedreht, wenn Sie wissen, was ich meine. Sie hat die Vorhänge wieder zugezogen und ist bis zum Ende der Besuchszeit geblieben. Ist dann gegangen, ohne ein Wort zu jemandem von uns. Und hat ihre Mutter nie mehr wieder gesehen.«

»Dieser Bartlow junior hat in mindestens zwei Punkten gelogen«, sagte Guy.

Er und Rhoda saßen an einem Fenstertisch in der Dachgeschossbar des Hotels Franconia, eines kleinen, gediegenen Etablissements ein paar Blocks vom Strip, wo er bei früheren Las-Vegas-Aufenthalten übernachtet hatte. Auf dem Rückweg von Sean Bartlows teurem Apartment im Nordwesten der Stadt – gar nicht so weit vom Better Care, aber in puncto Luxus Lichtjahre davon entfernt – hatte er sie aufzuheitern versucht, indem er sie an ein paar besonders extravaganten Casinos vorbeikutschierte. Es dämmerte bereits, und das Neongeglitzer kam jetzt voll zur Geltung: Der Eiffelturm des Paris Las Vegas wirkte beinahe wie das Original; die Freiheitsstatue am New York-New York – die Guy als Sohn der Metropole zum Schießen fand – erhob sich als plumpes Massiv vor den nachgebildeten Wolkenkratzern und der roten Looping-Achterbahn. Doch auf Rho hatte das Spektakel genau die entgegengesetzte Wirkung gehabt, und so hatte er sie schließlich hierher, in diese Oase der Kultiviertheit, gebracht.

Aber das schrille Gefunkel des Strips war immer noch sichtbar, und rings um die Stadt erstreckte sich die Wüste, dunkel und unerbittlich. Eine stumme Mahnung, dass dieser Ort einst öde und kahl gewesen war und auch wieder in diesen Zustand zurückversetzt werden konnte. Mit Sicherheit zurückversetzt werden würde, dachte Guy, wenn die Stadt mit der gegenwärtigen Rate von fast viertausend Menschen pro Monat weiterwuchs. Die Wasservorräte waren nicht unbegrenzt, die Luftqualität würde sich nicht halten lassen. Ein weiteres L. A. im Entstehen? Oder würde die Stadt einfach eines Tages implodieren, in einem einzigen grellen Lichtblitz, der die Überlebenden dorthin zurückjagen würde, wo sie hergekommen waren?

Rhoda hatte auf seine Bemerkung über Bartlow nicht

geantwortet. Sie lehnte schlaff in ihrem Stuhl und starrte aus dem Fenster. Da waren müde Falten um ihre hängenden Mundwinkel. Als der Kellner ihre Drinks brachte, richtete sie sich auf und seufzte.

»Ich glaube, ich bin in meiner tiefsten Seele einfach nur ein Mädel vom Land«, sagte sie.

»Ist doch nichts Schlechtes.«

»Nein? Das alles da« – sie zeigte aus dem Fenster – »gibt mir das Gefühl, so unbedeutend zu sein. Ich versteh's nicht. Ich mag's nicht. Habe aber irgendwie das Gefühl, ich sollte.«

Keine Chance, sie durch gutes Zureden aus ihrem deprimierten Zustand herauszuholen, also würde er es gar nicht erst versuchen. Stattdessen wiederholte er seine Bemerkung über Bartlow und setzte hinzu: »Die erste Lüge war, dass er nicht wusste, was für einem Geschäft Chrystal in Soledad County nachgehen wollte. Sie hat es ihm zumindest in Andeutungen erzählt, und er war interessiert genug, um ihr gegen eine Beteiligung seinen Mercedes zu leihen, aber ängstlich genug, um die Nummernschilder auszutauschen und die Papiere rauszunehmen.«

»Er sagt, er weiß nicht, wo die Nummernschilder herkommen.«

»Die zweite Lüge. Bartlow besitzt vermutlich ein Sortiment Nummernschilder, weil er nämlich ein Amateurdealer ist.«

»Woraus schließen Sie das?«

»Er behauptet, sein Vater hält ihn finanziell kurz, aber dieses Apartment und die Einrichtung sind teuer, wie auch Anrufe bei Hotline-intim und Dienste, wie sie ihm Chrystal erwiesen hat. Er ist in den vierzig Minuten, die wir da waren, fünf Mal ans Telefon gegangen, statt die Anrufe auf den Anrufbeantworter gehen zu lassen. Alle Gespräche klangen irgendwie verstohlen und endeten damit, dass er dem Anrufer versprach, ihm später mitzuteilen, wo sie sich treffen würden. Und nach jedem Anruf wirkte er nervös.«

»Okay, das mit dem Dealer leuchtet ein, aber wieso Amateur?«

»Weil er, bis er den Mercedes Chrystal geliehen hat, seine Lieferungen mit einem auffallend edlen Wagen gemacht hat, in der Annahme, die falschen Nummernschilder würden als Tarnung genügen, falls ihn jemand beobachtet. Mr. Bartlow ist nicht allzu helle, und ich hoffe, er kommt nicht irgendwann echten Profis in die Quere, denn sonst wäre er eines Tages nur noch ein blank gepicktes Skelett in der Wüste.«

Rhoda schüttelte den Kopf. »Das alles haben Sie herausgefunden, während Sie nur dabeigesessen haben? Ich sollte Ihre Methoden studieren. Ich habe nichts Brauchbares aus ihm herausgekriegt.«

Guy wollte sich in die Brust werfen, antizipierte aber Dianas tadelnde Stimme. »Na ja, ich habe viel Übung«, sagte er und meinte ein leises *Koketterie* zu hören. »Und was entnehmen Sie Jude Ackermans Fotoalbum?«

Rhoda nahm das Album auf, blätterte es durch und reichte es ihm dann. »Die ersten Fotos von den dreien wurden oben bei der Hütte aufgenommen. Die restlichen bei den Familien unten im Canyon. Da es so viele Fotos sind, würde ich sagen, sie waren gut befreundet. Ich erkenne darauf alle Personen, außer diesem Mann.« Ihr Zeigefinger tippte auf einen großen, schlaksigen Mann, der mit Devon Wynne posierte, den Arm um ihre Schultern.

»Devons Freund.« Er berichtete, was er von Gregory Cordova über den Mann wusste, der zwei Wochen vor den Morden den Canyon verlassen hatte.

»Komisch«, sagte sie. »Wir hatten keine Ahnung, dass er je dort war. Und seltsam ist auch, dass alle Fotos in diesem Album aus der Zeit stammen, als die Ackermans in Soledad County waren. Hatte Jude denn gar keine anderen Fotos?«

»Vielleicht war das ja für sie eine besondere Zeit, und sie hat deshalb gerade dieses Album ins Pflegeheim mitgenommen.«

»Vielleicht.« Rhoda nahm den Klemmhefter und blätterte darin herum. »Diese Gedichte sind alle datiert. Das erste entstand im Dezember des Jahres vor den Morden, das letzte im Januar drei Jahre danach.«

Guy sah auf die Uhr. »Wir sollten jetzt zum Flughafen fahren. Wir lesen Jude Ackermans gesammelte Werke im Flugzeug.«

»Interessant.«

Rho sah von dem Stapel handbeschriebener Blätter auf. »Was?«

»In dem Hefter sind noch jede Menge leere Blätter. Hat sie einfach irgendwann aufgehört zu schreiben?«

»Vermutlich. Und nach dem, was ich bisher gelesen habe, war das nur gut so. Sie hatte keinerlei Gefühl dafür, was ein Gedicht ist.«

»Ich wusste gar nicht, dass Sie Literaturkritikerin sind.«

»Aber Sie sind wohl Literaturkritiker?«

»Nein. Ich habe nicht die leiseste Ahnung von Lyrik. Aber ich erkenne Gefühl, wenn ich es sehe. Wenn das zum Dichten gehört, hat Jude wenigstens dafür ein Lob verdient.«

Sie sah auf die Seite, die sie gerade gelesen hatte, und schämte sich für ihr vorschnelles Urteil. Sie hatte sich von der kaum zu entziffernden Schrift und den unbeholfenen Formulierungen den Blick verstellen lassen.

Guy setzte hinzu: »Gerade wegen dieser Emotionalität frage ich mich, warum sie einfach mit dem Schreiben aufgehört hat. Leute, die etwas mit Leidenschaft betreiben, geben es gewöhnlich nicht so einfach auf, auch wenn sie nicht besonders gut darin sind.«

»Es sei denn, es passiert etwas, das ihnen diese Leidenschaft nimmt. Wie bei Virge Scurlock, als ihr all ihre Interessen abhanden kamen.«

»Möglich.« Er sah auf die Blätter, die sie ihm gegeben hatte. »Da alle Gedichte datiert sind, können wir vermutlich rekonstruieren, was in der betreffenden Zeit bei Jude psychisch abgelaufen ist. Vielleicht sogar, was faktisch abgelaufen ist. Vielleicht kriegen wir auf diese Weise raus, warum ihre Tochter, kurz nachdem sie zwei lange, intime Gespräche geführt hatten, den Canyon aufsuchte.«

Rho nickte. Es war schlau von ihr gewesen, Guy mitzunehmen, ihn in ihre Ermittlungen einzubeziehen. Da er erst relativ kurz mit den Morden befasst war, war sein Blick noch frischer, und er entdeckte Dinge, die die lange Zeit für sie verwischt hatte.

»Hören Sie mal«, sagte sie. »Dieses Gedicht ist fünf Monate vor den Morden entstanden. ›Ich geh den Teich entlang, wo still die Rehe liegen … Geh dorthin, wo das Zuhause meiner Seele ist … Geh zu denen, die meine wahre Familie sind … die mein Kind lieben wie ihre eigenen.‹«

Guy blätterte weiter. »Das ähnelt dem allerletzten Gedicht. ›Ich geh durch den Canyon unter Kiefern … Der Seewind wiegt ihr Geäst … Da ist kein Schrei, kein Schuss, nicht mehr … Ich nicke, wenn mir die Geister der Unvergessenen begegnen. In Frieden.‹«

»Vielleicht hat sie ja aufgehört zu schreiben, weil sie mit

dem, was passiert war, irgendwie Frieden geschlossen hatte. Vielleicht dienten ihr ja die Gedichte als Mittel, die Morde zu verarbeiten. Ein paar von den Sachen, die sie kurz nach den Morden geschrieben hat, strotzen ganz schön von Gewalt.« Sie fischte ein Blatt heraus und gab es ihm.

Er überflog es, runzelte die Stirn. »Sechs Monate danach. ›Blut bedeckt das Gesicht des Verrats und blendet seine verlogenen Augen … Das Messer fährt ins Fleisch, entblößt das falsche Herz … Schreie steigen empor ins Geäst, wo die Falken wohnen … Die Falken, die auf frische Beute lauern … Sie werden ein Festmahl halten auf den zerfetzten Leibern meiner Lieben.‹ Mir scheint, sie hat Falken und Geier verwechselt. Und was soll das mit dem Messer? Da wurde doch niemand erstochen.«

»Schon mal was von dichterischer Freiheit gehört?«

»Klar! Aber an manchen Stellen wurde diese Freiheit eindeutig missbraucht.«

Rho lächelte. Guy konnte es offenbar gar nicht leiden, wenn man seine kreativen Fähigkeiten in Frage stellte. Und von ihr bei einer kleingeistigen Äußerung ertappt worden zu sein, das saß.

»Nur zu«, sagte er. »Machen Sie sich nur über mich lustig. Ich schätze, als Nächstes werden Sie mir erzählen, Sie haben am College Kreatives Schreiben studiert, mit Schwerpunkt Lyrik.«

»Englische Literatur, mit Vorschulpädagogik als zweitem Hauptfach. Aber Gedichte habe ich tatsächlich geschrieben. Sogar ein paar Preise damit gewonnen. Wenn ich mich im Streifendienst langweile, mache ich manchmal im Kopf Gedichte, aber ich vergesse sie immer, ehe ich dazu komme, sie aufzuschreiben.«

»Was für Gedichte?«

Rho guckte weg, bereute, es überhaupt angesprochen zu haben.

»Rhoda?«

»... Tja, einige waren ganz schön gewaltbefrachtet. Andere waren traurig. Ich schätze, ich wollte damit auch was verarbeiten, genau wie Jude Ackerman.«

»Und? Hat's geklappt? Das mit dem Verarbeiten?«

»Einigermaßen.«

»Dann sollten Sie ja rekonstruieren können, was bei Jude ablief.« Er tauschte seine Blätter gegen ihre. »Lesen Sie weiter, dann gucken wir, was wir zusammenkriegen.«

Guy versuchte sich auf die kaum leserlichen Gedichte zu konzentrieren, ertappte sich aber immer wieder dabei, wie er verstohlen zu Rhoda hinübersah. Sie las gespannt, die Unterlippe zwischen den Zähnen. Ab und zu notierte sie etwas auf einem zusammengefalteten Blatt.

Als sie ihn gestern in den Canyon mitgenommen hatte, hatte er dahinter das Bedürfnis gespürt, ihm zu verdeutlichen, was dort passiert war, was sie durchgemacht hatte. Er bildete sich nicht ein, dass es persönliche Gründe gehabt hatte, so wenig wie ihr Angebot, sie auf dieser Reise zu begleiten; sie hatte seine Darstellung des Verbrechens im Buch beeinflussen wollen, und heute hatte sie ihn als Sensor gebraucht, wo ihre eigene Beobachtungsgabe versagte. Aber gerade eben hatte sie sich ihm gegenüber geöffnet und ihm erstmals Einblick in ihr Inneres gewährt. Er war sich nicht sicher, wie er das fand.

Nach Dianas Tod hatte es Frauen in seinem Leben gegeben – nicht viele und immer nur kurz –, aber keine hatte ihn wirklich berührt. Mit Rhoda Swift war das anders. Schon an dem Abend, als er ihr zum ersten Mal begegnet war, hatte er bei ihr diesen Schmerz gespürt, und inzwischen war ihm klar, dass ihr Schmerz auf seine Art genauso schlimm war wie das, was er selbst durchlitten hatte. Ihrer beider Leben war durch eine Gewalttat verändert worden, und solche Gemeinsamkeiten stifteten oft eine völlig abwegige Anziehung. Aber Guy hatte gelernt, solchen Verwicklungen nicht zu trauen, und warnte sich jetzt selbst davor, sich enger auf diese Frau einzulassen. Sie war so anders als er, wie man nur sein konnte.

Ostküste, Westküste. Großstadt, Kleinstadt.

Allerdings: beide Wahrheitssucher von Beruf.

Nein. Er: Ausdeuter harter Fakten. Sie: Poetin, auch wenn sie nur im Kopf schrieb.

Er: weltläufig, weit gereist. Sie: beeindruckbar, kaum je aus ihrem Heimatstaat herausgekommen.

Ein Einzelgänger, kein Familienmensch. Eine Frau, die fest in die Gemeinschaft eingebettet war und Kinder liebte.

Ein Haustierhasser. Eine Hundeliebhaberin.

Nichts drin. Absolut nichts.

Er wandte sich wieder Jude Ackermans Gedichten zu. Deren anfänglicher Charme war jetzt völlig verflogen. Rhodas Kritik war absolut zutreffend, befand er. Jude hatte ein Gedicht nicht von einem Dreschflegel unterscheiden können.

»Also, was denken Sie?«, fragte Rhoda.

»Ich denke, dass ich nicht mehr viel von diesem Zeug verkrafte.«

»Tja, ich habe sie alle gelesen und bin zu folgendem Schluss gekommen: Anfangs war Jude in den Canyon verliebt. Sie hatte einen wunderschönen Ort gefunden und Menschen, die sie akzeptierten und sich um sie kümmerten. Ich glaube nicht, dass sich vorher viele Leute um Jude gekümmert hatten. Aber ungefähr nach dem dritten Quartal des Jahres kippt die Sache. Die Gedichte sprechen jetzt von Verrat und Lüge. Nach den Morden werden sie gewaltbefrachtet und dann depressiv. Es hat fast drei Jahre gedauert, bis diese Gefühle schließlich einem ruhigen Akzeptieren wichen.«

Er nickte. »Ein euphorischer Ton zieht sich allerdings durch die gesamte Zeit, die die Ackermans im Canyon waren. Sie hat sich offenbar eng mit Susan Wynne angefreundet.« Er blätterte in den Seiten, die er gelesen hatte, und suchte eine heraus. ›Meine Freundin Susan macht mir Kaffee und schenkt mir ihr kostbarstes Geheimnis ... Sie teilt mit mir, aber ich habe nichts dafür zu geben ... Sie sagt, das spielt keine Rolle, Freundschaft ist alles ... Ich soll wissen, wo ihr Schatz liegt, falls ich ihn brauche‹.«

Rhoda schnappte ihm das Blatt weg und studierte es; ihre Lippen bewegten sich, und ihr Gesicht war plötzlich hellwach.

»Was?«, fragte er.

»Was Chrystal im Canyon wollte. Es steht ausdrücklich hier und wäre mir trotzdem beinahe entgangen.«

Guys Gesichtsausdruck war fast schon komisch, dachte Rho. Sie sah sein übergroßes Ego förmlich zusammenschnurren. »Sie hätten gar nicht darauf kommen können«, beruhigte sie ihn. »Ich bringe es mit etwas in Verbindung, was wir nicht öffentlich gemacht haben.«

»Und das wäre?«

»Fünf Wochen vor den Morden hob Susan Wynne eine beträchtliche Barsumme von ihrem Treuhandfonds ab – eine Viertelmillion Dollar. Der Leiter der Treuhandabteilung der Bank in San Francisco fand das zuerst ungewöhnlich, bis

Susan ihm dann erklärte, sie hätten größere Ausbaumaßnahmen auf ihrem Anwesen vor und die Leute dort oben nähmen nun mal am liebsten Bargeld.«

»Um die Einkommensteuer zu umgehen.«

Rho zuckte die Achseln. »Die meisten kommen mit Mühe über die Runden, auch ohne einen beträchtlichen Teil ihres Geldes einem Staat in den Rachen zu werfen, der kaum etwas für arme Leute tut. Na ja, jedenfalls wurden im Cascada Canyon nie irgendwelche Ausbaumaßnahmen durchgeführt, und das Geld wurde nie gefunden. Wir hatten Angst, wenn das an die Öffentlichkeit käme, hätten wir eine Invasion von Schatzsuchern auf dem Gelände.«

»Also könnte das Geld immer noch dort versteckt gewesen sein, an einem Ort, den Susan Jude verraten hat.«

»Genau.«

»Aber warum hat Jude es sich dann nicht schon längst geholt? Warum hat sie ihrer Tochter erst auf dem Totenbett davon erzählt?«

»Na ja, zuerst hatten sie und Leo Angst – panische Angst sogar. Sie sind in der Mordnacht getürmt und waren vermutlich noch lange auf der Flucht. Falls sie je zurückkamen, um das Geld zu holen, scheiterte es daran, dass das Gelände bewacht war. Aber ich wette, sie waren nie wieder im Canyon. Diese Sorte Späthippies ist nicht so scharf auf Geld, nicht, wenn es ein ernsthaftes Risiko bedeutet, dranzukommen.«

Guy runzelte die Stirn. »Aber warum war Jude dann nach all den Jahren plötzlich doch scharf darauf?«

»Sie wollte es für Chrystal? Oder vielleicht wollte sie aus dem Heim raus?«

»Das würde jeder wollen. Aber trotzdem, woher sollte sie

gewusst haben, dass sich das mit der Bewachung geändert hatte?«

Rho konnte nicht umhin, sich den Luxus eines überlegenen Lächelns zu gönnen. »Vor ein paar Monaten war ein Reporter bei uns im Ort. Von einem dieser windigen Wahre-Kriminalfälle-Magazine. Sein Aufhänger war, dass sich die Morde demnächst zum dreizehnten Mal jähren würden – Unglückszahl, Sie wissen ja. Er fand es hochinteressant, dass das Gelände nicht bewacht war und trotzdem niemand hinging. Das Magazin in Judes Nachttischschublade war das, für das er schrieb, und ich wette, es war die Nummer mit seinem Artikel.«

Ein Blick in Guys Gesicht sagte ihr, dass es ihr endlich doch noch gelungen war, ihn zu beeindrucken. Sie kippte ihre Sitzlehne zurück, streckte die Beine aus und sonnte sich in ihrem Triumph.

Chrystal: Vorher

Freitag, 6. Oktober
12 Uhr 29

Mann, das ist echt gruselig! Dieser Ort hier war die ganze Zeit irgendwo in meinem Hinterkopf, obwohl ich mich nicht dran erinnern konnte. Ich wusste nichts mehr davon und hab ihn doch die ganze Zeit gezeichnet.

Aber irgendwie hat der Canyon ja auch mein Leben bestimmt, die ganze Zeit seit der Schreckensnacht. Bis dahin bestand immer noch die Chance, dass Jude, Leo und ich so was wie eine Familie werden könnten. Sie war nett zu mir, und er hat mir, obwohl er Kinder nicht leiden konnte, seinen Namen gegeben und mich nicht missbraucht wie so viele Stiefväter. Aber danach war sie so mit sich beschäftigt, dass sie mich kaum noch bemerkt hat, außer um an mir rumzukritisieren. Und er, ach, vergiss es.

Ja, die Ermordeten waren nicht die einzigen Opfer dieser Nacht.

Jetzt aber Schluss mit der Rumsteherei und dem Selbstmitleid. Hol dir das Geld, und deine ganzen Probleme sind vorbei.

Aber warum hab ich das Gefühl, dass es nicht klappen

wird? Warum kribbelt meine Haut, als ob mich jemand beobachtet, jemand, der weiß, was ich vorhabe? Warum –

Hör auf, Chryssy!

Aber Jude hat gesagt, Susan wusste, dass ihr und ihrer Familie was Schlimmes zustoßen würde. Deshalb hat sie ihr gesagt, wo sie das Geld versteckt hatte, damit es nicht einfach verloren ging, wenn das Schlimme über sie reinbrechen würde. Und es ist auch prompt über sie reingebrochen.

Nein, ich glaub nicht an diesen Vorahnungsscheiß. Alles Quatsch.

Oder?

Mittwoch, 11. Oktober

Rho spürte, wie eine Hand sie sachte wach rüttelte. »Sie sind zu Hause«, sagte Guys Stimme.

Sie war gegen die Wagentür gesunken, rappelte sich jetzt hoch und sah sich um. Sie standen vor ihrem Haus, und durch die geschlossenen Vorhänge schimmerte Licht. Drinnen bellte Cody. Wie –?

Klar. Valerie kannte natürlich das Versteck der Hälfte aller Schlüssel hier auf dem Land. Sie musste Cody abgeliefert und das Licht für sie angelassen haben.

»Wie spät ist es?«, fragte sie.

»Halb eins.«

Eine Ewigkeit her, dass sie aus Las Vegas abgeflogen waren. »Wie haben Sie mein Haus gefunden?«

»Sie mögen sich ja für eine begnadete Detektivin halten, Lady, aber ich stehe Ihnen in nichts nach.« Während sie ihre Tasche aufsammelte und ihren Sicherheitsgurt löste, kam er herum, um ihre Tür zu öffnen. »Um ehrlich zu sein«, sagte er, »ich bin bei Ihrer Dienststelle vorbeigefahren, und der Dienst habende Beamte hat mir eine Skizze gemacht. Ich habe mich nur zwei Mal verfahren.«

»Und ich habe das alles verschlafen.«

»Ja, haben Sie. Einmal hab ich überprüft, ob Sie noch atmen.«

Sie fummelte nach ihren Schlüsseln, während sie die Eingangsstufen hinaufstieg. Cody erkannte ihren Schritt und hörte auf zu bellen.

»Hübsches Haus«, sagte Guy. »Allerdings ein bisschen einsam gelegen.«

»Man gewöhnt sich daran.« Sie steckte den Schlüssel ins Schloss und wandte sich zu ihm um. Im Licht der Fenster und den Schatten des Dachvorsprungs war sein Profil wie gemeißelt. »Ich weiß es zu schätzen, dass Sie heute dabei waren. Sie waren mir eine große Hilfe.« Sie fühlte sich jetzt seltsam nervös, wünschte, er würde gehen.

»Ich würde sagen, wir sind ein gutes Team ... du und ich.« Er legte ihr die Hand auf die Wange. Überraschenderweise waren seine Finger rau, die Kuppen verhornt. Als er sich zu ihr beugte, atmete sie seinen Geruch, diese Mischung aus natürlichen Düften, die so individuell ist wie der Fingerabdruck eines Menschen. Seine erinnerte sie an Herbst.

»Guy ...«

Seine Lippen berührten ihre, brachten ihren Protest zum Verstummen. Sie waren sanft, nicht fordernd. Sie ruhten kurz auf ihrem Mund, und ehe sie begriff, wie ihr geschah, trat er einen Schritt zurück, drehte sich um und lief rasch zum Wagen, eine Hand zu einer Art Winken erhoben.

Sie sah den entschwindenden Heckleuchten nach, stand dann einfach nur da. Jenseits der Tür jaulte Cody. Sie fasste sich mit den Fingerspitzen an die Lippen. Sie fühlten sich seltsam an, als ob der Kuss – der zugegebenermaßen kaum als ein solcher zu bezeichnen war – sie physisch verändert hätte.

Was hatte ihn dazu getrieben? Bisher hatte sie ihn doch nur in ihrer Eigenschaft als Informationskanal interessiert.

Und er war sofort zurückgewichen und schleunigst geflüchtet. Aus Angst, sie könnte ihm mit der Tasche eins überziehen?

Nein, aus Angst, weil er die physische und emotionale Distanz zwischen ihnen übersprungen hatte und weil ihm, das spürte sie, Nähe nicht geheuer war.

Nun ja, ihr auch nicht. Seit Zach sie verlassen hatte, war sie mit ein paar Männern zusammen gewesen, aber diese Affären hatten alle nicht lange gedauert, und sie war jedes Mal erleichtert gewesen, wenn der jeweilige Lover es leid war, gegen die Wand anzurennen, die sie früher oder später zwischen sich und ihm errichtet hatte.

Mit Guy Newberry würde es gar nicht erst so weit kommen. Sich mit ihm einzulassen war etwas, das jenseits ihrer Vorstellungskraft lag.

»Warum, verflucht noch mal, hab ich das gemacht? Um zu beweisen, dass ich könnte?«

Vielleicht magst du die Frau ja einfach, Liebling.

»Das hat doch keine Zukunft.«

Seit wann muss man an eine Bindung fürs Leben glauben, um ein bisschen zu knutschen?

»Ich *knutsche* nicht.«

In seiner Erregung schaffte es Guy, sich vier Mal zu verfahren, ehe er zum Highway zurückfand, und so dem seelischen Gepäck, das er ohnehin schon mit sich herumschleppte, noch das Gefühl hinzuzufügen, ein Volltrottel zu sein. Da die Straße völlig leer war, stieg er aufs Gas und kam in Rekordzeit in Signal Port an. Einen Drink, dachte er, irgendetwas Zivilisiertes, das ihn an zu Hause erinnern würde, an das Leben, das er geführt hatte, ehe er sich auf dieser verdammten Dinner-Party von Dun Harrison zu diesem

Irrsinn hier hatte bequatschen lassen. Er erinnerte sich, auf dem Flaschenbord der Hotelbar eine eingestaubte Flasche Speyburn gesehen zu haben. Wahrscheinlich war sie nie geöffnet worden; in diesem hinterwäldlerischen Nest konnte doch niemand Single-Malt-Scotch von Malzbier unterscheiden. Was ihm nur recht war, weil er sich großzügig aus dieser Flasche zu bedienen gedachte.

Er thronte bereits auf einem Barhocker, den Drink in der Hand, als er Lily Gilardi an einem Fenstertisch sitzen und in ihr Weinglas heulen sah. Wird Zeit, dass diese tristen Begegnungen aufhören, dachte er. Er machte eine Kinnbewegung in ihre Richtung und sah den Barmann fragend an. Der zuckte die Achseln.

»Setzen Sie die ganze Flasche auf meine Rechnung«, sagte Guy und streckte die Hand aus.

Der Barkeeper zuckte wieder die Achseln und reichte ihm die Flasche herüber.

Guy erhob sich von seinem Hocker und ging an Lilys Tisch. »Neue Alex-Probleme?«, fragte er, während er den anderen Stuhl hervorzog und sich hinsetzte.

Lily sah überrascht auf. Sie war wirklich eine gut aussehende Frau, dachte er, selbst mit malträtiertem Gesicht und Rotznase. Er griff in die Tasche und bot ihr sein frisches Taschentuch an. Sie guckte es an, als hätte sie ein solches Accessoire noch nie gesehen, nahm es dann und schnäuzte sich lautstark.

»Große Alex-Probleme«, sagte sie. »Er sitzt im Untersuchungsgefängnis in Santa Carla.«

»Warum?«

»Weil Mister Schlaumeier heute Nachmittag versucht hat, den Diamantring zu versetzen, den er Samantha Lindsay abgenommen hat, und der Pfandleiher den Ring erkannt hat, wegen des Rundschreibens vom Department, und die Bullen gerufen hat. Alex hat ihnen gesagt, dass er mir Samanthas Uhr gegeben hat, also hat Detective Shepherd mich aufs Revier geschleppt und gesagt, ich könnte vielleicht einen Deal kriegen, wenn ich gegen Alex aussage. Also muss ich ihn jetzt verpfeifen, und sie werden anfangen, wegen dem anderen Scheiß zu fragen, und Wayne wird mich umbringen.«

Guy schüttelte den Kopf und versuchte, ihrem atemlosen Gerede einen Sinn abzuringen. »Wollen Sie damit sagen, Alex hat die Leiche dieser Lindsay ausgeplündert?«

»Ja. Er hat ihren Wagen von der Straße rauschen sehen. Sie war tot, als er hinkam. Das ist schlimm, was er da gemacht hat, echt schlimm. Er hat den Unfall nicht mal gemeldet.«

»Und was ist ›der andere Scheiß‹?«

»Ach, verdammt, Mr. Newberry, die Abalonen-Sammelei! Alex ist mit diesen Typen aus Oakland im Geschäft, und was wir nicht an die absetzen, verkaufen wir dem Tai Haruru, dem Restaurant am Pier von Calvert's Landing, und noch ein paar anderen Lokalen. Das DFG und das Sheriff's Department haben uns schon im Verdacht, aber bisher konnten sie uns nichts nachweisen. Aber jetzt, wo mich dieser Detective Shepherd wegen Annahme von Diebesgut drangekriegt hat, wird er so lange Druck machen, bis ich alles ausspucke. Und dann blüht mir Gefängnis und außerdem noch eine Geldstrafe, die ich nicht zahlen kann. Und das alles nur, weil dieses Arschloch von Alex nicht warten und den Ring außerhalb des Countys verscherbeln konnte!«

Lilys Stimme war jetzt lauter geworden und lenkte die Aufmerksamkeit der übrigen Gäste auf sie beide. Guy legte seine Hand auf ihre und sagte: »Wenn Sie kooperativ sind, wird es schon nicht so schlimm werden.«

»Klar. Sind Sie verrückt? Wayne wird sich einmischen und dafür sorgen, dass wir beide hinter Gitter kommen.«

»Nach dem, was mir Rhoda Swift heute erzählt hat, steht Wayne im Department nicht sonderlich hoch im Kurs. Im Gegenteil, Detective Grossman versucht ihn sogar aus den Fällen, die er bearbeitet, möglichst rauszuhalten.«

Lily dachte darüber nach, wobei sie sich abwechselnd Augen und Nase tupfte und von ihrem Wein trank. »Mr. Newberry? Was Sie da gestern Abend über Rhoda Swift gesagt haben – meinen Sie, sie würde mich anhören? Die anderen vielleicht dazu bringen, einen Deal mit mir zu machen?«

»Ich weiß, dass sie Sie anhören wird.«

»Dann will ich, dass wir zu ihr fahren. Jetzt sofort.«

Der Gedanke, wieder zu Rhodas Haus zu fahren, wo er sich gerade eben zum kompletten Idioten gemacht hatte, ließ ihn innerlich frieren. »Lily, es ist schon spät, und Rhoda hat einen langen Tag –«

»Bitte! Sie ist vielleicht meine einzige Chance!«

Gestern Abend hatte er das Gefühl einer inneren Veränderung gehabt, als er beschlossen hatte, die Kommunikationskanäle zu Lily offen zu halten und ihr zu helfen, wenn er konnte. Aber dann war er hingegangen und hatte eine Frau geküsst, die nicht die Sorte Frau war, die man einfach so nebenbei küsste. Die jetzt vermutlich wach lag und erwog, ihm die Eier abzuschneiden. Es war Wahnsinn, heute Nacht noch zu Rhoda Swift zurückzufahren, um ihr das zweifelhafte Geschenk Lily Gilardi zu überbringen.

Wahnsinn, aber trotzdem genau das, was er jetzt tun würde.

*

Codys Gebell weckte Rho aus unruhigem Schlaf. Sie setzte sich auf und sah das Licht von Autoscheinwerfern über ihr Fenster schwenken. Sie schlüpfte in ihren langen Flanellmorgenrock, eilte durchs Zimmer und spähte hinaus. Ihr stockte der Atem, als sie ein Auto sah, das aussah wie Guy Newberrys Mietwagen.

»Was jetzt?«, murmelte sie und ging zur Tür.

Als sie das Licht über dem Eingang anknipste, erhellte es zwei Personen: Guy und Lily Gilardi. Guy wirkte etwas verlegen, aber bestimmt. Lily hatte geweint und schien verängstigt.

»Mein Gott«, sagte sie, als sie die Tür öffnete. »Ist was mit Wayne …?«

Guy schüttelte den Kopf. »Soweit wir wissen, liegt Big Brother sicher in seinem Bett. Aber Lily hat was mit dir zu bereden. Können wir reinkommen?«

»Natürlich.« Sie machte die Tür weiter auf, und sie traten in ihr Wohnzimmer. Es fühlte sich auf der Stelle zu klein an, und als sie sich verstohlen umsah, wirkte alles darin alt und schäbig. Sie sah, wie Guy sich ebenfalls umguckte und seine Augen alles katalogisierten.

Zum Teufel mit seinem Urteil. Das hier war kein New Yorker Penthouse, aber es gehörte ihr, und sie mochte es.

»Bitte«, sagte sie, auf die Sitzgruppe deutend, und entschuldigte sich dann, um sich Jeans und ein Sweatshirt anziehen zu gehen. Als sie zurückkam, saßen die beiden nebeneinander auf dem Sofa, und Cody beschnüffelte ihre Schuhe. Sie befahl dem Hund, Platz zu machen, und musterte dann besorgt Lilys zerschundenes und mit Wimperntusche verschmiertes Gesicht. »Sind Sie okay?«

»Ja. Nein. Nein, bin ich nicht.«

»Kann ich Ihnen etwas anbieten? Kaffee? Tee?«

»Könnte ich einen Drink haben? Bisschen Wein vielleicht?«

»Natürlich. Guy?«

Er zog eine Flasche aus der Tasche und hielt sie hoch. Single-Malt-Scotch.

»Für alle Fälle gerüstet – hätte ich mir denken können«, sagte sie, als sie die Flasche entgegennahm.

In der Küche goss sie zwei Drinks ein und musterte die Kaffeemaschine, in der noch der Satz des gestrigen Morgenkaffees war. Goss sich dann ebenfalls einen Scotch ein.

Als sie den beiden gegenübersaß, fragte sie Lily: »Was möchten Sie denn mit mir besprechen?«

Lily sah zu Guy hinüber, und als sie merkte, dass ihr von dieser Seite keine Hilfe zuteil werden würde, sagte sie: »Es geht um die ermordete Frau, die Sie bei Point Deception gefunden haben.«

»Inwiefern?«

Erneuter Blick zu Guy. Er sagte: »Lily will dir bei deinen Ermittlungen helfen, aber was sie zu erzählen hat, könnte sie belasten. Sie hofft, dass du ihr Straffreiheit garantierst.«

»Das steht nicht in meiner Macht. Jeder Deal muss mit meinen Vorgesetzten und der Bezirksstaatsanwaltschaft abgesprochen werden.«

Lily erhob sich halb. Guy packte sie am Arm und zog sie mit einem Ruck aufs Sofa zurück. Er wirkte ärgerlich, aber auch irgendwie väterlich, und Letzteres überraschte Rho.

Er sagte: »Wenn du dich für sie einsetzt, kannst du sicher einen Deal für sie rausholen.«

»So viel Einfluss habe ich nicht, Guy.«

»Ich denke doch. Detective Grossman hat dir bei diesen Ermittlungen eine Menge Verantwortung übertragen.«

»Trotzdem, garantieren kann ich gar nichts.« Das musste sie betonen, auch wenn es Lily veranlassen sollte, ihre Information für sich zu behalten.

Guy wollte etwas sagen, aber Lily kam ihm zuvor. »Ach, verdammt, was soll's? Ich bin sowieso wegen Annahme von Diebesgut dran. Alex sitzt eh schon im Gefängnis, weil er Samantha Lindsays Schmuck und Kreditkarten geklaut hat. Da kann ich schon nicht mehr lügen, warum soll ich's dann wegen der anderen Sache tun? Das war's doch sowieso, alles, was zwischen mir und Alex war – eine einzige große Lüge. Versuchen Sie, einen Deal für mich rauszuholen, und wenn's nicht klappt ... Na ja, ich hab mich in diesen Schlamassel reingeritten, und jetzt will ich wieder raus.«

Rho nickte anerkennend. »Darf ich unser Gespräch auf Band aufnehmen?«

Lily sah Guy an, der sie jetzt betrachtete wie ein Vater ein schwieriges Kind, das eine entscheidende Kurve gekriegt hat. »Ist schon okay«, erklärte er ihr. Während Rho in ihrem Schreibtisch nach dem Recorder und Kassetten suchte, trug er Lilys Glas in die Küche, um ihr nachzuschenken, und als er zurückkam, tätschelte er ihr die Schulter.

Er engagiert sich für sie, dachte Rho. Und nicht nur, weil er ihre Geheimnisse erfahren will. Ich habe ihn falsch eingeschätzt.

»Erzählen Sie, wie Sie möchten, Lily«, sagte sie, als sie den Recorder anstellte.

Lily nahm einen großen Schluck Wein. »Okay. Ich schätze, Sie verdächtigen mich und Alex sowieso schon wegen der Abalonen-Sammelei. Das DFG ist uns auch schon auf der Spur. War eh nur eine Frage der Zeit.«

Rho nickte.

»Okay«, sagte Lily, »erst haben wir die Abalonen hauptsächlich an diese Typen aus Oakland abgesetzt, aber dann fingen die echt an zu spinnen. Wollten nicht, dass ich mitmache, weil ich keine Vietnamesin bin, und als Alex gesagt hat, er will mich nicht ausschließen, haben sie ihn bedroht. Also ist er zu ein paar Restaurants hier in der Gegend gegangen und hat seine eigenen Geschäfte gemacht. Na, jedenfalls, letzten Freitagnachmittag, so um fünf, kamen wir mit der Tageserntee aus der Lantern Cove rauf, und da sind wir ihr direkt über den Weg gelaufen. Der ermordeten Frau.«

»Moment mal«, sagte Rho. »Fünf Uhr nachmittags ist zu spät zum Abalonensammeln.« Die Taucher fuhren normalerweise im Morgengrauen hinaus.

»Ja, stimmt. Aber es war so, dass wir unsere Kühltasche schon am Morgen voll hatten und gerade gehen wollten, als Alex diese Typen sah, die er für DFG-Leute hielt. Es waren keine, mir war das klar, aber Alex ist ein bisschen – ach, was, total paranoid. Also hat er darauf bestanden, dass wir die Kühltasche in einer von den Höhlen unten an der Bucht verstecken und sie später holen.«

»Okay, Sie waren also um fünf Uhr dort und …?«

»Und diese ermordete Frau … Wie hieß sie?«

»Chrystal Ackerman.«

»Ja, jetzt fällt's mir wieder ein. Sie nannte sich Chrys. Na, jedenfalls, sie kam plötzlich aus diesem Riesenbüschel Pampasgras, wo sie pinkeln gewesen war. Benahm sich irgendwie seltsam, als ob wir sie bei was Verbotenem erwischt hätten, schien aber sonst ganz nett. Hat uns erklärt, ihr Wagen sei verreckt und ihr Handy funktioniere nicht, und hat uns gebeten, für sie den Pannendienst anzurufen und noch eine Nummer in Las Vegas. Ich hab gesagt, okay, machen wir, und sie hat uns ihre Automobilclub-Mitgliedsnummer aufgeschrieben und was wir bei dem anderen Anruf sagen sollen, und hat mir dann einen Zwanziger gegeben, für das Ferngespräch. Als ich gesagt hab, das sei zu viel, hat sie gesagt, für den Rest sollen wir einen auf sie trinken.«

»Was sollten Sie der Person in Las Vegas sagen?«

»Die Nummer war von so einer Art Krankenhaus. Ich sollte denjenigen, der dran war, bitten, Judith Ackerman auszurichten, Chrys sei ohne Probleme rein- und wieder rausgekommen.«

Rho sah Guy an; der nickte.

Rein in den Cascada Canyon und wieder raus, mit einer Viertelmillion Dollar.

»Und haben Sie die Anrufe getätigt?«, fragte sie.

Lily sah in ihr Glas. »Nein«, sagte sie kleinlaut. »Ich wollte in Signal Port anhalten und von einem Münztelefon telefonieren, aber Alex hat gesagt, wir müssten direkt ins Tai Haruru, die würden schon auf die Abalonen warten. Er hat gesagt, wir trinken dort in der Bar einen auf Chrys. Und dann hat dieser Kerl einfach den Zettel genommen, wo sie die Nummern draufgeschrieben hatte, und hat ihn aus dem Fenster geworfen.« Sie hielt inne und schüttelte den Kopf. »Ich glaube, da habe ich angefangen, ihn zu hassen.«

Rho wartete. Als Lily nicht weitersprach, sagte sie: »Ich nehme an, das ist noch nicht alles, was Sie mir zu sagen haben.«

»Noch nicht mal die Hälfte. Da ist noch das Ding mit Samantha Lindsay. Aber deswegen haben sie Alex schon in der Mache, und ich hab gesagt, ich würde gegen ihn aussagen, wenn sie mich nicht wegen Annahme von Diebesgut vor Gericht bringen. Zuerst hatte ich ein schlechtes Gewissen deswegen, aber wissen Sie was? Langsam fühlt es sich richtig an.«

»Welcher Detective hat den Deal mit Ihnen gemacht?«

»Der kleine Typ. Shepherd.«

Rho musste sich das Lächeln verkneifen, als sie sich vorstellte, wie Denny auf diese Beschreibung reagieren würde. »Okay, was noch?«

Ein listiger Ausdruck breitete sich über Lilys Gesicht. Rho spürte, jetzt würde sie gleich das As aus dem Ärmel ziehen.

»Das könnte Sie mit Ihrem Fall echt weiterbringen.«

»Dann erzählen Sie's mir.«

Lily ließ sich Zeit, streckte Guy ihr Glas zum Nachfüllen hin. Das war ihr großer Auftritt, dachte Rho, und sie war entschlossen, ihn auszukosten. Als Guy mit dem Wein zurückkam, nippte sie daran, stellte ihr Glas ab und setzte sich gerader hin.

»Ich und Alex, wir wissen, wo der Killer Chrys' Leiche ins Wasser geworfen hat.«

Guy hatte sich darüber geärgert, zum Kellner degradiert zu werden, aber Lilys Enthüllung ließ ihn das schlagartig vergessen. Er sah, wie Rhoda ihre Überraschung unterdrückte, als sie fragte: »Und wo war das?«

Die coole Reaktion schien Lily den Wind aus den Segeln zu nehmen. Sie verschränkte die Arme und schmollte.

»Lily?«, sagte Rhoda. »Kooperation ist die erste Voraussetzung für einen Deal.«

»Okay. Wissen Sie, wo früher das Quinley's war?«

Rhoda nickte. Zu Guy sagte sie: »In den fünfziger und frühen sechziger Jahren war auf diesem Gelände eine Tankstelle, die einzige an diesem Küstenstück. Als dann die großen Ölgesellschaften kamen, stand das Gebäude etwa fünfzehn Jahre leer. In den achtziger Jahren hat es ein Mann namens Quinley gekauft und dort einen kleinen Burger-Imbiss eröffnet, aber es bestand der Verdacht, dass das Areal mit Giftstoffen verseucht war, aus lecken unterirdischen Tanks, und er musste zumachen. Ein paar Jahre später brannte das Gebäude teilweise ab – vermutlich, weil Quinley die Feuerversicherung kassieren wollte –, und seither steht das Grundstück zum Verkauf.«

»Ich glaube, ich habe es gesehen. Völlig zugewuchert, mit einem Maschendrahtzaun, auf der Westseite des Highways, ein paar Meilen nördlich von Point Deception?«

»Genau.«

»Tja«, sagte Lily, »was die meisten Leute nicht wissen, ist, dass es in der Bucht dahinter so ziemlich die besten Abalonen-Bänke im ganzen County gibt und dass das Tor im Zaun nie abgeschlossen ist. Ich und Alex, wir sind immer dort reingefahren und die Klippen runtergeklettert und haben unsere Kühltasche in Rekordzeit voll gekriegt.«

Rhoda machte ein entsetztes Gesicht. »Lily, das Sickerwasser aus dem verseuchten Boden könnte die Muscheln mit Gift belastet haben. Deshalb sammelt dort niemand. Sie und Alex haben womöglich Menschen vergiftet!«

Sie zuckte die Achseln. »Darum geht's nicht. Wir waren am Sonntag im Morgengrauen dort unten, und da haben wir das Zeug gefunden.«

»Welches Zeug?« Guy hörte jetzt einen ungeduldigen Unterton in Rhodas Stimme.

»Chrys' Handtasche und ihren Pullover. Ich schätze, der Kerl, der sie umgebracht hat, hat die Sachen hinter ihrer Leiche hergeschmissen und gar nicht gemerkt, dass sie an einem Strauch auf den Felsen hängen geblieben sind. In der Tasche war noch alles drin: Geld, Kreditkarten, Handy. Als ich die Sachen gesehen habe, wusste ich, ihr ist was passiert, und ich wollte die Tasche aufs Revier bringen, aber Alex …« Sie biss sich auf die Lippe.

Guy sagte: »Alex wollte sie behalten.«

»Genau. Den Pullover haben wir dort gelassen.«

Rhoda warf ihm einen warnenden Blick zu: *Das hier ist meine Befragung*. Er machte eine Entschuldigungsgeste.

Sie fragte: »Wie viel Geld war in der Handtasche?«

»Siebenundsechzig Dollar und einundachtzig Cent. Damit wäre sie nicht weit gekommen. Und ihre Kreditkarten … die von Chevron war ja okay, aber als ich's mit ihrer Visacard probiert habe, wurde sie wegen Überziehung abgelehnt.«

»*Sie* haben es damit probiert?«

»Alex hat mich dazu gewungen.«

Guy sah Rhodas Lippen schmal werden. Sie war diese Alex-hat-mich-gezwungen-Nummer allmählich genauso leid wie er. Alex mochte ja gewalttätig sein, aber letztlich waren sie beide Raubtiere, die sich vom schlimmen Geschick anderer nährten.

»Was war sonst noch in der Tasche?«, fragte Rhoda.

»Der übliche Kram, den wir so mit uns rumschleppen. Eins war allerdings komisch: Ihre Mitgliedskarte vom Automobilclub war auf einen Männernamen ausgestellt.«

»Sean Bartlow?«

»Klingt irgendwie richtig. Ah ja, und da war dieser handgeschriebene Zettel, sah aus wie eine Wegbeschreibung. Von Westhaven so und so viele Meilen nach Norden, da und da parken, dort und dort hingehen.«

»Haben Sie den Zettel noch?«

»Nein. Alex hat alles, was wir nicht gebrauchen konnten, in einen Müllcontainer geschmissen, oben in Calvert's Landing, wo sie das neue Gemeindezentrum bauen. Auch das

Handy. Hatte sich rausgestellt, dass ihr Anbieter hier oben kein Netz hat, deshalb funktionierte es nicht.«

Rhoda notierte etwas auf einem Block. Sie fragte: »Deutete irgendwas darauf hin, dass vor Ihnen jemand auf dem Quinley-Gelände war?«

»Na ja, das Tor war nicht zugeklinkt, so wie sonst.«

»Sonst noch was?«

Lily dachte nach und schüttelte dann den Kopf. Rhoda seufzte und stellte den Recorder ab. Sie sagte: »Ich muss Sie in Schutzgewahrsam nehmen, Lily.«

Panik spiegelte sich im Gesicht der jungen Frau. Mit offenem Mund wandte sie sich Guy zu. Er sagte: »Ist nur zu Ihrem Besten.«

»Aber was ist mit meinem Deal?«

Rhoda sagte: »Ich werde tun, was ich kann, aber bis dahin will ich Sie in Sicherheit wissen.«

»Sicherheit?« Ihre Stimme rutschte eine Oktave hoch. »Sicher vor wem?«

»Vor Alex, falls er auf Kaution freikommt. Vor seinen Gang-Kumpels aus Oakland. Vor Wayne.«

Als der Name ihres Bruders fiel, verzerrte sich Lilys Gesicht. Sie beugte sich vor, die Hand in die Magengrube gekrallt. Guy drückte ihre Schulter, im Bemühen, sie zu trösten, aber sie schien es gar nicht zu spüren.

Er warf Rhoda einen düsteren Blick zu, und sie nickte. Fürs Erste würden beide Raubtiere hinter Gittern sein.

Morgengrauen und Nebel, der aus der Bucht hinter den Ruinen des Quinley's heraufdriftete. Ned Grossmans Wagen stand in der Nähe des rostigen Zu-verkaufen-Schilds. Rho parkte ihren Pick-up daneben, stieg aus, bibberte in der feuchtkalten Luft.

Statt seinerseits aus dem Wagen zu steigen, öffnete Grossman die Beifahrertür und bedeutete ihr einzusteigen. Er reichte ihr einen weißen Styroporbecher und sagte: »Geben wir uns eine Chance aufzuwachen, solange wir auf die anderen warten.«

Sie nahm den Becher dankbar entgegen, fummelte den Plastikdeckel ab und schaffte es wundersamerweise, dabei nichts von dem Kaffee zu verschütten. Lily Gilardis Personalien aufzunehmen, jemanden zu finden, der sie nach Santa Carla ins Untersuchungsgefängnis brachte, und Grossman von den jüngsten Entwicklungen in Kenntnis zu setzen, hatte einen Großteil der Nacht in Anspruch genommen, und ihr waren nach einem strapaziösen Tag nur zwei, drei Stunden Schlaf geblieben.

Sie trank von dem Kaffee, beschwor ihn zu wirken und starrte auf die verkohlten Ruinen hinter dem Zaun, die wuchernden Rankgewächse, die sich die Stützpfosten des Tankstellendachs emporwanden und über das Spitzdach krochen. Sie stellte sich diesen Ort als das vor, was er in den fünfziger Jahren gewesen sein musste: eine willkommene Oase neben einem wesentlich schmaleren Asphaltband. Wo man Snacks und Limonade, Bier und Angelköder kaufen konnte und Warnungen vor den Fährnissen des Reisens an diesem einsamen Küstenstück mit auf den Weg bekam. Das Hotel in Signal Port war noch in Betrieb, aber sonst gab es keine Übernachtungsgelegenheiten, außer kleinen Motels in Westhaven und Calvert's Landing. Streifenwagen waren selten, Rettungsdienste noch nicht existent. Die verstreuten Häuser zwischen den Ortschaften wirtschafteten noch mit Kerosinlampen und Propangas, es sei denn, die Eigentümer hatten teure Generatoren installiert; Handpumpen an Spülbecken und Klohäuschen im Wald waren die Norm.

Die Menschen hier lebten ihr Leben, ohne je weiter als bis Santa Carla zu reisen, und das war schon ein zeitaufwendiges und schwieriges Unternehmen.

»Woran denken Sie?«, fragte Grossman.

»Wie es hier gewesen sein muss, bevor ich auf der Welt war. Mein Dad hat mir davon erzählt.«

»Es war ganz schön primitiv. Meine Großeltern bewohnten in der Nähe von Deer Harbor eine Hütte, die sie in den vierziger Jahren selbst gebaut hatten. Als dann Anfang der sechziger Jahre die Stromleitungen von Signal Port weiter nach Norden geführt wurden, nutzten sie diese Errungenschaft nie. Sagten, das sei nicht so wichtig, und sie hatten Recht. Wir hatten Wälder voller Rotwild und Eulen und Spechte. Einen Sandstrand. Einen tollen Blick auf den Goat Rock. Ich habe dort sehr glückliche Zeiten verbracht.«

»Was sind Ihre intensivsten Erinnerungen?«

»Der Blaubeerkuchen, den meine Großmutter zum Abkühlen aufs Fenstersims stellte und den dann der Bär stahl. Pfirsicheis, das in einer Handkurbelmaschine gemacht wurde. Überm Feuer geröstetes Popcorn und buttertriefende Maiskolben. Frisch gefangener Fisch, der in der Pfanne brutzelt, mit Zwiebeln.« Er hielt inne, und sein Mund verzog sich zu einem Grinsen. »Ich brauche Ihnen wohl nicht zu sagen, was mich als Kind am meisten interessiert hat.«

»Nicht das schlechteste Interesse.« Sie trank von ihrem Kaffee, fühlte sich seltsam wohl und unbefangen in Gegenwart ihres Vorgesetzten. »Wie geht's Everett?«

»Wie kommen Sie auf den? Oh, verstehe – Futter. Tja, der Nachbar, der sich um ihn kümmert, sagt, er und der Hund verstehen sich prächtig. Das Problem ist nur, dass der alte Ev eine Vorliebe für Rinderhackfleisch entwickelt hat – gebratenes Rinderhackfleisch. Bisschen teuer für ein Polizistengehalt.«

Rho grinste. »Von der zusätzlichen Kocherei mal ganz abgesehen –«

Sie verstummte, als ein Streifenwagen neben ihrem Pickup hielt. »Da ist Wayne.«

»Wayne? Verdammt!« Grossman warf seinen leeren Kaffeebecher hinter den Sitz. »Der sollte doch feststellen, auf welcher Route die Ackerman hierher gekommen ist. Was zum Teufel macht er hier? Er sollte sowieso nicht vor Ort sein, da seine Schwester eine Hauptzeugin ist. Verdammt!« Er stieß die Tür auf und stieg aus. Rho folgte ihm in vorsichtigem Abstand.

Grossman bewegte sich auf Wayne zu wie eine Großkatze, die sich an ihre Beute heranpirscht. Obwohl der Deputy fünf Zentimeter größer und rund fünfzig Pfund schwerer war, war Grossmans Präsenz die beeindruckendere. Er sagte: »Habe ich Sie angefordert, Gilardi?«

»Nein, Sir, haben Sie nicht, aber ich dachte, Sie könnten Hilfe gebrauchen. Außerdem habe ich ein persönliches Interesse –«

»Was genau der Grund dafür ist, dass ich Sie hier nicht haben will. Ich habe die Spurensicherung aus Santa Carla angefordert, und wenn die hier ist, wird mir Deputy Swift zeigen, wo Ihre Schwester die persönlichen Habseligkeiten der Ermordeten gefunden haben will, und dann lasse ich die ganze Gegend abkämmen. Da will ich niemanden mit einem persönlichen Interesse dabei haben.«

Wayne wurde rot.

Grossman setzte hinzu: »Haben Sie Ihren Bericht über die Fahrtroute der Ackerman schon vorgelegt?«

»Ich hab sie bis runter nach Sonoma County verfolgt, zum Supermarkt von Ocean Cove –«

»Legen Sie's schriftlich vor, Gilardi.«

Rho sah, wie Wayne die Fäuste ballte und die Schulter zurücknahm, als wollte er Grossman einen Boxhieb verpassen.

Nicht, um Himmels willen, Wayne!

Grossman sah es ebenfalls. »Ich an Ihrer Stelle würde das nicht tun«, warnte er ihn. »Fahren Sie zurück zur Dienststelle, und schreiben Sie Ihren Bericht. Und machen Sie dann für heute frei. Sie haben es nötig.«

Wayne starrte den Detective mit zornlodernden Augen an. Dann machte er auf dem Absatz kehrt und ging zu seinem Streifenwagen. Als er davonpreschte, prasselte ein Splitthagel auf Rhos Pick-up ein.

»Danke, Gilardi«, murmelte sie.

Grossman sah dem davonrasenden Wagen mit zusammengekniffenen Augen nach. »Der Junge ist ganz schön jähzornig.«

»Ja.«

»War er immer schon so?«

»Nein.«

»Was hat ihn verändert?«

Sie presste die Lippen zusammen. Guy hatte ihr, ehe er in den frühen Morgenstunden ihr Haus verlassen hatte, von Waynes Affäre mit Claudia Blakeley erzählt. Sie war verpflichtet, diese Information weiterzugeben, hatte sie Grossman vorhin aber dennoch vorenthalten. Es ihm zu erzählen schien Verrat an dem Mann, der ihr Mentor gewesen war.

»Was, Swift?«

»... Waynes Veränderung hatte mit den Canyon-Morden zu tun. Die haben uns alle verändert.«

Grossman wartete.

Sie trat an den Zaun, den Rücken zu Grossman, befingerte eine späte Rose, die sich wie Seidenpapier anfühlte. »Wayne gilt als ziemlicher … na ja, man könnte wohl sagen Frauenheld.«

»Ist dieser Ruf begründet?«

»Ja.«

»Und?«

Gott, sie wünschte, Guy hätte ihr nie gesagt, was er wusste! Sie konnte im Alleingang Waynes Karriere ruinieren. »Zum Zeitpunkt der Morde hatte er mit einem der Opfer, Claudia Blakeley, zu tun.«

»Sie meinen, er hatte ein Verhältnis mit ihr?«

»Ja.«

»Wussten Sie das damals schon?«

»Nein. Ich hab's erst heute Morgen erfahren.«

»Können Sie's belegen?«

»Es gibt einen Augenzeugen dafür, dass Wayne die Blakeley am Highway abgeholt und in seinem Wagen mit ihr intime Zärtlichkeiten getauscht hat – in seinem Streifenwagen, nehme ich an.«

»Nehmen Sie diese Aussage offiziell zu Protokoll.«

»Ja, Sir. Ich gehe es gleich an, wenn ich hier fertig bin. Aber werten Sie das wirklich als Indiz für ein Fehlverhalten im Dienst?«

Grossman schien seine Antwort sorgsam abzuwägen. »Intime Zärtlichkeiten im Streifenwagen sind kein akzeptables Verhalten, aber darüber würde ich noch hinwegsehen. Was mich beunruhigt, ist, dass es hier um einen Beamten geht, der Beweismittel in ebenjenem Fall verschlampt hat. Und der Sie die Schuld hat auf sich nehmen lassen.«

»Ich sehe nicht, was die Sache mit diesen Blutproben –«

»Wirklich nicht?«

»Wollen Sie sagen, dass er die Proben absichtlich verloren hat? Oder noch andere Beweismittel manipuliert haben könnte?«

»Ich will sagen, dass er etwas mit den Morden zu tun gehabt haben könnte.«

Als Guy an diesem Morgen um neun Uhr aus seinem Pensionszimmer trat, sah er sich Becca Campos gegenüber. Sie drückte eine Ladung Bettwäsche und Handtücher an ihre Brust, als wollte sie sich damit trösten, und ihre Augen waren rot geweint.

»Becca«, sagte er, »was ist denn los?«

»Virge Scurlock ist tot. Sie haben sie vorgestern gefunden, und das Sheriff's Department wollte es nicht an die große Glocke hängen, aber alle hier haben mit diesen verflixten Reportern geredet, und jetzt ist es in den Nachrichten und in allen Zeitungen.«

»Haben Sie's eben erst erfahren?«

»Nein, mein Freund hat es mir gleich danach erzählt, aber ich kann einfach nicht aufhören zu heulen. Ich hab Virge gemocht, sie war der netteste Mensch, für den ich je gearbeitet habe.« Jetzt liefen ihr Tränen über die Wangen, und sie ließ die Wäsche fallen und vergrub ihr Gesicht an Guys Schulter.

Was hatten sie nur mit ihm, diese weinenden Frauen von Signal Port!

Er tätschelte ihr den Rücken, murmelte ein paar Floskeln – jene Art hohle Phrasen, die einer der Gründe dafür waren, dass er sich nach Dianas Tod von seinen Freunden fern gehalten hatte. Offenbar durchschaute Becca sein leeres

Gerede. Sie machte sich von ihm los, fixierte ihn mit zynischem Blick und bückte sich dann, um die Wäsche aufzuheben. »Sorry«, sagte sie, als sie sich an ihm vorbei in sein Zimmer zwängte.

Guy zögerte kurz, zuckte dann die Achseln und ging los, um festzustellen, wie die übrigen Einwohner die Nachricht aufnahmen.

»Da ist es passiert.« Gregory Cordova zeigte in die Lantern Cove hinab. »Der japanische Frachter damals, neunzehnhundertsiebenunddreißig. Die Brandung hat ihn einfach mitgerissen und gegen die Felsen geschmettert.«

Rho versuchte gar nicht erst, den alten Mann aufs Thema zurückzubringen. Wie so viele Nachfahren von Basken, die sich an dieser Küste niedergelassen hatten, hatte er eine umschweifige Art, sich schwierigen Dingen zu nähern.

»All die vielen Toten«, fuhr er fort. »Manche waren noch halbe Kinder. Ich war damals praktisch selbst noch ein Junge, und der Schiffbruch war mir eine harte Lektion. Wir haben die Leichen hier raufgetragen und in einer Reihe hingelegt. Da ist mir klar geworden, wie unerbittlich das Meer ist. Wie unerbittlich der Tod ist. Klar, ein paar Jahre darauf hätten diese Jungs gegen uns gekämpft. Seltsam, wenn man bedenkt, wie jemand, dem man nichts Böses will, so schnell zum Feind werden kann.«

So wie Wayne von heute an mein Feind sein wird.

»Kommen Sie.« Cordova marschierte erstaunlich zügig über das schroffe Gelände.

Der Nebel war an diesem Morgen dicht, dämpfte das Brandungsgeräusch und umhüllte die verkohlten Bäume, sodass sie wie hagere Gestalten wirkten, die eine stumme

Totenwache für die vor sechzig Jahren umgekommenen Seeleute hielten. Cordova strebte nordostwärts. Als er schließlich stehen blieb, waren sie an der oberen Ecke seines Grundstücks, dort, wo es an den Highway stieß.

»Da drüben haben sie sich getroffen«, sagte er. »Die Frau kam den Pfad am Bach entlang, und der Mann wartete in seinem Dienstwagen.«

»Mit ›die Frau‹ meinen Sie Claudia Blakeley?«

»Hab später erfahren, dass sie so hieß, ja. Und der Mann war natürlich Ihr Kollege Gilardi.«

»Und Sie haben das wie oft beobachtet?«

»Vier Mal, alles in allem, in den letzten vier Wochen vor den Morden. Vielleicht ging es ja schon länger so, das weiß ich nicht. Aber als ich erst mal mitgekriegt hatte, was da lief, hab ich mich dahinter geklemmt.« Seine dunklen Augen blitzten Rho aus ihren tiefen Höhlen an. »Ja, ich bin ein neugieriger Mensch. War ich immer schon. Ich mache das, was mir mein eigenes Leben nicht geboten hat, dadurch wett, dass ich anderer Leute Leben beobachte.«

»Würden Sie Ihre Aussage offiziell zu Protokoll geben?«

»Wird Ihr Department etwas gegen diesen Mann unternehmen?«

»Wenn wir zu dem Schluss kommen, dass er sich eines Fehlverhaltens schuldig gemacht hat, ja.«

»Er ist eine Gefahr für die Allgemeinheit und für sich selbst. Ich weiß das. Ich habe Wayne Gilardi in den Jahren seither studiert. Sie kriegen Ihr Protokoll, aber da ist noch was, was ich Ihnen zu sagen habe. Etwas, was ich diesem Schriftstellerburschen nicht gesagt habe, weil ich gehofft hab, er kommt noch mal wieder, um sich den Rest der Geschichte abzuholen. Ich mag seine Gesellschaft.«

»Was haben Sie mir noch zu sagen, Mr. Gilardi?«

»Ich weiß, wo Deputy Gilardi diese Blakeley hingebracht hat.«

Eine Art Kribbeln setzte tief in Rhos Kreuz ein, kroch ihren Rücken hinauf und ihre Arme und Beine entlang. Instinktiv wusste sie, dass der alte Mann ihr jetzt etwas sagen würde, was sie nicht hören wollte.

»Wohin?«, fragte sie.

»Tja, bei ihrem letzten Treffen, ehe die Frau ermordet wurde, bin ich ihnen gefolgt. Zu der alten Tankstelle, ein Stück weiter am Highway. Ich schätze, jemand Ihres Alters kennt sie unter dem Namen Quinley's. Das meiste war ja abgebrannt, aber ein Teil stand noch. Gilardi und diese Blakeley fuhren durchs Tor, parkten hinter dem Gebäude und kamen fast zwei Stunden nicht wieder raus. Als sie dann weg waren, hab ich nachgeguckt. Er hatte sich dort ein hübsches kleines Liebesnest eingerichtet.«

Cordovas Stimme brummelte weiter, sagte irgendwas von einer Matratze und leeren Weinflaschen, aber Rho hörte es kaum. Ihre Ohren waren erfüllt vom Rauschen ihres eigenen Bluts und ihrem beschleunigten Herzschlag.

Was ihr der alte Mann da erzählte, war viel schlimmer, als sie befürchtet hatte.

Der Ort schien Guy seltsam ruhig, mit Ausnahme der Dienststelle des Departments, wo offenbar eine Pressekonferenz stattfand. Menschen fuhren den Highway entlang, betraten und verließen Geschäfte, gingen ihren täglichen Verrichtungen nach. Aber sie sprachen nicht mehr als nötig und mieden jeden Blickkontakt, mit ihm wie untereinander. Statt der brodelnden Gerüchteküche und der Unruhe, die das Department befürchtet hatte, hatte die Nachricht von einem dritten Todesfall fast schon eine Art Lähmung hervorgerufen. Das erschien Guy bedrohlicher als das gewalttätige Ausagieren von Sonntagnacht – eine Krankheit, von der sich Signal Port vielleicht nie wieder erholen würde.

Er ging ins Oceanside und setzte sich an einen Fenstertisch. Er war der einzige Gast. Die Kellnerin brachte ihm automatisch Kaffee und nahm seine Bestellung – Tomatensaft und einen getoasteten Bagel – auf, wandte sich dann aber ohne das übliche Lächeln ab. Der Koch ließ heute nicht wie sonst hinter der Durchreiche seinen falschen Gesang ertönen, und als er Guys Bestellung gerichtet hatte, brüllte er nicht wie sonst laut herüber, um der Bedienung Beine zu machen. Sie brachte Guy das Frühstück und legte die Rechnung neben seinen Teller, ohne ihn anzusehen.

Als er zu Ende gefrühstückt hatte, ging er zum Supermarkt und studierte die Schlagzeilen der Zeitungen im Ständer. Spekulationen über die drei Todesfälle hatten es bis nach San Jose und Sacramento geschafft. Obwohl in Bezug auf die Todesfälle Lindsay und Scurlock von Unfall die Rede war, deuteten die Artikel doch einen ominösen Zusammenhang mit dem Ackerman-Mord an.

In der nächsten halben Stunde schaute er in verschiedenen Geschäften vorbei und registrierte überall dieselbe Dynamik: Menschen, die einander mieden und vor ihm zurückschreckten, als hielten sie ihn für einen dieser Medientypen. Viele wirkten in sich zurückgezogen und deprimiert. Selbst die, die ihn kannten, weigerten sich, auf seine harmlosen Konversationsangebote einzugehen oder ihn auch nur anzusehen, und er spürte, dass das nichts mit ihm zu tun hatte, sondern einfach nur das Bestreben war, jeden zwischenmenschlichen Kontakt zu meiden.

Ein geplagter Ort. Geplagter als in den schlimmsten Tagen unmittelbar nach den Canyon-Morden.

Rho versuchte, von Gregory Cordovas Haus aus Ned Grossman anzurufen, aber Valerie erklärte ihr, der Detective sei mit dem Hubschrauber des Departments nach Santa Carla geflogen und habe nicht gesagt, wann er wieder zurück sein würde.

»Ein Durchbruch in einem der Fälle?«, fragte sie.

»Das hätte ich mitgekriegt. Sie haben allerdings die Handtasche der Ackerman in dem Müllcontainer in Calvert's Landing gefunden, und er hat sie mitgenommen, um sie Lily zur Identifizierung vorzulegen.«

»Na ja, falls er sich meldet, sag ihm bitte, dass ich ihn sprechen muss.«

Auf dem Rückweg machte sie zwei Mal Station, um Zeugen zu befragen, die die Ackerman bei der Ausweichstelle gesehen hatten. Beide sagten aus, die Frau sei allein gewesen, und beide bereuten, ihr nicht geholfen zu haben. Nichts Neues also. Es war schon deutlich nach ein Uhr, als sie bei der Dienststelle ankam, und sie verspürte einen heftigen Drang weiterzufahren, als sie Waynes Pick-up auf dem Parkplatz stehen sah. Aber Valerie hatte auch noch gesagt, die Berichte über die Haaranalysen und Virges Autopsiebericht seien da; sie würde sich durch Waynes Anwesenheit nicht davon abhalten lassen, sie zu lesen.

Der bullige Deputy saß an ihrem gemeinsamen Schreibtisch und hackte grimmig auf seine Tastatur ein. Er sah nicht auf, als Rho hereinkam, aber die Art, wie sich sein Rücken versteifte, als sie die Berichte aus dem Posteingangskorb nahm, sagte ihr, dass er sie gezielt ignorierte. Sie musterte kurz die freien Schreibtische im Raum, ging dann den Flur hinunter zu dem Materialraum am anderen Ende. Inmitten von Büromaterial und Klopapiervorräten, Munition und Ersatzwaffen setzte sie sich auf einen Tritthocker und begann zu lesen.

Die Haare waren die der Ackerman. Sie – oder ihre Leiche – musste sich irgendwann im Haus der Blakeleys befunden haben. Der Autopsiebericht war uneindeutig. Virge konnte an einem unfallbedingten Sturz gestorben, aber auch vom Felssims gestoßen oder anderswo getötet und dann dorthin gebracht worden sein. Beigefügte Fotos zeigten, dass die Sohlenabdrücke im weichen Boden zum Profil von Virges Schuhen, nicht aber zu den Abdrücken in den beiden Häusern passten.

Die Tür ging auf, und Valerie steckte den Kopf herein. »Was machst du denn hier, wenn ich fragen darf?«

»Ungestört arbeiten.«

Die Sekretärin sagte spitz: »Oh, Verzeihung.«

»Dir weiche ich nicht aus.«

»Oh. Er ist heute wirklich brummig.«

Rho nickte, vermied es, noch mehr über Wayne zu sagen, da sie sich selbst misstraute. »Nichts von Grossman?«

»Nein.«

»Möchte wissen, was er in Santa Carla will.« Lily die Tasche der Ackerman zur Identifizierung vorzulegen hätte auch ein nicht so hoch gestellter Beamter übernehmen können.

»Tja, woher soll ich das wissen?«, sagte Valerie. »Ich bin hier nur die Sekretärin.« Sie ließ die Tür offen und ging an ihren Schreibtisch zurück.

Wahrscheinlich hatte Grossman auf Valeries ohnehin schon strapazierten Gefühlen herumgetrampelt, dachte Rho. Er konnte schroff sein, und er begriff nicht, was für eine Institution Valerie war, auf der Dienststelle wie im gesamten Ort, wo die Leute zu sagen pflegten: »Fragen Sie Valerie Middleton. Die weiß alles.«

Rho blieb dort, wo sie war, zufrieden damit, allein in dem schummrigen Raum zu sitzen. Vom anderen Flurende her hörte sie Wayne fluchen; wahrscheinlich war die Patrone des alten Druckers, den sie aus Budgetgründen nicht ersetzen konnten, wieder mal leer. Sie versteifte sich, als sie ihn den Flur entlangpoltern hörte. Er stapfte herein, sah sie zuerst nicht, als er auf den Schrank mit den Druckerpatronen zusteuerte, blieb dann jäh stehen.

»Was zum Teufel machst du hier, Swift? Warum bist du nicht in Santa Carla mit deinem Busenfreund Grossman?«

»Er hat mich nicht aufgefordert, ihn zu begleiten. Und er ist nicht mein Busenfreund.«

»Sah aber ganz so aus heute Morgen beim Quinley's. Wo warst du denn in der Zwischenzeit?«

»Zwei Ackerman-Zeugen befragen. Hatten aber nicht viel beizutragen.«

»Im Gegensatz zu meiner Schwester, hm?«

»Wayne, das mit Lily tut mir Leid.«

»Braucht's nicht. Sie hat ein bisschen Knast verdient. Wird ihr einen Schrecken einjagen, sie vielleicht doch noch zur Vernunft bringen. Was hat die Spurensicherung auf dem Quinley-Gelände gefunden?«

»Ich weiß nicht. Bin nicht so lange geblieben.« Der Raum erschien ihr jetzt plötzlich heiß, und sie verspürte einen Anfall von Klaustrophobie. Sie wünschte nur, er würde seine Druckerpatrone nehmen und verschwinden.

Wayne schien jedoch nicht die Absicht zu haben. Er musterte sie mit zusammengekniffenen Augen. »Es hat so lange gedauert, zwei Routinebefragungen durchzuführen?«

»Mm-hm.«

»Oder waren sie vielleicht doch nicht so routinemäßig?«

»Was soll das heißen?«

»Ich habe Grossman mit jemandem telefonieren hören, als er vom Quinley-Gelände zurückkam. Er sagte, du verfolgst eine Spur in Sachen Canyon-Morde.«

Verdammt! Es konnte nur einen Grund geben, warum Grossman in Waynes Hörweite darüber gesprochen hatte. Er wollte Wayne provozieren, sie über das Gespräch mit Cordova auszuquetschen, in der Hoffnung, dass er sich irgendwie kompromittieren würde. Unfair, eine alte Freundschaft so zu missbrauchen. Und apropos Fairness – war sie es Wayne nicht schuldig, ihm zu sagen, was sie wusste? Ihm die Möglichkeit zu geben, sich auf die Anschuldigungen vorzubereiten, die mit Sicherheit gegen ihn erhoben werden würden?

»Okay«, sagte sie. »Ich habe mit Gregory Cordova geredet, unten bei Point Deception. Es kam raus, dass er gesehen hat, wie sich Claudia Blakeley im Monat vor den Morden mehrmals am Highway mit einem Mann traf. Einem Mann, der mit ihr in die Ruinen auf dem Quinley-Gelände fuhr, um dort außerehelichen Sex mit ihr zu haben.«

Waynes Gesicht wurde blass und starr. Es war klar, dass er damit nicht gerechnet hatte. Eine Mischung aus Wut und Gekränktheit lag in seinen Augen. »Du ziehst los, um Beweise gegen mich zu sammeln? Du, Rho?«

»Es tut mir Leid, aber verstehst du denn nicht? Jetzt können wir diese Sache klären.« Sie streckte die Hand nach ihm aus, aber er war schon weg, rannte den Flur entlang, durch den Büroraum und aus der Tür. Als sie auf dem Parkplatz ankam, schoss sein Wagen bereits auf dem Highway davon.

Er fuhr nach Norden, nicht zu sich nach Hause, sondern in die Gegenrichtung. Auf der Flucht vielleicht, und das war allein ihre Schuld.

Guy beendete sein Telefonat mit Dun Harrison, trat ans Fenster seines Pensionszimmers und starrte hinaus auf die Dächer der unvollendeten Neubausiedlung am stumpfgrauen Meer. Dun hatte widerstrebend zugegeben, ihn aus persönlichen Motiven zu dem Buchprojekt überredet zu haben. Er habe einen Käufer für das Canyon-Anwesen, hatte er erklärt, einen bekannten Theaterregisseur, der ein Refugium an der Westküste suche und überzeugt sei, dass ihm der schlechte Ruf dieses Ortes Ungestörtheit garantieren würde. Ein Mann, der nicht zimperlich sei, was die grausame Vorgeschichte angehe, und nicht an Gespenster glaube. Doch ehe er, Dun, den Besitz aus der Hand gebe, habe er eine letzte Chance gesucht, in Erfahrung zu bringen, was dort vor dreizehn Jahren wirklich passiert war.

Das konnte man ihm nicht verübeln, und es war Guys eigene Schuld, dass er sich auf die Sache eingelassen hatte, ohne sämtliche Fakten zu kennen, wie es seine Arbeitsmethode eigentlich verlangte. Dennoch hatte er am Telefon knurrig genug reagiert, um Dun ein Versprechen zu entlocken.

Seine Akten lagen ausgebreitet auf dem Schreibtisch im halbrunden Erker. Er griff sich die mit den Opferprofilen und entnahm ihr das Foto von Oriana, die von ihrer Großmutter in San Francisco zum Flugzeug geführt wurde. Das zurückblickende Kindergesicht war die personifizierte Verzweiflung. Guy wollte Oriana fragen, was sie in diesem Moment empfunden hatte, und er wollte auch von ihr wissen, ob ihr in den Jahren seither irgendetwas wieder eingefallen war, was die Mordnacht betraf. Er hatte Dun das Versprechen abgenommen, sie zu fragen, ob sie zu einem telefonischen Gespräch bereit wäre.

Er legte das Foto zurück und sah wieder aus dem Fenster, fühlte sich seltsam hohl. Er hätte sich freuen sollen, dass Dun bereit war, mit Oriana zu reden. Er hätte es genießen sollen, einfach nur lebendig zu sein. Seit seiner Ankunft in Signal Port hatte er das Gefühl gehabt, endlich aufzuwachen, wieder er selbst zu werden. Aber heute fühlte er sich wieder taub und von allem isoliert.

»Warum?«, fragte er, um irgendeine Verbindung herzustellen, und sei es auch nur eine imaginäre.

Dianas Stimme antwortete nicht.

Gott, wenn sie nun für immer schwieg? Dann wäre er ganz allein.

Nach etlichen Versuchen, Wayne per Telefon oder über Funk zu erreichen, rief Rho schließlich Grossman im Ermittlungsbüro von Santa Carla an und berichtete ihm, was passiert war. »Sie haben ihn absichtlich mithören lassen, dass wir eine Spur in Sachen Canyon-Morde haben, stimmt's?«

»Ja.«

»Sie wussten, dass ich mich moralisch verpflichtet fühlen würde, ihm zu sagen, was wir herausgefunden haben.«

»Abermals ja.«

»Tja, es hat besser funktioniert, als Sie sich erhofft hatten, falls er wirklich auf der Flucht ist. Und ich fühle mich verantwortlich.«

»Vielleicht sollten Sie aufhören, die Probleme der ganzen Welt auf Ihre Schultern zu nehmen, Swift. Konzentrieren Sie sich zur Abwechslung mal auf sich selbst.«

Seine Worte schockierten sie. Sie kannte Ned Grossman kaum, und es war nicht Sache eines Vorgesetzten, solche persönlichen Ratschläge zu erteilen. Aber er hatte Recht. Sie fühlte sich verantwortlich für Wayne, für ihre übrigen Kollegen, Valerie, ihren Vater, ihre Mitbürger. Ach, verdammt, sie fühlte sich sogar für Leute verantwortlich, an deren Namen sie sich kaum noch erinnern konnte, Leute, mit denen sie seit Jahren nicht mehr geredet hatte!

Grossman sagte: »Ich gebe eine Suchmeldung nach Gilardi raus, und wir treffen uns morgen um acht Uhr auf der Dienststelle.«

Während das Freizeichen aus dem Hörer drang, starrte Rho auf das chaotische Muster des Kleidungsstücks, das Valerie an ihrem Schreibtisch strickte. Ihre Gedanken waren zu einem ähnlichen Muster verwirbelt. Plötzlich überkam sie das Bedürfnis nach familiärem Halt. »Valerie, falls mich jemand sucht, ich bin bei Jack.«

Rhoda kam gerade die Stufen des Dienststellengebäudes herunter, als Guy auf den Eingang zusteuerte. Anspannung lag auf ihrem Gesicht und in ihren Bewegungen. Irgendetwas stimmte nicht, aber da sie sich heute noch nicht gesehen hatten, konnte es ausnahmsweise nicht seine Schuld sein. Er winkte, und sie blieb stehen und klimperte mit ihren Autoschlüsseln.

»Bist du dienstlich unterwegs?«, fragte er.

»Nein. Wolltest du zu mir?«

»Ja.« Er berichtete ihr von seinem Telefonat mit Dun Harrison. Sie schien zerstreut, und als er ausgeredet hatte, reagierte sie nicht gerade so, wie er es sich erhofft hatte.

»Na ja, klingt doch gut. Falls sie wirklich bereit ist, mit dir zu reden.«

Er runzelte die Stirn. »Ich spendiere dir einen Kaffee, wenn du mir sagst, was los ist.«

Sie zögerte. »Einen Kaffee könnte ich schon gebrauchen, aber ich mache dir einen Vorschlag: Wir trinken einen bei meinem Vater. Ich wollte gerade zu ihm.«

Neugierig auf den Mann, der sie großgezogen hatte, folgte ihr Guy in seinem Wagen zum alten Yachthafen. Der schien heute der einsamste Ort der Welt, und das lag nicht nur an Guys Stimmung. Viele Anlegestege waren zusammengebrochen und im ölschlierigen Wasser versunken; das Wrack eines Fischerbootes mit abgeblättertem Lack lag schräg auf dem schlickigen Grund; der Sand hatte die Fahrrinne weitgehend zurückerobert, und der Pier war mit Müll übersät. Die *Rhoda A.* war, wenn auch längst kein Schmuckstück mehr, das einzige funktionstüchtige Boot im Hafen.

Rhoda kam heran. »Ganz schön trist, was?«

»Irgendwie schon. Wieso wohnt dein Vater hier?«

»Er will nirgends anders hin.«

Was hieß, dass ihn seine Umgebung nicht kümmerte, und Guy fragte sich, warum.

Rhoda winkte ihn mit sich, und sie gingen auf die Cris-Craft zu.

Ein kräftiger Mann mit Rasierklingenblessuren am glatt rasierten Kinn und geplatzten Äderchen auf der Nase saß an Deck, ein Glas mit einer bernsteinfarbenen Flüssigkeit in der Hand. Er schob die Baseballkappe in den Nacken und sah ihnen entgegen; in die offensichtliche Freude über das Auftauchen seiner Tochter mischte sich Misstrauen, als er Guy musterte. »Komm an Bord, Deputy«, rief er. »Wen hast du da mitgebracht?«

Rhoda stieg mit der Leichtigkeit eines Menschen, der einen guten Teil seines Lebens auf dem Wasser verbracht hat, auf das Boot hinüber. Guy folgte ihr unbeholfen. Als Rhoda ihn vorstellte, leuchteten Jack Antolinis Augen wissend auf. »Hast also doch beschlossen, dich an den Rat deines Vaters zu halten?«

»Ausnahmsweise.«

Was sollte das bedeuten?

Jack führte sie unter Deck und bot ihnen wahlweise Kaffee oder irischen Whiskey an. Rhoda entschied sich für Ersteren, Guy, um der Solidarität unter Männern willen, für Letzteren. Als sie an dem kleinen Tisch saßen, deutete Jack auf einen Funkscanner, der auf der Arbeitsfläche der Kombüse vor sich hin murmelte. »Hab gehört, sie suchen deinen Freund Wayne. Hat er jetzt den Bogen doch überspannt?«

Rhodas Gesicht verdüsterte sich. »Ich weiß nicht, was ich glauben soll, Dad.« Guy hörte mit wachsendem Erstaunen zu, als sie von Waynes jäher Flucht berichtete.

Jack schüttelte den Kopf. »Ist nicht recht, eine Suchmeldung nach ihm rauszugeben, Deputy.«

»Das war Ned Grossman. Und bevor ich's ihm gemeldet habe, hab ich getan, was ich konnte, um Wayne über seinen privaten Funkempfänger zu erreichen. Ich hab auch bei ihm zu Hause angerufen und bei jedem, der ihn gesehen haben könnte. Wenn er wirklich auf der Flucht ist, können wir ihn nicht höflich bitten, vorbeizukommen und uns die Geschichte aus seiner Sicht darzustellen.« In Rhodas Stimme war jetzt ein pikierter Unterton, den Guy noch nie gehört hatte. Irgendwelche Vater-Tochter-Reibereien.

Jack sagte: »Mir egal, was Wayne mit diesen Canyon-Leuten zu tun hatte. Er ist nicht der Mensch, der jemanden umbringt, schon gar nicht Kinder.«

»Aber diese Chrystal Ackerman –«

»Mag ja sein, dass sie von den Klippen hinter der alten Tankstelle geworfen wurde, aber das beweist doch noch nicht, dass es Wayne war. Er hat diese Blakeley vor über dreizehn Jahren dorthin gebracht. Das heißt nicht, dass er seither noch mal dort war.«

Rhoda machte eine hilflose Geste mit beiden Händen, legte dann die Finger um ihren Kaffeebecher. Die Spannung in der kleinen Kajüte war jetzt greifbar.

Guy sagte: »Ich glaube, da haben Sie Recht, Sir.«

Sie sahen ihn beide an, als hätten sie seine Anwesenheit völlig vergessen.

Er räusperte sich und fuhr fort: »Wayne ist ein gewalttätiger Typ, aber seine Schwester hat mir erzählt, dass er sich erst seit den Canyon-Morden so aufführt. Ist doch möglich, dass er Claudia Blakeley wirklich mochte und ihren Tod psychisch nicht verkraftet hat.«

Jack sah zu Rhoda hinüber. »Aber er hat diese Blutproben verschlampt.«

Jetzt verbündete er sich mit ihr, wie Guy beabsichtigt hatte. »Ein Versehen«, sagte er.

»Er hat meine Tochter die Schuld auf sich nehmen lassen.«

»Um seinen Arsch zu retten, und sie hat es zugelassen.«

»Könnte aber auch sein, dass er wusste, wer die Mörder waren, und sie decken wollte.«

»Könnte sein.«

Jack runzelte die Stirn, durch Guys Zickzackmanöver irritiert. Rhoda verkniff sich das Grinsen. Guy durchschaute allmählich die Dynamik zwischen ihnen, und sie amüsierte ihn, aber er sympathisierte mit beiden Seiten.

Er sagte: »Rhoda hat gesagt, Sie waren Ihr Leben lang bei

der Polizei. Da müssen Sie ja interessante Geschichten zu erzählen haben.«

Neben ihm seufzte Rhoda, aber es war ein erleichtertes Seufzen.

Als ihr Vater Guy gegen sechs Uhr bat, doch rasch in den Supermarkt zu laufen und eine weitere Flasche Bushmills zu holen, begann Rhoda zu protestieren. Doch zwischen den beiden Männern herrschte stillschweigendes Einvernehmen, und sie ignorierten sie. Als Guy weg war, stützte sie das Kinn auf die Hände und sah zu, wie Jack die Kombüse aufräumte und der hereinbrechenden Dämmerung wegen die Kajütenbeleuchtung anschaltete.

»Diesen Großstadtjournalisten hast du ja prima gezähmt, Kleines«, sagte er.

»Er ist alles andere als zahm, aber ich habe ihn wenigstens im Blick.«

»Hab gehört, du hast ihn nach Las Vegas mitgenommen.«

»Stimmt.«

»Weiß Grossman das?«

»Noch nicht.«

»Sag's ihm besser nicht.«

»Warum nicht?«

»Verstoß gegen die Dienstvorschriften. Außerdem interessiert sich Grossman für dich – und nicht nur, weil du eine gute Beamtin bist.«

»Was bringt dich denn auf die Idee?«

»Nicht was – wer. Valerie Middleton. Sie behauptet, sie sieht es an der Art, wie Grossman dich anguckt.«

»Wann hat sie dir das gesagt?«

»Gestern Abend, als ich bei ihr war, um sie ein bisschen aufzumuntern.«

»Als du *was*?«

»Valerie hatte gerade ihre beste Freundin verloren. Sie brauchte Gesellschaft.«

Die Vorstellung, dass ihr Vater Valerie besuchte, befremdete Rho. War das der Grund, weshalb er sich rasiert und seine Haare gestutzt hatte? »Ich wusste gar nicht, dass ihr enger befreundet seid.«

»Valerie ist die beste Freundin, die ich habe. Wie kannst du das nicht gewusst haben? Über dreißig Jahre lang hat sie meine Anrufe entgegengenommen, mir Kaffee gebracht und mich über Wasser gehalten, wenn mir alles zu viel wurde.«

Rho schüttelte verwundert den Kopf.

Jack zog die Augenbrauen zusammen. »Wie, darf ich keine Freundin haben? Hätte ich wie ein Mönch leben sollen, nachdem mich deine Mutter sitzen gelassen hatte?«

»Aber Valeries Mann –«

»Der hat sie wenig später auch sitzen lassen. Und da ist es einfach passiert.«

Sie dachte an ihre Kindheit zurück, erinnerte sich an kleine Dinge: das Fudge und die Plätzchen, die Valerie Jack mitgab; Valerie, die immer für sie da war, wenn er keine Zeit hatte; die Samstagabende, an denen sie und Valeries Sohn Joe von einer Babysitterin gehütet wurden, weil Jack und Valerie nicht zu Hause waren. Verständlich, dass sich diese Kleinigkeiten damals für sie nicht zusammengefügt hatten, aber warum hatte sie es später nicht begriffen?

»Manchmal«, sagte sie, »kann ich einfach nicht fassen, wie wenig wir über die Menschen wissen, die uns am nächsten stehen.«

Jack setzte sich, nahm ihre Hände in seine und weckte damit Erinnerungen an lange, ernste Gespräche in Zeiten, als er ihr Vater und Mutter gleichzeitig zu sein versucht hatte. »Kleines, nachdem du in der siebten Klasse die Jungen entdeckt hattest, warst du viel zu sehr mit deinem eigenen Liebesleben beschäftigt, um auf meins zu achten. Und die letzten dreizehn Jahre warst du gar niemandem nahe.«

Er hatte Recht. Sie war niemandem nahe gewesen. Tränen stiegen ihr in die Augen, als sie an diese ganzen verlorenen Jahre dachte. Die versäumte Liebe. Die Einsamkeit, die ihr sorgsam geschmiedeter seelischer Panzer kaschiert hatte.

»Hey, nicht weinen. Hörst du, Deputy?«

»Ja.« Sie entzog ihm ihre Hände, fischte ein Papiertaschentuch aus einer Schachtel auf dem Tisch, wischte sich das Gesicht ab, schnäuzte sich die Nase.

»Für dich verändert sich jetzt alles«, sagte Jack. »Und für mich auch. Für die ganze Stadt. Das spürt man.«

»Aber verändert sich's zum Besseren oder zum Schlechteren?«

»Auf lange Sicht zum Besseren, würde ich sagen. Wie denn sonst? Da sind gleich zwei Männer, die sich für mein hübsches Mädchen interessieren.«

»Zwei? Wer ist der andere?«

»Du liebe Güte, Deputy, mach doch die Augen auf. Es steht diesem Guy Newberry doch groß und breit ins Gesicht geschrieben, wenn er's auch selbst noch nicht weiß.«

Als sie Jack Antolinis Boot um kurz nach neun verließen, musste Guy sich an Rhoda festhalten, um nicht zu schwanken. Er und ihr Vater hatten sich verstanden wie alte Kumpels, und selbst das Riesensandwich und der Kartoffelsalat aus dem Supermarkt waren gegen die Alkoholmengen, die er konsumiert hatte, wirkungslos geblieben.

»Schympatischer Menscheinvater«, sagte er und verfluchte sich für seine schwere Zunge.

»Danke«, antwortete sie. »Du brauchst ein bisschen frische Seeluft. Wir nehmen meinen Pick-up, und du kannst morgen früh zu Fuß hierher kommen und deinen Wagen holen.«

»Schympatische Frau. Meckert nicht, weil ich schuviel getrunken hab. Wo fahren wir hin?«

»Es gibt da etwas, was du sehen musst, wenn du diese Gegend hier verstehen willst.«

Genau das, was er jetzt brauchen konnte, eine Sightseeingtour. Aber alles war besser, als in dieses leere Zimmer zurückzukehren, wo Diana nicht mehr mit ihm sprach. Mit einiger Mühe kletterte er auf den Beifahrersitz und schnallte sich an. Obwohl sie nichts getrunken hatte, würde diese Frau garantiert wie eine Wahnsinnige fahren.

Sie hielt ein einigermaßen vernünftiges Tempo bis zum Highway und zur nördlichen Ortsgrenze, dann drückte sie auf die Tube. Die Lichter der Häuser am Highway sausten vorbei, wurden spärlicher, hörten schließlich ganz auf. Rhoda sah konzentriert auf die Straße; ihre Freude am Fahren war offensichtlich. Guy summte eine Arie aus irgendeiner Oper – er erinnerte sich nicht, welche es war – und entspannte sich.

Das Ortsschild von Deer Harbor tauchte auf, und Rhoda bremste ab, fuhr langsam über einen großen Platz, an dem nichts war außer einer Tankstelle, einer Autowerkstatt, einem Münzwaschsalon und einem Supermarkt. Ein paar Jugendliche lungerten unter dem Neonschild des Supermarkts herum, rauchten und ließen eine Flasche herumgehen.

»Solltest sie festnehmen«, brummelte er.

»Warum?«

»Sie sind verdorben.«

»Sie sind genauso, wie ich in dem Alter war.«

»Sag ich ja.«

Der Pick-up zog sauber durch eine Haarnadelkurve, und die Scheinwerfer erfassten einen Wegweiser zum Campingplatz von Deer Harbor. Guy schloss die Augen und lauschte dem Sirren der Reifen auf dem Asphalt, als Rhoda Gas gab. Er konnte sich nicht erinnern, wann er das letzte Mal angenehm betrunken gewesen war. Musste vor Dianas Tod –

Vorher. Nachher.

Er öffnete die Augen, versuchte die Erinnerungen zu verscheuchen und das gute Gefühl festzuhalten. »Wo sind wir?«

»Fast da.«

»Du bist keine sehr informative Frau. Echt nicht.«

»Was ist eine ›informative Frau‹?« Es klang amüsiert.

»Eine, die mir sagt, wo zum Teufel sie mich hinbringt.«

»Geduld.«

Er sah Mauern vorbeisausen, von denen er vermutete, dass sie zu riesigen Anwesen in unmittelbarer Strandlage gehörten. »Goldküste«, sagte er.

»Und ob. Die meisten Leute haben hier nur einen Zweitwohnsitz.«

»Und ihr Einheimischen könnt sie nicht leiden.«

»Kommt drauf an. Die, die wir leiden können, wollen Teil der Gemeinschaft sein. Sie unterstützen die lokale Wirtschaft, indem sie hier einkaufen und Leute von hier für ihre Garten- und Handwerksarbeiten nehmen. Die, die wir nicht leiden können, bringen alles mit, von den Lebensmitteln bis zu den Arbeitskräften.«

»Wenn ich hier einen Zweitwohnsitz hätte, würde ich

ständig einkaufen und jeden aus der ganzen verdammten Gegend anstellen.«

»Wenn du hier einen Zweitwohnsitz hättest, müsste ich ständig bei dir vorbeischauen, um im Blick zu behalten, was du im Schilde führst.«

Komischer Unterton in ihrer Stimme, obwohl es scherzhaft dahingesagt war. Was sollte das heißen? Er fühlte sich jetzt nüchterner und musterte sie scharf, konnte es aber nicht deuten.

Rhoda bremste abrupt, wartete, bis die blendenden Scheinwerfer eines entgegenkommenden Wagens vorbei waren, und bog dann links ab, in eine von Steinpfeilern flankierte Zufahrt. Alte Steinpfeiler, den Sprüngen und der Moosschicht nach. Sie fuhr langsam in Richtung Meer, und Schotter knirschte unter den Reifen. Auf einem freien Areal inmitten jener seltsamen Wedelpflanzen, die er schon bei Point Deception gesehen hatte, hielt sie an und stellte den Motor ab.

»Wir sind da«, sagte sie. »Gehen wir ein Stück.«

Er stieg aus, fröstelte in der kalten Nachtluft. »Diese Pflanzen, was ist das?«

»Pampasgras. Das ist schlimmer als Bambus, breitet sich überall aus.« Sie schlug einen mit Eisenbahnschwellen gepflasterten Weg ein. »Vor ein paar Jahren hat das County ein Programm zur Ausrottung dieses Zeugs gestartet, und eine Weile dachten wir, das hätte gewirkt, aber inzwischen ist es in alter Stärke wieder da.«

»Hübsches Zeug. Wieso wollt ihr es ausrotten?«

»Weil es alles, was ihm in den Weg kommt, tötet.«

Guy dachte an den Cascada Canyon. Und an eine weit entfernte Gegend namens Osttimor.

Sie folgten dem Pfad etwa fünfzig Meter, wobei das

Brandungsgeräusch immer lauter wurde. Der Pfad endete auf einem Felsvorsprung, der, von einem niedrigen Steinmäuerchen umgeben, übers Wasser hinausragte. Dort standen zwei Gestalten, weiß schimmernd im Licht des Vollmonds. Statuen. Frauen in altmodischen Kleidern. Sie blickten aufs Meer hinaus.

»Was ist das?«

»Es nennt sich *Die Wartenden*. Ein Denkmal für die, die auf See geblieben sind.«

»Wer hat es aufgestellt?«

Rhoda trat zwischen die Statuen, strich zärtlich über die Steinkörper.

»Dieses Land hier gehörte Constance Giordani, der Frau eines Mannes, der Ende des neunzehnten Jahrhunderts von Calvert's Landing aus eine Fischereiflotte betrieb. Er und sein Partner, der Mann ihrer Schwester, ertranken in einem Sturm draußen auf See. Siehst du das Blinklicht dort drüben auf der Landzunge?«

Er folgte ihrem Zeigefinger mit den Augen und sah in einiger Entfernung das Licht, reflektiert von einer Nebelbank.

Rhoda sagte: »Das ist der Leuchtturm von Cape Lookout. Wurde achtzehnhundertachtzig erbaut. Neunzehnhundertzwölf starb der Leuchtturmwärter, und es fand sich einfach kein Ersatz, also meldeten sich Constance und ihre Schwester für den Job und wurden, soweit ich weiß, die einzigen weiblichen Leuchtturmwärter in ganz Kalifornien. Sie versahen das Amt bis neunzehnhundertneununddreißig, da übernahm dann die Küstenwache den Leuchtturm. Zur Zeit der beiden hatte er noch eine Fresnellinse aus Kristallglas und Messing, die zu warten eine Heidenarbeit gewesen sein muss. Ganz schön harter Job für zwei Frauen. Heute ist das Leuchtfeuer natürlich längst vollautomatisiert und unbemannt.«

»Was wurde aus den Schwestern, als die Küstenwache den Turm übernahm?«

»Sie lebten die nächsten dreißig Jahre in ihrem Haus hier auf diesem Grundstück – wir stehen gerade auf der ehemaligen Terrasse. Als Constance starb, vermachte sie den Besitz und das übrige Vermögen dem County, mit der Auflage, das Haus abzureißen, die Statuen aber – für die sie und ihre Schwester Modell gestanden hatten – für immer zu erhalten.«

Guy umrundete die Figuren, musterte sie. Er hatte erwartet, dass ihre Gesichter Trauer und Schmerz zeigen würden, aber er sah nur Kraft. »In den Reiseführern ist dieser Ort nirgends erwähnt.«

»Nein. Das entspricht ebenfalls Constance Giordanis Wünschen. Sie wollte, dass dieser Platz vor allem ein Refugium für die Einheimischen sein sollte. Wir kommen manchmal hierher, wenn wir ... na ja, wenn wir so was hier brauchen. Ich war in den letzten dreizehn Jahren oft hier.«

Guy trat zu ihr ans Mäuerchen. Ihr Gesicht war sehr blass im Mondlicht, ihr Haar dunkel und glatt. »*Mich* hast du hierher mitgenommen. Du musst mir wirklich vertrauen. Dass ich nicht darüber schreibe, meine ich.«

»Ja. Und ich habe dich hierher mitgenommen, weil du wissen sollst, dass es an diesem Küstenstrich mehr gibt als nur Gewalt.«

Bedingungsloses Vertrauen. Womit hatte er das verdient?

Er stand jetzt neben ihr, und um seine Verwirrung zu verbergen, sah er aufs Meer hinaus. Wellen krachten gegen den Fuß der Klippen, fraßen am festen Land wie monströse Kiefer. Irgendwo hatte er gelesen, dass der Landschwund – die Erosion durch Welleneinwirkung – einen guten Viertelmeter pro Jahr betrug. Wie lange noch, bis dieser Felsvorsprung und die Statuen dieser tapferen Frauen verschwunden sein würden? Trauer überspülte ihn mit jeder Brandungswelle.

»Guy?« Rhoda zupfte ihn am Ärmel. Er wandte sich ihr zu, und sie legte ihm die Hand auf die Wange, zog sein Gesicht zu ihrem herab und küsste ihn. Ein richtiger Kuss, nicht so ein Schuljungenküsschen, wie er es ihr gestern Abend gegeben hatte.

Als sie sich von ihm löste, suchten ihre dunkel glänzenden Augen seine. Ihre Hand lag immer noch auf seiner Wange. Sie fragte: »Was ist es, was dich so traurig macht?«

Er wollte sagen, er sei gar nicht traurig, aber er brachte die Lüge nicht über die Lippen.

»Zuerst habe ich gedacht, du wärst einfach unnahbar und arrogant, ein intellektueller New Yorker, der amüsiert auf uns herabsieht und uns für seine Zwecke benutzt. Aber das stimmt nicht.«

Er schüttelte den Kopf, traute sich selbst nicht genug, um etwas zu sagen.

»Das ist der wahre Grund, weshalb ich dich hierher gebracht habe. Damit du an dem teilhaben kannst, was dieser Ort hier zu bieten hat. Und ich habe gehofft, du würdest mir erzählen …« Sie wartete, sah ihm immer noch in die Augen.

Zuerst schalteten sich seine üblichen Selbstschutzmechanismen ein. Auf gar keinen Fall würde er einem anderen Menschen seinen Schmerz zeigen. Dann dachte er: Sie hat ihn ja schon gesehen. Sie will wissen, wo er herkommt.

Und ich will es ihr sagen.

Bei dieser Erkenntnis wurde ihm ganz schwach, vor Erleichterung und vor Angst. Er trat ein Stückchen von ihr weg und setzte sich auf das Mäuerchen, den Rücken dem gefräßigen Meer zugewandt. Rhoda sein Herz auszuschütten hieße, sie in sein Leben zu lassen, und er wusste nur zu gut, dass man einen Menschen, den man ins eigene Leben hineinließ, leicht wieder verlieren konnte. Aber natürlich war es auch ein gewisser Verlust, einen Menschen auf Armeslänge von sich fern zu halten …

»Ich war mal verheiratet«, begann er, »mit einer Frau namens Diana.« Allein schon von ihr zu sprechen beschwor das Bild ihrer warmen Augen und ihres dichten, langen kastanienbraunen Haars herauf. Er fühlte ihre weiche Haut, hörte das dunkle Timbre ihrer Stimme, roch ihr leichtes Parfüm.

Rhoda setzte sich hin, einen respektvollen halben Meter von ihm entfernt, und wartete. Nach einer kurzen Pause fuhr er fort: »Wir waren glücklich. Ich schätze, das sagen die meisten Menschen, die ihren Lebenspartner oder ihre Lebenspartnerin verloren haben, aber in unserem Fall stimmt es wirklich. Wir haben zusammen gelebt und gearbeitet. Aber die Arbeit, das war das Verhängnisvolle. Vielleicht … wenn wir nicht …«

Er schüttelte den Kopf. Zu lange hatten ihn die Gedanken gequält, wie es vielleicht anders hätte laufen können. »Vor drei Jahren waren Diana und ich für zwei Wochen in Osttimor. Dieser ehemaligen portugiesischen Kolonie, die seit über zwanzig Jahren Widerstand dagegen leistet, Indonesien einverleibt zu werden.« Er hörte seine Stimme ton- und emotionslos, ja professoral werden. So wie Rhodas Stimme geklungen hatte, als sie ihn in den Canyon mitgenommen hatte. Er schottete sich ebenfalls gegen die Gefühle ab.

»Ich sammelte Material für ein Buch, und Diana machte Fotos. Wir wollten das Leiden der achthunderttausend Menschen dokumentieren, deren Bürgerrechte von der Regierung in Djakarta mit Füßen getreten wurden. Wir dachten, wir könnten etwas bewirken.« Aus dem Augenwinkel sah er Rhoda nicken; sie gehörte auch zu den Menschen, die glauben wollten, etwas bewirken zu können.

»Wir wohnten in einem Kloster bei Dili, der Hauptstadt«, fuhr er fort. »Als Gäste eines alten Mönchs, der im Unabhängigkeitskampf aktiv war und sich erboten hatte, uns mit eingeweihten und auskunftswilligen Leuten in Kontakt zu bringen. Mit der Arbeit lief alles bestens, aber die Atmosphäre dort war grässlich. Überall Regierungssoldaten. Am Tag erzeugten sie eine Spannung, die durch die Hitze noch verschärft wurde. Nachts waren sie weniger auffällig, aber da lag immer noch etwas Bedrohliches im leisen Wind.

Nach ein paar Tagen merkten Diana und ich, dass wir beobachtet wurden. Zu Beginn der zweiten Woche wurde der alte Mönch, der zuerst so getan hatte, als könnte ihn nichts mehr schrecken, doch nervös. Diana war weder ängstlich noch überspannt, aber seine Stimmung griff doch auf sie über. Sie flehte mich an, früher abzureisen.«

Das war der Punkt, wo das emotionale Terrain gefährlich wurde, wo er leicht in einem Sumpf aus Selbsthass und Selbstmitleid versinken konnte. Er schwieg eine ganze Weile, ehe er fortfuhr: »Noch vier Tage, erklärte ich ihr. Vier Tage, um die letzten Informationen, die ich noch brauchte, zusammenzutragen, dann würden wir verschwinden. Das war der schlimmste Fehler meines Lebens.«

Er hörte den plötzlich rauen Klang seiner Stimme und sah zu Rhoda hinüber. Weder ihr Gesichtsausdruck noch ihre Körperhaltung verrieten irgendeine Form von Befremden. Sie erlaubte ihm, seine Gefühle zuzulassen, ohne sich dafür schämen zu müssen. Er schluckte, ehe er fortfuhr.

»In der Nacht vor unserem Abflugtermin wurde das Kloster in Brand gesteckt. Der Mönch drängte uns zu fliehen, solange es noch ging. Aufs Land, wo uns einer meiner Informanten Zuflucht gewähren würde. Wir versteckten uns eine Woche lang in einem Schuppen auf dem Grundstück dieses Mannes, schliefen auf dem Boden, lehnten von dem Essen, das er uns geben wollte, das meiste ab, weil wir wussten, dass er es für seine Familie brauchte. Als er glaubte, die Gefahr sei vorüber, kehrten wir nach Dili zurück. Das Kloster war zerstört, der Mönch verschwunden, vermutlich tot. Und uns erwarteten Regierungssoldaten.«

Er begann jetzt, schneller zu sprechen, um es hinter sich zu bringen, ehe er die Fassung verlor. »Der Kommandeur des Trupps erklärte uns, sie hätten Order, uns zum Flughafen zu eskortieren, aber ich bezweifelte, dass wir jemals dort ankommen würden. Und Diana auch, das merkte ich. Sie war …« Seine Stimme versagte, und er schüttelte den Kopf. Hob die Hände und schob die Luft von sich weg, als könnte er so irgendwie den Druck auf seiner Brust lindern.

»Sie war fix und fertig. Schwach vor Hunger und aus Schlafmangel. Aber sie hatte, im Unterschied zu mir, keine Angst. Sie war wütend. Ich sah, wie sie ihre Kamera schussbereit machte. Ich hätte sie daran hindern sollen, aber ich tat gar nichts. Als die Soldaten auf uns zukamen, hob sie die Kamera für ein letztes Foto. Der Verschluss klickte genau in dem Moment, als einer der Soldaten den Karabiner anlegte und sie in den Kopf schoss.«

Rhoda stöhnte auf, ein Laut, der ihm sagte, dass sie es mit ihm durchlebte.

»Bis heute«, sagte er, »kann ich nicht genau sagen, was

dann passierte. Chaos, Ungläubigkeit, Schmerz, das ist alles, woran ich mich erinnere. Und dann saß ich in einem Transportflugzeug der Regierung, unterwegs nach Bangkok, wo mich ein Vertreter des Außenministeriums empfing.«

»Was hat die Regierung unternommen?«

Die Tatsache, dass sie etwas sagte, schreckte ihn auf. Er blickte ihr in die Augen und sah darin denselben Zorn wie damals in Dianas Augen. Rhoda glaubte noch an die Gerechtigkeit, und er fürchtete, dass sie eines Tages an deren Nichtexistenz zerbrechen könnte.

»Natürlich wurde alles verschleiert. Die indonesische Regierung habe keinem von uns beiden etwas Böses gewollt; der Soldat habe auf eigene Faust gehandelt. Sie bezeichneten es als einen schrecklichen, bedauerlichen Zwischenfall. Und unsere Regierung hatte keine Lust, ein wichtiges asiatisches Land mit zweihundert Millionen Einwohnern zu verprellen, also akzeptierte sie die offizielle Version und die Entschuldigung. Sie ließ Dianas Leichnam zur Beerdigung nach Massachusetts überführen, wo ihre Familie lebt. Und ich hatte nicht die Kraft, mich mit den beiden Regierungen anzulegen, also zog ich mich von der Welt zurück. Was ich bis heute mehr oder weniger tue.«

»Im Moment weniger.«

»… Kann sein.« Ihm standen Tränen in den Augen; er schloss die Lider, um sie zurückzuhalten, aber sie quollen hervor und rannen ihm über die Wangen. Er hatte seit drei Jahren nicht mehr geweint, seit der Nacht nach Dianas Beerdigung, als er sich in der Wohnung eingeigelt hatte, die ohne sie nie mehr ein Zuhause sein würde. Als Rhodas Hand sich auf seine legte, steckte ein bebendes Schluchzen in seiner Kehle. Er ließ es heraus, und als er wieder sprechen konnte, sagte er zittrig: »Die Geschichte hat noch eine Fußnote.«

»Ja?«

»Sechs Monate später erhielt ich ein Päckchen, abgestempelt in Sydney, Australien. Es enthielt Dianas Kamera. Verschickt über einen Kurierdienst, ohne Begleitbrief oder sonstige Erklärung, mit dem letzten Film noch drin. Ich konnte mich erst ein Jahr später dazu durchringen, den Film zum Entwickeln zu bringen, aber als ich die Abzüge bekam, hatte ich meinen Beweis. Ein Foto von einem jungen indonesischen Soldaten, Hass in den Augen, den Karabiner im Anschlag, und daneben sein Vorgesetzter, der billigend lächelt. Das Foto und das zugehörige Negativ liegen jetzt in meinem Bankschließfach, und wenn ich je eine Möglichkeit finde, es zu benutzen, dann werde ich es tun.«

Die Tränen strömten jetzt, aber er verspürte keinerlei Notwendigkeit, sie zurückzuhalten. Er hatte es endlich alles erzählt, einem Menschen, der mitfühlte. Hatte es alles erzählt und würde es nie wieder erzählen müssen.

Chrystal: Vorher

Freitag, 6. Oktober
12 Uhr 37

Okay, da ist er – Forrest Wynnes alter Buick. So dick voll mit Kiefernnadeln, dass man die Farbe kaum noch erkennen kann. Ich weiß noch, wie Forrest an dem Wagen herumgebastelt hat, während Leo Musik machte und Dope rauchte.

Jude hat gesagt, rechts rumgehen, sechs Schritte da lang. Okay, da bin ich.

Jetzt runter auf die Knie und die Nadeln wegscharren. Die ganze Schicht von dreizehn Jahren. Feucht, das Zeug, riecht modrig. Aber da ist er, wie sie gesagt hat, der Eisendeckel. Fest anfassen, ziehen –

Scheiße! Mein Fingernagel! Ganz eingerissen und blutig.

Was soll's, Chryssy. Spendier dir eine Maniküre, wenn du heimkommst. Kannst du dir dann leisten.

Okay. Hab ihn. Schwer. Hochziehen, hier rüberhieven und – igitt!

Öl und weiß der Himmel was noch, aber irgendwo dort unten ist der Lederbeutel, in jede Menge Plastiktüten verpackt.

Bah! Das ist, als würde man in einer Kloake rumtasten. Wo ist das Ding?

Ein Stock, such dir einen Stock. Da. Okay. Stochern und –

Da ist es! Hochheben. Ganz vorsichtig.

Ja! Das ist deine Zukunft, die du da in der Hand hast, wenn das Ding auch noch so ölig und eklig –

Lieber Gott! Was ist das, was ist das?

Jemand ruft.

He, was machst du da?

He!

Rennen, das mach ich.

Um mein verflixtes Leben rennen …

Donnerstag, 12. Oktober

Rho erschien die Gruppe, die sich zur Achtuhrbesprechung im Verhörzimmer versammelt hatte, gravierend geschrumpft, vielleicht weil Wayne in ihrem Berufsleben so eine wichtige Rolle gespielt hatte. Ned Grossman, Denny Shepherd und Harve Iverson fiel das Fehlen ihres Kollegen wahrscheinlich gar nicht so auf; die beiden Detectives hatten ihn kaum gekannt, und Iverson war noch keine zwei Jahre Dienststellenleiter.

Während sich die anderen Kaffee holten, blieb sie am Tisch sitzen und mied ihre Blicke, in Gedanken noch immer bei Guy Newberry. Sie war zwar schon öfters im Geist mit einem Mann beschäftigt gewesen, während sie auf den Beginn eines Meetings wartete, aber so noch nie.

Guys Geschichte vom tragischen Tod seiner Frau und dem Schmerz, den er in sich trug, hatte sie tief berührt und es ihr ermöglicht, sich ihm ihrerseits zu öffnen, was die Auswirkungen der Canyon-Morde auf ihr Leben betraf. Es war eine sehr intime Form der Kommunikation gewesen, und sie wusste, wenn sie ihn auch nur ein bisschen ermutigt hätte, wären sie im Bett gelandet. Aber bei aller Versuchung war es ihr doch nicht richtig erschienen, den Abend so zu beschließen. Sie waren immer noch zu beschädigt, ihre emotionalen Bande zu neu und schwach, um die zusätzliche Belastung, die Sex garantiert mit sich bringen würde, zu verkraften. Also hatte sie ihn bei der Pension abgesetzt und war nach Hause gefahren, zu ihrem kalten, leeren Bett.

»Swift? Können wir?«

Sie blickte auf: Grossman sah sie stirnrunzelnd an. »Ja, Sir«, sagte sie rasch.

»Gut.« Er stauchte seine Papiere zurecht, räusperte sich. »Zunächst mal: Deputy Gilardi wurde letzte Nacht in einer Bar in Eureka aufgegriffen. Er kommt freiwillig aus Humboldt County hierher zurück, und ich werde ihn heute Nachmittag befragen. In Anbetracht der Tatsache, dass Sie ihn so lange Jahre kennen, Swift, möchte ich, dass Sie dabei sind.«

Sie nickte, und das Herz rutschte ihr in die Hose. Wie mochte Wayne sich jetzt fühlen? Ängstlich? Gedemütigt? Verraten? Wütend?

Alles miteinander vermutlich.

Grossman fuhr fort: »Chrystal Ackermans Handtasche wurde gestern Morgen gefunden, und ich habe sie nach Santa Carla gebracht, um sie von Lily Gilardi identifizieren zu lassen. Das Labor hat sie untersucht und Flecken festgestellt, von einer Substanz, die sich auch auf der Haut und dem Stretchtop der Ackerman sowie auf dem Fußboden vor dem Beifahrersitz des Mercedes befand. Motoröl, alt und verdreckt, nicht identisch mit dem Öl im Motor des Mercedes. Hat irgendjemand eine Ahnung, wo das Zeug herstammen könnte?«

Shepherd sagte: »Vom Gelände der alten Tankstelle natürlich.«

»Glaube ich nicht. Es gibt keine Indizien dafür, dass sich der Wagen je dort befunden hat.«

Shepherd zuckte die Achseln und bohrte die Spitze seines Bleistifts in das Papier seines Notizblocks.

»Swift? Harve?«, sagte Grossman.

Iverson schüttelte den Kopf.

Rho sagte: »Keine Ahnung, Sir.«

»Okay, in der Handtasche befanden sich die üblichen Dinge, abgesehen von zwei Zetteln mit einer handschriftlichen Wegbeschreibung. Sieht aus, wie Beschreibungen für den Weg zum Cascada-Canyon, was die Haare und das Fußkettchen erklären würde, die Swift dort gefunden hat.« Er teilte Fotokopien aus.

Rho überflog sie. »Was ist das da ganz unten: ›Bach, Brücke, Brunnen, F. A., sechs Schritte‹?«

»Der Lageplan von Susan Wynnes Geld natürlich«, sagte Grossman.

»Hat sie's gefunden?«

»Wenn ja, hätten wir ein Motiv für den Mord. Eine Viertelmillion ist wohl Grund genug, jemanden umzubringen. Okay, jetzt zu den Spuren beim Quinley's.« Er verteilte Hochglanzfotos. »Reifenspuren. Zwei verschiedene, die von Alex Ngos Pick-up nicht mitgezählt. Beide relativ frisch.«

Rho verglich die Fotos. Das Profil auf dem einen schien von neuen Reifen zu stammen, das auf dem anderen dagegen war in der Mitte ganz weg und an den Rändern nur noch schwach zu erkennen.

»Das erste Profil ist leicht zu identifizieren«, sagte der Detective. »Firestone, Heavy-Truck-Serie, das Spitzenfabrikat des Herstellers. Äußerst geringe Abnutzung. Der Fahrer ist so nah wie möglich an die Klippen herangefahren, hat dann zurückgesetzt und ist auf die Südspur des Highways eingebogen.«

»Keine besonderen Merkmale«, sagte Shepherd.

»Sehen Sie sich den Abdruck des linken Hinterreifens mal genauer an. Dann bemerken Sie dort einen kleinen, sichelförmigen Einschnitt im Mantel. Wenn wir erst mal einen Verdächtigen haben, können wir ihn mit Hilfe dieser Kerbe überführen.«

Grossman wandte sich jetzt dem zweiten Satz Reifenspuren zu. »Das andere Fahrzeug hat hinterm Zaun gehalten, dann gewendet und den Highway nach Norden genommen. Dieses letzte Foto hier zeigt Fußspuren zu den Klippen, vermutlich von Arbeitsstiefeln. Die Reifengröße deutet darauf hin, dass es sich um einen leichten Transporter gehandelt hat, vielleicht eine ausländische Marke wie etwa Toyota. Diese Spuren sind ziemlich unverwechselbar.«

Rho starrte auf das Foto. Sie sah einen leichten, alten Ford Pick-up vor sich, mit unglaublich abgefahrenen Reifen. Sie hörte sich im Geist sagen: »Mit den Dingern kannst du doch nicht mehr fahren!« Hörte die Antwort: »Ach, papperlapapp. Die halten noch mal zehntausend Meilen.«

Die Stimme ihres Vaters. Sein Pick-up.

Guy drehte sich auf den Rücken, spürte nur zu deutlich seinen trockenen Mund und den Schmerz über seiner rechten Augenbraue. Gott, er hatte wirklich mächtig gesoffen, um mit Rhodas Vater mitzuhalten. Jack Antolinis Organismus musste Alkohol verarbeiten wie der anderer Leute Wasser; der Mann war absolut klar und standsicher gewesen, als Rhoda und er das Boot verlassen hatten.

Beim Gedanken an Rhoda überkamen ihn Verlegenheit und Scham, und er bedeckte die Augen mit dem Unterarm, um die Erinnerung an die Situation auf dem Felsvorsprung zu bannen. Was aber nicht klappte. Selbst in seinen Träumen war immer wieder ihr monderhelltes Gesicht aufgetaucht. Ihr Gesicht und die Gesichter der *Wartenden.*

Rhoda, die ihn fragte: »Was ist es, was dich so traurig macht?« Rhoda und die steinernen Frauen, die alle drei auf seine Antwort warteten.

Er hatte geweint, als er es ihr erzählt hatte. Keine Frau, nicht mal Diana, hatte ihn – den erwachsenen Guy Newberry – jemals weinen sehen. Aber als Rhoda ihm die Geschichte von dreizehn Jahren Schmerz und Einsamkeit erzählt hatte, hatte sie keine Träne vergossen. Was hieß, dass sie viel schlimmer gelitten hatte, als er – selbst er – es sich vorstellen konnte.

Er lag eine Zeit lang ganz still da, die Augen gegen das Licht, das durch die Fenster hereinfiel, abgeschirmt. Schließlich ließ der Kopfschmerz nach, und der Durst trieb ihn ins Bad. Er kippte ein Glas Wasser hinunter, nahm dann ein zweites mit zum Erkerfenster und trank es langsam, während er hinausguckte.

Ein Langholztransporter hielt auf dem Bankett gegenüber, und der Fahrer inspizierte die verrutschte Ladung. Ein Halbwüchsiger auf einem Skateboard vollführte gekonnte Flips auf dem rissigen Asphalt des Neubaugebiets. Draußen auf dem Wasser strebten Fischkutter mit ihrem morgendlichen Fang zum Pier von Calvert's Landing zurück. Wolken hingen über dem Horizont.

Normaler Alltag in Signal Port, aber unter der Oberfläche herrschten heute, am dreizehnten Jahrestag der Canyon-Morde, ganz und gar nicht normale Unterströmungen.

Genau wie unter der Oberfläche seines Lebens. Dianas Stimme war verstummt. Für immer, vermutete er. Er war allein.

So allein wie Rhoda.

So allein, wie all die Opfer zuletzt gewesen waren.

Als sie die *Rhoda A.* sichtlich verlassen daliegen sah und Jacks Pick-up nirgends entdecken konnte, fühlte Rhoda, wie sich etwas in ihr zusammenkrampfte. Immer mit der Ruhe, ermahnte sie sich, er ist nur zum Supermarkt gefahren, sich seine tägliche Ration Bushmills holen.

Sie stieg aufs Boot hinüber und bemerkte sofort, dass etwas anders war. Ein Fünflitereimer Bootslack stand am Heck, mit einem Pinsel darauf, und ein orangefarbenes Profiverlängerungskabel schlängelte sich aus der Kajüte zu einem Bandschleifer, der auf der Backbordseite des Decks lag.

Also doch nicht wegen des Whiskeys. Er war zum Baumarkt gefahren, Schleifpapier kaufen.

Für dich ändert sich jetzt alles. Und für mich auch ... zum Besseren, würde ich sagen.

Du hattest Recht, Dad. Vorgestern Abend hast du dich rasiert und dir die Haare geschnitten und deiner langjährigen Freundin einen Besuch abgestattet. Heute Morgen hast du angefangen, am Boot zu arbeiten. Wenn ich nur nicht wüsste, dass dein Pick-up auf dem Quinley-Gelände war –

Sie hörte Schritte, drehte sich um und sah Guy die Zufahrtsstraße herabkommen, um den gestern Abend zurückgelassenen Wagen zu holen. Er trug Cordhosen, ein Sweatshirt und eine Baseballkappe, unter der sich sein silbergraues Nackenhaar hervorkringelte.

Er winkte ihr zu und rief: »Ist Jack okay?«

»Mehr als okay. Er hat angefangen, am Boot zu arbeiten.« Sie stieg auf den Kai hinüber und ging verlegen auf ihn zu.

»Dein Vater hat eine eiserne Konstitution.« Er war blass unter der Sonnenbräune, wirkte aber ansonsten nicht weiter mitgenommen.

»Du siehst nicht halb so mies aus, wie du müsstest«, erklärte sie.

»Vielen Dank. Soll ich dir mein Geheimnis verraten? Einen Liter Wasser und eine Hand voll Vitamin C vor dem Schlafengehen und dann morgens noch mal reichlich Wasser und Vitamin C. Gut geschlafen?«

»Ja. Ich war total erschöpft.«

»Keine Albträume?«

»Nein. Warum –?« Und dann fiel ihr wieder ein, was heute für ein Datum war. »Ich habe überhaupt nicht mehr daran gedacht, dass heute der Jahrestag der Morde ist.«

»Dann hast du das Ganze wirklich verarbeitet.«

»Scheint so.« Sie gingen auf ihre Autos zu. »Wegen gestern Abend –«, sagte sie.

»Gestern Abend war ich –«, sagte er gleichzeitig.

Sie lächelten beide verlegen.

»Wir sind so ein paar emotionale Einsiedler, was?«, sagte er. »Wagen uns kurz raus, legen uns gegenseitig unser seelisches Päckchen zur Besichtigung vor die Füße, nehmen es dann schnell wieder an uns und flitzen in unsere jeweilige Höhle zurück.«

»Ich will das nicht mehr – mich wieder zurückziehen, meine ich.«

»Ich auch nicht. Wir werden uns wohl gegenseitig helfen müssen, draußen zu bleiben.« Er nahm ihre Hand. »Was gibt's Neues auf der Dienststelle?«

Sie erklärte ihm die Sache mit Wayne und setzte hinzu: »Es ist eine schreckliche Vorstellung, ihm gegenüberzusitzen und ihn wie einen Verbrecher zu verhören.«

»Es wird schon nicht so schlimm werden. Sag dir einfach, dass er bestimmt eine stichhaltige Erklärung hat, warum er davongefahren ist.«

Sie zuckte die Achseln, nicht willens, weiter darüber zu reden. »Es gibt Neuigkeiten in Sachen Ackerman, vom Labor.«

Guy verengte nachdenklich die Augen, als sie ihm von der Wegbeschreibung und den Motorölspuren erzählte. »Ich glaube, ich weiß, wo das herkommt«, sagte er. »Fühlst du dich einem weiteren Canyon-Besuch gewachsen?«

Ihr Puls beschleunigte sich. »Ja. Fahren wir.«

»Da drüben ist es.« Guy bog von der Zufahrt ab und ging auf den alten Wagen zu, der unter den Kiefern stand. »Leider hab ich die Stelle nicht so gelassen, wie ich sie gefunden habe. Der Schachtdeckel war verschoben, und als ich sah, was dort drinnen war, dachte ich, ich lege ihn besser wieder richtig hin.«

Er hockte sich neben den improvisierten Altöltank, zog den Deckel weg und winkte Rhoda, einen Blick in das Loch zu werfen. Sie kniete sich neben ihn, tauchte die Hand in die zähe Flüssigkeit, erfühlte deren Konsistenz. Dann führte sie die Finger an die Nase, schnupperte und verzog das Gesicht.

Sie sagte: »Da ist eine ganze Menge Öl auf dem Boden verkleckert. Und der Stock dort ist mit dem Zeug überzogen, als hätte ihn jemand benutzt, um in der Brühe herumzustochern. Ist er dir neulich schon aufgefallen?«

»Ich kann mich nicht dran erinnern, ihn gesehen zu haben, aber es war ja schon ziemlich dämmrig. Ich habe ein paar Fotos gemacht, die heute fertig sein sollten. Vielleicht ist darauf ja was zu erkennen.«

Sie erhob sich und suchte sich einen Zweig. Nachdem sie damit im Behälter herumgestochert hatte, lehnte sie ihn an die Stoßstange des Wagens. »Nichts drin außer Altöl. Die Ackerman muss sich das Geld geholt haben.«

»Aber wo ist es dann geblieben?«

»Wenn wir das herausfinden, wissen wir, wer sie umgebracht hat.« Sie zog ein Papiertaschentuch heraus und rubbelte sich die Finger ab. »Ich rufe auf der Dienststelle an, lasse einen Fotografen und einen Techniker kommen.«

»Ich warte hier auf dich.«

Er sah ihr nach, bewunderte ihre Figur und ihren kraftvollen, ökonomischen Gang. Der gestrige Abend hatte eine gewisse Befangenheit zwischen ihnen hinterlassen, aber das Gespräch vorhin hatte sie schon ein Stück weit abgebaut.

Über ihm im Baum bewegte sich etwas. Er schaute hoch und sah einen Häher umherhüpfen. Der Himmel über dem Geäst war grau, und feuchtigkeitsschwere Wolken fegten ostwärts. Regen war angesagt, der erste seit seiner Ankunft. Er ging zur Zufahrt zurück und folgte ihr, bis er die gekappte Stromleitung sah. Ein Schnitt mit einer isolierten Drahtschere, und neun Menschen waren zu wehrlosen Geiseln geworden. Ein Schnitt, und acht Menschenleben hatten geendet.

Ein Ort des Bösen, dieser Canyon, damals wie heute.

»Sie haben noch einen Tag, Grossman, dann schalten wir das FBI ein.« Die Hängebacken gaben Vize-Sheriff Pete Stedman etwas Bulldoggenartiges, und seine kleinen Äuglein funkelten grimmig aus ihrer fleischigen Einfassung. Der Vizechef des Departments war eigens aus Santa Carla angereist, um sein Ultimatum zu stellen.

Rho sah zu Grossman und Shepherd hinüber, um festzustellen, wie sie es aufnahmen. Der ältere Detective wirkte entspannt, fast schon gleichgültig, und seine Hände auf der Tischplatte spielten lässig mit einem Bleistift. Shepherds Gesicht hingegen war rot, sein Blick zornig.

Grossman sagte: »Wir stehen kurz vor dem Durchbruch.«

»Wo hab ich das bloß schon mal gehört? Sie haben jetzt noch einen Deputy zu Ihrer Unterstützung.« Seine Geste in Rhos Richtung besagte, dass sie in seinen Augen keine große Hilfe darstellte. »Der andere ... Weiß der Himmel, was da abgelaufen ist, und ich glaube, Sie machen einen großen Fehler, wenn Sie sich darauf verlassen, dass er sich freiwillig stellt. Sie haben eine Tote, und er ist Ihr einziger Ansatzpunkt. Und obendrein ist heute der Jahrestag Ihres unaufgeklärten Falls von damals, und jetzt erzählen Sie mir auch noch, dass es eine Verbindung zwischen dieser Ackerman und den Toten im Canyon gibt.«

Rho dachte, Grossman würde darauf hinweisen, dass er zum Zeitpunkt der Canyon-Morde noch gar nicht beim Department gewesen war, aber er sagte kein Wort.

Stedman fuhr fort: »Der damalige Sheriff hätte die Feds schon viel früher einschalten müssen. Wir werden diesen Fehler nicht noch mal machen.«

Grossmans Gesichtsausdruck blieb neutral, aber seine Finger fassten den Bleistift fester.

»Einen Tag«, sagte der Vize-Sheriff. »Ist das klar?«

Der Detective nickte, und Stedman hievte seine beträchtliche Körpermasse vom Stuhl. »Gut.«

Grossmans Augen folgten ihm, als er das Verhörzimmer verließ. Als die Tür zu war, sah der Detective zuerst Rho, dann Shepherd an. »Sie haben gehört, was der Boss sagt.«

»Verdammte Scheiße!«, rief Denny aus. »Stedman sitzt

schon so lange am Schreibtisch, dass er vergessen hat, wie's in der Praxis ist! Hat er auch nur unsere letzten Berichte gelesen? Nein. Er hat seine vorgefasste Meinung und Punkt.«

»Er hat Angst«, sagte Grossman, »und wenn Sie einigermaßen bei Verstand sind, sollten Sie auch welche haben.« Er klatschte eine Zeitung so auf den Tisch, dass sie die Titelseite sehen konnten.

Der *San Francisco Chronicle.* NEUER MORD AN DER KÜSTE VON SOLEDAD COUNTY WECKT ALTE ÄNGSTE.

»Verdammte Scheiße«, sagte Shepherd wieder.

»Ja, und sie steht uns bis zum Hals. Spätestens heute Abend ist das Sea Stacks voll von Journalisten aus allen Winkeln des Landes. Also sollten wir jetzt in die Gänge kommen. Sie haben die Liste der Zeugen, die wir bereits befragt haben. Wir teilen sie unter uns auf, befragen sie alle noch einmal. Und noch ein weiteres Mal, wenn nötig.«

Rho sagte: »Das ist unmöglich – an einem Tag.«

»Dann machen Sie's möglich, Swift.«

Die Gehwege von Signal Port waren leer gefegt, abgesehen von ein paar aufsässigen Halbwüchsigen, die die Schule schwänzten, und ein paar Erwachsenen, die Guy instinktiv als Journalisten identifizierte. Er passierte Häuser mit zugezogenen Vorhängen und geschlossene Geschäfte. Die Drogerie, wo er den Film zum Entwickeln abgegeben hatte, hatte offen, aber außer ihm war keine Kundschaft da. Der Mann hinterm Ladentisch fand den Umschlag und gab Guy wortlos das Wechselgeld heraus.

Auf dem Parkplatz fingen ihn ein Reporter und eine Kamerafrau von einem Fernsehsender aus Sacramento ab. Was er von dieser neuen Mordserie halte, wollte der Mann wissen. Guy stürmte mit einem barschen »Kein Kommentar« an ihnen vorbei, zu den Zeitungsständern vor dem Supermarkt. Die Schlagzeile des *San Francisco Chronicle* und das zugehörige Foto der Canyon-Einfahrt sagten ihm, dass Signal Port erneut in den Blickpunkt der Öffentlichkeit gerückt war und die Einwohner sich gegen die jähe Invasion von Medienleuten verbarrikadierten.

Der Parkplatz des Sea Stacks war voll, und die Quartiersuchenden, die dort abgewiesen worden waren, hatten die Pension schon gefunden. In der Eingangsdiele befasste sich gerade ein gestresster Kevin Jacoby mit einem Mann von der *L. A. Times*, den Guy flüchtig kannte und zutiefst unsympathisch fand. Er habe, beschwerte sich der Typ, ausdrücklich ein King-Size-Bett verlangt, in seinem Zimmer stehe aber nur ein Queen-Size-Bett. Während Guy die Treppe hinaufschlich, um eine Begegnung zu vermeiden, hörte er Jacoby geduldig erklären, dass es im ganzen Haus nur Queen-Size-Betten gebe.

Offenbar war Becca Campos noch nicht zur Arbeit gekommen; Guys Zimmer war nicht gemacht, und als er sich ein frisches Handtuch aus dem Wäscheschrank holen wollte, fand er diesen abgeschlossen. Das bisher so ruhige alte Haus hallte wider von Lärm. Im Zimmer gegenüber telefonierte eine Frau lautstark, und Guy schloss seine Tür, um ihre Stimme auszusperren. Die ganze Stadt war vereinnahmt worden, und er war darüber so sauer, als wäre er ein Alteingesessener.

Er schlug die Zeitung auf dem Schreibtisch auf, überflog die ersten Absätze des Artikels, suchte dann die Fortsetzung im Innenteil. Da war eine Doppelseite mit den Fotos sämtlicher Opfer, einschließlich der Ackerman, und im letzten Absatz wurden Samantha Lindsays und Virge Scurlocks tödliche Unfälle als »merkwürdige Koinzidenz« bezeichnet. Der Artikel war zwar ganz ordentlich recherchiert, aber offenbar hastig zusammengeschustert worden, nachdem der Lokalsender von Santa Carla die Tragödien publik gemacht hatte.

Er faltete die Zeitung wieder zusammen und entdeckte jetzt erst einen Zettel mit einer Telefonbotschaft, den man ihm auf den Schreibtisch gelegt hatte. Dunbar Harrison: Oriana sei willens, mit Guy zu reden, um fünfzehn Uhr Pazifikzeit. Sie werde ihn anrufen. Er sah auf die Uhr. Noch fast drei Stunden bis dahin. Er würde die Zwischenzeit nutzen, um seine Notizen zu aktualisieren und vielleicht eine Kleinigkeit zu essen, falls es ihm gelang, ein Restaurant zu finden, das nicht von Presseleuten wimmelte.

Der Umschlag mit den Fotos fiel ihm ins Auge. Er ergriff ihn und riss ihn auf. Nahm die Abzüge heraus und sah sie durch.

Nichts. Als ob der Film mit Röntgenstrahlen beschossen worden wäre.

»Rho, das haben wir doch alles schon einmal durchgekaut.« Will Scurlock saß in seinem Fernsehsessel. Seine großen Hände baumelten schlaff von den Armlehnen. Sein Gesicht war zerfurcht, und er sah aus, als hätte er seit Tagen nicht mehr geschlafen.

»Ich weiß, und es tut mir Leid, dass ich dich stören muss. Aber wir befragen alle, mit denen wir gesprochen haben, noch mal.«

»Ich glaube nicht, dass ich das durchstehe. Vor achtundvierzig Stunden habe ich die Einäscherung meiner Frau veranlasst. Sie verbrennen lassen wie totes Holz. Ihr Wunsch. Ich hätte lieber einen anständigen Sarg für sie gewollt, Blumen, Freunde am Grab. Aber Virge hat immer gesagt, nein, sie will nicht so ein Getue ...«

Nach einer kurzen Schweigepause fuhr er fort: »Gestern habe ich die Asche in Santa Carla abgeholt. Dort steht sie, in diesem billigen Messingding auf dem Couchtisch. Nimm die billigste Urne, hat Virge immer gesagt, ich bin ja doch nur kurz drin. Ich konnte mich ihrem Wunsch nicht widersetzen. Morgen nimmt mich ein Freund in seinem Flugzeug mit rauf, dann verstreue ich sie überm Meer.«

»Na ja, wenigstens tust du, was sie wollte. Will ...« Rho zögerte. Virges Tod war nicht der Grund ihres Besuchs, aber sie wollte doch noch etwas klären, was ihr zu schaffen machte. »Mimi Griggs hat mir von der Lebensversicherung für Virge erzählt.«

»Lebensversicherung? Ach, die. Mimis Idee. Ich wollte den Vertrag widerrufen, aber als ich's ihr gesagt habe, hat sie auf die Tränendrüse gedrückt, mir was vorgejammert, wegen der Provision, die sie doch so dringend braucht. Schätze, das wirft ein komisches Licht auf mich, jetzt, wo Virge auf diese Art umgekommen ist.«

»Darum geht es mir im Moment nicht. Wir haben, wie gesagt, nur noch den heutigen Tag, um den Fall Ackerman aufzuklären, und ich werde einfach das Gefühl nicht los, dass Virges Tod irgendwas mit ihrem zu tun hat.«

»Ich hab dir alles gesagt, was ich weiß. Wir haben sie nur dieses eine Mal gesehen.«

»Und das war am Freitagabend, so gegen sechs?«

»Das weiß ich nicht genau. Vielleicht war's auch schon später. Ich habe Virge nach Hause gebracht, hab mich umgezogen und bin wieder in die Stadt gefahren, weil ich mit Alan Lindsay im Hotel zu einer Besprechung verabredet war.«

»Wann war eure Besprechung?«

»Halb acht? Acht?« Er schüttelte den Kopf.

»Hast du keinen Terminkalender? Oder ein Arbeitsbuch, in das du deine Arbeitsstunden einträgst?«

»Doch, klar, das hab ich. Ich hol's.« Er stand auf und schlurfte in seinen Bürotrakt.

Rho erhob sich und trat an das Fenster, das nach vorn hinausging. Der Himmel war jetzt dunkel; das erste Herbstunwetter war für heute Abend angesagt. Wills neuer Dodge Ram stand vor der Garage, mit heruntergelassenem Beifahrerfenster. Sie würde es schließen, damit es nicht in den Wagen regnete, wenn der erwartete Guss kam.

Sie näherte sich dem Pick-up von hinten, bemerkte einen schwach blauen Strich seitlich am rechten Hinterreifen – eine Markierung, angebracht von einer Politesse aus Santa Carla, der einzigen Stadt in Soledad County mit Parkdauerbegrenzung. Der Reifen war neu, aber da war –

Ein Schnitt. Ein deutlich erkennbarer, sichelförmiger Schnitt im Profil eines hochklassigen Firestone-Reifens.

»Ich möchte wissen, was mit diesem Film passiert ist«, erklärte Guy dem Verkäufer in der Drogerie, einem kleinen, gebeugten, buckligen Mann, der den Kopf nach vorn streckte wie eine Schildkröte. Im Moment sah er aus, als wünschte er, er könnte sich in seinen Panzer zurückziehen.

Er sagte: »Vielleicht überbelichtet?«

»Der ganze Film?«

»Könnte auch ein fehlerhafter Film gewesen sein.«

»Das bezweifle ich. Es ist ein Qualitätsfilm, und das Fotogeschäft, in dem ich einkaufe, ist sehr gewissenhaft mit der Lagerhaltung.«

»Tja, dann weiß ich auch nicht, was passiert sein könnte.«

»Wo lassen Sie die Filme entwickeln? Schicken Sie sie in ein Großlabor, zu Kodak oder so, oder wird das hier im Ort gemacht?«

»Im Ort. Es gibt hier einen freien Fotografen. Dave Moretti. Der übernimmt unsere Aufträge, wenn der Kunde nicht ausdrücklich sagt, der Film soll an Kodak gehen.«

Guy hatte Moretti im Canyon erlebt. Er war ihm nicht wie die Sorte Amateur vorgekommen, die versehentlich einen ganzen Film ruinierte.

Rho hatte sich hingehockt und inspizierte gerade den sichelförmigen Schnitt im Reifen, als Will Scurlock hinter ihr herankam.

»Was ist?«, fragte er. »Nagel im Reifen?«

Sie erhob sich, drehte sich zu ihm um und überlegte, wie sie vorgehen sollte. Von jetzt an hatte Will als Verdächtiger im Mordfall Ackerman zu gelten, und sie musste ihn eigentlich auf seine Rechte hinweisen und ihn zur Vernehmung mit auf die Dienststelle nehmen. In letzter Zeit hatte es in Kalifornien zunehmend Probleme gegeben, weil Verdächtige nicht über ihre Rechte aufgeklärt worden waren; das Department hatte eigens ein Rundschreiben herausgeschickt, das alle Deputys in diesem Punkt zu besonderer Vorsicht ermahnte. Sie wollte die Anklage nicht sabotieren, falls es je zu einem Prozess käme, aber andererseits war Will ein Freund und Nachbar. Sie kannte ihn von klein auf.

»Kein Nagel«, sagte sie. »Ein Schnitt.«

Will kam näher heran, musterte den Reifen mit zusammengekniffenen Augen. »Verdammt! Der war noch nicht da, als ich das letzte Mal nachgesehen habe.«

»Wann war das?«

»Vor einer Woche? Zehn Tagen? Als ich das letzte Mal den Reifendruck kontrolliert habe.«

»Bist du seither über steiniges Gelände gefahren?«

»Immer nur den Highway rauf und runter, zu meinen Baustellen. Warum interessiert dich das so?«

Sie überlegte wieder, beschloss dann, ihrem Instinkt zu folgen. »Wir haben den Ort ausfindig gemacht, wo die Leiche der Ackerman ins Wasser geworfen wurde – das Quinley-Gelände. Dort waren Reifenspuren. Firestone-Heavy-Truck-Serie. Ein Reifen hatte eine Kerbe, genau wie die hier.«

Wills Gesicht gefror, als die Bedeutung ihrer Worte zu ihm durchdrang. »Du glaubst, *ich* habe diese Frau umgebracht, Rho?«

»Ich bin mir sicher, du hast eine stichhaltige Erklärung für die Spuren.«

»Ach, hab ich aber nicht. Ich habe keine Ahnung, wie Spuren von meinen Reifen dorthin kommen. Der Pick-up stand das ganze Wochenende in der Garage. Ich benutze ihn nur geschäftlich, nehme für private Fahrten immer Virges Wagen. Ist sauberer so, falls mich das Finanzamt je unter die Lupe nehmen sollte. Und ich habe ihn noch nicht mal am Sonntag genommen, als ich zu Alan Lindsay gefahren bin, weil Virges Toyota das Garagentor blockierte.«

»Warst du in letzter Zeit mal auf dem Quinley-Gelände?«

»Da war ich nicht mehr, seit der Imbiss zugemacht hat. Teufel noch mal, da fährt doch niemand hin, außer Immobilienmaklern und Kaufinteressenten. Und deinem Vater natürlich.«

Sie spürte ein Schauergefühl zwischen den Schulterblättern. »Jack fährt dorthin? Warum?«

»Zum Angeln natürlich, und um Abalonen zu sammeln. In der Bucht dort gibt's viel zu holen.«

»Aber die ist doch verseucht –«

»Hat dein Vater sich je um Gesundheitsrisiken gekümmert? In seinem ganzen Leben noch nicht. Der alte Knabe trinkt eine Flasche Whiskey am Tag, isst alles, wovor einen die Ärzte warnen, raucht billige Zigarren. Und wird uns vermutlich alle überleben. Er angelt seit Jahren in der Bucht dort. Ich hab ihn am Freitagmorgen erst dort rauskommen sehen.«

Freitagmorgen. Nicht Freitagabend oder Samstag. Scham überkam sie, weil sie ihren eigenen Vater verdächtigt hatte.

»Bist du dir sicher, dass das am Freitagmorgen war?«

»Klar doch. Virge und ich wollten rauf nach Calvert's Landing, zum Mittagessen und zu einer größeren Einkaufstour. Dein Dad hat den Toyota erkannt und gehupt.« Will seufzte tief. »So was Normales, ein ganz gewöhnlicher Einkaufstrip. Ich wäre nie darauf gekommen, dass das unser letztes gemeinsames Essen im Tai Haruru war.«

Das Haus, in dem Dave Moretti sein Fotostudio hatte, lag in einer ruhigen Nebenstraße am Nordrand des Ortes. Moretti war zunächst freudig überrascht, Guy zu sehen; er wurde erst schweigsam und reserviert, als Guy erklärte, was er wollte. Morettis vorstehende Schneidezähne nagten nervös an seiner Unterlippe, und er sah sich immer wieder ängstlich um, als befürchtete er, jemand könnte mithören.

»Was glauben Sie, was mit meinem Film los war?«, fragte Guy.

»Fehlerhaft, schätze ich.«

»Das glaube ich nicht. Für mich sieht es aus, als hätte er Licht gekriegt.«

»Kameragehäuse undicht, vielleicht.«

»Ein Leck würde einen Lichtfleck auf dem Bild verursachen, aber nicht das ganze Bild ruinieren.«

»Ein großes Leck –«

»Wäre mir aufgefallen.«

Moretti knabberte weiter an seiner Unterlippe. »Da Sie mit meiner Arbeit unzufrieden sind, erstatte ich Ihnen gern das Geld.«

»Ich möchte lieber wissen, warum Sie – als erfahrener Fotograf und Laborant – meine Fotos ruiniert haben.«

»Ich habe nichts – ach, verdammt, was soll's? War ja schließlich keine offizielle Anweisung.«

»Jemand hat Sie gebeten, jeden Film, der auf meinen Namen bei Ihnen eingeht, zu vernichten?«

Nicken.

»Jemand vom Sheriff's Department?«

»Ja.«

»Lassen Sie mich raten: Deputy Wayne Gilardi.«

»Genau. Er hat gesagt, Sie würden hier Unruhe stiften, die der Ort gar nicht brauchen kann. Und wenn wir alle zusammenhalten und Ihnen Steine in den Weg legen, dann würden Sie wieder an die Ostküste zurückgehen, wo Sie hingehören.«

»Sie haben es also für Signal Port getan?«

»Ach, was. Wayne ist jemand, mit dem man sich besser nicht anlegt.« Er hielt kurz inne. »Und ich habe Ihren Film nicht vernichtet.«

»Nein?«

»I wo. Die Abzüge und Negative, die Sie da haben, sind nicht von Ihrem Film. Ich habe viel zu viel Respekt vor der

Arbeit anderer Leute, um sie zu ruinieren. Also habe ich einen Film genommen, den ich hier rumliegen hatte, und Ihren aufbewahrt, für den Fall, dass Sie rauskriegen würden, was Sache ist, und sich beschweren kämen. Und jetzt … jetzt bin ich, ehrlich gesagt, erleichtert.«

»Wie lange brauchen Sie, um meinen Film zu entwickeln und Abzüge zu machen?«

»Halbe Stunde etwa.«

»Ich warte.«

Will Scurlock hatte beschlossen, dass er mit seinem Anwalt sprechen wollte, ehe er eine offiziellere Aussage machen würde, und er hatte versprochen, um sechzehn Uhr auf der Dienststelle zu erscheinen. Rho hatte daraufhin noch ein paar Zeugen von ihrem Teil der Liste befragt, wobei jedoch nicht viel herausgekommen war, und jetzt blieb ihr nicht mal mehr eine Stunde, bis sie und Grossman mit Wayne reden sollten. Nervosität zog ihren Magen zusammen, und ihr war schwindlig. Sie hatte den ganzen Tag nichts gegessen, aber schon bei dem Gedanken an Essen wurde ihr übel.

Als sie in die Dienststelle kam, saß Valerie mit gefalteten Händen am Schreibtisch und starrte auf die voll gepackte Tischplatte. Rho sagte: »Ich habe mich noch gar nicht dafür bedankt, dass du Cody neulich Abend zu mir nach Hause gebracht hast.«

»Ich müsste *dir* dafür danken, dass du ihn mir dagelassen hast. Er war mir so ein Trost.« Valeries Hände machten Waschbewegungen. »Jack hat angerufen. Er hat gesagt, er hat dir von uns erzählt.«

»Ja.«

»Du hasst mich jetzt wohl dafür, dass ich dir das die ganzen Jahre verschwiegen habe.«

»Hassen? Ich dich? Niemals. Du tust ihm gut, und du warst immer wie eine Mutter zu mir. Mütterlicher als meine eigene Mutter, und jetzt weiß ich, warum. Ist wohl ganz gut, dass ich es erst erfahren habe, als ich bereit war, es zu akzeptieren. Außerdem haben wir alle ein Recht auf unsere Geheimnisse.«

Valerie lächelte erleichtert und griff nach einer Akte in ihrem Eingangskorb.

Rho setzte sich an ihren Schreibtisch und begann, den Bericht über ihr Gespräch mit Will Scurlock zu schreiben. Seine Behauptung, er habe keine Ahnung, wie die Spuren seiner Reifen auf das Quinley-Gelände gekommen seien, hatte in der Situation selbst aufrichtig geklungen, aber jetzt fürchtete sie, vielleicht doch zu viel Vertrauen in ihn gesetzt zu haben. Wie gut kannte sie Will wirklich? Wie gut kannte sie irgendjemanden von ihren Freunden und Nachbarn?

Das Telefon klingelte. Valerie sprach kurz mit dem Anrufer, sagte dann »Rhoda?« In ihrer Stimme lag eine Dringlichkeit, die Rhoda veranlasste, sich zu ihr umzudrehen.

»Das war Wayne. Er ist zu Hause, sich frisch machen, und er will, dass du vorbeikommst, damit ihr beide unter vier Augen reden könnt, ehe er hierher kommt.«

»Das kann ich nicht. Es verstößt gegen –«

»Rhoda, bitte, er klang komisch.«

»Inwiefern?«

»Als ob er geweint hätte.«

Weinen? Wayne? Niemals. Es sei denn –

»Okay. Bin schon unterwegs.«

Guy setzte sich an den Schreibtisch in seinem Pensionszimmer und sah die Abzüge durch, die ihm Dave Moretti gemacht hatte. Der alte Wagen, bedeckt mit Kiefernnadeln.

Der Altöltank und der glänzende Stock ganz in der Nähe. Das Haus der Blakeleys. Ein paar Fotos vom Ort, entlang des Highways aufgenommen. Bilder, um sein Gedächtnis aufzufrischen, wenn er das Buch schreiben würde, daheim in New York, in ein paar Monaten.

Keine besonders guten Fotos – auf diesem Gebiet hatte er nicht viel Talent –, aber für seine Zwecke allemal ausreichend.

Er legte sie hin und dachte an die langen Wintermonate, die er in Manhattan verbringen würde, am Computer in seinem Loft – einer geräumigen, komfortablen Bleibe, die er sich gekauft hatte, nachdem ihn die Erinnerungen an Diana aus der Nobelwohnung in den East Sixties vertrieben hatten. Hin und wieder ein Foto, eine Landkarte oder seine Karteikartennotizen zu Hilfe nehmend, hauptsächlich aber aus der Erinnerung und dem Gefühl schöpfend, würde er ein lebendiges Bild dieser Stadt, ihrer Bewohner und ihrer Tragödien zeichnen. Abends, wenn er sein Tagwerk beendet hätte, würde er sich mit einem Drink vor dem Gasfeuer entspannen und –

Einsam sein.

Er war die meisten Abende einsam gewesen, seit er in dem Loft wohnte, aber jetzt war ihm diese Aussicht plötzlich unerträglich. Das Flammengeflacker, das, bei aller kunstvollen Simulation, doch kein richtiges Feuer war. Der Single-Malt-Scotch, der seinen Körper wärmte, nicht aber seine Seele. Das gedämpfte Pulsieren der energiegeladenen Großstadt, die er sich durch gut isolierte Wände vom Leib hielt. Gelegentlich, wenn auch immer seltener, der Anruf eines alten Freundes, der via Anrufbeantworter flehte: »Nimm ab, Guy!«

Er war so lange einsam gewesen, dass es zu einer Lebensform geworden war, an der sich nichts ändern würde, wenn er erst wieder sicher in seinen vier Wänden saß.

Rho näherte sich Waynes Haus in der Jasmine Street, und ihr Herz hämmerte vor Angst. Sein Pick-up stand in der Einfahrt, aber über dem Grundstück, das mit alten Schuppen und einem rostigen Wohnanhänger voll gepfropft war, hing Stille. Am Fußweg standen rosa Plastikflamingos.

Als sie klingelte, kam niemand an die Tür. O Gott, dachte sie. Sie atmete mehrmals tief durch, ehe sie am Türknauf drehte. Er gab nach, und sie war drinnen, ging am leeren Wohnzimmer vorbei, nach hinten zum Arbeitszimmer. Sie hielt sich nicht damit auf zu rufen, passierte einfach wortlos die gerahmten, selbst gestickten Sinnsprüche, die Janie dort aufgehängt hatte.

Heute beginnt der Rest deines Lebens.

Wenn dir das Leben eine Zitrone reicht, press sie aus und mach Limonade draus.

Sorge dich nicht um ungelegte Eier.

Dein Glas ist nicht halb leer, sondern halb voll.

Optimistische Sprüche für eine misshandelte Ehefrau. Dazu da, Normalität zu verbreiten.

Aber jetzt ließ sich keine Normalität mehr verbreiten.

Die Tür zum Arbeitszimmer war zu. Rho zögerte, nahm ihren ganzen Mut zusammen und drückte sie auf.

Wayne saß in seinem kunstledernen Fernsehsessel. Die Uniform tadellos für seinen letzten Tag im Dienst. Die Schuhe blank geputzt. Die Hose mit frischen Bügelfalten. Das Polizeiabzeichen poliert.

Und überall Blut. Und Knochensplitter und Gehirnmasse.

Obwohl sie so etwas erwartet hatte, stand Rho wie angewurzelt da. Hörte einen tierischen Laut und merkte, dass er von ihr kam.

»Herrgott, Wayne, warum? *Warum?*«

Sie ging näher hin, schaudernd, einen galligen Geschmack im Mund. Sah die Waffe, die der Rückschlag aus seiner toten Hand katapultiert hatte. Sah die beiden Tonbandkassetten auf dem Tisch neben ihm.

Zwei Kassetten, ordentlich beschriftet. Eine für Janie und eine für sie.

Vierzehn Uhr vierzig. Noch zwanzig Minuten, bis Oriana Harrison – geborene Wynne – anrufen sollte. Guy kostete von dem abgepackten Sandwich, das er sich im Supermarkt gekauft hatte. Eiersalat, vermutlich von gestern, bei seinem Glück würde er sich eine Lebensmittelvergiftung holen. Nach einem weiteren Bissen packte er das Ding wieder ein und warf es in den Mülleimer.

Er knipste zwei Lampen an, um die trübselige Düsternis zu vertreiben, und trat ans Fenster. Der Himmel war jetzt dunkelgrau, und grimmige Wolken hingen über dem Wasser. Auf der Kommode gegenüber vom Bett stand ein kleiner Fernseher; er schaltete ihn ein und ging die Sender durch, bis er den Wetterkanal fand. Warnung an kleinere Schiffe. Gefährliche Brandung an den Stränden möglich. Starke Regenfälle.

Im Zimmer war es kühl geworden, und es gab weder Scheite noch Anfeuerholz für den Kamin, von Streichhölzern ganz zu schweigen. Warum hatte er vorhin so unfreundlich an den Gaskamin in seinem Loft gedacht? Es würde seine Freunde daheim sehr erheitern, wenn sie wüssten, dass er sich hier, im sonnigen Kalifornien, den Arsch abfror.

Wobei sich der Begriff »sonniges Kalifornien« natürlich nur auf den südlichen Teil des Staates bezog, eine Gegend, die er soziologisch interessant, aber ansonsten reizlos gefunden hatte, als er dort einmal mehrere Monate verbracht hatte, um beratend an der filmischen Umsetzung seiner Bücher mitzuwirken. Nordkalifornien, jedenfalls die Küstengegend, war eine Region unberechenbarer Extreme. Und, wie er feststellen musste, auch unberechenbarer Menschen –

Es klopfte an der Tür. Auf sein »Herein« erschien Becca Campos, beladen mit Bettwäsche und Handtüchern.

»Sie haben also doch noch beschlossen, zur Arbeit zu kommen«, sagte er gereizt.

Sie zuckte unter seinem scharfen Ton zusammen und begann wortlos, sein zerwühltes Bett abzuziehen.

Nach einer Weile beschämte ihn ihr Schweigen. »Tut mir Leid, dass ich Sie so angefahren habe, Becca. Ich nehme an, Sie waren beunruhigt wegen der Story in dieser Zeitung aus San Francisco.«

»Allerdings. Dass das alles gerade am dreizehnten Jahrestag wieder aufgewärmt wird … Also, das hat mich so nervös gemacht, dass ich mich einfach zu Hause verkrochen habe.«

»Aber jetzt sind Sie doch hier. Was hat Sie dazu veranlasst?«

Sie war gerade dabei, das Laken unter die Matratze zu stopfen, sah aber auf und lächelte schüchtern. »Ich geh weg aus Signal Port.«

»Ach. Wie kommt's?«

»Na ja, mein Freund ist zu mir gekommen. Clay. Sie haben ihn ja kennen gelernt. Und als er sah, wie durcheinander ich war, hat er gesagt: ›Schatz, lass uns heute Abend hier abhauen, nach Reno fahren und heiraten.‹ Zuerst konnte ich gar nichts sagen, so überrascht war ich. Aber als ich dann gemerkt habe, dass es ihm ernst ist, konnte ich seinen Antrag nicht ablehnen.«

»Gratuliere, Becca. Aber ich dachte, Sie hätten gesagt, Clay wolle sein altes Leben wieder aufnehmen.«

»Will er ja auch. Aber jetzt geh ich mit ihm – als Mrs. Clay Lawrence.« Sie widmete sich wieder dem Bett und schlug die Kissen auf. »Aber keine Sorge, Sie werden weiter gut versorgt, Mr. Newberry. Ich habe schon eine Freundin als Ersatz gefunden. Jetzt muss ich los. Ich habe tausend Dinge zu tun – packen und die Wohnung kündigen; Strom und alles abstellen lassen, Giro- und Sparkonto auflösen. Und ich muss meinen Wagen zum Kundendienst bringen, weil Clays Pick-up verreckt ist, den müssen wir einfach hier lassen …«

Trotz ihrer Eile plapperte Becca immer weiter, aber Guy antwortete kaum. Sie war glücklich, und er wollte ihr die Freude nicht verderben. Er fürchtete, dass Clay Lawrence das nur zu bald selbst tun würde. Wenn er sie erst geheiratet, ihr Geld durchgebracht und ihren Wagen zuschanden gefahren hatte und sie verließ.

Rho saß da, mit gesenktem Kopf und taub vom Schock, und hörte mit Ned Grossman Waynes weit ausholende Abschiedsbotschaft ab.

Angefangen hat alles mit Claudia. Wundert dich das, Rho? Dass ich es mit einer Frau tatsächlich ernst meinen konnte? Sie wirklich lieben konnte? Tja, so war's aber. Es hatte ein halbes Jahr vorher begonnen. Am siebzehnten Mai. Sie war in Santa Carla gewesen, und es war schon spät, als sie auf dem

Rückweg einen Platten in der Nähe vom Quinley's hatte. Ich hab angehalten, um ihr zu helfen. Hatte eine Flasche im Pickup, die haben wir gemeinsam geleert. Ich hatte schon die Jahre zuvor immer mal irgendeine Frau in den Unterschlupf mitgenommen, den ich mir hinten im ehemaligen Imbiss eingerichtet hatte, also sind wir dahin gegangen. Ich dachte, sie wäre wie alle anderen.

War sie aber nicht. So jemanden wie sie hatte ich noch nie gekannt. Sie war gescheit, sie hatte Klasse, und sie sagte, wenn wir aus diesem Nest hier wegkämen, könnten wir was aus unserem Leben machen. Ich wollte Janie und die Kinder verlassen, sie Mitch und ihren Sohn. Aber dann, am achten Oktober, sagt sie mir plötzlich, sie hat doch beschlossen, bei ihrem Mann zu bleiben. Sie würden aus dem Canyon weggehen, weil die Situation dort inzwischen zu pervers sei. Würden nach Südkalifornien zurückgehen. Ihr Dad sei krank, und sie könnten sich mit ihm aussöhnen und ein normales Leben beginnen.

Als ob sie mit mir kein normales Leben hätte führen können. Als ob ich nicht normal gewesen wäre.

Du weißt ja nur zu gut, wie wütend ich seither war. Ich hatte etwas Wunderbares gefunden, und plötzlich, zack, war es weg. Endgültig weg. War sie weg. Für immer. Von dem Moment an hatte ich so ein Gefühl, als ob ich ertrinke. Untergehe, mich noch mal hochkämpfe, ein Weilchen Wasser trete, wieder untergehe und immer so weiter. Und dann taucht dieses Mädel auf. Die Tochter von Jude und Leo Ackerman. Ich weiß nicht warum, aber ich hab geahnt, wer sie war, sobald ich die Leiche sah. Vielleicht irgendwas in ihrem Gesicht. Na, jedenfalls, da war sie, und da war dieses Arschloch von Newberry mit seinen Fragen. Und da hing das alles plötzlich zu schwer an mir.

Es war einfach zu viel, und ich bin einfach zu müde. Ich hasse den Mann, der ich jetzt bin. Ich habe schreckliche Dinge getan. Ich habe meine ganze Familie leiden lassen. Und dich. Tut mir Leid, dass ich dich vorgeschoben habe, wegen der verschwundenen Blutproben. Vielleicht wär's dir sonst nach den Morden damals nicht so dreckig gegangen. Oder vielleicht doch. Keine Ahnung.

Ich weiß, ich dürfte dich eigentlich nicht um was bitten, aber da ist noch eins, was ich von dir will. Geh das ganze alte Beweismaterial noch mal durch, und denk nach, was uns diese verschwundenen Blutproben hätten verraten können. Ich hatte immer das Gefühl, dass sie den entscheidenden Durchbruch gebracht hätten, aber vielleicht kommt das nur von meinen Schuldgefühlen, weil ich so achtlos war. Ich habe, weiß Gott, meine Portion Schuldgefühle mit mir herumgetragen – und noch einige mehr. Ich wollte, ich hätte Claudia dazu gebracht, mir zu erzählen, was da im Canyon so Perverses lief. Sie wollte nie über ihr Leben dort reden, aber wenn ich darauf bestanden hätte, dann wären sie vielleicht nicht umgebracht worden. Lauter »hätte« und »wäre«, was? Aber, bitte, Rho, geh das Beweismaterial noch mal durch. Sprich mit Newberry. Er ist ein Arschloch, aber er ist gescheit und kann dir vielleicht helfen, das Puzzle zusammenzusetzen.

Komisch. Ich tue das hier am Jahrestag der Morde. Am Jahrestag von Claudias Tod. Dem verflixten dreizehnten.

Nicht komisch, was?

Tut mir Leid, dass du diejenige sein wirst, die den Schlamassel hier entdeckt, aber ich will nicht, dass mich Janie findet oder Cindy oder Beth. Ich weiß, du wirst damit fertig. Ich hab dich beobachtet, seit der Nacht damals im Canyon. Da warst du für eine Weile angeknackst, aber am Ende bist du drüber weggekommen. Wie ich auch, auf meine Weise. Du wirst nur viel besser drüber wegkommen und viel länger …

Der Regen setzte ein, während Guy auf Oriana Harrisons Anruf wartete, der jetzt schon seit fast einer Stunde überfällig war. Er drehte sich, als er die ersten Tropfen fallen hörte, vom Schreibtisch weg und sah zu, wie es so heftig zu schütten begann, dass die Welt ein einziges Grau war und das Meer kaum noch zu erkennen. Laut Wettervorhersage sollte es morgen den ganzen Tag so weitergehen.

Das Telefon schrillte. Er nahm ab und meldete sich. Dun Harrison.

»Ich bin hier bei Oriana«, sagte er. »Sie ist erst später nach Hause gekommen. Ich gebe sie Ihnen jetzt.«

Die Stimme, die zögernd seinen Namen sagte, hatte ein dunkles Timbre, klang kultiviert und erwachsen. Das überraschte ihn, obwohl er ja wusste, dass Oriana jetzt neunzehn war. In seiner Konzentration auf die Morde hatte er sie in seinem Kopf als Sechsjährige abgespeichert.

Er sagte: »Danke, dass Sie bereit sind, mit mir zu reden. Ihr Onkel hat Ihnen von meinem Buchprojekt erzählt?«

»Ja.« Pause. »Glauben Sie, dass Sie herausfinden können, was damals dort draußen passiert ist?«

»Mit Ihrer Hilfe vielleicht. Wie gut erinnern Sie sich noch an die Zeit im Cascada Canyon?«

»Lange Zeit konnte ich mich kaum daran erinnern. Ich war ja erst sechs, als ich Kalifornien verlassen habe, und Nana – meine Großmutter – wollte, dass ich alles vergesse. Aber in der elften Klasse hatte ich dann einen psychischen Zusammenbruch und war zwei Jahre in Therapie. Da sind dann eine Menge Dinge wieder hochgekommen.«

»Macht es Ihnen etwas aus, darüber zu reden?«

»... Nicht, wenn Sie meinen, dass es Ihnen helfen könnte.«

Langsam, ermahnte sich Guy. Sie ist labil und könnte das Gespräch abbrechen.

»Waren das positive oder negative Dinge?«, fragte er.

»Beides.«

»Dann lassen Sie uns zuerst über die positiven Dinge reden.«

»Na ja, es war landschaftlich sehr schön dort draußen. Wir mussten nicht in die Schule gehen wie andere Kinder. Meine Eltern haben uns zwei, drei Stunden täglich unterrichtet, und ansonsten waren wir am Strand oder zum Schwimmen an einem Teich auf dem Hügel. Heath, Eric, Chryssy und ich hatten auf dem Gelände jede Menge Auslauf, wir dachten uns alle möglichen Spiele aus. Heath und ich hatten ein tolles Spielzimmer. Wenn die Erwachsenen Partys gefeiert haben, übernachteten wir in den Kinderbuden und erzählten uns vor dem Einschlafen Gespenstergeschichten.«

»Mit ›Kinderbuden‹ meinen Sie diese Schlafhäuschen?«

»Ja. Die hatte uns Onkel Bernhard gebaut.«

Guy notierte Ulricks Namen auf einem Block. Bei seiner Erwähnung hatte sich Orianas Tonfall verändert. »Er war nicht Ihr richtiger Onkel, oder?«

»Nein, nur ein Freund meiner Eltern.«

»Mochten Sie ihn?«

»Anfangs ja. Das ist kompliziert.«

»Inwiefern?«

Schweigen. Guy wartete ab.

»Einen Moment, bitte.« Er hörte sie leise mit jemandem im Hintergrund reden, hörte dann eine Tür zufallen. Sie hatte ihren Onkel hinausgeschickt, um ungestört reden zu können.

»Mr. Newberry?«, sagte sie. »Wir können auch gleich über die schlimmen Dinge reden. Ich habe Bernhard Ulrick geliebt und ihm vertraut. Wie wir Kinder alle. Und er hat dieses Vertrauen vergolten, indem er mich mindestens drei Mal sexuell belästigt hat. In einer dieser Situationen, zwei Wochen vor den Morden, hat er mich geschlagen und mir gedroht, wenn ich es meinen Eltern sage, bringt er mich um.«

»Haben Sie's ihnen gesagt?«

»Nein. Heath hat's getan. Er und Chryssy hatten zufällig vor Bernhards Labor gelauscht. Er hat auf die verführerische Tour versucht, aus mir herauszukriegen, wo das Geld war – eine große Summe Bargeld, die meine Mutter irgendwo auf dem Gelände versteckt hatte. Heath und Chryssy rannten weg und machten dabei einen Heidenlärm. Bernhard war wütend, und als ich dabei blieb, dass ich das Versteck nicht kannte, hat er mich geschlagen. Es hinterließ Spuren, und ich log meine Eltern an, ich sei hingefallen.«

»Wann hat Heath ihnen dann die Wahrheit gesagt?«

»Eine Woche später. Er fragte mich, ob Bernhard je etwas Schlimmes mit mir gemacht habe, und da konnte ich es nicht mehr für mich behalten. Heath ging damit sofort zu meinen Eltern, und mein Vater hat sich mit Bernhard geprügelt und ihn gezwungen, noch am selben Tag den Canyon zu verlassen.«

Bernhard hatte eine Woche vor den Morden den Canyon verlassen? Wie das?

Guy sagte: »Aber er ist wieder zurückgekommen.«

»Nie mehr.«

»Aber er wurde doch mit den anderen umgebracht.«

»Nein, wurde er nicht. Ich habe ihn hinterher noch gesehen.«

»Wo?«

»Am Flughafen, als ich zum Flugzeug ging, um mit Nana abzufliegen. Ich habe mich umgedreht, und da stand er in der Menge. Er trug einen Hut und hatte sich einen Schnauzbart wachsen lassen, aber er hatte immer noch den Verband auf der Stirn, über der Platzwunde, die er von der Schlägerei mit meinem Vater hatte. Und seine Augen: Die waren schrecklich. Sie sahen mich genauso an wie in dem Moment, als er mir gedroht hatte, wenn ich etwas verrate, bringt er mich um. Ich wusste, er war da, um mich daran zu erinnern. Und ich habe nie jemandem etwas gesagt, weder dass ich ihn gesehen hatte noch was er mit mir gemacht hatte. Erst später dann meiner Therapeutin und jetzt Ihnen.«

Rho stieß sich vom Schreibtisch ab; ihre Augen brannten. Sie war die alten Akten noch einmal sorgsam durchgegangen, aber nichts darin half irgendwie weiter, was Waynes letzte Bitte betraf, über die mögliche Aussage der verschwundenen Blutproben nachzudenken. Wunschdenken, sagte sie sich.

Sie legte die Füße hoch und schloss die Augen. Sofort erschien auf der Innenseite ihrer Lider das Bild von Blut, Knochensplittern und Gehirnmasse. Sie riss die Augen wieder auf und starrte auf das schwärzliche Fenster. Horchte auf den Regen, der aufs Flachdach des Dienststellengebäudes prasselte. Zwei Gefangene in der Wartezelle brüllten sich gegenseitig an; sie wollte hingehen und sie zum Schweigen bringen, aber ihr fehlte die Energie. Wayne hätte –

Wayne. Neuer Schmerz durchzuckte sie. Seine älteste Tochter, Cindy, war genau in dem Moment, als die Leiche abtransportiert wurde, von ihrem Zimmermädchenjob in einem Motel in Westhaven zurückgekehrt und war völlig durchgedreht. Janie hatte, als sie heimkam, geweint, ansonsten aber resigniert reagiert. Ihr war wohl klar, dass sie ihren Mann schon vor langer Zeit verloren hatte. Der Himmel mochte wissen, was auf der für sie bestimmten Kassette war …

Rho stand auf, klappte die schwere Akte zu. Wayne hatte sich geirrt; die Antwort lag nicht in den verschwundenen Blutproben und auch sonst nirgendwo in den vergilbten Akten. Besser, sich auf den aktuellen Fall zu konzentrieren, auch wenn ihr dafür nur noch der heutige Abend blieb. Morgen würde das FBI in Signal Port auftauchen und die Sache übernehmen. Morgen würde sie sich wieder genauso als Versagerin fühlen wie vor dreizehn Jahren.

Guy ging die Notizen zu seinem Telefongespräch mit Oriana ein zweites Mal durch, nahm dann das Flughafenfoto zur Hand und studierte das Gesicht des Kindes. Was er für Verzweiflung gehalten hatte, war in Wirklichkeit Angst. Das war ihm entgangen, weil er die Mimik von Kindern nicht so gut deuten konnte.

Aber natürlich hatte Orianas Behauptung, in diesem Moment Bernhard Ulrick gesehen zu haben, gar nichts zu sagen. Für eine schwer traumatisierte Sechsjährige konnten viele Männer so aussehen wie der, vor dem sie sich fürchtete. Und was verdrängte und wieder zurückgekehrte Kindheitserinnerungen betraf, so hatte Guy etliche Fälle verfolgt, in denen das als Schwindel entlarvt worden waren. Falsche Erinnerungen erwuchsen oft aus suggestivem Therapeutenverhalten und aus dem Erklärungsbedürfnis der Erwachsenen.

Und dennoch …

Er nahm den Hörer ab und wählte Aaron Silbers Nummer in New York.

Der Lärm der Gefangenen in der Wartezelle zerrte an Rhos Nerven. Wieder erwog sie, ihn abstellen zu gehen, wieder hatte sie nicht die Kraft. Nachdem sie ihn noch ein paar Minuten ausgehalten hatte, beschloss sie, mit ihrem Streifenwagen nach Hause zu fahren, dort die Liste der potenziellen Zeugen durchzugehen, die viel versprechendsten herauszusuchen und sich später dann aufzumachen, um mit ihnen zu reden.

In ihrem Haus auf dem Hügel angekommen, fütterte sie Cody, machte sich Kaffee und ließ sich mit der Liste und den Befragungsprotokollen auf dem Sofa nieder. Allein schon der ihr übertragene Teil der Liste war einschüchternd. Als sie ihn überflog, rief jeder Name Erinnerungen wach; Nella Samson war in der vierten Klasse ihre Lehrerin gewesen; mit Doug Scallini hatte sie ihr erstes Bier getrunken, nachdem er ein Sechserpack aus dem Kühlschrank seiner Eltern geklaut hatte; Harry Vincenzo hatte sie das erste Mal zum Tanzen ausgeführt; Alice Worth und sie hatten hinter der Scheune von Alice' Vater das Rauchen ausprobiert und dabei fast die Scheune in Brand gesteckt; die alte Mrs. York – Gott, die lebte immer noch!

Freunde, Nachbarn. Zu vielen hatte sie keinen engeren Kontakt mehr, aber sie kannte ihre Lebensgeschichte, wusste, was sie für Menschen waren. Und die Befragungen ergaben unterm Strich kaum etwas. Alle hatten Chrystal Ackerman gesehen und bereuten, dass sie nicht angehalten hatten, um ihr zu helfen.

Also, was war hier Sache? Ein blindwütiger Mörder, der die Küstengegend unsicher machte? Wenn ja, hatte er dann schon woanders zugeschlagen?

Sie ging an ihren Computer, rief die Datenbanken anderer Küsten-Countys auf. Keine aktuelleren unaufgeklärten Mordfälle in Humboldt County. Keine im westlichen Mendocino, Sonoma oder Marin County. San Francisco verzeichnete eine Schießerei vor einer Bar bei Ocean Beach, die in keiner Weise dem Muster entsprach. San Mateo und Santa Cruz waren vergleichsweise verbrechensfrei.

Also jemand hier an der Küste von Soledad County. Ein Fremder, der sich in einem der vielen Motels der Gegend verkroch? Unwahrscheinlich. In der momentanen Atmosphäre wäre ein verdächtiger Fremder bestimmt gemeldet worden.

»Einer von uns«, sagte sie.

Ein vertrauter Wagen, den niemand weiter beachtet hatte. Ein kurzer Stopp, um das Mädchen nach Einbruch der Dunkelheit bei Point Deception aufzulesen. Der Fahrer jemand, der einen einsamen Ort wusste, wo er sie hinbringen konnte. Der den Cascada Canyon und auch das Quinley-Gelände kannte. Der sich frei bewegen konnte, ohne aufzufallen.

Möglich, dass er nicht unter den Befragten war. Aber wenn er clever war, hatte er sich gemeldet und behauptet, das Mädchen gesehen zu haben. Sie ging die Liste noch einmal durch, auf der Suche nach jemandem, der diesen Kriterien entsprach, und etwa auf der Hälfte sprang ihr ein Name entgegen. Sie blätterte in der Akte, suchte Grossmans Befragungsprotokoll zu diesem Zeugen, las es durch. Harmlos wie alle anderen, und doch …

Sie setzte sich wieder an ihren Computer und rief ihr eigenes Protokoll der Befragung dieses Mannes auf. Möglich. Aber vielleicht war das ja auch nur Wunschdenken.

Sie drosselte ihre Spannung auf ein Minimum, während sie Datenbanken anderer Polizeibezirke aufzurufen begann, sie über die letzten zwei Jahre durchcheckte. Der Name erschien in Zusammenhang mit unaufgeklärten Fällen in Bellingham, Washington, und Lincoln County, Oregon. Als sie bei Kollegen aus beiden Bezirken nachfragte, wuchs ihre Erregung, bis sie schließlich, nach dem letzten Anruf, aufsprang und »Ja!« rief. Cody fuhr erschrocken hoch und begann zu bellen.

Jetzt brauchte sie nur noch zu warten, dass der Haftbefehl vom Sheriff's Department von Lincoln County kam. Während Detectives aus Oregon unterwegs waren, um den Mann in Zusammenhang mit einem vor dreizehn Monaten verübten Mord zu verhören, würde sie ein Geständnis in Sachen Chrystal Ackerman und Virge Scurlock aus ihm herausholen.

Guy betrat den Aufenthaltsraum der Pension und platzte mitten in eine zärtliche Szene zwischen Kevin Jacoby und einem kleinen Mann, der den linken Arm in Gips trug. Rhoda hatte ihm von dem Zerwürfnis zwischen Jacoby und seinem Partner, Brandon Fuller, erzählt, aber jetzt schienen die beiden gerade dabei, sich wieder zu versöhnen.

Jacoby drehte sich um und errötete, aber in seinem sonst so melancholischen Gesicht stand ein Lächeln. Guy sagte: »Ich wollte Sie um einen Gefallen bitten. Kann ich mal Ihr Faxgerät benutzen?«

»Natürlich. Steht auf einem Tischchen im Büro.«

Guy nickte dankend, ging wieder hinaus und um den Empfangstresen herum, schloss diskretionshalber die Tür hinter sich. Als er das Faxgerät gefunden hatte, wählte er Aaron Silbers Telefonnummer. Sein Assistent meldete sich mit einem knappen »Hab's.« Guy gab ihm die Faxnummer durch, legte auf und wartete, wobei er zu seinem Erstaunen feststellte, dass seine Hände feucht waren. Das Gerät piepte und begann, Papier auszuspucken. Guy verkniff es sich, auf das zusammengerollte Fax zu gucken, bis das Gerät das Schlusspiepen von sich gab.

Zuerst war er enttäuscht. Dieses Foto zeigte niemanden, den er kannte. Dann ermahnte er sich, langsam vorzugehen, die Details genau zu studieren.

Als er das getan und die Einzelheiten wieder zusammengesetzt hatte, krallten sich seine Finger um die Tischkante. Dieses Gesicht war die Antwort auf die Frage, was heute vor dreizehn Jahren im Cascada Canyon passiert war.

Rho lauschte dem Regen, der auf ihr Dach trommelte. Irgendwoher kam ein stetes Plätschern. Eine der Dachrinnen, die sie dieses Jahr zu säubern versäumt hatte, lief über.

Die Mordfälle Chrystal Ackerman und Virge Scurlock waren so gut wie aufgeklärt. Sie musste sich beruhigen, ihre Gedanken ordnen, den Ablauf des Geschehens rekonstruieren, während sie auf den Haftbefehl wartete. Der Detective aus Lincoln County, mit dem sie gesprochen hatte, wollte sie anrufen, ehe er das Fax an die Dienststelle abschickte.

Sie hätte gern ein Gegenüber gehabt, um ihre Gedanken laut entwickeln zu können, aber Grossman und Shepherd waren nach Santa Carla beordert worden, um mit den FBI-Agenten zu konferieren, und als sie vorhin im Ermittlungsbüro angerufen und einen von ihnen verlangt hatte, war ihr mitgeteilt worden, sie seien im Moment beide nicht zu sprechen. Guy hatte in der Pension nicht abgenommen.

»Okay«, erklärte sie Cody. »Dann muss ich das wohl allein machen.« Seine Krallen klickten übers Parkett, als er ankam und sie an der Hand stupste. Sie tätschelte ihn zerstreut.

Ein kaputter Pick-up. Ein weiterer Pick-up, ausgeborgt für einen Trip nach Santa Carla, der jedoch vorzeitig abgebrochen wurde. Deshalb, weil bei Point Deception –

Es klingelte an der Tür. Cody ging in Habachtstellung. Rho trat ans Fenster, guckte raus und sah Guy vor der Tür stehen, mit klatschnassem Haar. Sie machte auf und sagte: »Guy, gut, dass du kommst, aber was treibt dich in einer solchen Nacht nach draußen?«

»Ich muss dir etwas zeigen.« Er trat triefend ein, fummelte ein zusammengerolltes Blatt Papier aus der Innentasche seiner Jacke und streckte es ihr hin.

Es war ein gefaxtes Foto. Sie starrte es überrascht an. Auch ohne den Bart, die schiefe Nase und die Narbe erkannte sie den Mann an seinen tief liegenden Augen. »Clay Lawrence. Wie kommst du dazu?«

»Das ist in Wirklichkeit gar nicht Clay Lawrence.«

»Ich weiß. Ich habe gerade mit der Polizei in Washington State und in Oregon telefoniert. Ich bin mir ziemlich sicher, dass dieser Mann unser Mörder ist. Wie kommst du zu diesem Foto?«

Guy zwängte sich an ihr vorbei in Richtung Kamin. »Gleich. Erzähl du mir zuerst, was dir die Beamten oben im Norden gesagt haben.«

»Okay. Der echte Clay Lawrence hat Bellingham vor dreizehn Monaten verlassen, um einen zweiwöchigen Tauchtrip zu unternehmen, und man hörte nie wieder etwas von ihm. Zuletzt gesehen wurde er in Depoe Bay, Oregon, in Begleitung eines Anhalters, der ihm so ähnlich war, dass er sein Bruder hätte sein können. Sein Wagen wurde kurz darauf mit einem Motorschaden in Brookings gefunden, und seine sterblichen Überreste wurden letzte Woche in einem flachen Grab in der Nähe von Cape Perpetua in Lincoln County entdeckt. Er wurde erst vor drei Tagen identifiziert. Er war an einem Genickbruch gestorben.« Sie schwenkte das Faxfoto. »Also, wer ist dieser Mann hier wirklich?«

Zu ihrem Ärger ignorierte Guy die Frage. »Hast du den Ablauf der Geschehnisse schon rekonstruiert?«

»Ich war gerade dabei, als du kamst.«

»Dann erzähl's mir.«

Er votierte für die systematische Vorgehensweise, und sie tat gut daran, dem zu folgen. »Unser Mann hat Lawrence umgebracht und verscharrt und sich seinen Wagen unter den Nagel gerissen. Als der Wagen liegen blieb, ist er weitergetrampt. Als ihn jemand in Signal Port absetzte, traf er Becca Campos und beschloss, eine Weile hier zu bleiben – das hat er mir selbst erzählt. Will hat mal gesagt, ›Clay‹ habe ein ruhiges, asketisches Leben geführt, hauptsächlich gelesen, meditiert und Wanderungen über die Hügel gemacht. Am ersten Freitag des Monats fuhr er immer nach Santa Carla, um bei Costco Vorräte zu kaufen. Aber letzten Freitag war sein Pick-up kaputt – ich habe ihn am Sonntag gesehen, und da sah er aus, als sei er schon eine ganze Weile nicht mehr benutzt worden. Ich glaube, er hat Virge gefragt, ob er sich Wills Pick-up für die Fahrt ausborgen könnte.« Rho ging die Luft aus.

Guy setzte sich um die Kaminumrandung und wartete, dass sie weitersprach, was sie nach einer kurzen Atempause auch tat.

»Will dachte, der Pick-up hätte das ganze Wochenende

in der Garage gestanden. Wenn er gewusst hätte, dass Virge ihn Clay geliehen hatte, wäre er stinksauer geworden. Aber Virge hatte eine Schwäche für ihren Mieter, also hat sie ihm den Wagen heimlich geliehen. Auf der Fahrt nach Santa Carla sah Clay dann jedoch die Ackerman an der Ausweichstelle stehen. Er nahm sie mit und brachte sie in seine Hütte, um Sex mit ihr zu haben. Aber irgendwas ging schief, und er tötete sie dort, den Autopsiebefunden zufolge vermutlich am Samstag. Er konnte die Leiche nicht in der Hütte lassen, weil Virge ihn unangemeldet zu besuchen pflegte, also hat er sie dort gelagert, wo nie jemand hingeht – im Canyon. Dann, spät in der Nacht, als kaum noch Verkehr war, hat er sie wieder geholt, in Wills Pick-up zum Quinley-Gelände gebracht und dort ins Meer geworfen. Dass er Virge auch noch umbringen musste, war nicht eingeplant.«

Guy nickte. »Ich hatte schon die ganze Zeit den Verdacht, dass das kein Unfall war. Was glaubst du, warum er sie umbringen musste?«

Rho begann, im Zimmer auf und ab zu gehen, weil sie jetzt, da sie ihre Theorie in Worte fassen konnte, der Erregung kaum noch Herr wurde. »Virge hat am Sonntag in der Hotelbar zu einer Bekannten eine Bemerkung gemacht: ›Versuch nie, jemandem einen Gefallen zu tun. Sonst stehst du am Ende auf Sachen, mit denen du nicht klarkommst.‹ Ergibt nicht besonders viel Sinn, außer, man bezieht ein, dass Virge betrunken war und ziemlich genuschelt hat. Meiner Meinung nach hat sie gemeint: ›Sonst stößt du auf Sachen.‹«

»Darauf, wer die Ackerman umgebracht hatte?«

»Genau. Am Freitag tat sie Clay einen Gefallen, indem sie ihm den Wagen lieh. Vermutlich sagte sie ihm, er solle ihn spätestens zu einer bestimmten Zeit am Samstag zurückbringen für den Fall, dass Will ihn für einen Geschäftstermin am Sonntag bräuchte. Wenn Clay nun den Wagen nicht rechtzeitig zurückbrachte, ist es wahrscheinlich, dass sie zu seiner Hütte ging, um zu gucken, was los war. Und dabei könnte sie die Ackerman gesehen haben.«

»Aber warum hat sie's dann nicht gemeldet, als sie erfahren hatte, dass das Mädchen ermordet worden war?«

»Wahrscheinlich, weil sie nicht glauben wollte, dass Clay der Täter war. So war Virge nun mal: Sie wollte immer das Beste von ihren Bekannten denken, im Zweifel erst mal zu ihnen halten. Dort in der Bar traf sie dann eine Entscheidung: Clay zur Rede zu stellen und ihm die Möglichkeit zu geben, alles zu erklären. Und irgendwann am Sonntagnachmittag oder -abend schlich sie sich dann aus dem Haus und ging zu seiner Hütte.«

Guy nickte. »Überzeugt mich so weit. Hat er Virge in der Hütte umgebracht? Oder hat er ihr eingeredet, er hätte mit dem Tod des Mädchens nichts zu tun, und ihr dann angeboten, sie doch in den Canyon zu begleiten?«

»Ich würde sagen, er hat sie in der Hütte umgebracht und dann ihre Leiche weggeschafft, wie schon die der Ackerman. Nur dass er diesmal beschloss, einen Unfall zu inszenieren. Du weißt doch, da führte nur eine Fußspur zum Felssims, die von Virges Schuhen. Virge hatte große Füße; Clay könnte ihre Schuhe angezogen, Virge hingetragen und dann runtergeworfen haben.«

»Die Abdrücke waren tief, wie von jemandem, der etwas Schweres trägt.«

»Genau. Danach ist Clay dann vermutlich auf einem Umweg zu der Leiche runtergestiegen, hat ihr die Schuhe wieder angezogen und ist barfuß durch den Bach gewatet und nach Hause gegangen.«

»Okay«, sagte Guy, »überzeugt mich auch. Bis auf ein paar Kleinigkeiten. Clay hat sich nicht deshalb hier niedergelassen, weil er Becca Campos kennen gelernt hatte. Er hat nicht die ganze Zeit mit Lesen, Meditieren und Spazierengehen verbracht. Und er hat die Ackerman nicht aus einem spontanen Impuls heraus mitgenommen.«

»Ach?« Ihr war klar, dass sie gleich etwas Wichtiges erfahren würde, und sie setzte sich neben ihn auf die Kamineinfassung.

Er sagte: »Clay kam ganz gezielt hierher, wenn auch vermutlich zufällig zu dem Zeitpunkt, als die Wachen vom Canyon abgezogen wurden. Er hat einen Großteil seiner Zeit mit der systematischen Suche nach Susan Wynnes verstecktem Geld verbracht. Und er war hinter der Ackerman her, weil er beobachtet hatte, wie sie es fand.«

»Aber das hieße ja, dass er wusste –«

»Ja. Der Mann auf diesem Foto hier« – er zeigte auf das Fax, das sie immer noch in der Hand hielt – »kannte den Cascada Canyon sehr gut. Er war etwa ein Jahr, nachdem das Foto entstand, zum ersten Mal dort.«

»Um Himmels willen, Guy, wer ist das?«

»Bernhard Ulrick.«

Guy sah, wie Rhoda vor Verblüffung der Mund offen stehen blieb.

»Aber … Ulrick ist doch mit den anderen umgekommen.«

»Nein, ist er nicht.« Er erzählte ihr von seinem Telefongespräch mit Oriana Harrison. »Nachdem ich mit ihr geredet hatte, habe ich über die Identifizierungsgrundlagen nachgedacht: Der Leichnam im Drogenlabor war doch bis zur Unkenntlichkeit zerfetzt, und die Blutproben waren verschwunden. Hat das Department versucht, den Toten anhand von Fingerabdrücken oder Zahnarztunterlagen zu identifizieren?«

»Ja. Aber Ulricks Fingerabdrücke waren nirgends gespeichert. Und seine Zähne, na ja, von denen war nicht mehr viel übrig. Wir mussten unterstellen, dass es seine Leiche war. Wenn du Recht hast ... was glaubst du, wer dann dort im Labor erschossen wurde?«

»Es stand doch immer außer Frage, dass da mehr als ein Killer am Werk war, oder?«

»Ja.«

»Angenommen, Ulrick lockte seinen Komplizen, als die anderen tot waren, unter irgendeinem Vorwand ans Ende des Canyons und mähte ihn dort nieder?«

Rhoda nickte langsam. »Einer seiner Dealerkumpels also. Wir werden wohl nie rauskriegen, wer, es sei denn, Ulrick redet.«

»Ich glaube, ich weiß, wer der Komplize war.«

Sie sah ihn mit großen Augen an. »Wieso?«

»Denk doch mal daran, was wir dort im Canyon gefühlt haben, Rhoda. Wir waren so damit beschäftigt, uns auf die Gefühle der Opfer einzuschwingen, dass wir die der Killer ganz außer Acht gelassen haben. Aber da lag noch eine andere starke Emotion in der Luft: Zorn. Ulrick war stinksauer, weil ihn die Familien an die Luft gesetzt hatten, als sie dahinter gekommen waren, dass er Oriana belästigt hatte. Sie schmissen ihn raus, ehe er das Geld gefunden hatte. Und eine Woche vorher hatte noch jemand plötzlich den Canyon verlassen: Devon Wynnes Freund. Kann doch sein, dass sie den auch rausgeworfen haben.«

»Warum?«

»Aus meiner biographischen Skizze geht hervor, dass Devon immer an gewalttätige Männer geriet. Wenn dieser Freund sie nun geschlagen hätte, während sie bei Forrest und Susan wohnten …«

»Ja, natürlich. Wenn sie ihn rausgeworfen hätten, wäre er wütend genug gewesen, um sich mit Ulrick zusammenzutun. Wobei der eigentliche Anreiz natürlich Susan Wynnes Geld war. Sie wollten sie zwingen, ihnen zu sagen, wo sie es versteckt hatte. Aber Susan hat nichts gesagt. Sie wusste, sie musste sowieso sterben, also versuchte sie Zeit für ihre Kinder herauszuschinden. Ulrick hat vermutlich nicht damit gerechnet, dass es so viele Jahre dauern würde, bis er nach dem Geld suchen konnte. Ich frage mich nur, warum er's nicht gefunden hat, bei einer so ausgiebigen, systematischen Suche.«

Guy zuckte die Achseln. »Er wusste nichts von dem Altöltank. Die Ackerman wusste von ihrer Mutter, wo das Geld lag, aber bevor sie es ausbuddelte, war es unter den Kiefernnadeln von dreizehn Jahren begraben.«

Rhodas Gesicht wurde nachdenklich. Dann sah sie auf die Uhr. »Gott, wenn doch nur Lincoln County endlich anrufen würde, wegen des Haftbefehls. Ich will Ulrick heute Abend noch festsetzen.«

Eine Erinnerung regte sich irgendwo in Guys Hinterkopf. Als er sie zu fassen bekam, sprang er alarmiert auf. »Vergiss den Haftbefehl. Schnapp dir Ulrick lieber sofort.« Er berichtete von Beccas Plänen, noch in dieser Nacht mit Ulrick nach Reno zu verschwinden.

Rhoda stürzte ans Telefon, wählte und verlangte Detective Grossman. »Dann bitte Detective Shepherd«, sagte sie nach einer kurzen Pause. »Was? … Okay, danke.« Sie unterbrach die Verbindung, wählte erneut. »Sie sind auf dem Rückweg hierher, mit den FBI-Agenten, die inzwischen eingeschaltet wurden«, sagte sie zu Guy. »Ich kann keine Zeit damit verschwenden, sie zu erreichen.«

Er hörte zu, wie sie die Zentrale anrief und bat, Verstärkung zu der Hütte auf dem scurlockschen Grundstück zu schicken. Als sie aufgelegt hatte, erklärte sie: »Die Zentrale sagt, es gab einen Erdrutsch am Highway, oben bei Deer Harbor. Es hat Verletzte gegeben, und alle verfügbaren Einsatzfahrzeuge sind vor Ort, bis auf eins unten in Westhaven. Es wird in etwa vierzig Minuten bei der Hütte sein, aber ich fahre schon mal vor –«

»Ich komme mit.«

»Nein, das tust du nicht.«

»Verschwende keine Zeit darauf, mit mir zu streiten.«

Sie funkelte ihn finster an, schnappte sich dann Tasche und Jacke und marschierte zur Tür. »Dann komm, wenn es sein muss.«

Im Streifenwagen drückte Rho die Mikrotaste, um der Zentrale mitzuteilen, dass sie auf dem Weg zur Hütte war. Guy hatte seine Autotür noch nicht zu, als sie den PS-starken Wagen bereits ihre Ausfahrt entlangjagte.

Sie sagte: »Wenn wir bei der Hütte sind, will ich, dass du im Wagen bleibst und dich duckst, für den Fall, dass er bewaffnet ist.«

»Aber –«

Sie konnte jetzt keine Einmischung irgendwelcher Zivilisten gebrauchen! »Das ist mein Job, Guy. Ich weiß, was ich zu tun habe.«

»… Okay. Du hast das Kommando.«

Sie raste südwärts durch den Ort, vorbei an einem Fernsehteam, das vor dem Hotel filmte. Der Medienrummel war jetzt in vollem Gang. Als sie waldiges Terrain erreichten, kam zu dem Regen noch das Wasser, das von den Bäumen troff. Es schüttete jetzt so, dass die Scheibenwischer nicht mehr hinterherkamen. Schlamm kroch von der Bergseite über die Straße; an einer Stelle bremste sie zu scharf, kam ins Rutschen, bekam den Wagen nur mühsam wieder unter Kontrolle. Guy hatte die Augen geschlossen – betete vielleicht zum ersten Mal in seinem Leben.

Als sie sich der Canyon-Einfahrt näherten, trat sie aufs Gas, rang dem Streifenwagen auf dem geraden Stück noch mehr Tempo ab. In der unübersichtlichen Kurve bei Point Deception kam der Wagen ins Driften, aber sie lenkte gegen und hielt ihn auf der Fahrbahn. Sie beugte sich vor, versuchte, die Mittellinie auszumachen. Als sie sich der scurlockschen Zufahrt näherten, tauchte dort ein Scheinwerferpaar auf.

»Da kommt jemand raus«, sagte Guy. »Sieht aus wie Beccas Honda.«

»Nimmt die Nordspur. Unser Glück. Da stoppt ihn der Erdrutsch.« Sie griff nach dem Mikro, um durchzugeben, dass die Kollegen Ulrick festhalten sollten, und erklärte Guy: »Duck dich! Wenn er zwei Köpfe sieht, weiß er, dass das keine Routinestreife ist. Wir fahren nie zu zweit Streife.«

Sie hatte den Streifenwagen auf Normaltempo heruntergebremst, und der Honda passierte ihn im Schneckentempo, während sie die Zentrale rief. Sie spähte hinüber, konnte aber den Fahrer nicht erkennen. Als der Honda außer Sicht war, wendete sie und folgte ihm. Der Honda kroch weiter dahin, zog dann über die Mittellinie.

»Was –?«, sagte sie.

Er hielt auf der Ausweichstelle. Bei Point Deception, wo alles angefangen hatte.

Guy beugte sich tief hinunter, und von der Fußmatte schlug ihm ein Potpourri von Gerüchen entgegen, die alle nicht besonders reizvoll waren. Er spürte, wie der schwere Wagen aufs Bankett holperte. Dann bremste er so jäh, dass Guy mit dem Kopf ans Armaturenbrett knallte.

»Was ist?«, fragte er durch den Schmerz.

»Sie haben bei Point Deception gehalten. Auf der Fahrerseite steigt jemand aus … geht zum Zaun.«

»Wer?«

»Ulrick, glaube ich.«

Guy richtete sich auf, als Rhoda die Flinte aus der Halterung löste. Sie fragte: »Du kannst doch mit einer Pistole umgehen, oder?«

»Ja.«

»Gut.« Sie zog eine Waffe aus ihrer Umhängetasche und drückte ihm den Griff in die Hand. Ein .357er-Revolver. »Nimm den hier. Vielleicht sitzt Becca im Auto. Wenn ja, will ich, dass du sie da rausholst. Sie ist bestimmt nicht bewaffnet – sie hat einen Horror vor Schusswaffen –, aber sie wird sich womöglich sträuben oder Ulrick zu warnen versuchen. Wende nötigenfalls Gewalt an, aber bring sie hierher, und sorge dafür, dass sie hier bleibt.«

»Und was machst du?«

»Ulrick festnehmen.«

Er zögerte. Ihr Job, sie wusste, was sie zu tun hatte.

»Mir nach«, sagte sie, als sie die Tür öffnete.

Überflüssiger Befehl, dachte er. Ich würde dir überallhin folgen.

*

Regen peitschte auf Rho ein, als sie aus dem Streifenwagen stieg und mitten in eine tiefe Pfütze trat. Beim Überqueren des Highways musste sie sich gegen Sturmböen stemmen. Guy war unmittelbar hinter ihr.

Sie rannten über die Fahrbahn, um sich unter einem Grüppchen Kiefern am Südende der Ausweichstelle unterzustellen. Beccas alter Honda stand am Zaun, die Scheinwerfer waren aus, der Motor lief. Auf dem Abhang zu den Klippen tanzte ein schwacher Lichtstrahl; Ulrick hatte eine Taschenlampe. Rho merkte sich deren Position, starrte dann angestrengt auf den Wagen.

»Ich kann nicht erkennen, ob Becca drinsitzt oder nicht«, sagte sie.

»Ich auch nicht.«

»Er könnte sie zum Aufpassen hier gelassen haben.« Sie winkte Guy. »Hier lang.«

Gregory Cordovas Zaun war hier mit Stacheldraht bestückt. Rho drückte die Drähte auseinander, damit Guy durchschlüpfen konnte, folgte dann selbst nach. Sie spürte, wie ihre Jacke hängen blieb, zerrte, riss sich los. »Ich gehe vor«, sagte sie und tastete mit den Füßen, bis sie einen Wildwechsel fand. Sie arbeitete sich auf dem glitschigen, platt getretenen Gras den Hang entlang, dann wieder hinauf, dorthin, wo der Zaun um die Ausweichstelle führte.

»Okay«, sagte sie, »ab jetzt bist du auf dich gestellt. Wenn du dich duckst und dich direkt am Zaun entlangschleichst, wird sie dich nicht sehen. Drüben am anderen Ende, wo das Zelten-verboten-Schild steht, bist du in ihrem toten Winkel.«

Er zögerte. Sie fürchtete schon, er würde sie davon abhalten wollen, Ulrick allein zu verfolgen, aber er sagte nur:

»Pass auf dich auf.« Dann war er verschwunden, schlich sich geduckt hinter den Zaunbrettern entlang.

Rho wartete einen Moment, vergegenwärtigte sich das Terrain. Sie und ihr Vater hatten Point Deception oft überquert, um unten in der Lantern Cove zu angeln. Später war sie dann hergekommen, um mit ihrer High-School-Clique Bierorgien zu feiern und mit Jungen im Gras herumzuknutschen. Sie kannte dieses Gelände bestens – auf jeden Fall besser als Ulrick.

Lily Gilardi hatte ihr erzählt, dass Chrystal Ackerman aus einem Flecken Pampasgras aufgetaucht sei. Dass sie sich »komisch« benommen habe, als hätte sie etwas Verbotenes getan. Das musste der Ort sein, wo sie das Geld versteckt hatte und wo Ulrick hinwollte. Er hatte es geschafft, der Ackerman die genaue Position zu entlocken, aber Rho wollte lieber nicht darüber nachdenken, mit welchen Methoden.

Okay, die dicksten Büschel dieser heimtückischen Pflanzen hatten immer genau in der Mitte des Hangs gestanden. Das verschaffte ihr Zeit, denn von dort, wo Ulrick über den Zaun gestiegen war, würde ihn der Anglerpfad nordwärts führen. Bei der Dunkelheit und dem Regen würde es eine Weile dauern, bis er merkte, dass er vom Kurs abgekommen war, und umzukehren beschloss.

Sie fand den Wildwechsel wieder und arbeitete sich bergab. Sie hatte den tanzenden Taschenlampenstrahl aus den Augen verloren; an einem guten Aussichtspunkt blieb sie stehen und suchte das Gelände ab. Da war das Licht, fast am nordwestlichen Klippenrand. Der Regen ließ nach, aber es wehte immer noch kräftig. Sie hörte jetzt die Wellen unten in der Bucht gegen die Felsen krachen. Sie tastete sich weiter den Wildwechsel entlang, rutschte aus und fiel aufs Knie.

Verdammt, dieser Scheißkerl hatte dreizehn Jahre auf das Geld gewartet, und dann musste er sich so eine Nacht aussuchen, um es sich zu holen! Na ja, ausgesucht hatte er sie sich in Wirklichkeit nicht. Er hatte wohl vorgehabt, bis zum Auslaufen seines Mietvertrags in der Hütte zu bleiben, um keinen Verdacht zu erregen. Aber der Einfall der Medienleute hatte ihn veranlasst, seinen Plan zu ändern. Ulrick war nicht dumm. Ihm war sicher klar, dass früher oder später jemand ein neueres Foto von ihm ausgraben würde und seine Tarnung aufflog. Er musste das Geld noch heute Abend an sich bringen und dann verschwinden.

Sie schlich sich langsam den Wildwechsel entlang, dorthin, wo das Pampasgras am dichtesten war. Ulricks Taschenlampenstrahl war verschwunden. Die Flinte in der Armbeuge, blieb sie alle paar Meter stehen, um nach dem Licht auszuspähen. Nichts regte sich, außer den hellen Wedeln, die hektisch im Wind schwangen. Bei diesem Sturmgeheul und dem Tosen der Brandung konnte sie sonst nichts hören.

Guy. Wie kam er zurecht? Hatte er Becca ohne Zwischenfall zum Streifenwagen gebracht?

Geräusch von weiter unten? Sie spähte ins Geniesel.

Nichts.

Geräusch von oben!

Sie fuhr herum, legte die Flinte an.

Niemand.

Gott, sie ließ sich von dem Sturm und Ulricks unsichtbarer Gegenwart ganz schön nervös machen!

Sie atmete tief durch, um sich zu beruhigen. Machte sich klar, dass das hier *ihr* Territorium, dass *sie* im Vorteil war.

Als sie sich wieder im Griff hatte, ging sie weiter.

*

Als Guy sich im toten Winkel an Beccas Wagen heranschlich, sah er, dass die Vordersitze leer waren. Er checkte Rücksitz und Kofferraum, stellte dann die Zündung ab und steckte die Schlüssel ein. Um ganz sicherzugehen, klappte er die Motorhaube hoch und riss alle Kabel und Drähte los, die er finden konnte.

Er kauerte sich hinter den Wagen, starrte auf den Zaun, umklammerte Rhodas .357er – eine Waffe, die er, ein strikter Befürworter von Schusswaffenkontrollgesetzen, bestens zu gebrauchen wusste, da sein Vater nie geduldet hätte, dass sein Sohn kein perfekter Schütze wurde – und fühlte sich zutiefst nutzlos.

Ihr Job, ja. Sie wusste, wie sie mit der Situation umzugehen hatte, okay. Aber er wusste nicht, wie er mit der Gefahr umgehen sollte, in der sie schwebte. Mit der Angst, sie zu verlieren. Er musste etwas tun.

Er stieß sich vom Wagen ab und rannte. Stieg über den Zaun und arbeitete sich bergab, grub die Füße fest in den glitschigen Boden. Es schüttete plötzlich wieder, so heftig, dass er kaum etwas sehen konnte. Ein paar Meter weiter fuhr ihm etwas Nasses, Haariges ins Gesicht. Er schlug es weg. Einer dieser verdammten Wedel.

Nach dem, was Lily gesagt hatte, musste die Ackerman das Geld in einem Büschel Pampasgras versteckt haben. Er war ganz nah dran, nah bei Rhoda. Und Ulrick …

Er blieb stehen und horchte. Hörte nichts. Spähte angestrengt um sich. Sah nur Dunkel. Schloss die Augen und versuchte, seine Ohren auf eine Frequenz einzustellen, die Menschen selten benutzten.

Rhoda, dachte er, wo bist du?

Ein Knacken. Von rechts. Er fuhr herum. Brachte die .357er in Anschlag.

Niemand.

Wenn das Schwein sie erwischt hatte? Sie überwältigt hatte? Vielleicht war er jetzt gerade dabei –

Nein. Sie wurde mit ihm fertig. Das musste er glauben.

Wieder ein Geräusch. Wie das eben. Ursprung unklar.

Er machte einen Dreihundertsechziggrad-Schwenk mit der Waffe. Sah nichts.

Ich komme mir vor wie ein kleiner Junge, dachte er. Ein kleiner Junge ganz allein im Dunkeln, mit einer Spielzeugpistole. Es ist Jahre her, dass ich auf irgendwas geschossen habe, und auf einen Menschen habe ich nie auch nur gezielt, aber wenn er Rhoda …

Ja, ich würde schießen. Um zu töten, dachte er. Im Bruchteil einer Sekunde. Meine Frau konnte ich nicht retten, aber hier kann ich helfen.

Er kroch durch die patschnassen Graswedel.

Wieder ein Geräusch. Stille. Wieder. Wo –?

Etwas sprang ihn an. Mit voller Wucht. Eine große, schlanke Gestalt, die ihn umrammte. Die Luft entwich aus seiner Lunge, aber er hielt die Waffe mit aller Kraft fest.

Er wollte schreien, doch es kam nichts heraus als ein Stöhnen. Dann war der Angreifer auf ihm, Hände umklammerten seinen Hals. Die Waffe klemmte zwischen seinem vergeblich kämpfenden Körper und dem seines Gegners.

Die Hände drückten stärker zu, drückten ihm die Luft ab.

Im Reflex zog er den Abzug durch.

Der Körper des Mannes zuckte wie von Krämpfen. Die Hände um seine Kehle lockerten sich. Dann ließen sie los, und die Last wich von ihm. Er hob den Kopf, versuchte, sich aufzurichten. Bernhard Ulrick krabbelte auf allen vieren den Hang hinauf. Guy wälzte sich auf den Bauch, packte die Waffe mit beiden Händen und feuerte. Der Schuss ging weit daneben, aber Ulrick machte kehrt und humpelte jetzt in Richtung Meer.

»Stehen bleiben, Ulrick!« Rhodas Stimme, von weiter oben. »Sheriff's Department. Sie sind verhaftet.«

Ulrick schien zu zögern, als ob es ihn überraschte, seinen richtigen Namen zu hören. Dann hinkte er weiter.

Eine Schrotflinte krachte.

Ulrick taumelte und fiel. Tödlich getroffen.

Guy vergrub das Gesicht im Matsch und schluchzte vor Erleichterung.

Es schien eine Ewigkeit, konnte aber nur wenige Minuten gedauert haben, bis Rhodas Hand seinen nassen Hinterkopf berührte. Die Hand war zittrig, Rhodas Stimme noch zittriger, als sie sagte: »Wieder Mist gebaut, Newberry.«

Sie zog ihn in eine sitzende Position empor, nahm ihn in die Arme. Er presste sich an sie, wünschte, er könnte aufhören zu heulen, merkte nach einer Weile, dass sie ebenfalls weinte.

»Hey.« Er hob die Hand und berührte ihre Wange. »Hey, nicht.«

»Fast hätte ich die Nerven verloren«, sagte sie. »Ich habe noch nie jemanden töten müssen.«

»Eins der Dinge, die mich *mein* Vater gelehrt hat –«

»Ich weiß. Das Erste, was mich mein Vater über Schusswaffen gelehrt hat, war: Die Dinger haben nur einen Zweck. Wenn du schießen musst, dann schieß, um zu töten.« Sie atmete tief und zittrig ein. »Und das hab ich getan. Ich habe dem Scheißkerl die Birne weggepustet.«

Sonntag, 15. Oktober

Rho saß in einem Fleckchen Morgensonne auf ihrer Eingangsveranda, als Guy sich verabschieden kam. Sie sah ihn auf sich zukommen, das Haar silbrig im Sonnenlicht, und dachte an ihre erste Begegnung. Selbst in der Aufregung, weil sie ihn beinahe überfahren hatte, war ihr aufgefallen, wie attraktiv er war. Inzwischen wusste sie, dass mehr an ihm dran war als nur ein ansprechendes Äußeres.

Er lächelte, als er sich neben sie setzte. »Du wirkst ausgeschlafen. Immer noch keine Albträume?«

»Nein. Das ist vorbei. Wann geht dein Flug von San Francisco?«

»Heute Abend um sechs.«

Sie saßen schweigend da. Cody kam aus dem Unterholz, wie immer voller Zweige und Blätter. Er stupste Guy an der Hand, und Rho lächelte, als sie sah, wie Guy kurz zögerte und ihm dann die Ohren knuddelte.

Du könntest den Hund noch richtig lieb gewinnen, dachte sie und schob dann den Gedanken weg.

Sie sagte: »Grossman und Shepherd fahren heute auch ab. Ned will mich für die Beförderung zum Detective vorschlagen. Sie brauchen jemanden, der hier im Küstenbereich Ermittlungen leitet.«

»Gratuliere! Das hast du verdient!«

»Weiß ich nicht, aber die Gehaltserhöhung würde es erleichtern, Hundefutter für diesen alten Vielfraß hier heranzuschaffen.« Aber sie merkte, dass sie vor Stolz glühte.

»Versteh ich's richtig, dass Grossman die Suche nach dem Geld aufgegeben hat?«

»Nachdem er Ulricks Hütte samt Umgebung auseinander genommen hat, ja. Becca konnte ihm nichts sagen; sie hatte keine Ahnung, dass das Geld überhaupt existierte, geschweige denn, dass Ulrick auf der Suche danach war.«

Guy zog eine Grimasse. »Gott sei Dank war sie noch zu Hause am Packen, als er losgezogen ist, um es sich zu holen. Es ist schon schwer genug für sie, damit fertig zu werden, wer ihr Freund war, auch ohne seinen Tod mit angesehen zu haben.«

»Es ist schwer für sie, ja, aber Kevin Jacoby und Brandon Fuller kümmern sich bestens um sie. Sie wird darüber wegkommen.«

»Weißt du, ich verstehe immer noch nicht, warum Grossman nicht kapiert hat, was Ulrick an dem Abend bei Point Deception wollte.«

Sie grinste verschlagen. »Na ja, ich habe ihn gewissermaßen in dem Glauben gelassen, Ulrick sei, als ich ihn verfolgt habe, in der Kurve von der Straße abgekommen und auf der Ausweichstelle gelandet und hätte zu fliehen versucht.«

»Du hast –? Wieso?«

»Wenn ich's ihnen gesagt hätte, hätte das Department das ganze Küstenstück umgraben lassen, um das Geld zu finden. Und dann hätten wir die Medien wieder hier gehabt, mit allen daran hängenden Problemen. Dieses Geld hat schon genügend Tragödien und Leid verursacht.«

»Das stimmt. Die Harrisons haben es nicht nötig, und

wenn man sie fragte, würden sie vermutlich sagen, dass sie es gar nicht wollen. Soll es doch bleiben, wo es ist.«

Ein frischer Lufthauch ließ die Bäume rascheln. Zu Rhos Belustigung reckten sowohl Cody als auch Guy die Nasen in den Wind.

Guy sagte: »Weißt du, hier an der Küste könnte man als Schriftsteller sicher ganz gut arbeiten.«

Sie hütete sich, nach dem Köder zu schnappen, und sagte nur leichthin: »Könnte man wohl.«

»Insbesondere, wenn der zuständige Deputy – Verzeihung, Detective – ab und zu nach einem gucken käme.«

»Insbesondere dann.«

»Wenn ich hier einen Zweitwohnsitz hätte, würde ich nur hier im Ort einkaufen und nur Leute von hier beschäftigen.«

»Dafür würde ich schon sorgen.«

Er lächelte sie an, Fältchen in den Augenwinkeln. »Na ja, wäre doch eine Idee.«

»Eine ziemlich gute sogar.«

»Ich werde sie weiterdenken.« Er stand auf, zog sie hoch. »Muss jetzt los.« Er beugte sich vor, legte seine Lippen auf ihre. Zuerst war es nur ein leichter, beiläufiger Kuss; dann rückten sie enger zusammen, und der Kuss wurde inniger. Als sie sich schließlich voneinander lösten, musste sie sich am Verandapfosten festhalten, um auf den Beinen zu bleiben.

»*Ist* eine Idee«, sagte er sanft und ging zu seinem Wagen.

Sie blieb stehen und beschirmte ihre Augen gegen die gleißende Sonne, als sie dem Wagen hinterherschaute.

»Er kommt wieder«, erklärte sie Cody. »Keine Bange.«

*

Guy bekam seine wirren Emotionen erst wieder unter Kontrolle, als er Point Deception erreichte. Noch ein paar Sekunden mehr in Rhos Armen, und er wäre verloren gewesen. So dagegen …

Er hielt direkt am Fahrbahnrand und stieg aus. Es war ein klarer, leuchtend blauer Tag, keine Spur von Nebel am Horizont. Nicht mal die Baumskelette konnten die Schönheit trüben, und die leuchtend grünen Schößlinge waren eine Verheißung. Die Pampasgraswedel tanzten im Wind. Wenn das flatternde polizeiliche Absperrband entlang des Zauns nicht gewesen wäre, hätte niemand geahnt, dass sich hier so gewaltsame Dinge abgespielt hatten.

Nach wenigen Minuten stieg er wieder ein und setzte seine Fahrt nach Süden fort. Er gab Gas, genoss es, die Kurven zu bewältigen. Dachte an New York, sein Loft, das tolle Buch, das er dort schreiben würde. Die authentischen Abenteuer des Guy Newberry würden es garantiert auf die Bestsellerlisten –

Du verdammter Idiot.

»Ach, du bist wieder da. Wieso titulierst du mich so?«

Weil du immer noch derselbe Hornochse bist und das Beste, was dir nach mir widerfahren ist, einfach hinter dir zurücklässt.

»Wer sagt denn, dass ich es für immer hinter mir zurücklasse?«

Ist das nicht deine Absicht?

»Das ist ganz sicher nicht meine Absicht.«

Gut. Du brauchst diese Frau. Und mich brauchst du jetzt nicht mehr.

Er flüsterte sanft: »Mach's gut, Diana.«

19. Juni 2002

Der Bulldozer des Countys rumpelt über Point Deception – eine weitere Attacke im ewigen Kampf gegen das hartnäckige Pampasgras. Qualm in die eben noch klare Luft rülpsend, hackt er auf den Boden ein, dass die Maulwürfe aus ihren Gängen flüchten. Der Bulldozerführer mustert grimmig ein besonders großes und widerspenstiges Büschel Pampasgras, lädt es dann auf die Schaufel. Die Maschine kriecht schwerfällig zum Klippenrand und kippt ihre Last in die Lantern Cove.

Ein Lederbeutel, umhüllt von etlichen Plastikschichten, balanciert ganz oben auf dem Haufen. Dann bringt der starke, ablandige Wind den Haufen ins Wanken, und der Beutel klatscht in die vordersten Wellenzungen. Wenn die Flut da ist, werden ihn mächtigere Wellen nach Süden tragen und irgendwo im Meer begraben.